——青春励志长篇纪实小说

三十而立

雷兴荣　著

线装書局

图书在版编目（CIP）数据

三十而立 / 雷兴荣著. -- 北京：线装书局，
2015.9（2017.4）
ISBN 978-7-5120-1934-8

Ⅰ．①三… Ⅱ．①雷… Ⅲ．①长篇小说－中国－当代
Ⅳ．① I247.5

中国版本图书馆 CIP 数据核字（2015）第 217683 号

三十而立

作　　者：雷兴荣
责任编辑：程俊蓉
装帧设计：小马工作室
出版发行：线装書局
地址：北京市西城区鼓楼西大街41号（100009）
电话：010-64045283（发行部）64045583（总编室）
网址：www.zgxzsj.com
经　　销：新华书店
印　　制：济南精致印务有限公司
开　　本：787mm×1092mm　1/16
印　　张：19
字　　数：321千字
版　　次：2017年4月第1版第3次印刷
印　　数：11001-13000册

线装书局官方微信

定　　价：39.00元

序

青春的责任

我和兴荣相识于网络，相交于对文学的认知和无数次讨论。虽然未曾谋面，但却神交已久。他不仅是我的小老乡，而且还是一位通过奋斗，从乡村到城市的、小有成绩的青年作家。

他刚开始与我联系，多是向我"请教"写作上的问题。他非常有礼貌，张口闭口称我为前辈或老师。这样的"交谈"多了，我对他也就有所了解了。我少年时期的愿望，跳出农门的动机、奋斗经历，和他如出一辙。所不同的是，大学的校门向他是洞开的，而向我是关闭的。所以，我很是慷慨。

在我的感觉里，他是个孝顺父母且懂事的孩子。故无论多忙，总愿意跟他多聊几句。不久，他给我寄来了他的处女作《伤花烂漫》。看完之后，更加坚信了我对他的看法和信任。我在电话中鼓励他，既然已经确定了当作家的信念，那你就抛开一切私心杂念，努力前行，靠勤奋和坚持，把自己的理想付诸行动。只要你坚持下去，你的愿望就一定会最终得以实现。在此后的交谈里，他问我写作是否有捷径可走？我告诉他七个字：多看、多写、多思考。多看就是大量地阅读古今中外文学名著，还有当代优秀作家积极向上的优秀作品；多写就是把自己喜欢的文字写出来，要坚持写下去；多思考就是既要思考文学大师作品里蕴含的艺术特色和深层次的思想内容，还要思考你自己怎么写，写什么。真的没有想到，这样的话说了不久，他就打电话告诉我，又一部长篇青春小说已经写完了，希望我为他的这部书作序，向全国的读者朋友们推荐。这时候，我虽然正在创作电视剧本《望断南飞雁》，忙得不可开交。但是，我没有办法拒绝他的要求。我遇到他这样的青年作家，就不由自主地想起了三十年前的自己，那时候，我如果遇上一位愿意帮助我的老师，我在文学道路上至少会少走十年，乃至二十年的弯路。当然了，这也不是绝对的，因为在人生的道路上，直线往往是行不通的。关键是，无论做什么，有一个师傅在前面指点你，你走得总能快一点点。

这时候，我对作者有了进一步的了解。我感觉作者应该是现代年轻人，尤其是农家子弟三十而立、成家立业的优秀榜样。因为，他不但有一份稳定的银行工作，而且有一个幸福美满的家庭。要是换作别人，一定会安于现状，把这份安逸坚守下去。但他没有这样做，而是在工作之余，自强不息、努力创作，还取得了不小的成绩。因此，我欣然答应了为他作序的请求。

看完他发给我的小说后，我的心灵也由此受到了强烈的震撼。小说讲述了一个西北大漠青年三十岁之前的成长故事。它仿佛让我回到了我的童年，回到了我三十岁之前的岁月。看得出，小说中有兴荣成长的影子。主人公雷星有过无忧无虑的童年，但是，因为家庭贫穷的原因，他13岁就开始独立了。从一个学习优秀的好学生，到高中之后的"小混混"，再到痛改前非，努力学习，终于如愿以偿考上了大学。在大学里，由于大学特定的环境，谈恋爱却成了实现所谓"价值"的标志。雷星为追求女友和舍友金浩发生矛盾，到最后两人握手言和，成了好朋友。这一切，无一不是值得我们回味的……这就是成长，这就是青春。青春不全是靓丽的，青春是需要救赎的！青春往往有一个"瓶颈"：有许多迷茫无奈的心灵挣扎，更有许多粗糙俗野的言行发泄；有无缘无故的愤怒，亦有苍白无力的迷茫和理性，而故做成熟的油滑世故和杂色却令青春的寿命大大缩短，令青春的颜色暧昧。人需要成长，而人最美丽的成长阶段则在三十岁之前。三十而立，这不仅仅是一个简单的书名，更应该是一种责任，对家庭的责任，对他人的责任，对社会的责任和青春的责任。

在雷兴荣的小说中，我尤其感受到的就是青春的责任。在大漠男孩雷星身上，有大漠宽广豁达的气质，还有狭隘自私、好勇斗狠的毛病；有戈壁大漠的粗粝、狂野，目中无人以及轻慢，还有纯真友善、开朗乐观的青春本色。青春不仅仅是青年的代名词，应该是一个人终身的追求。对于一个有事业心、责任心的男人来讲，青春与年龄无关，是一生的事。我们可以这样青春到老、可以这样青春着实现自己心中的梦想。《三十而立》这部小说，在人物塑造上也是下了一定功夫的。他不是传统式地抓住人物的某一个面来进行刻画，而是通过日常生活中的一些具体的故事、细节来说明。他是一个有心人，他善于揣摩和总结人物的性格特点，这一点很独到，很高明。比如雷星在上高一时，曾在他身上发生过的一件小事。他因为在学校犯错而被请家长。一心想培养儿子成才的农村父亲——老雷来到学校时的情景，描写得让我的眼睛为之湿润。老雷的形象不仅仅是一个中学生父亲的形象，更是中国千千万万面朝黄土背朝天的、地道的农民形象。兴荣把他们那种唯一通过读书来改变子女命运，通过子女而改变家庭命运的期望赫然跳跃在纸上。这些活生生的真实，不但具有生命力，而且很值得思考和回味。还有雷星骨子里那种与人为善、包容的性格也刻画得很是逼真。高一时的雷星，和同学黄会因为鸡毛蒜皮的小事而大打出手，引发矛盾，到最后一个拥抱，一笑泯恩仇。故事发展自然而然，水到渠成。还有对于大学生活的描写，读来也是非常亲切，应该会引起不少读者的共鸣。不仅如此，他还把女朋友萧婷婷的故事巧妙地穿插其中。接下来，发生了许多匪夷所思、令人意想不到的事情。他被学校图书馆的贾老师看好并认作干儿子，一次偶然机会得知，萧婷婷就是贾老师失散多年的女儿。经过大家的努力，最终母女相认，皆大欢喜。我们老说小说的创作源于生活，高于生活。兴荣不仅理解透彻，而且还深知其中的奥秘。他在小说的结尾有这样一段话，深深地打动了我：

> 如果在名利和父母之间做出选择，我一定后毫不犹豫地选择后者，因为我所做的一切只是想让我的父母安享晚年。他们养活了我三十年，三十年中，我从来没有为吃饭、穿衣、看病、花钱等事情而发过愁……所以就算是交换这份情债，我也应该养活他们三十年，让他们同样不为吃饭、穿衣、看病、花钱等琐碎事情而担忧，健健康康、幸福快乐地过上至少三十年，仅此而已。我总担心我不能偿还完他们的这份恩情，因为三十年后，父母都已过耄耋之年，我也六十岁了，我怕我不能伺候和照顾够他们三十年，无论是因为他们还是因为自己。我只有虔诚地祈祷佛祖，希望可以给我一个知恩图报的机会，让我把这份世间最大的债务清偿完，那我也就知足了。

我坚信作者这段话是发自肺腑的，是一个农家孩子三十而立时的总结和反思，这也充分说明了他是个有前途的作者。一个人之所以有前途，是因为他有感恩之心。乌鸦反哺、羊羔跪乳。一个知道感恩父母、感恩师长、感恩社会的青年人，是值得结交的。当然了，因为兴荣是一位正在前进着的青年作家，所以作品里存在的问题也是显而易见的。但我不便于在这里提出来，我会在私下里与他交谈。因为，对兴荣这样的一大批青年人，我们要本着宽容、鼓励的态度对待他们，而不是"三拳两脚"（找出毛病来），把他们打得体无完肤，让其对文学产生高不可攀的感觉。当然了，我这样说不是不让他们对文学产生敬畏。一个对文学没有敬畏感的作家，是不可能称其为真正的作家的。我在这里说的是，如何鼓励他们前行，然后慢慢地引导他们。这是我们这些文学前行者的责任。

总之，我觉得雷兴荣的这本《三十而立》，是面对青春的一部作品，是站在太阳下的一排排太阳花中的一朵，也是无数位努力向前的青少年的一种希望的姿态。"青年强，则国家强"，青年作家是我们文学事业的希望，也是未来！我希望雷兴荣的人生和创作，始终保持青春的状态，在未来文学和生活的道路上纵横驰骋，迎来一个属于自己的阳光明媚的春天！

是为序。

陈玉福

2014 年 11 月 7 日一稿于北京铁道大厦

2015 年 1 月 17 日修改于兰州

（陈玉福，著名剧作家，中国作家协会会员。任中国国土资源作家协会影视文学创作委员会副主任等职。）

目　录 MULU

第一章

早上还是太阳高照，没到下午就乌云密布，黑压压的一片了，这北方六月的天，真的跟小孩子的脸一样，说变就变。说着远处就传来轰隆隆的雷声，一声盖过一声，噼里啪啦地吓人，似乎要把这片土地炸开。顷刻间，雨点如同断了线的珠子一样，哗啦啦地从天上直接倒了下来。雨水顺着牲畜饮水的小道，缓缓地流入金羊河中，河里也开始翻滚着沸腾的泥浆和愉悦的波浪。这条远近闻名的金羊河，几经干涸，几经复流，像这般大的雨，对这条河而言，无疑是过了一个丰盈无比的大年。

人们欣喜地站在各自的大门道前，兴高采烈地看着这场及时雨，偶尔也有女人们"张嫂""李婶"地在雨中对喊上几句，边嗑黑瓜子边张家的猫儿李家的狗式闲谝。她们手里的黑瓜子，有一搭没一搭地嗑着，跟这雨似的。在她们的眼里，今年的老天爷真是太眷顾人了，在这个正值农作物需要浇水的节骨眼上，这场雨下得，完全可以抵得上一次井水灌溉，尤其是在这个即将被腾格里沙漠和巴丹吉林沙漠包围的漠洲县。

漠洲是大西北的一个农业小县，顾名思义，大漠中的绿洲之意。县城虽小，但是历史文明却曾在这里生根开花，就差没有结果。现在在这里生存的30多万人祖祖辈辈都生活在这里，要是问起我们的祖先，那大概要回到2800年前，据说那时候这里就有了人类在此生息，勤劳善良的漠洲人一代又一代在这里繁衍，生存，延续着他们的故事，靠着一条金羊河一直延续到了今天。据说原来的漠洲县地域辽阔，河流众多，水草丰茂。大片大片的白杨树齐刷刷地林立在沙漠周围，形成一道道坚固密集的风墙，如同士兵手里的盾牌一样，保护着这里的老百姓，令沙漠望而却步，几百年下来，保持原状。加上本身地理位置十分重要，历代被朝廷重兵把守，尤其是历史上几次大的戍边将士举家大迁徙，男人半兵半农，戍守边防的同时还开荒种地，倒是为原本地势平坦的漠洲县带来了些许勃勃生机，一时之间曾被人称为"塞上小江南"。

然而，万物都是相互矛盾的，而矛盾又是相互转化的。世界上任何一个绿洲当它的承载量达到极限或者本身对其他人具有诱惑的时候，必然会朝另一个极端转化。在唐朝末年，战乱频发，对塞上小江南早已窥探已久的吐蕃、党项等一些少数民族部落趁火打劫。他们不仅抢走了这里的粮食和女人，而且还有一些部落甚至全迁至此，反客为主，扔掉他们的帐篷，学着汉人大肆滥砍滥伐树木，搭建房屋。学着汉人种地种田，滥垦土地。连绵不断的战争给这片原本安宁的土地带来了深重的灾难，同时也破坏了这里的生态和植被。这场历史灾难带给漠洲人民最大的好处就是真正意义上实现了民族融合。

历史的车轮就这样一直转到了 1949 年，漠洲县宣布和平解放。此时的漠洲县，虽然比不得塞上小江南那时的空前盛世，但也还是可以三尺取水，草木成荫，羊肥马壮。在党的领导下，漠洲县开始了它的第二次生命，一个新的纪元就此开始。

有位诗人曾这样赞美过漠洲县内的母亲河——金羊河：

多么圣洁的河啊，
安静地在这里流淌。
您如同一位慈祥的母亲，
轻握着我的双手，
仔细地端详着您的孩子。
我听见了您的心脏在召唤，
一声声喊着您所有的孩子们。
如今他们已经奔赴在全国，
将您的梦想实现，
将您的大名远扬。
我感觉到了您在哭泣，
那是您对兄弟姐妹们的思念，
您那如同雪般的泪水，
重新流入您的身体，
滋养着我们这里的每一个人。
我们要感谢您无私的奉献，
所以有人就把您的传奇，

用文字挥洒在这片深情的土地中，

我们同样饱含着泪水，

因为我们一样对您爱得深沉！

在漠洲县境内，有一个离腾格里沙漠最近的村子叫民勤村，这是个古老的村庄，据老一辈的老一辈传下话说，漠洲县有人生存的时候，民勤村就有人居住，一直繁衍到现在。这也是一个祥和安宁的村庄，多少年来，原先居住在这里和后来移民到这里的人们已经习惯了现在的生活方式。他们习惯于吃晌午，多半是西瓜泡馍；他们习惯于睡土炕，毛毡粗席；他们习惯于供自己的孩子念书，出人头地；他们习惯于太多的习惯，为了生存，为了明天。

1984 年农历 3 月 27 日凌晨 3 点多，星空密布，有微风。

"哇啊，哇啊……"一个婴儿响亮的哭声打破了这个安静的村庄，划破了夜空。

"生了，生了，是个大胖小子！哎呦，瞧娃娃这大眼睛，跟他老子一样，真俊！"接生婆张大妈乐呵呵地对站在院子里的人们说道。

还在麦地里浇水的老雷，扔下手中的铁锨，向那个声音发出的方向跑去。

等老雷跑到家时，孩子已经睡着了。他笑了，笑得那样灿烂，身材并不魁梧的他高兴地看着自己的儿子。这个刚从母亲的身体中出来的小东西实在可爱极了，此时的他一只手紧握着，抵在小下巴上，正惬意地享受着这个世界。

突然，老雷哭了，多半是因为激动和感恩上天的恩赐。

这个婴儿就是我，老雷是我的父亲。其实，老雷那时候才只有 24 岁，只不过是高中没有毕业就因为家里缺少劳力而主动成为了一位农民，久而久之，村子里和他一样的一些人就开玩笑叫他老雷，叫着叫着就成真的了。

1984 年农历 3 月 27 日，阳历 4 月 20 日，春天已经来临，我来到了这个陌生的世界，这天是个好日子。远远看上去，民勤村是那样的祥和，有些人家的烟囱里已经开始烟雾袅绕，在风的作用下，七字形飘向天空。

第二章

　　我的童年是幸福的，跟大多数孩子一样，尽管我的父母都是地地道道的农民。这反而成了我的一笔财富，因为我的父母在我参加工作后成了所谓的城里人，跟他们一样跳广场舞，带孩子，安享晚年，而那些中国式的城市父母却一辈子都未曾体验过怎样做一位合格的农民父母，在这一点上，上天是公平的。

　　在我已经随风而逝的零散记忆中，7岁之前，我喜欢成天跟村子里的其他孩子一起玩泥巴，用泥巴盖房子，用泥巴制作一些只有我们才可以想象出来的泥玩具，比如泥枪、泥坦克等等；喜欢拿洗衣粉装进小瓶子里面，加水搅拌均匀后，再用一个吸管吹泡泡。在阳光的照射下，那些小泡泡五颜六色，自由自在，真是美极了；喜欢折飞机，然后比赛，看谁的飞得远，看谁的飞机飞过去能停在抽旱烟老爷爷的帽子上；喜欢推铁环，把钢筋弄成圆圈，再用一根比较粗的铁丝弄个弯儿，推着铁环跑，比赛谁跑得更远；喜欢拿街上的葵花秆和别人打仗，整个村子的柴垛基本上都被我和小伙伴们翻遍了，就是为了寻找可以打不断的"武器"；喜欢几个人在一起，连环跳马，一个跳过去后立马摆好姿势，让下个人跳，依次类推，我还几次都在即将要跳的小朋友起跳时，突然抽过身子，让他扑个空摔在地上，其他小伙伴们看着哈哈大笑；喜欢拿旧报纸叠成四方四正的纸包打包子，一天甩得胳膊那个疼啊，至今还记忆犹新；喜欢拿跳棋弹珠子，打中的就算是赢回来的，可以据为己有，我记得那时候我赢的最多；我最喜欢却最危险的游戏要属玩火枪了，用自行车链条做的那种火枪，然后用火柴做子弹，一扣扳机打出去的火柴就可以点着。这种火枪都是大人们做的，我们只负责闯祸。我记得最猛的一次是玩游戏的时候点燃了人家场上的麦垛，幸亏灭得及时才没有造成什么损失。当然，我们几个人回家挨打是在所难免的了。

记得有首老歌叫《中国娃》，好像是解小东唱的，曾经红极一时，里面有这样几句"……最爱穿的鞋是妈妈纳的千层底呀，走遍天下心不改，永远爱中华……"

有好长一段时间，我没有再穿过布鞋。有时候似乎在到处是名牌或高档的"学生群体"间渐渐地淡忘了。我认为这是对我们母亲的一种不孝，仅仅因为穿鞋。

小时候，每年秋收结束，家中稍有点闲暇时间时，母亲总是忙着搓麻绳，剪鞋样，糊鞋帮，裱底，纳底……大概要花差不多整整一冬天的时间，当一双双合适好看的新布鞋用沙子装满，放在阳光下，那么一大堆，花花绿绿的，煞是好看，伴着母亲长长的舒气，她似乎看到自己的丈夫和孩子穿着新布鞋在走动时的喜悦。

穿着新布鞋的那种激动，走起路来的那般轻盈，绝对是一般人这辈子都体会不到的。每逢过节，尤其是大年初一，穿双新布鞋挨家地串，比别人给压岁钱还高兴，对我来说，尽管我也喜欢压岁钱。

我还记得我小时候特顽皮，常穿着布鞋偷偷去滑冰。因为没几天鞋底就会磨薄，母亲一发现便会"狠狠"地打我。小时候，我以为母亲是心疼她做的鞋。如今才明白，她真正心疼的是我，怕我摔着。为此，我没少挨骂挨打。也废了不少鞋。母亲常说我是"不爱护鞋""破败性"……但是骂归骂，脚上的鞋却总是新的。

后来慢慢长大，穿鞋也就仔细了起来。所以母亲一年大概只做很少，很是为母亲"减了负"。再后来，就很少穿布鞋了，一年大概也只穿一两双。在自己未明白之前，总觉不出有什么不妥，直到有一次母亲问我"是不是布鞋穿着不好"时，我才发觉自己是在伤母亲的心，母亲毕竟是母亲，她永远有爱她自己孩子的权利，她希望在自己儿子的身上，永远能够找到她爱的影子。我现在才知道。

如今，穿着新布鞋，稳稳当当地走路时，便会想起在家盼望我出人头地的母亲，想起她手中的针和线，还有她那令人回味的唠叨……穿布鞋的感觉，爽！

在我出生的第二年，妹妹也出生了。我玩游戏的时候基本上都带着妹妹，所以到后来妹妹有点儿像男孩子的性格。

就这样，我无忧无虑地度过了我的童年。后来，我上学了。

我们那时候是最后一届学前班，只有7岁的孩子才可以报名，还得看出生的月份，月份小了的孩子还不能报名，上了一年后直接升级到一年级。后来都叫幼儿园，3岁就开始上学，小中大班上三年，负担重啊，想想我那时候真够幸运的，没有受到太多中国式教育的毒害。当然最高兴的一件事是从此有了学名——雷星。

童年的我十分聪明、机灵，鬼点子多，这也是同村的小伙伴们都喜欢被我率领的原因。当然，我挨打的频率也是十分高的。记得有一次，好像是一年级的时候，老师要求我们要把铅笔磨细画画写字。于是我在上学的路上捡了一块别人家墙上拆下的水泥块，让同学们磨铅笔，一次收费1分到5分不等，结果挣了一大把的硬币。可我回到家里向父亲炫耀时却招致了一顿狠打，父亲说我不学好，小小年纪就知道投机倒把做生意，将来肯定没有出息，还让我把挣来的钱退回给同学们。其实，我一直想不通，为什么我用智慧挣来的钱就被父亲说成是投机倒把呢？直到后来我上了大学的时候，父亲才对我说了当时打我的理由：他上高中时就是把爷爷给他加营养的鸡蛋攒下来换了一把心爱的二胡，结果到现在他只会拉一个二胡小曲，还基本上不着调。他打我是因为不想我将来重蹈覆辙。所以从这样的小事情上也完全可以看出，我的父亲对我和妹妹都是很严厉的，换言之，我的家教是非常严格的。这种家教一直伴随着我上了大学才有所改变。可是，这种近乎不近人情的家教造就了我的今天，我感谢我的父母亲，从小那样严格地要求和教育我，它就像是茫茫大海上的灯塔，一直为我照亮前行的路，指引着我前进的方向。小时候的我很是招人喜欢，尽管父亲没有重男轻女的封建思想，但是我口袋中的硬币总是要比妹妹的多一些。

我的外公是一名光荣的人民教师，而且还是一所乡镇小学的校长。他经常来我们家，给我讲好多好听的故事，也教我读书写字算数。我是个争气的孩子，在当教师的姥爷的关爱下，不到6岁的我就能把一百之内的加减法口算出来，而且口算的速度非常快，基本可以做到随问随答，那时候村里的人都夸我是小神童。有人说我可以直接上小学三年级，因为以前的不用学就都已经滚瓜烂熟了。再加上我从舅舅那儿学来的"迪斯科"：经常双手叉腰，有节奏没节奏地在邻居和亲戚面前扭着屁股，更是讨人喜欢。这样的基本功在上小学时派上了用场，学习对于我来说仿佛就是一件轻而易举的事情，就如同现在的有些人在官场上混得如鱼得水一样。从学前班到小学毕业，我的学习成绩一直是名列前茅，而且一直是班长。上课之前一定是我先站起来喊："起立！"其他人才站起来问老师好，那种成就感影响了我一生，也教会了我很多东西。比如我骄傲的性格正是从那时候起开始在我身上生根发芽，最终直接导致了我高考的彻底失败。此为后话，暂且不提。

　　写作往往在带给作者美好回忆的同时，也给作者带来伤痛。比如，回忆貌似苦难的过去。之所以我把我的那段时光说成是"貌似苦难"，是因为那些经历在我小时候可能是一种磨难，让我伤心和痛苦过，长大后我却把它们当做是我人生成长的一种财富，如果用四个字来概括我的感触，那就是：苦尽甘来。

第三章

　　欢乐的时光总是值得人们留恋，但是往往却是短暂的。1997年，还是那个春天，香港回归祖国怀抱，正当举国欢庆，喜气洋洋的时节，我的"苦难"开始了。

　　父亲不顾爷爷和家里其他人的反对，带着我的母亲背井离乡，到离我们村一百多公里的一个名叫昌盛镇的地方去开荒种地。父亲拿出家里所有的积蓄，又托人在当地的农村信用社里贷了好几万，在昌盛镇自己开辟了一个有二百亩地的农场。在那个人们听到说"万元户"就竖起大拇指的年代，父亲的举动无疑是大胆的，甚至村里的一些人都在等着看父亲的笑话，说父亲年纪轻轻的瞎折腾，弄不好一个跟头栽进去，这一辈子都别想翻身。而正是这个农场，成就了父亲，造就了我和妹妹的学业。现在看来，父亲的举动根本不是有些人说的瞎折腾，而是具有高瞻远瞩的眼光和超乎常人的胆识的。不过，事实证明，我们家也为信用社的发展做出了不小的贡献，贷款直到我参加工作后才彻底还清。十几年中，我们还了十几万的贷款利息，有得有失，这就是中国式的银行。

　　后来母亲告诉我，农场刚开荒时，他们吃了不少苦头，想起来都是眼泪。没有房子，就在沙漠中自然形成的沙槽当中支上帐篷，没有灶，就用土坯垒成三角形，然后在上面放一口锅，用捡来的柴火或者牛粪做饭。每每遇到沙尘暴，基本上是半碗沙半碗面。早晨醒来时，很多时候被子和人都被掩埋在沙下面。就是在这样恶劣的环境下，我的父亲硬是坚持了一年多。到昌盛镇的第二年，在亲戚们的帮助下，父亲盖了三间土房，算是有了新家。我时常在想，那时的父亲是多么让人钦佩，作为家里的顶梁柱，他的内心是多么的强大和不易。他所经历的磨难和承受的压力可想而知，是什么让他如此坚持，如此奋斗？是为了我！他为了让自己的儿子上得起学，为了儿子将来可以成为所谓的城里人，他默默无闻地忍受了一切。在他看来，他所做的一切都是值得的！事实证明父亲所做的一切一点儿都没有错，我爱我的父亲。

从初中开始，我开始去附近的镇上上学。能量有失衡定律，人的精力也一样。父亲忙于经营农场，加上当时的交通并不方便，通信设备也没有像现在这样发达，基本上没有时间照顾我和妹妹。我就是那时候开始"当家做主"的，不但要处理好自己的事情，还得每周末回村子给妹妹辅导功课。

初中时光是我到目前为止最孤独的三年，就是我所说的"苦难时期"，那种环境让我的性格中有了自卑、自闭和抑郁，于是，我开始记日记和写作，把自己当时的心情和想法都写了下来。那时候写了有好几本，后来遗失得只剩下了一本硬皮笔记本，至今还保存在我的书柜里。

每逢集市，很多同学的父母都来学校给自己的孩子送新蒸出来的软馍馍和水果等好吃的。而我只能隔着教室的窗户含着眼泪看看外面，因为我知道，我的父母还在离我很远很远的地方，他们种了好多地，没有时间来学校看我。而我也只能继续吃我的冷水加白糖，然后泡上几疙瘩长满绿毛的干粮。就这，我当时都觉得是一件奢侈的事情，幸亏县上的糖厂倒闭，白砂糖不怎么值钱，我才有机会天天可以在冷水里面加上一些，这样的日子占了我整个初中生活的一大部分。每次集市的夜晚，我都会悄悄地从宿舍里溜出来，一个人坐在教室后门的台阶上，看着夜空里皎洁的月亮发呆，一坐就是几个小时。我实在是太想念我的父母了，我那时候在想，要是每天都可以见到父母，他们能每天陪在我身边该有多么幸福啊。幸福，那个时候对于我来说是一件很奢侈的事情。

我只有在学校放寒暑假的时候才可以见到我的父母亲，每次见到他们时备感幸福和亲切，但是对于父亲，我还是那样地害怕，生怕什么地方做得不好被他暴打一顿。初中三年，我的父母只去学校看过我一次，我记得清清楚楚那是在我初一的时候，春耕刚结束，在母亲的强烈要求下，她和父亲来学校看了我一次。那个春天的集市，成了我生命中永远的记忆。那天，我照例看着窗外其他同学和自己父母亲热地在那里聊天，交接东西。突然，我的视线里出现了我最想见到的人——妈妈，我看见了我的妈妈，我揉揉自己的眼睛生怕看错，没有错，真的是妈妈，真的是我日夜思念的妈妈。我欣喜若狂地从教室一个蹦子蹿出去，箭一般地冲向了我的母亲，边跑边大喊了一声："妈！"眼泪禁不住地就流了下来，母亲见到我也泪流满面，手不停地抚摸着我的头，看看这里看看那里，"瘦了，瘦了。"她说。父亲从后面走过来，拉了母亲一把："再不要哭鼻子流眼泪了，赶紧说几句让娃学习去。"又对我说，"好好学习去啊，听老师的话，周末回家多辅导辅导庆庆。"说完还给我塞了十块钱，然后转身就走了，头也没有回，我一直目送他们直到看不见他们的背影。

母亲后来告诉我，她那次从走出我们学校门后，在回家的路上坐在父亲借来的摩托车后面一直哭到了村子里。

没有父母在身边督促和约束，我的学习成绩开始下滑，不再是班上的第一名，可还始终保持在整个年级的前十名以内。成绩下滑还有一个原因，那就是开始学习英语。我讨厌学习英语，这跟我爱国没有一点儿关系。

但是，那时候的我，除了学习，我还能干什么呢？在初三的时候，为了能够考到我们县重点中学，我真是拼命地学习，就连平时不喜欢学的英语也下了大功夫——初一到初三六本英语课本，不管三七二十一，理解与不理解，反正我硬是都给它背诵了下来。初中升高中考试如期举行，我的初升高英语98分，满分120分，我顺利考上了县重点高中。我之所以要费尽周折，花大力气考进县重点高中，有两个目的：一是为父母争口气，让村子里看不起父母，等着看父母笑话的那些人看看，老雷的儿子是好样的；二是因为考到县城以后，离昌盛镇就一下子近了好几十公里，那样的话，周末有时间我就可以去农场，可以见到我的父母了。

我在初升高考试的同时，因为成绩优秀还被学校预选参加了小中专考试，很幸运地被当时的武威财贸学校录取，会计专业。

说起这事儿，其中还有段小插曲。面对儿子下一步该走什么路的问题，父亲和母亲曾一度争执不下。父亲决定让我上高中，将来考大学，给脸上长长光，让村子里曾看不起他的人看看，老实人的儿子考上大学了，而且是好大学。而母亲却想让我上中专，将来毕业早一点参加工作，减轻一下家里的经济负担。两个人都是为了儿子的未来，却一个不同意另一个的意见。最后让我自己决定，做儿子的我当然不想伤害任何一方，虽然我心里有点想上高中。

无奈之际，便出现了戏剧性的一幕——抓阄。二十个一样大小的纸条，分别写着同样多的"高中"和"中专"字样，放在一个不透明的小罐子中，摇匀后由我抓出四个，父亲和母亲各摸一个，令人惊奇的是六张纸条上竟然都写的是"高中"。所以我当然继续上高中了。

后来，不太甘心的母亲还背着父亲偷偷地带我去算了一次命。可是，"神算子"竟然也说我五官福相，天生神相，应该上高中，将来长大后必定平步青云，官运亨通，还是整个家族的贵人……虽然整个事情看上去有点可笑甚至荒唐，但是它说明了一个问题，现实与迷信之间，往往人们在很多的时候选择了迷信，但是最终还是回归于现实，一个儿子对父母和父母对儿子的问题，值得我们每一个人深思啊！事实再次证明，父亲的决策是对的！

就这样，我开始了我的高中生涯。

第四章

2000 年的秋天，正值收获的季节，傍晚。

一群羊"咩咩"地徘徊在沙漠中间，啃着那长得正茂盛的红柳林和黄中透红的酸果丛。偶尔从红柳丛中蹿出只野兔，惊得在旁边正在吃草的羊儿向羊群里跑，跑几步却又停下来，回头看看已经很远的兔子，又若无其事地吃草。两只刚生下不久的双胞胎小羊羔活蹦乱跳着，有时，跑到羊妈妈身边，前腿跪下，小头一仰一仰地吮吸着那甜美的乳汁，等吃饱了，又重新跑开。一会儿蹿到这儿，一会儿又蹿到那儿，急得羊妈妈使劲地叫唤。可爱的小羊羔听到羊妈妈的声音后，很快就跑到母亲的身边。那仿佛就像两个调皮又听话的孩子一样，爱闹，却又不想惹大人生气。

红红的太阳亲抚着大地，当然，也照着沙漠。那沙漠在夕阳的映照下，红中透着星星点点的金色，显得格外美丽。沙坡上，暖暖的，一个穿着短裤的男孩斜躺在上面，手中拿着的红柳条悠闲地拍打着沙漠。他眯着眼睛，看着那太阳，那羊，还有沙漠、酸果丛、红柳林……

这个男孩已经 17 岁，这就是我，一个没有走后门靠自己的本事刚刚考入县重点高中的农村男孩。

老远就听见父亲喊着让我把羊赶回来，我懒洋洋地从热乎乎的沙漠堆上起身，嘴里"犄什犄什"地朝羊群叫了几声，那羊群便"咩咩"地往回走。

父亲老远地看着沙漠中的我，充满希望地笑了一下，然后轻轻地吸了一口烟，进了屋。

我的父亲，是个已经做了半辈子农民的农民，他和母亲共同操持着这个家，看着儿子一天天长大，而且学习还不错，他俩的心也就越来越舒坦了，因为他坚信，总有一天，儿子会带他离开这个地方，让他不再是农民。

经过几年的细心经营，农场已经慢慢有了起色。父亲自娱式地封自己为

"场长"。亲戚见了都开玩笑说，如今经济体制不一样了，农民也成场长了。不过回想起来，父亲还是带着一丝心酸。万事开头难，昌盛这地方，土质还算可以，尤其是新开的荒地，种地瓜是最好不过了。那一个个地瓜长得比脸盆还大，这远远超过了那些专门研究瓜基因的部分科学家们的预料。但是凡事有利就有弊，这儿靠近腾格里大沙漠和巴丹吉林沙漠，每年的风沙都特别大，尤其最近几年的沙尘暴天气，几场刮下来后，庄稼就变了样——所剩无几了。父亲的命运似乎有点不顺，第一个机井还没打出来就塌了，第二个机井中的出水量却又不是很好。更令人可气的是去年发生的一件事：他的一个堂亲戚来农场种地。忠厚老实的父亲考虑到都是亲戚，也没留什么字据之类的东西，当即把三份地中的一份给了那个姓张的亲戚。反正这儿原来就他们一家，现在起码有个伴，也不会太寂寞。可是让人没有想到的是，由于今年庄稼长得不是太景气，那个张家竟然毁约，不再种了。还差点打起了官司，最后，还是父亲做出了让步才让这件事了结了。

今年已经是开农场的第四个年头了，在父亲的苦苦经营下农场渐渐有了转机，原来光秃秃的沙滩上也已慢慢有了绿意，用来挡风沙的沙枣树风墙已经有两三米高了，一排排的煞是好看。今年的庄稼还算可以，长势喜人的还要属那几亩西瓜地，二十多斤的大西瓜遍地都是，连瓜秧也遮不住那个头。再过上半个月，我的四爹就会拉走西瓜，卖个好价钱。

刚开始的那几年，我和妹妹国庆还待在老家，由爷爷奶奶照顾着。虽然自从开农场以来，父母一年 365 天很少与我们见面，我粗算了一下，一年下来我和妹妹与父母见面的天数加起来可能也不超过 70 天，但是我们一家人之间过得很和睦，彼此的感情很深很深，这是一般人家不能体会到的。

我的父母为了我吃了不少苦。不过，无论怎样，面对这一切的一切，父亲和母亲一起咬紧牙关都挺了过来。正如父亲常说的一句话，没有什么过不了的坎！好日子还在后面呢！不管吃多少苦，他们都愿意，因为，他们所做的一切都是为了子女。为子女，再苦再累也是值得的。这也和那些其他跟父亲一样纯朴的农民们一样，祖祖辈辈在这儿居住着，祖祖辈辈为了子女，再穷也不能穷了孩子，再穷也不能穷了教育，不能让孩子将来没文化，没出息！父亲总结说，在我们这样的农业县，读书是孩子唯一正确的出路！万般皆下品，唯有读书高！这就是民勤人，这就是漠洲人！

那年，县上成立了六中。父亲便把刚小学毕业的国庆转学到了县城，托付给家在六中附近的三爹照顾。碰巧，三爹的大儿子海玉也考上了六中。

　　太阳只剩下半个了，远远地看上去好像被镶入了大地之中。吃饱的羊儿们顺着红柳中的小路开始往回走。我也跟着羊群慢慢地往家里走。

　　这一次我在父母身边待的时间相对长一些，几乎满三个月了。三个月中我在家里的表现还可以，偶尔会出去帮着放放羊，尽管父母以前从来不让我干农活。其实，倒不是我的父母对我娇生惯养，而是他们希望儿子不要辜负他们的殷切期望，将来有点出息。对妹妹国庆也是一样。

　　羊儿已经进了圈，跟在后面的我透过羊踢起的灰尘，望着眼前已熟悉的一切，心中竟有种说不出来的依恋，因为，明天的我就要去学校报到了。听说首先是军训，大概一周时间。

　　母亲早已做好了晚饭，父亲特地从镇上称了几斤我最爱吃的卤肉。

　　国庆故意撇着嘴开玩笑说："你们偏心，哥哥回学校时就称肉，我去年在家里也待了三个月，连肉渣都没见过。"

　　母亲笑了笑，说："庆庆，你也好好学，像你哥哥一样考个好高中，到时候我给你杀只羊，保管你吃个够！"

　　"我才不稀罕肉呢！"国庆又撇了撇嘴。

　　"你看你这丫头，越大越会争嘴了。唉，庆庆，你什么时候才能真正长大啊。这鬼丫头……"父亲说道。

　　"我才不要长大呢，就这样不是挺好嘛。你说呢哥哥？呵呵，我的好妈妈，咯咯……"国庆真的好像什么时候都是几岁一样，永远是那么讨人喜欢和疼爱。

　　剩下的就只有欢声笑语了。

第五章

晚饭后，母亲赶紧又帮我检查了一下行李。父亲和我坐在破旧的沙发上，对我唠叨着每次我离家前的那些朴实得不能再朴实的话。从父亲口中吐出的每一个字，都是我人生不断前进的动力。

渐渐懂事的我改掉了骄傲的坏毛病，但是新的问题又出现在了我的身上，令我措手不及。所以说我又是个不规矩的孩子，也是个标准的青春期患者。五年级时，我竟神使鬼差地"喜欢"上了同班一个名叫王洁倩的女生。或许是看电视太多的缘故吧，后来我想。

那年我 13 岁，有生以来第一次的感觉连我自己也闹不明白，那种感觉一次次地让我故意把书掉在桌子底下，为的是在捡书的时候可以看见离我座位不远的洁倩；一次次地从她身边走过，为的是能多瞧她几眼……终于，跟我关系好的小伙伴中有人发现了这个秘密，不几天工夫，全班便传开了。

调皮的孩子们都说我在"谈对象"。这下可惨了，就因为这个原因，羞得我再也不敢让东西掉在地上，再也不敢从她身边走过。而王洁倩呢？自然也不敢正眼看我一眼，更是不敢同我说一句话。

有趣的是一次期中考试，全班最高分有两个，凑巧的是这两个人不是别人，正是我和王洁倩，而且机缘巧合的是我们的考试成绩居然也是一模一样。一下子，顽童们叫得更加沸沸扬扬，也不知道是哪个淘气的同学听来了一个可能连什么意思都不知道的词语"心灵感应"，弄得洁倩差点哭了起来。

前面我说过，打小我就有喜欢记日记的好习惯，而且写得应该还不赖。从我二年级开始一直到现在，我总是不由自主地把一些有趣快乐的事记下来，写在一个又一个的小笔记本上，在那些一个个精美的笔记本中，几乎记录了一个大漠小男孩的全部童年，这将是我一生中无价的一笔财富。也就是从那时开始，慢慢地在笔记本上偶尔会多一把小锁。当然，小锁的钥匙只有我一个人有。

有一天刚下晚自习，王洁倩突然偷偷地向我借样东西——笔记本，我立马小心而又兴奋地把钥匙给了洁倩。

后来我还发现，王洁倩也有个笔记本。一次中午，我悄悄地溜进教室，打开了我想看已久的笔记本。我惊奇地看到了王洁倩日记中的很多话竟然和我的大致差不多，还有她把我本子上的有些话都抄在了自己的笔记上。其中一句"他原来也是个很可爱的男生"让我在后来的很长一段时间中兴奋不已，几乎成为少年最美好的记忆。

记得还有一次，我们模拟考试刚结束，几个同学便凑在教室门前的柳树下聊天，相互谈论着我们的理想。一个外号被称作是"小日本"的男生突然调皮地问我，将来发达了会不会把在座的女生中的一个娶成媳妇？同学们都哄笑了起来，正在这时，王洁倩说了句："人家将来当了大官，能看上我们？"没想到"小日本"立刻接过洁倩的话茬，喊到："王洁倩说雷星将来当了大官，能看上她！"同学们都笑得直不起腰了，还有起哄的，我假装生气地跳起来，去追赶早已跑远的"小日本"，逃开了……

小学毕业时，在王洁倩的日记本子上有这样一首诗：

时光如梭
岁月太匆匆
在这离别的时刻
才使人感到
难分难舍的同学情
何必在意
你故意把书掉在地上
何必在意
你向我借而我未借给你的钢笔
何必在意
你调皮的性格带来的谣言
何必在意
我们那些不愉快的事情
何必在意……
忘不了

你一次次从我身边走过
忘不了
在柳树下你我纯真的笑脸
忘不了
同窗共读的朗朗书声
忘不了
你我不经意引起的笑话
忘不了……
让我们友谊长存！！！

这也是在我的再三请求下，王洁倩才给我看的。看完后我就悄悄抄在了我的日记本上，很显然，这首诗中的很多事是关于我的，不，应该是我们的。

再后来，我们俩都去了小镇上的初中。

初一时，我在三班，王洁倩在四班。刚开始我们还经常在一起说说笑笑，谈论学习，也偶尔会说起小学的那段美好的时光。可是好景不长，一些闲言碎语便传到他们班同学们的耳中，懂事的我们只好把许多话藏在心中。我记得像我一样不守规矩的孩子其实很多，因为他们也是早恋患者，而且他们用一块钱十张的花信纸给王洁倩写信，后来我才知道那叫情书。洁倩为此事很是烦恼，经常把别的男生写给她的情书给我看，让我帮她出主意想办法怎样拒绝他们。我只能跟她说我们还小，要好好学习，不应该早恋等谁都会想到的建议，虽然没有对她起到什么帮助作用，却让我在最早时间接触到了诗歌一样的爱情美文，对我后来爱情诗歌的写作起到了启蒙作用。

初二时，镇中学和县三中合并。我和王洁倩还是没有分到一个班，可这次我们两个班是同一教学组，所以我们的任课老师基本上都一样，教室也是相邻着的。刚开始，谁也不会明白我为什么每次写作文时要一遍又一遍地修改，而且几乎我的作文每次都会被语文老师当作范文在三班和四班点评。尤其是每逢在四班点评时，我一下课便会急忙跑出去，傻傻地笑着。没有不透风的墙，又有人揭穿了我的"秘密"——写好作文是为了让王洁倩加深好感。事实上也差不多，现在想想当时的我真是傻得可爱，你说你每次都跑出去一次又一次地朝同一个人看，不露馅才怪呢！这其实有点与赵本山的小品中演得薅羊毛的桥段一样，每次都抓同一只羊薅毛，迟早得露馅。

由于王洁倩学习好，随着青春期的来临，她越来越漂亮，当然追求她的男生也在不断增加，常会听见有几个不同班级甚至不同年龄的男生因为写情书给洁倩而打架。不过令人欣慰的是，她都拒绝了他们。就算如此，有时候的我还是会产生那么一点点醋意。我当时还给自己来了个阿Q精神胜利法：我的永远是我的，不是我的到最后也不是我的。很多美好的东西往往只是一个青春期错误中的美好回忆。事实是，十多年之后，王洁倩还是没有结婚，而我，已经成了一个孩子的父亲。

初中升高中的会考，王洁倩考得比我好一点，以646分的好成绩进入全县前200名。按理说上一中没什么问题，可是，我却听说洁倩可能要去上一所地区师范中专。我有点失落，不过，我还希望洁倩可以上高中，将来肯定能考个好大学。其实，已经长大的我们都很清楚，我们之间并没有像同学们说的那样"早恋"什么的，在我们之间是纯真的友谊，天长地久般的朋友情，或者属于那种真正的异性知己。

"星儿，东西我已经准备好了，该说的你爸爸都说了。到城里以后，少玩玩，多学学。在玩过头的时候想一想我的这三个字：'好好学'，记下了没？"母亲走了过来，坐在了炕沿上，随手拿起了一件快织完的新毛衣。

"记下了，我亲爱的妈妈！"我调皮地回答道。

第六章

　　车辆如鱼般地在这其实并不大的县城大街上来来往往地穿梭着，虽然太阳刚刚升起没多长时间，但是在那还不算刺眼的阳光下，天依然很热。这也难怪，地处腾格里大沙漠和巴丹吉林沙漠边缘的民勤，昼夜温差特别大，像今天这样的天气已经算是很不错的了。有时候，一连暴晒好多天，白天气温最低也有 30 多度，这在民勤也是史无前例的。不过，天气预报从来没报道超过 40 度，据说是超过 40 度后，工人可以不去上班了。看样子，今天的天气极有可能同前几天一样，起码在正午时会超过 35 度，甚至更高。

　　从学校门口到校园，无数人在匆忙又小心地来回走动。整个校园中弥漫着花香，却又夹杂着土腥、沙腥、泪腥，还有钱腥的味道……尽管今年各个高中学校都扩大了招生名额，但是全县还是有近一半的初中毕业生是没有学上的，连职业技术中专学校都没有名额，我很是想不通，为什么不多办几所高中或者职业技术学校？有的人光成天说要提高国人的素质，可是假如连字都不认识的话何来素质而言啊？即使是农民，将来万一有一天买东西时不知道那些英文字母代表什么意思，能把庄稼种好吗？或许，我有点杞人忧天了。

　　一中的校门也并不是向谁都敞开的，毕竟是县重点高中。我上高中是2000 年的秋天，听说那年初升高的学生有 5000 多人，整个县上的高中招生名额却只有 2000 多，加上职业中专招收的 1000 名左右的学生，还有超过 2000 的初中生没有高中上，命运就此开始转变，或成为农民，或成为社会上的混混，或者开始在亲戚的带领下踏入社会，做小生意等等。

　　开学那天，来自四面八方的家长都在为自己的子女忙碌着。校园里人很多，有点挤。每一步都得走得很谨慎才行，不然就会踩住了前面人的后脚跟。偶尔也会看见有家长领着自己的孩子很烦恼地站在一个不起眼的地方，那大概就是来替子女说情走后门的，看能不能多掏点血汗钱让不争气的子女上高中，他们羡慕地看着和他们不一样的人们，可怜地在思索着什么，而站在他们身边的子女们却若无其事地站在哪儿，傻了吧唧地哼着小曲……

我和父亲站在一中校门口，我们刚下汽车。父亲看着"漠洲一中"四个金光闪闪的大字，意味深长地对我说："儿子，从今天起，你就是一中的学生啦！进这个门不容易啊，能凭实本事考到这儿来读书的人都是好学生，他们当中有好多学生都可能比你学习好。但是只要你还像以前那样刻苦地学习，你也会和他们一样好，甚至超过他们，比他们更好。我相信你有这个能力！但是反过来，假如你三心二意或者说不务正业，你就会掉队，成为学习差的同学中的一员，而且一旦掉下去，就很难再赶上来。知道了没？"

"爸，我知道了。"我望了望父亲，又望了望"漠洲一中"。我暗自下决心，一定不要辜负父母的殷切期望。但是后来却事与愿违，对不起他们。父亲是这个世界最无私的人，最靠谱的人，他走过的桥比我走过的路还多，他观察这个世界的眼光独特而又正确。从那以后，我很听父亲的话，可以笼统地认为，在我人生的成长路上，父亲永远是对的！

父亲那番语重心长的话语改变了我在这里四年的很多事情，为什么是四年呢，因为我高三上完之后只考了一所大专院校，复读了一年，努力了一年之后，高考成绩比第一年的成绩提高了很多，但是依然是没有达到本科院校录取分数线，而被本省的一所大专录取。提起来都是眼泪。

我们在校园里转悠了半天，才终于弄清楚我被分在了十班。班主任姓常，是个很优秀的男老师。我还听有人说，这个常老师讲课很不错，而且对学生要求特别严格，是学校的骨干教师。严格的老师对于学生和家长来说无疑是一种幸运，无论是站在谁的角度来看。

报名前先得去教务处开一张入学证明，所以我们便拿着我的录取通知书，来到了教务处门前。那儿很乱，人们根本就不排队，所有人都只能在人堆中挤来挤去，而且教务处只开了一扇只能一次办理一个人的小窗口。加上是在夏天，天又格外的热，不一会儿，父亲便被挤得满头大汗，可是身子却还在外面。

我走过去，不由分说从父亲手中夺过录取通知书，一把把父亲从"父亲堆"中推了出来。我毕竟是小伙子，很快就挤到了人群中间。可是由于人太多了，好大一阵子才能向前挪一点，连衬衫都湿透了的我几乎被悬空在其他人的脚上面。有个男人转过身，看了看父亲，我们相互笑了笑。恰好人群又向前拥了一下，差点儿把我推倒，还没站稳，就听见父亲在叫我。回头一看，只见父亲做了个出来的手势，还指了指身边的一个人。

那人微胖，洁白的衬衣，裤棱就像一条直线，腰中别着个手机……那派头十足的样子让人一看就知道是个老板或者当官的，最起码是个经理级人物，和农民父亲站在一起，对比极其明显。

也就是在那个瞬间，我暗暗地告诉自己，一定要好好学习，将来考个好大学，让我的父亲有一天也像那个经理一样，看上去如此的风光。

"星儿，把东西交给你焦叔，让他帮你办一下。"父亲一脸堆笑，言语中带着对那个被叫做"焦叔"的人有点巴结的味道。

我极不情愿地把手中录取通知书递给那个油头粉面的焦叔。

只见那位焦叔走过去，敲了敲门，很是神气地对里面的一个人喊道："王主任，把这个办一下！"

"好，您稍等，马上就好！"王主任同样是满脸堆笑，赶紧从焦叔的手中接了过去，投入工作当中。

"马屁精！"我暗暗地骂了一句，我不喜欢这样，骨子里不喜欢。

转眼之间，证明就到了我手上。我和父亲在庄稼人固有的客套中和那位下次见了我也不一定会认识的焦叔告别。我很是反感这种事情，凭什么别人都得挤，而认识个人就可以很快把事情办妥当，可我不想驳父亲的面子。转过头再看看那些还在拥挤的人们，看着那些有各种各样心理和眼神的陌生面孔，我似乎明白了现在有的人所说的"效率""学问""关系"……

后来，从父亲口中才知道，那位焦叔是县城一家土特产公司的老总，在县城这儿也算得上是个人物，个人资产估计过千万，还放高利贷。我家每年的黑瓜子就是卖给焦总的。还有，刚才帮我办手续的那位王主任是焦总女儿的班主任，也是焦总的客户之一。

学校里面的人似乎更多了，他们都在抬着行李来回走动着，有的好像在找宿舍，有的好像在等人。天真热，热得连树上的虫子都不想出来，这仿佛要达到一种境界。

"雷星！雷星！"一个女生的声音从我身后传来。

我扭头一看，高兴得差点跳起来，原来是王洁倩，"你怎么在这儿，什么时候来的？"

"我刚来，在等福生。他找宿舍去了，东西放在这儿让我看着。哦，你在几班啊？"王洁倩微微一笑，两个小酒窝便露了出来。

"十班，你呢，怎么决定下了？"我问道。

"我也上高中，早上才把小中专录取通知书交上去，不知道一中要不要我？"王洁倩似乎有点担心。

"没事　肯定会要啊，我的一个亲戚张雪也交的是小中专录取通知书，好像是被分到了七班。"

正在这时，王洁倩的弟弟福生来了，他和我也是小学同学，相互聊了几句后便走开了。福生和洁倩是双胞胎，不过有意思的是，福生从来不在同学面前叫洁倩"姐姐"，只有到家里面才偶尔会叫。

我正蹲在自己的床上收拾床铺，我选的是最里面的一个床位。整个宿舍破烂不堪，我实在想不出除了这个词语还有什么另外的词语来形容我眼中的宿舍。里面光线很暗，在不到 6 米长的宿舍中，刚进来的人很难看清楚对面的墙有多远。

我觉得自己就好像进入了人生一个新的地狱。

其实，这宿舍的确有很长的一段"历史"了，粗略估计应该有十六七年了吧。但是，就是在这样的环境下，一个又一个的沙漠娃从这里走了出去，以前是这样，现在也是这样，希望后来者可以在崭新的环境中度过他们的高中生涯。

宿舍里进来了一个高个子男生，长得还挺精神。我听着那声音好像在哪儿听过，转过身才发现是高伟——我从小到大最好的伙伴。

高伟并没有看见我，他在 105 宿舍中打听一个叫李玉亮的男生，被问到的新同学摇摇头说不认识。这时，高伟的一个同学在外面不远的地方喊他，我还没有来得及叫住高伟，高伟就早已跑出去了。

高伟的确没有看见我，也不知道我也是住在 105 号宿舍中。后来我才知道，他方才来找的李玉亮是他初中的一个好朋友，是内蒙古阿拉善右旗的男生，慕名来到漠洲一中就读，初中三年一直和高伟在一个班，彼此关系很要好。也是后来我才听李玉亮说起，当时高伟找他有两件事：一是一个假期不见，叙旧；二是想让李玉亮照应一下他的一个发小，他在新生榜上看见我们在一个班，那个发小便是我。

毕竟我初来乍到，对很多情况不是很了解，尤其是我们住校生，更是麻烦。那些走读的个别的城里娃会跟社会上的混混们勾结，专门欺负一些从乡下来的胆小男生。

由于报名人数远远超过了预测的人数，所以高一·十班现在只能暂时把学校唯一的图书馆当作临时教室。听同学们说新增的不仅仅是新生，还有许多前来复读的已经毕业的同学。

在我们这里，人们通常把复读的学生叫作"补爷"，把复读两年的叫作"老补爷"。今年的补爷们比往年任何一年都多，人们当然希望自己的孩子能尽量考上好一点的大学，以便就业的时候少点压力。而我，在三年之后，竟然也加入到了补爷这个行列中。所以，新生的部分教室便让给了补爷们，让新生暂时委屈一下，相信学校很快就会协调好的。等军训完了，就把团委上的一间电教室腾出来，让十班的学生上课。

"……今天晚上不上自习，8月23日，即明天早上，全体同学到教室门前集合，进行为期一周的短暂军训，请各位同学做好充分的准备，积极配合学校……"常老师一脸严肃地向下面窃窃私语的新生大声宣布着最近几天的安排。常老师看上去30出头，戴着个近视眼镜儿，头发微微卷起。今天的发型可能还是前几天用吹风机定的型，此时已经有一点凌乱了。那鼓起的将军肚可以让人们很容易就想到常老师的猜拳功夫一定不是很好，要不然就是他很能喝酒。

"这下可惨了，一周啊！这么热的天气还不把我们烤熟了。"李玉亮对旁边的一个男生说道。

"是啊，不知道这漫长的一周要怎么才可以度过，估计不热死也被累死。这么热的天，谁受得了？"那位男生也搭话了。

"喂，你说我们的教室什么时候才可以搬啊，总不能在这没有黑板的鬼地方上课吧？"李玉亮见有人说话，索性转过身来聊了起来，反正是刚开学，谁也不认识谁。

"不太清楚，听常老师说要过两天再看，学校要先把补爷们安排顺当了才考虑我们。其实，我倒觉得这儿蛮不错的。还有电扇……"那位男生又说道。

"哦，听说今年补爷特别多，很多学校的都转来我们一中补习。谁让咱们是重点呢。"李玉亮言语之中看上去因为自己是一中的一分子而感到很自豪。

"是啊，不过，但愿我们将来别补习就好了！"

"算了，不说这些了，你是走读还是住学校？该吃饭了吧？"李玉亮问那个男生。

"噢，我住学校，你先走吧，我还有事要去办一下。"那男生推辞道。

其实，这个男生就是我。

"那行，我先去了。我叫李玉亮，很高兴认识你，以后大家多多照顾啊！"

"我也一样。雷星，你叫我雷子就好了。"我和李玉亮握了握手。

"好，回头见！"

"回头见！"

其实，我哪有什么事要办，只不过是被眼前这位带着几分帅气的李玉亮给吓住了那么一点点。我之所以不和李玉亮一起去吃饭，是因为怕交上个"油街子"朋友，对以后不利。刚开学嘛，也不知道谁到底怎么样，不怕万一，就怕意外。谨慎些总是要比疏忽好得多。因此，我在刚开始根本就没有问李玉亮的名字，这是一种原始的提防状态，一切似乎都在萌芽状态。

李玉亮刚出宿舍没多久，我便回到了宿舍。没想到俩人在 105 号宿舍门前又相遇了。于是，俩人微微一笑。我拿了饭盒和李玉亮一起走向食堂。

一路上，由于李玉亮初中也是在一中上的学，所以他开始向我"传授"一中的"伙食真经"："……一周大约得 25 块钱左右，省一点 20 块就可以了。基本上是一顿饭两块钱，一周的饭单会在星期日晚自习前交给班上的生活委员，你想吃哪一顿就报哪一顿。量还算可以，一般人可能吃不了一份，两个人却又有点少，有时只能是哄哄自己肚子了。大灶上虽然有些饭的味道比不上小食堂，可是卫生，吃了放心。况且，我们学校的伙食和全县其他的兄弟学校相比是最好的。大灶一周一共供应 13 顿饭，基本上没有重复的。这也源于一中严格的管理制度。"

"还有，你刚来可能不知道，打饭的时候还讲究快与慢。也就是说，一个班的人跑快点儿，你就可能会早点吃上饭，慢了则是要等上半把个小时，有时前面的都吃完了，你的饭还没有打上。因此，同学们之间一直流传着这样一句话：'吃饭不积极，思想有问题。'不过有时候也说不准，你跑得快也未必能先打上饭，你想想，假如谁都跑得快。那自然就有慢的人了，所以也有'来得早不如来得巧'一说。因为，大灶上通常是按顺序打饭的，每个年级都有自己固定的窗口。就拿我们高一来说，第一天假如是一班当头，那么十班就是尾了。第二天是二班当头，九班打尾……依次类推。但是，比如今天本来是一班当头，我们五班去早了的话，就会先从我们班开始，接下来的是六班、七班……"

"住校生还有个特点，一般情况下把饭打好后，总是在食堂门前的操场上，一个班的蹲一个大圈，无论春夏秋冬。吃完后一起去水房洗干净，然后回到宿舍，午休或者结伴去逛街。而女生则是不同，她们每次都要把饭打好后端回宿舍，吃完后由值日生提水回去，然后才可以洗饭盒，逛街等……"李玉亮不愧是在一中初中部待了三年，讲起来滔滔不绝。

虽然刚刚才认识李玉亮，我觉得这个人还很不错，说话做事都很稳，还带着点文雅，像个姑娘一样。不管怎么样，先交往着再说吧。现在的学校就是一个社会的缩影，里面什么事情都有可能发生。拿句学校中常说的话来形容：一个人靠什么在这儿混下去，靠知识，靠朋友，靠权力，靠钱，靠老实。

第七章

　　吃完饭后，一群新伙伴们回到了我们即将要生活很长时间的"家"——105 号宿舍。相互自我介绍，然后夹杂一些自己在初中时的趣事儿。不管是谁讲，其他的人都在津津有味地听着。通过交流，我们才知道，原来光初中三年，在我们同龄人身边就有这么多的事儿，尤其是初三那一年，我们都做着同样一件事，那就是为了自己的前途在拼命地奋斗着，努力着。所以今天的我们才有机会坐在了一起，有机会开始我们人生的另一个征程，继续我们要走的路。我也是一样，此时的我正躺在床上默默地思考着：我不知道自己能不能在这新的环境中很快适应下来，能不能在漠洲一中找到属于自己的位置。我现在是不知道，但是我相信自己，正如前面所说的，一切都还在萌芽状态之中。想着想着，我慢慢地睡了，还做了梦，梦见自己考上了大学，胸前戴着个大红花，手里拿着那张我盼望已久的大学录取通知书……

　　一大早，我刚洗漱完毕，李玉亮就来叫我，说是去集合。

　　校园中已经到处是人影，当我们跑到图书馆前面时，只见常老师和很多同学早已站在那儿了。本来说好是 7 点半，现在才 7 点刚过。

　　我们赶紧站好队，我悄悄地对李玉亮说："我们班主任还蛮有责任心的嘛！这么早就来了。"

　　"开国际玩笑，咱常老师带班可是在我们学校出了名的，物理课也讲得很棒，对学生很严格的，有时还会发点小脾气，不过那也在情理之中……"听李玉亮这么一说，我觉得心里舒畅了好多，当学生的嘛，最大的愿望之一就是能遇上个好老师，而且尤其是好班主任。这不禁使我想起了我初三的班主任李老师。当时，李老师对学生都特别好，虽然偶尔会动手打学生几下，可是被打的学生没有一个不感激李老师，心服口服的。他常常能抓住每一个学生的优点和缺点，然后再进行适当的引导和教育。李老师给我们教的是语文课，他认为我有写作天赋，而且给了我莫大的指导和帮助，鼓励我在学习之余不断地进行练笔和写作。在我的心目中，李老师就是点燃我创作激情的那一把火，教给我的学问也是以前任何老师都未曾给予过的巨大的人生财富。他还说过，我是个搞文学的苗子，弄不好将来会成为世人皆知的大作家。可是现在我到了一中，自从毕业以后就再也没有见过李老师了，不知道李老师过得还好吗？他会不会在闲暇之余想起他曾经有我这个热爱文学的学生，会不会知道那个学生一辈子都会感激他？

军训马上就要开始了，从上初中开始就当体育委员的我当之无愧地又成了队长。同学们望着这个只有1.68米的"小队长"，像麻雀一样叽叽喳喳地议论着什么。后来，李玉亮告诉我，说是班上的女生们认为我跟林志颖很像，把我笑得差点儿从宿舍床上翻下来。

我们班的军训教官姓肖，是县武装部的一位小排长，虽然是个外地人，但是漠洲话说得却很是正宗，同学们都亲切地叫他"肖教官"。肖教官给同学们简单地讲了一下训练任务后，便把男生和女生分开来训练。由于女生中没有人愿意当队长，最后肖教官只好让我去带队。男生则是由一个叫黄会的带队进行训练。看着眼前一身绿军装的肖教官，我突然有了个想法：好好学习，三年之后一定要考一所军校，将来做一名军人或者人民警察。这也是我小时候的一个梦想，我羡慕那绿色的军装，觉得穿在身上是那样的魁梧和威风，让不法分子一见着就吓得尿裤子。每当电影或者电视上出现一个警察双手握着手枪，对那些歹徒们大喊一声"不许动！我是警察！"然后走过去，将歹徒打倒在地，麻利地从腰里拿出闪亮的手铐，"咔嚓"一声拷在歹徒手腕上时，我就感觉那是我自己，激动劲儿就甭提了。

老天爷真的发高烧了，空气仿佛准备要变成固态。热得连平时"知了"、"知了"叫的知了都不想再叫了，躲在阴凉处独自叹息去了。我的嗓子直发毛，要不是有规定，说什么也得买点水之类的润一下嗓子。我看见常老师也在坚持陪同学一起和太阳公公叫劲，身为队长，岂能带头休息？整个操场上到处都是口令声，高一·十班的训练场地还算好一点的，多多少少还有些树阴遮着。可是这儿也有不好之处，那就是不远处有一个厕所，无聊的臭气也热得到处飞舞，趁机兴风作浪了起来。一股又一股地熏得十班的学生连眼泪都快要流下来了。可是同学们为了班级的荣誉，没有一个退出训练的，而是更加认真地走着正步，喊着口令。其他几个班也不是很好，特别是在篮球场上的那些同学们，满身是汗，衬衣都湿透了，很多城里娃一天下来就变得黑黑的，皮肤晒得都发疼。

高伟趁中间休息的空儿跑过来和我、玉亮说了几句话，还给我们偷偷塞了两个雪糕，那是我这辈子吃过的最冰凉最好吃的雪糕。

一直到下午4点多，在肖教官的命令下我们才得以解散。

明天早上7点半继续训练。同学们个个跟好几天都没吃饭的乞丐一样，斜挎着衣服，拖着疲倦的身子陆陆续续地回了各自的宿舍。大致洗了几下后便去打饭。今天的食堂门前没有人再像往常一样大声嚷嚷或者抢着打饭，都像丢了魂似的，有气无力地跟在别人的后面，等着轮到自己才慢悠悠地把饭盒递过去，等厨师弄好后再接过来，出来蹲在老地方一口一口地嚼着，看上去想吃而又好像吃不下。

吃了点饭后，人总算感觉又活过来了。居然有同学开始打篮球，我简直佩服极了。李玉亮看着打篮球的同学只说了在漠洲很流行的一个字：冲！意思跟牛逼相近。

一觉醒来，同学们就又站在了昨天军训的地方。

一周后。

前面公告栏上有通知，今天下午3点开始验收军训成果。一周中，同学们基本上都熟悉了，很多都打成了一片。虽然说这几天是苦了点累了点，但是它却把许多同学在假期中养成的坏习惯给封杀掉了。从歪歪斜斜的队形到步伐整齐，反应敏捷，从原来睡着叫都叫不醒到现在每天主动按时起床，这军训，值！谁最明白？教官最明白，班主任最明白，队长最明白。一想一周的军训生活终于快要结束了，同学们个个松了一口气，那一张张黑黝黝的脸上不时地闪动着兴奋和活跃的光彩。

这几天，我由于过分卖力而把嗓子都喊哑了，每天都含着李玉亮给我买的金嗓子喉宝坚持着。因为在验收时一个班只需要一名队长，所以我跟常老师商量了一下准备让黄会代表班上喊口令。常老师对黄会不是太放心，但是没有其他合适的人选，也只好就这样了。因为在军训的第二天，学校发了一些资料，是让新生学唱《国际歌》《国歌》还有《校歌》等，在学习《校歌》时，常老师让一个原来一中初中毕业的女生来教大家唱。黄会不知道抽错了那根筋，突然冒了一句："先让她唱一遍我们听一下，如果好听了我们就学，如果不好听的话就不学了。"这下可把常老师给惹火了："刚上高中就这副模样，什么好听就唱，不好听就不学？照这样下去，以后还翻天不成？这位同学说的是什么话嘛，啥态度……"大大训斥了一番后，还问了黄会的姓名。

把本来油嘴滑舌的黄会吓了个够呛。后来，好在黄会在军训时是男生的队长，而且表现还挺不错，才逃过此劫，要不然，依照常老师的脾气，这小子可就得吃不了兜着走了。

"我宣布，漠洲一中……2000年新生军训验收大会……现在开始……"主席台上一个秃顶的校长在大声宣布着。李玉亮告诉我，刚才讲话的是学校的副校长，大才子一个，动笔杆子比嘴还厉害，毛笔字更是一绝，可是不知道是什么原因，王校长并不喜欢表现自己的才华，把知识都从已经秃顶的头上照给了他的学生们。有人把他称作是"灯泡校长"——永远照着别人，带给别人的永远是光和热。

根据抽签结果，第一个被验收的是高一·四班，他们做得很整齐，博得了在座领导和同学的阵阵喝彩和掌声。接下来就是高一·十班，早就做好准备的同学们都穿了一身黑色的校服，再配上黑球鞋，让人一看就挺精神的，第一名看来非我们班莫属了。

"下面，高一·十班表演，高一·七班准备！"喇叭中传出了声音。

"跑步走！一二一！一二一……"我们在黄会的带领下入场了。

"立——定！"

"嗵"！"嗵"！"嗵"！"嗵"！在继黄会的口令后，整齐地响了四下，掌声顿时如雷鸣一般。我悄悄地看了一下站在旁边的常老师，只见常老师满意地笑着。

"齐步走！一、二、一！一、二、一……"

"立定！"

"嗵"！"嗵"！

"向右看齐！"

"唰"！"嗵"！

"向前看！"

"唰"！"嗵"！

"稍息！"

"唰"！

"立正！"

"唰"！

……

又是掌声，比刚才的还要热烈。连王校长也不禁微微点头表示肯定："嗯，这个班做得不错！"

其他班级继续进行验收表演，可是却没有一个班能做得和十班相比。

统计结果可想而知，高一·十班一举夺冠。黄会高兴地跑到主席台前，接过了我们全体同学用认真和毅力换来的那张金光闪闪的奖状。显然有个别班不服气，说是前面的那个班做得太差，才使十班的看上去不错，早知道不给十班鼓掌了。嘿嘿！管他们呢，反正奖状已经属于我们的了，命苦也不能怪政府啊！

据一位同学的马路消息：下午要搬教室。新教室是团里的电教室，就在刚进校门那儿。那间教室的位置很好，窗外是学校唯一的一座假山，每逢假山喷水时，那景观煞是好看，最高处，一只雄鹰展翅欲飞，从鹰嘴里面喷出的水柱从假山上的一条小路顺流而下，形成了一个小小的瀑布。

果然，赶在晚饭之前，我就已经坐在新教室中了。新教室的确是好，仅坐在里面感觉就舒服多了。地面是用高级地板砖铺的，窗户是用铝合金框镶的，电源是由十班可以自己控制的，每天晚上放学后还可以在教室中多看一会儿书再走。比起我原来上的初中，那至少超前发展了好几年。当我擦黑板的时候，常老师进来了，他微笑着对我说，小心些，不要把衣服弄脏了，也不要把黑板撞坏了，这可是一中最好的黑板，一块要好几百块钱呢！

高一·十班一共有 60 个人，桌子摆了 6 排，每排 10 人。由于教室并不是足够宽敞，中间的 4 排同学只能并在一起，以便于腾出一些地方让人通过。我坐在第三排，位置还可以。常老师说明天有一批新的课桌要送到学校，看到时候能不能争取一下，不过事先要声明的是，新课桌要注意时时刻刻爱护，另外还要交一些押金的，到时候要是有损坏的话就不会退还押金，看大家的意见怎样，到底是要还是不要？同学们本来一听有新课桌顿时非常高兴，可是后来常老师说又要交押金，于是便大都不再说话。班上大多数同学都是来自农村，家庭条件本来就不是很宽裕，其中有的人为了凑学费，都东借西凑地费了不少力气，哪还有多余的钱交什么押金之类的啊，能省的就省吧，在这一点上他们都毫不保留地继承了他们父辈们的优良传统。这也正应了大漠人常说的那句话：龙生龙，凤生凤，老鼠的儿子会打洞。

紧张而又繁忙的几天下来，一切基本上进入了正常状态。这几天，使我懂得了不少新鲜的东西。虽然说漠洲县只是茫茫大西北中一座并不起眼的小城，但它毕竟养育着将近 30 万纯朴、勤劳、善良的人们，而且至今还保留着许多宝贵的民间艺术，比如地方小曲、剪纸，还有老人们连他们自己也不知道真正应该叫什么的很多绝活儿。平常日子，小城的大街上热闹非凡，各种各样的小商贩们一声比一声高地吆喝着，看见每一位路过的人们，就像看见自己的亲戚一样，热情地招呼着："哎，大姐，过来看一看，瞧一瞧，不好的不要钱，看一看啊，瞧一瞧……""哟，这位大哥，上城来了，来，看看我这儿有什么您需要的东西，我便宜些买给您，来来来，过来看一看，不买也行啊，买卖不成人情在嘛……"此起彼伏，他们相互说着，笑着，乐着，看上去似乎对自己现在的生活甚是满意。在他们之间，没有贫富贵贱，没有三六九等，更没有其他行业中的那样勾心斗角，时时刻刻在算计别人，又分分秒秒害怕自己被人算计。他们就是他们自己，一群大西北的实心汉子，心里揣着大漠人特有的豪爽和热情，每天重复着和昨天一样或不一样的生活，一代一代就这样在祖先留下来的这片土地上生存着，奔波着……

　　进入学校这么长时间以来，给我感受最深的是这儿的老师，这儿的老师可以说是全县老师中精英中的精英，他们都用自己独特的教学方法为自己的学生默默地奉献着自己的青春和才华。过去，我只是听说过一中的高考本科过关率一年比一年高，到现在我才明白，原来有这么多这么好的老师聚集在一起，雄厚的师资力量无疑是一中最大的支柱，再加上招收的学生也大多数是学生中的佼佼者，不出名才怪呢！学习全凭自用功，教者不过是引路人，这话一点儿都不假。老师都在想方设法地让自己的学生在最短的时间内取得最好的成绩。比如语文老师吧，本来学生们最讨厌那枯燥乏味的语文课，可这儿的老师却在课前5分钟安排两名同学做个小演讲或者背一段名言锦句什么的，在上课过程中假如发现有思想开小差的同学就让他们即兴表演个小节目，这样一来，背课文的同学多了，口才好的同学多了，胆子大的同学也多了，上课睡觉开小差的人却少了，你说还有谁愿意天天为同学们免费表演啊？其他的课就不用说了。在这样的气氛中学习，那也是大漠孩子们的福气啊。因为自古以来这里的人们，尤其是农民们都认为最有出息的孩子就是学习好，爱读书，能考上好大学的孩子。谁都把读书当作改变一家人命运的唯一途径，或许，他们的思想意识并没有生活在城市中的人们那样开放，但是他们执着，为了同样的梦而无怨无悔地付出自己的所有。

　　星期一是例行的班会，常老师觉得最近一段时间同学们好像还没有把心思收回来，所以他决定为大家上一堂"政治课"。

　　"同学们。"常老师双手搭在前面，以便可以掩饰一下凸起的大腹，"我在刚开学的时候就对大家说过，希望大家能够尽快适应这里的生活，以最好的状态投入到学习中去。可是，我近来发现许多同学还是停留在刚进一中的兴奋阶段。同学们，三年的时间说短不短，可说长也不长啊，是很快就会过去的。时间这东西不像别的，你失去的它是不会回来的，就只能把握现在。你们应该感觉到竞争的压力，有很多的东西在等着你们去迎接，去挑战！不要拿你们自己暂时的无知去塑造你们所谓的个性，人是理性与感性并存的，当你成天忙着张扬个性的时候，很可能你已经在学习上比别人落下一大段了。就像农民们种庄稼，你一天到晚光串门可不行啊，你得勤快些，比别人起早贪黑，你在秋天的时候才会比其他人家多收入一些，你们家的日子才可以比别人家稍微宽裕些。我看见你们其中有的人不学习，不知道珍惜现在的上学机会，我的心里真的是那么感到痛心，在这么好的条件下不好好学习，那真是枉费了你们父母的一片苦心啊！我们大多数人都是农民的儿女，你们要知道我们父母挣一分钱是多么的不容易。他们晨戴星辰而出，晚披月亮而归，无论刮风下雨，每天都得面朝黄土背朝天，他们这样做为了什么，你们知道为了什么吗？为了你们！同学们，本来我是不想过早地对你们说这些，因为我怕影响了你们正常的学习和生活，可是最近同学们的表现的确很是一般，希望同学们好好想一下，为了你们的父母，也为了你们自己！"

底下有个别女生已经开始在抽泣，同学们好像一下子长大了好多，其实许多事他们自己很明白，只不过没有用心去体会过。我也面无表情地坐在那儿，好像是在想着什么……

父亲打来电话，说是在下午3点左右有一车西瓜要到达县城，让我、海玉和国庆兄妹三个去帮着卸西瓜。这不，刚吃完饭，三爹就催着海玉他们来一中找我。要说在一中这样大的学校找个人那也不是件容易事，多亏海玉常在一中附近闲转，在问了好几个同学后才找到105号中的哥哥。我刚要准备睡觉，听海玉说明情况后，便和他们一起出来了。

卸西瓜的地点是在县城西门附近的一家什么公司，离一中不是太远，可是海玉却非要我给他们打的，说是好不容易有机会让哥哥放点血，这么好的机会怎么能错过呢？没等我同意，一辆出租车就已经停在了我们身边，我只好上了车。按平时，我是从来不打的的，本来县城就没多大，虽然每次才两块钱，可我一是不愿意养成这坏习惯，二呢我觉得这两块钱也是钱啊！有时去亲戚家串门，我总是走着过去，再走着过来。就在快到西门上时，海玉突然说忘了拿公司大门上的钥匙了，必须回去取。出租车司机一听顾客还有急事，很"慷慨"地说再加五块钱，他送一个来回。我一口回绝了，我想，到了再想办法吧。临下车的时候司机说四块也行，我还是没有答应，那司机只好没趣地开走了。

正在我发愁之时，公司大门上来了两个蹬三轮的。一个看上去 20 多岁，说不定还没结婚呢，另一个大约有 40 来岁，穿着一件蓝色的旧中山服。那个小伙子问了问我，然后递上了一张纸条。我接过来一看，只见上面写着：

二哥：
兹有临时工两人，前来帮你卸西瓜，劳务费每人五元整。

老三
2000.9.15

原来是三爹考虑到几千斤瓜如果光凭我们几个人卸的话，可能有点吃力，刚才恰好在大街上遇见了两个人力车夫，便商量着雇了过去，顺便写了张纸条。

我一见有三轮车，便试探着问那个小伙子："你的车子借一下，行吗？"

"行！"小伙子以为是我想骑着玩一下，便满口答应了，把三轮车交给我，走过去和一起来的"中山服"聊起天来。

我和海玉高兴地直奔新关，一路上，兄弟俩聊得不亦乐乎，还直夸现在的人可真大方，等西瓜卸完了给这小伙子送几个西瓜带回去。可我们哪里知道，我们的麻烦事来了。

当我们把钥匙取回来，三轮车还没停稳当呢，刚才还面带微笑的小伙子虎着个脸让我们下车。海玉吓得赶紧跳了下来，我也慢慢地从车上下来了。

"你们把我的车骑到哪儿去了？"小伙子走到离我两步距离的地方很凶地问我。原来，他聊了半天一转头却不见了我们，向国庆一打听才知道，是去了新关。气得他恨不得让我给他买辆新的。这几天，正值大街上的各种车辆很多，万一出现什么意外，谁负责啊？另外，新关的路有一段很不好，他心疼他刚买的三轮车。

"新关，去取了一下钥匙。"我淡淡地答道。

"谁让你骑那么远的路啊，拿来！"那小伙子大概是看见我衣服上面的口袋里有钱，顿时起了坏主意，只见他一手叉腰，一手伸向我，目光很不友好。

"什么啊？"我故意问了问，顺便一手扶在了三轮车上，心里面直发抖，表面上却不太自然地摆了摆腿，装作满不在乎的样子。

"钱呀，骑车费用。掏！"那小伙子又向前走了半步，吓得海玉和国庆只能在旁边呆呆地看着我。

　　说实话此时的我还真有些害怕，不过很快我就镇定了下来。我看了看海玉，又看了看不远处的一根木棍，海玉明白了我的意思，朝那根木棍移了移，万一小伙子动武，那他的下场就是吃木棍，况且，我们两个人对付那小伙子一个人也不成问题。

　　"掏！快点，把骑车钱给我，西瓜我不卸了！"那人又吼道。

　　我看着眼前的这个小伙子，忽生一计，既然这家伙这么横，干脆也来点横的，吓唬吓唬他。想着，我便站直了身子，挽起了衣袖，做了个准备打架的样子："你不是说把三轮车借给我吗？怎么又要什么骑车费用？"

　　"是又怎样？谁让你骑那么远啊！从这儿到新关。一个来回至少有三公里，我这新买的车是这样糟蹋的吗？算了，少废话，掏钱！"说着把手离我近了一些。

　　"好，我掏，不过你得等一会儿。海玉，去给大哥打个传呼，让他过来掏钱，大哥在高三·四班，你就大概说一下，让他赶紧过来就行了！"我故意说道。

　　海玉一时竟没反应过来，冷不丁地问："大哥传呼是多少啊？"

　　其实，我所说的"大哥"是我大爹家的，我们是一个爷爷，他是长孙，而我实际上也不知道大哥的传呼号码，于是，马上乱说了一个："9612 78204153，快去！"

　　海玉重复了一遍，就准备去打传呼。我想叫住弟弟，因为打了也是白搭。倘若海玉回来说上一句"号码不对，打错了"的话，那事情就真的麻烦了。没想到，小伙子却把海玉给叫住了，他转过头对我说："你喊你大哥想干什么？啊，叫上想干嘛？"

　　我一见那小伙子害怕了的模样，顿时想笑，我忍住了说："你不是要骑车费用吗？我让我哥哥来给你就是了，怎么？不想要了吗？"

　　小伙子的话比起先前就软了很多："也不是我非得要你的钱，你这娃娃做事就不对，你把我的车弄出什么问题来怎么办？"

　　"明明是我问了你之后才骑的。"我打断了小伙子的话，从三轮车旁边走了过来，蹲在了一边，"怎么能怪我呢？你是允许的啊，现在又要什么车费，还说我的做法不对，真是的。"

　　"你，你……"小伙子被气得连一句话也说不出来。

　　"算了，算了，都是误会，不要再争了，好了，你先回去吧。""中山服"当起了老好人来。

"哼……"小伙子似乎还想说什么，被"中山服"劝住了，他狠狠地看了我一眼，一脚蹬上三轮车，走了。

在已经看不见小伙子的人影时，"中山服"对我说："小学生，以后遇到事可是要讲明白点啊，比刚才可恶的人还多着呢，你把他们是唬不过去的，做事的时候多琢磨琢磨，不然会吃亏的。"

一会儿，瓜车来了。海玉笑着把刚才发生的事详细地告诉了他二叔，也就是我的父亲。当说到那小伙子差点要打我时，父亲抬头看了看我，吓得我赶紧抱起一个大西瓜朝库房里面走，边走边想，完了，指不定哪天又要上政治课了。

等卸完西瓜，已经是下午 5 点多了，我们又装了二十袋西瓜，送到了一个一竿子打不着的亲戚的餐厅那儿，收了钱，吃了饭，然后，我直接去了学校，剩下的人去了三爹家。

第八章

校园里静静的，洁白的月亮挂在柳树梢上。我拿着一本课本，站在政教处的门前，面对着并不是很白的墙在"思过"。我是刚才在教室闹的时候被正好路过的王校长给揪出来的。

刚才，我边做作业边给同桌唐海峰讲白天在西门那儿"智斗车夫"的故事。作业写完后，我拿出一张上晚自习前就买好的花信纸，准备给初中同学王文武写封信。唐海峰凑过来，开玩笑说："怎么，帅哥今天也有闲情干这行当啊，要不要我帮忙啊？我保你不管是哪儿的女生都会看完信后主动来找你！"

"去，去，去。谢谢你了，我自己能行，把你的感情别浪费了，等将来有了马子再用去吧，我就是真要追女生也用不着写情书啊，我直接为她写一本小说算了。呵呵，再说，截至现在，我都不知道我女朋友到底姓甚名谁呢。"我有点吹牛。

"是谁在写情书啊？想不想用最新版的小燕子和五阿哥信纸啊？"坐在唐海峰前面的李玉亮捏着几张纸转了过来。

"玉亮，拿来借给我俩饱一下眼福哦！"唐海峰笑着说。

"借你们？那还不是肉包子打狗有去无回吗？你们的'好意'我心领了，我可不想和我的小燕子离别。"李玉亮说完便把那几张信纸夹在语文课本中，放了了桌子最上面的书上。

唐海峰给我递了个眼色，示意让我抢过来看一下。正在兴头上的我突然站起来，扑向那本语文书，谁知道李玉亮早就有所防备，结果书是没抢到，可刚才发生的那一幕却让在马路上的王校长给远远地看见了。

王校长走进高一·十班教室，指着我说："第三排第二位同学，出来！"

我赶忙站起来，准备出去。

"把书也带上！"又是一吼。

我觉得教室中安静得可以听到李玉亮和唐海峰的呼吸。倘若不是有桌子在旁边，我准跌倒了。我连忙拿了随便一本课本，耷着头走向王校长。

到了政教处门前，原来传说一向严厉的王校长今天可能心情不错，他用手刮了一下我的鼻子，微笑着说："鬼小子，是不是嫌教室里面的条件太好，把你们给得太舒服了？好，那你就给我站在这儿看书，不经我允许不准擅自离开。"说完王校长就进去了。

"也真够倒霉，为什么就偏偏把我给逮到了，这下可以肯定的是，下次开班会的时候班主任又有讲的内容了。"我独自一个人在那儿嘀咕着，话是这么说，即使是被罚站到这里，书还要看的，我打开课本，傻傻地乱翻着。我无意中扭头，看见了我的一个初中同学范娇，羞得我赶紧低下头，尽量不去看她。我当然不知道，自我被王校长揪出去那一刻起，整个教室静得出奇，所有的同学一个个像是吃了定身丸，一动不动，连大气都不敢出，此时就算谁一不小心放个屁出来，恐怕敢笑的人也没几个。

"进来！"严肃有力的一声打破了教室的宁静，把很多同学着实吓了一跳。接着，他们便看见先前被叫出去的我低着头，跟在常老师后面走进了教室。我趁常老师转过头的空间，向李玉亮他们扮了个鬼脸，李玉亮和唐海峰看见我的样子，差点儿就笑出声来。"我多次给大家说过，教室内上晚自习的时候要保持绝对的安静，可还是有同学屁股上有钉子，坐不住。让校长亲自抓到政教处'站岗'，你们又不是不知道，咱们班教室本来就在校门跟前，所有领导和老师进进出出都可以把我们班教室里的情况看得一清二楚。从物理学上讲，光的直线传播速度是多少，那是 3 乘以 10 的 8 次方米每秒啊，那是个什么概念啊……"常老师时时还不忘给同学们利用专业知识来说明一下。

我和同学们再也忍不住地笑了，常老师也笑了笑，对站在身后的我说："坐下去吧，下不为例啊，量化成绩扣 4 分。其他同学要引以为戒，不要让我天天到前面去领人。"

下晚自习后，同学们都望着我，有的还围过来，想安慰一下。唐海峰也抱歉地对我说："雷子，对不起啊，都是哥们我害得你。"

"还有我。你没事吧？"李玉亮也问道。

"没事儿，真的没事儿！你们干嘛弄得这么恐怖啊，好像我刚从号子里放了出来一样。不过……"我笑着把话说了半截。

"不过什么？"

"不过，站在前面的滋味的确不太好受，从那儿走过的每一个人都看上去很努力地想看清楚我的脸，特别是在初中的学生们下晚自习的那阵子，我简直成了熊猫盼盼，都在边走边看我，羞得我只好把身子稍微朝前探一下，假装是在找人。可是我还是听见了有小妹妹说：'你们看。那儿有一个被罚站的……'这下好了，我终于'一夜成名'了。这还好，还有更丢人的呢，我被正好去政教处办事的英语老师碰见了，她竟然开玩笑问我'why'，哎呀，今天把人给丢大发了，这让我以后怎么上课啊？！可话说回来也有不少'好处'，那就是一下子认识了好多学校领导。"我面带苦涩地自我调侃道。

"哈哈，都什么时候了，你还有心思认领导，我真是服了你了，好了，走，我请客，为你替我和唐海峰'代罪'表示一下感谢！"李玉亮看了看手表，说道。

"这还差不多，够哥们儿。走！"

教室里又重新安静了下来，月光从窗户上照下来，恰好照在了我的座位上，一切变得那么和谐，月亮似乎比先前更亮了，更高了……

星期六，但是一中仅仅一早晨就上了5节课，累得我感觉耳朵都开始听不从心了。在当前随时随地都会出现竞争的大环境下，补课虽属迫不得已，但也在情理之中啊。谁让漠洲一中的高考过关人数一年比一年多，仅去年一年，就突破了600人，那些三流的学校还不包括在其中。以前是这样，现在当然还得这样，"家长苦供，教师苦教，学生苦学"是漠洲一中的"三辆马车"。没办法啊，所有的兄弟学校都是如此，漠洲一中自然也不会例外。在补习班，几乎是没有什么假期或者星期天什么的，一个星期就休息那么半天，可想而知，学生在这种环境下的压力和竞争有多大，他们必须这样做，道理很简单，前面的人就是这样做的。

我和往常一样，在放学之后就去了国庆那儿。我站在六中的校门上等国庆和海玉时，一个女生从我面前经过，我仔细看了看，向那个女生喊了一声："范娇！"

"噫，这不是雷星吗？你怎么会在这儿啊？"那个被叫作"范娇"的女生停了下来，转过头微笑着说。显然，在这儿碰到我还真让她感到有点意外。

"我是等我妹妹，她在六中上初一。你呢，在这干什么啊？"我朝范娇走了过去。

"噢，我家就在这儿啊，你看，从这儿进去，第三个大门就是。真巧，能在这儿遇见你。过得咋样，还好吧？"她微笑着问我。

"什么啊，能有多好，一般般了，瞎混。我们好几年没见了吧？你越来越漂亮了啊，这城里就是不一样。"我笑着说。

"有那么夸张吗？没想到你还是那样油腔滑调的，刚见了老同学就损。"范娇也笑了。

"真的，我说的是真的。那天放学的时候我看见你了，你在教学楼拐角那里，和几个女生推着自行车。还没等我走到跟前，你就走了，喊了你两声你也没听见。"我那天确实看见她了。

"是吗？我没听见啊。我前些天也看见你了，你和一个女生、一个男生在学校门上打了个的朝西街那边去了，我没敢认你，怕你女朋友吃醋。"范娇看着我，眼睛里有种说不清的语言。

"哈哈，那是我妹妹和弟弟啊。什么'女朋友'，你真幽默，我现在去哪儿找女朋友啊，让我爸爸知道了还不把我给杀了。你真是……"我脸红了，赶紧解释道。

"看把你弄得跟真的一样，我也是随口开玩笑的，像你这样的好学生谁不知道。看，他们放学了，我弟弟也在六中。"她指着六中校门说道。

我们正聊天的时候，六中放学了，学生们一下涌了出来，刚才还特别安静的校园一下子热闹了起来。我在人群中寻找国庆的影子。

我和范娇是上初一的那会儿认识的，那时候，范娇的爸爸在镇政府上班，而我的大爹家姐姐也在镇政府。所以两个人偶尔会碰在一起，加上两个人的性格都是比较开朗的那种，一来二去就认识了。当时，范娇和王洁倩在一个班，王洁倩还开过我和范娇俩人的玩笑呢，说是我喜欢上了范娇。可是在初二的时候范娇因她爸爸工作调动，便转到了漠洲一中的初中部继续上学。这也是王洁倩告诉我的。没想到两年后竟又可以见面了，而且还在同一个学校。

"哥"，还是国庆先看见了我，她小跑到我的跟前，"哥，你来多长时间了？"

"我也是刚来。这是我妹妹国庆，这是范娇姐姐，我的初中同学。"我简单地介绍了一下。范娇和国庆相互笑了一下，就算是认识了。

"噢，我得走了。都聊天聊得忘时间了，今天回去我妈妈肯定又要唠叨了。啥时候有空的话就来我们家玩，我先走了，拜拜。"范娇一看表，都快12点了。

"好的，那赶紧回去吧！再见！"

范娇刚走，海玉也背着个书包出来了，他走过来在我肩上重重地拍了一把："哥，看不出来，长得挺漂亮的嘛！"

"呵呵，你老哥我这么帅，认识的女生能不漂亮吗？"我趁机吹了一下自己。

"是我们'嫂子'吧？嗯？"海玉坏笑着问道。

"去，去，原来你小子在套我话啊，看我怎么收拾你！"我把袖子一挽，做了个要打架的姿势。

"你看，做贼心虚了吧，一定是！等我回去告诉爸爸，看不扒了你的皮，哈哈……"国庆也开玩笑说。

"对，告诉二爹，好好收拾哥一顿。"

"哎呀，我晕！你们两个娃娃家，懂什么啊！我不和你们说了。"我脚一抬，准备回家。

"哥哥，我有个好主意。你要是听的话，我们保证不再乱说。"国庆看了海玉一眼，海玉心有灵犀地点了点头。

"好吧，碰上你们两个小鬼算我倒霉。说吧，是什么馊主意？"我装作很无奈的样子。

"请客！"国庆和海玉异口同声地说道。

"哈哈，原来闹了半天就是要我放点血啊，你们两个都快能评国家一级演员了。"我恍然大悟。

"哈哈哈哈……"

我只给弟弟和妹妹每人买了一个雪糕，自己没买。国庆问我时我说这几天胃里不太舒服不想吃，其实是我把给自己的那一份省下了。在我看来，吃雪糕也可以算是一种奢侈，但是给妹妹买的话，那就另当别论了。我在学校也是一样，很少买雪糕或者其他零食之类的，因为我知道，家里并不是很富裕，我现在所花的每一分钱上，都沾满了父母的血汗，他们风里来雨里去，挣点钱真的很不容易啊。这几年的年景也不是太好，虽然父亲常对我们说，到县城里，该花的就花，不该花的就不要乱花。还说我打小嘴馋，想吃啥就买点啥吃去，只要我们能好好学习，他们再苦一点都不算个啥……而我和国庆都很听话，基本上谁也不会乱花钱。我总是把零钱都存起来，等和妹妹在一起时才用，我很疼爱国庆，因为我就她这一个妹妹，不疼她疼谁呢？我曾经在一篇文章中写过这样几句话："我很感谢上苍赐予了我世界上最伟大的父母和最可爱的妹妹，我很庆幸这辈子能够和他们生活在一起，假如可以让我选择的话，我愿意永远和他们在一起……"

按照惯例，每个礼拜天我都要去五爹家。在那儿，我可以一个人安安静静地学习。因为通常五爹夫妻俩工作很忙都很少回来，吃饭的问题还需要我自己解决，自己动手做也可以，万一不想做的话就到楼下买点挂面或者其他什么的，或者干脆给三婶打个电话把饭做好，骑个自行车过去吃了再过来，反正隔得也不是太远。在我刚到一中的时候，五爹就给了我一把家里的钥匙，还跟我"约法三章"：休息日通常不准随便外出，他要是打电话回来，我必须得在家；不准乱打电话，看电视机，听录音机；注意电冰箱、液化气的使用。

并不是他舍不得那几块钱话费的问题，而是既然我住到他家，他就要给父亲一个交待，说白了就是要对我负责任。

下午，我向五爹要了自行车的钥匙，说是去参加学校组织的英语角活动。下楼的时候，五爹硬是塞给我 10 块钱，让我买点有用的东西，比如书之类的。

当我把自行车放好后，远远地看见已经有好多同学在英语角的场地上正在叽里咕噜地聊着。自从学校办起英语角这个活动之后，每周的星期六晚上 7 点 30 分，同学们便会自发地利用起这短暂的时间来锻炼自己的英语口语水平，以便提高自己的英语成绩。渐渐地参加的学生们越来越多，经常黑压压一大片。先前，他们好几个聚集到一块儿。认识的和不认识的相互用英语交流着。可是没过几周，王校长发现英语角出现了一种怪现象：刚开始的时候人挺多，不过没多长时间学生就由先前的一堆一堆的变成了一对一对的，从聚集在一起到分散到了假山、花池边、柳树下等一些别人不容易看清楚的地方，而且，更奇怪的是，那些一对一对的居然大部分是一男一女。于是，在王校长的带领下，学校很快对此进行了整顿和管理，每周六都安排两到三个英语老师值班，让他们真正了解学生们对英语的态度和希望老师们今后在上课的时候应该注意些什么，怎么讲才可以让学生更好地接受和感兴趣。

"Hello！雷星！"我刚到英语角就碰见了迎面走来的李玉亮和唐海峰他们。

"Hello，my dear Yuliang and Feng，what is your name？"

"哇塞，我 Call，我忍不住了，你初中的英语老师是白痴吧？！英语说得这么差，你这是小学水平啊！"李玉亮总是喜欢开我的玩笑。

"好啊，你小子竟敢犯上，看我……"我刚要欺负玉亮，就听唐海峰说："别闹了，老师来了！"原来是他发现有一位值班老师朝这面走过来了，连忙喊住了我。

等那个老师走过去后，李玉亮一脸诡笑地问我："我正想找你呢，你小子给我老实交代，最近干过什么好事没有？老弟啊，不简单啊！"

我仔细想了想，莫名其妙地摇了摇头："没有啊，怎么了？"

"还说没有。人家小姑娘都找上门来了，我劝你还是赶快坦白从宽吧，呵呵。"唐海峰也说道。

　　"你们两个家伙，没什么正经的。告诉我到底怎么回事？"我还是丈二摸不着头脑。

　　"真的，我们不骗你！刚才有个初三的小女生来找你，也没说找你干什么。"李玉亮认真地说。

　　"嗯，让我想想。"我还是半信半疑，"初三的女生？我真的一个也不认识啊，真的。"

　　"我来告诉你吧，是崔婷婷。这下知道了吧？"还是李玉亮说了。

　　"崔婷婷？崔婷婷是谁？我不认识！"我还是没闹明白是怎么回事。

　　"看你这记性，就是我们上次跟玉亮去后面租房房东的女儿，噢，对了。就是向你问数学题的那个啊！想起来了没？"唐海峰继续启发我。

　　"哦，我记起来了，原来是她啊。"我终于想起来了。刚开学不久，李玉亮领着我和唐海峰看望了一个住在学校外面的朋友，在那儿才坐下不久，进来了一个拿书的小女生，看上去蛮可爱的，说是有一道数学题不会做想让李玉亮给她讲解一下。一见数学就发晕的李玉亮赶忙把题推给了我，还起哄说我在会考时的成绩在他们几个人中最高，让我帮忙讲一下。碍着面子，我只好拿起笔解题，绞尽脑汁，硬是把那道其实并不难的题给磨了出来。可是现在崔婷婷找我有什么事呢？我们没再联系过啊。

　　"她找我干什么？有什么事吗？"我问李玉亮。

　　"废话，你真以为自己貌似潘安啊。臭美，她说让我帮她借一下你这学期的语文作业和作文本。"李玉亮戏说道。

　　"借我那些东西干什么用？那有什么好看的。"我很不解。

　　"我忘了问她了，不过，听崔婷婷说好像是有个什么李老师让她找的。"

　　"噢，肯定是我们初三班主任李老师班的。我前几天在校园遇见他了，原来他也调到我们一中了，我正想抽个时间去看望一下他呢，但是他让学生找我作业干什么用？"我有点莫名其妙。

　　"她告诉我说李老师说你不仅字写得好，而且文笔也不错，所以让班上的同学向你学习啊！"唐海峰说了实话，他接着说道，"嘿，有的人魅力可真不小啊，连初三的女生都追他，有缘千里来相会，无缘对面难相逢啊……"

　　"少制造污染气体了，我还没搞清楚这到底是怎么回事呢！"我有点无语。

　　我们在英语角的区域闲聊了一会儿，李玉亮和唐海峰上街去了，我没去。我在纳闷：这李老师怎么会突然要用我的作业？难道只是为了看规格整齐。不过，管它呢！没想到，我这平凡得再不能平凡的我，竟然会有今天，这恩师就是恩师，和一般的老师不一样。回想起来，在李老师给我当初中班主任期间，他对我在文学上的帮助和影响是其他任何人都没法相比的。另外，我们之间除了师生关系外，私下里也是很投缘的，李老师知道我从五年级就开始基本自立后，常把我叫到他家里吃饭、聊天，我打心底里很感激李老师。当李老师发现我在紧张的功课之余常常练笔时，特地对我经常进行一些文学基础的辅导，也是李老师让我更加喜欢上了写作，并在文学上进步很快。初二时我就发表了我的处女作，并在李老师的指导下，获得了一次全国性的作文大赛的三等奖。李老师也常对他的同事说我这小子将来说不好就会走文学这条路，是棵好苗子，一定有出息。到如今，李老师这种细致入微，无私大爱的关怀令我很是感动。

"变法"后的英语角人数并没有减少，不过现在来这儿的人就是平时口语相对可以的同学，高三的学生很少来参加，可能是那漫天过海的试题占据了本来也属于他们的快乐和生活。大多数都是高一、高二还有初三的学生们，此外，城里的学生要占大部分。英语老师也发现，这城里的学生会说不会写，而来自农村的学生恰恰相反，光会写却不怎么敢说，这一现象被称为"乡村英语的发展逻辑"。

从上周开始，英语教研组特地印制了一些写着"The ma in speaker"的胸牌，一个班一张，由各班的英语老师负责每周都找一个英语口语好一些的学生当代表，把那个胸牌别在胸前，让其他班级的同学和这些代表们交流。然后，根据这些学生代表们的表现，评出每周的优秀"speaker"，送给一个小小的纪念品作为奖励。我有幸成为了"The ma in speaker"中的一员，此时的我却把老师发的胸牌藏在口袋中，不敢拿出来。刚才那众人"围攻"一个跟我差不多的女生的一幕，把我吓了一跳。说实话，我很佩服那个女生能面无惧色地对答如流，很多单词我听都没听过，我可不行，连平时说话我都害怕，可英语老师偏偏让我来当这"The ma in speaker"。我曾自嘲说，不是我不喜欢英语，是英语不喜欢我。

"Hi，雷子。"高伟突然从后面冒了出来，着实吓了我一跳。

"哦，我的妈呀，吓死我了！"我回过头一看是他，松了口气。

"怎么不过去 say 几句，一个人在这儿？"高伟问道。

"我一个人不敢过去，这么多的人，我们英语老师把这个牌牌硬是给了我。我害怕。"我把胸牌掏了出来，不好意思地说。

"走吧，没事儿。都差不多，他们还能把你吃了，多说说就不会紧张了，走，我陪你。"高伟边说边把我朝人群里面拉，我只好硬着头皮走了过去。高伟的英语学得不错，口语也很好。我还是很紧张，说不出来，多亏有高伟替我解围。刚才被众人围住的那个女生看见高伟，走过来聊了几句。那女生的性格很快使我知道了她的名字——李海燕。这个带着些诗意的名字很容易让人对她产生好感。

9点过一点，也就是英语角开始两个小时之后，在灯泡校长的吼声中，同学们开始散了，各回各家，各找各妈。

我以最快的速度冲向五爹家。在商贸市场大门口，我看见了李玉亮和唐海峰他们俩，在李玉亮的前面还站着另外两个个子不高的小伙子，一个穿着一条让人一看就很不舒服的宽裤子，斜戴着个眼镜；旁边的那个个子稍高些，跟李玉亮差不多，看起来好像也是学生，大概是附近职业学校或者技术学校的吧。我一看那四个人的架势就不像是在聊天。

"雷子，过来一下！"还是唐海峰眼睛亮一些，第一时间先看见了我，声音喊得有点急。等我走近了，他才指着另外两个小伙子继续说，"雷子，这儿有两个我们都不认识的老哥想向我们'借'点钱花花，我们说没有，他们硬是不相信，来，你帮我们说说。"

我仔细看了那两个人一眼，发现后面那个个子稍高一点的好像是前面站的这个家伙的"小弟"，的确是职业学校的小痞子，我印象中好像在哪儿见过前面的那个大裤筒。我立刻明白了唐海峰的意思，我稍稍摇了摇头，装作很麻利地从口袋里掏出了一张10块的票子，伸向大裤筒："这位老哥，我这朋友见识少，你别见外！来，就这么点，拿去先用着吧，你看？"

"还是这位小兄弟会办事，少是少了点，不过看在你的面子上，我就先饶了他们两个。"说着，大裤筒准备把钱接过去。

唐海峰和李玉亮在旁边看傻了：这小子怎么会这样做呢？他们的意思是要反过来修理一下这两个家伙，三个打两个，保证没什么问题。

"咚"一拳，随着大裤筒"哎哟"的一声，他连连后退了几步。"妈的，敢诈你小爷们的钱，混得不耐烦了是吧？也不打听打听。"原来是我趁大裤筒接钱的当儿瞅准对方的脸，然后狠狠地给了他一拳，打得大裤筒差点儿就趴下了。大裤筒显然很不服气，估计他在外面混了这么久，还没人敢惹他，难道对方混得比他还要冲吗？他用手擦了一下流血的鼻子，向我猛扑过来，一脚踢向我的前胸。我很敏捷地抓住朝自己飞来的大裤筒，使出全身的力气向左边用力拧了过去，那大裤筒便在又一声"哎哟"之后重重地摔在了地上。

早已忍不住想动手的李玉亮他们，一把抓住另外一个已经快吓傻了小子，在他身上一顿乱脚猛踹。先前还无比嚣张的两个小痞子现在只剩下叫妈喊爹的份儿了。

我看打得差不多了，就叫住了玉亮他们。

"我看这样吧，我们把这两个家伙送到派出所吧？"我给玉亮递了个眼色，故意说道。

大裤筒和高个子一听，顿时吓破了胆。大裤筒可能真的混过几天，他站起来对我说："兄弟，别把事情做绝了！都是出来混的，以后可能我们还会有见面的机会。我有眼不识泰山，冒犯了你，这打也打了，送派出所我看就算了吧。"毕竟是做小弟的，大个子连忙从口袋摸出了一小叠钱，递给我，说让饶了他们，以后再也不敢了。我想了想也对，万一真把这两个送进去，无非就是让他们俩在里面待几天，出来后肯定会再找我们算账，不如就此做个顺水人情算了。我把钱重新扔给高个子："谁稀罕你们的臭钱，哥几个有的是钱，可就是不想给像你们这样的人。把你们自己的钱留着当药费吧，以后放聪明点，人外有人，天外有天。好了，你们走吧！"

高个子过来扶了一下大裤筒，替他的老大拍了拍身上的土，很不友好地看了我一眼，走了。

李玉亮上前又朝对方踹了一脚，骂道："看你爷爷的看，还不快滚！"

直到看不见那两个混混的身影，唐海峰把手搭在我的肩膀上，余兴未尽地说："雷子，你今天真冲！真看不出来，你还会打架。你的那一招'空中揽月'简直就跟李小龙一样。为什么不让我们再多打几下那两个家伙，让他们好好享受享受！"

"得饶人处且饶人嘛，再说我们毕竟不像他们整天在社会上混来混去，说不定以后还真的会再遇见他们，就这，他们要是不找我们几个麻烦就谢天谢地了。说实话，刚才和我打的那个一脚过来，我本来是把眼睛闭上准备去挡的，结果却让我抓了个正着，我就学电视上给他来了一下。那小子今天摔惨了，爽！"我也有点得意。

"你还别说，你那一下子把高个子也吓呆了。我看那家伙说不定要丢下他老大一个人跑掉呢，半天他才回过神来。外行人还以为你练过几天呢。嘿！双手一抓，猛地一摔，真有些像大侠了。真冲！实实在在猛人啊。"李玉亮竖起大拇指夸我说。

"算了，我要回家了。你们俩也赶紧回学校吧，别在这儿浪荡了，弄不好刚才两个家伙再找几个人来，趴下的可就是我们哥几个了，明天见！"我一手抓住自行车把，准备离开。

"好，明天见！哎，你手怎么了？"唐海峰看见我的手上被划了一道小口，血在慢慢地往外流。

"噢，可能是刚才不小心吧，没事儿，走了。"我见伤口不大，一脚跨上自行车。

"要不去包扎一下啊？"李玉亮还在喊着问。

"没事儿，赶快回去吧！"我早已经走远了。

李玉亮和唐海峰转过身，继续聊着刚才发生的事情。

我把自行车骑得很快，这么晚了，回去肯定五爹又要问了。自从上次"智斗车夫"后，我就总结了一条经验：遇见坏人时千万不能过分害怕，那样反而会助长坏人的嚣张气焰。有时候假装比他们更坏一些也未必不是一件好事。今天的这事就来得太突然，我有点闹不明白以前从未和别人打过架的我，为何会出手那样准，那样狠？到底是什么原因？

门开了，五爹家里一片漆黑，没人。我暗自庆幸，走进我的小屋子里，拿过书本，认真学习起来。

回想起在五爹家里的那段时光，还是蛮不错的。在那里，我除了可以像很多城里的同学一样，有一个属于自己的独立的学习环境，还学会了做饭和独立思考。感谢我的五爹！

第九章

　　这周发生了一件让我再高兴不过的事。原来的高一·十一班，也就是范娇所在的那个班由于老师要到省城兰州进修学习一年，一时半会儿又找不上合适的人选接替这个班，所以经过校委会研究决定，解散高一·十一班，把高一·十一班的同学平均分到另外十个班。而碰巧的是，范娇竟然被分到了我们班。而且范娇的座位和我在同一行，这样下次换座位的时候，我们俩就会成为同桌了。教室里很吵，同学们都忙着找自己的座位。自从上次我被王校长抓去以后，常老师想了个办法，那就是让同学们每隔两周就换一次座位，每次每人都要向左面移动两排，这样一来上课说话的人相对就减少了许多。这一次我被换到第五排，唐海峰还是我右面的同桌，而左面则是刚插进班的范娇，真是缘分不浅啊。

　　刚从五爹家里回来的我把换座位的事给忘了，所以我走进教室感觉怪怪的，一时没有反应过来是怎么回事。我径直走到我原来的座位旁边，把书包放在了桌子上。周围的几位同学都轻轻地笑了起来，搞得我莫名其妙，也跟着其他同学傻笑，还看了看自己的衣服，以为是系错扣子了。确定没有系错扣子，我又用手把脸摸了一把，防止嘴边还有晚饭的残留物，确定没有之后我不解地问道："我又不是国家主席，才两天没见我，就把你们激动成这样了？"同学们笑得更厉害了。

　　唐海峰走了过去，笑着说："少臭美，你走错地方了，哥们，今天换座位了，你已经到那儿了。"说完，他指了指我的新位置。

　　"瞧我这记性，噢，同志们，对不起了！"我朝周围的同学做了个鬼脸，把书包重新拿在手上，走到了新座位前。

　　"咦？！老同学，你的座位是在这儿？"见到左面的同桌是范娇，我又惊又喜。

"嗯，怎么了，难道不欢迎啊？"范娇故意说道。

"不，不，当然欢迎，当然欢迎！这下好了，又有聊天的伴儿喽。"我放下书包，一屁股坐在了她旁边。

"做梦，谁跟你聊天呢。"范娇也笑了。

"哎，海内存知己，天涯若比邻。新换座位见故人，唯我独自泪沾襟，从此我孤独一生，任凭风吹雨打，飘荡江湖了。唉——"我嬉皮笑脸地说道，还假装可怜状，惹得范娇情不自禁地笑了起来。"行了吧你，少贫嘴啊。赶紧收拾一下东西，老师快来了，是不是还想去政教处的门前认识学校领导啊？呵呵。"原来她那天也看见我了。

"你别哪壶不开提哪壶行不？见过损人的，没有见过像你这样漂亮的女生也会损人。"我有点儿哭笑不得，"我的东西还都在原来的座位上呢，先不说了。海峰，帮我把东西拿一下！"

"你桌洞里是谁的？"海峰问道，"我可不像有些人那样重色轻友，半天都不理我，当哥们是空气啊。还什么'新换座位见故人，唯我独自泪沾襟'，完了，有的人是彻底地完了。"

我低头一看桌洞里，原来唐海峰早就替我拿过来了。我转过身，阴阳怪气地对着海峰说："Sorry, my dear friend, I am sorry, I am very sorry！I am very very sorry！"

"别放洋屁了，常老师马上要来了，我才不想被王校长抓去站岗呢。"唐海峰也拿上次的事情调侃我。

"我知道我哥们没那样小气，我以后争取多和你说话，我向毛主席保证！"我向唐海峰敬了一个军礼。

"什么？'争取'，你这小子真是狼心狗肺啊！"唐海峰假装生气了。

我刚想开口再说几句，突然看见常老师出现在了教室门口，他朝我指了一下，吓得我吐了一下舌头，赶紧坐到座位上，拿起了钢笔。我在桌子底下拧了唐海峰一把，低声咕噜道："好小子，差点又把我送出去，待会儿再跟你算账！"

好不容易等到常老师出了教室门，唐海峰说了一句："什么是'差点儿'，像你这种朋友，就像瞎子闭眼吃毛虫——眼不见为净！"唐海峰说了一个歇后语，说出来了又觉得不太合适。

"好啊，你小子翅膀硬了啊？你才常闭着眼睛吃虫子呢，所有人除了阿Q以外是不吃那寄生虫的，你真是色盲人学画——不分青红皂白，闭门造车——

自作聪明，说歇后语，你真是舌头舔鼻子——差了一截，比起我来你是老牛追飞马——赶不上啊！"我一口气说了好几个歇后语，洋洋得意地看着唐海峰。

"你真是杀鸡用牛刀——小题大做，床下造塔——高度有限，你说你一下子狗打哈欠——一张臭嘴把人家唐海峰说得是兔子吃白菜——光哆嗦。山外有山，人外有人。狗吃篱笆——玩嘴的人大有人在，真是个鸡蛋炒鸭蛋——混蛋！"范娇知道我爱耍嘴皮子，而且她说什么我也不会怪她，所以她既给了唐海峰面子，也把我说了几句。

唐海峰高兴地趁热打铁："好个雷子，挑衅老子是不是？嘿嘿，有人可是张飞碰到了李逵黑对黑。"周围的几个同学都放下了手中的笔，观看这精彩的歇后语大战。

"你别鸡孵鸭子——瞎起劲，你虽然不是混蛋，也肯定是鸡蛋掉进了醋缸——酸蛋，去，一边待着去。"我先把唐海峰给打发了，把唐海峰灿烂的脸又弄得成了哭丧脸。

然后我对范娇说道："老同学，我算是服了你。你早到一中两年就把口才练得这么好，还帮别人把我挖苦成这样，要是真跟你聊天，还不得什么时候都要受你的十二月里讲话——冷言冷语。"

"其实我也是狐假虎威，你才让人佩服呢！你瞧，这是什么，呵呵？"范娇见我看上去不大高兴，话锋就转了过来，举起了一本《中华歇后语三千条》给我看。

"噢，还是不说的好。"我把话停住了，对唐海峰转过头，"海峰，你可不要生气，我刚才也是乱编的。"

"瞧你，我们谁跟谁，认识都快半年了，还不了解你？我早就看出来了，放心，我不会认真的。"唐海峰倒是挺通情达理。

"好你个唐海峰，你倒做起老好人来了，让我得罪雷子。"范娇撇着嘴，盯着唐海峰。

海峰用脚碰了碰我，使了个眼色。我便打圆场："你看你，我又没怪你，真是的。估计常老师又要来了，做作业吧！"说完用脚轻轻地碰了碰范娇，四目相对，心有灵犀。于是，范娇再没有说话，拿起笔开始写作业。

海峰天生不是个学习的主儿，刚消停就悄悄地凑近我的耳朵："喂，哥们，我觉得范娇很听你的话，你和范娇是不是那个关系？嗯？"说完他一脸坏笑地看着我。

"滚一边去，你别胡说。没有的事儿，别乱给我造谣，我们是初中同学。"

不知怎么的，我的脸一下子红了，推了唐海峰一把。

范娇可能也听见了我们的谈话，她看了看唐海峰，又望了望我，脸也红了。这一小小的变化又给唐海峰制造了话题，这不，他写了个小纸条："你看范娇的脸都快成苹果了，还不承认？！"

我接过纸条，看完后望了一下范娇，又凑近唐海峰无奈地说："真的没有啊，老兄，我骗你是小狗！饶了我吧。"

"这么说你也承认了，你骗我，我还是小狗！"唐海峰故意钻牛角尖。

"不，不，我的意思是，假如我骗你的话，我是小狗，OK？"我又重申了一下。

"这还差不多，这次先饶了你，别让我逮住你的把柄，呵呵……"说完，唐海峰也翻开了作业本。

我手中拿着笔，心却不在作业上。说实在话，我感觉我和范娇之间的距离在一天天地靠近，有许多几乎属于我隐私的话，连高伟，李玉亮，唐海峰都未曾告诉过，却经常有意无意地说给范娇听。就像在这之前，我把许多事说给王洁倩一样，不同的是，我对范娇是另一种感觉，是一种我以前从未有过的朦胧感觉，这种感觉最早产生于一年前，也就是我上初三时的一次偶遇。

那是一个星期天，我因为有点事到县城来找在银行工作的四爹，在经过漠洲一中的时候，我看见了刚要进一中校门的范娇。当时范娇穿着一件灰色的外套，推着自行车，她可能也是无意中回过头，看见了正在看她的我。因为相隔也有一段距离，我们并没有走近说话，相互看了一下彼此微笑了一下，便各自走开了。就是从那一刻起，那种奇怪的感觉就在我心里挥之不去，从那里走过来，我对自己念了一句词："众里寻她千般度。蓦然回首，那人却在灯火阑珊处。"

自从我和范娇成为同桌之后，我们关系更好了。每逢星期六，我们总是一起放学，一块儿走路。因为三爹家和范娇家相隔不远，加上她家就在妹妹上学的六中旁边，我也总是找个借口和范娇一起走，范娇也常把关于她自己以前的事情说给我听，总之，两人在一起走路时，我感到很快乐。有一次在去六中的路上，范娇突然说想买一幅画，让我一同帮她挑一张。我们俩走进一家小书画店，同时瞅准了一张画得很优雅的兰花图，上面还有这样几句话："勿忘我，自从我们相遇的那一天起，缘分就已经决定我们在一起，永远，永远都不分开。"

我们买了两张，每人一张，我硬是抢着付了钱。

　　有天下晚自习后，范娇故意走得比往常要晚一些，她等唐海峰出去后，小声地问我："他那天上晚自习时给你说什么？"

　　"谁？"我故意装蒜。

　　"还有谁？唐海峰呗！"范娇向书包里装了一本书。

　　"噢，海峰啊，也没什么，和你没关系。"我没有抬头看她。

　　"你还装，贼不打自招，我又没有说和我有关，但是，这是什么？"那天唐海峰给我的纸条不知道怎么到了范娇的手上。

　　"哎呀，该死的唐海峰！"我心里暗暗地骂道，"没什么了，他是闹着玩的，你别当真。"我紧张得都不知道该怎么说才好。

　　"噢，原来……算了，不说了。明天见！"范娇把话说了一半，拿起书包走了。

　　"明天见！路上小心啊！"我小声说了一句。

　　"谢谢，知道了！"

　　我缓缓地吐了一口气，我想去找唐海峰。可有转念一想：不行！那样岂不是让唐海峰知道了范娇也知道了纸条的事，说不定又会说什么。对，不去找那家伙。这事天知，地知，她知，我知就得了，到此为止吧！我顺手拿过一本《英语一本通》，仔细地看了起来，听说下周就要考试了，我心里没个底，恰好我在大学教书的姑姑给我寄来了一本英语辅导书，抓紧时间补补。从入学成绩来看，我在班上只能占到25名左右。这半学期我学得并不是太好，也不知道是什么原因，就连我在初中时学得相对可以的数学也落下了很多。有时候，一个本来很简单的函数题都会让我琢磨上半天。而压根儿学得很差的化学就更提不成了，配套练习册上的空白比有字迹的地方还要多。事到如今，我只能在考完试后加把劲，把缺下的功课赶上来。虽然只是高一，班上开夜车的人明显地增多了起来，无形中给人一种巨大的压力。我也会加入这个行列，今天例外。

　　李玉亮走过来，建议我一起去操场上跑几圈，为期中考试后的学校运动会做点准备，我站起来，和李玉亮走向操场。

　　躺在床上的我还是睡不着，我看着门外的月亮，有些想家，想我的爸爸妈妈，还有妹妹、范娇、王洁倩、高伟、李玉亮、唐海峰，我的青春、我的梦！

第十章

今天早上第一节是物理课，班主任常老师的课。

"嘀铃铃……"早自习结束的铃声刚刚响，我和唐海峰迅速地从桌洞里拿出一副乒乓球拍子，冲向离教室不远的乒乓球案子旁边。这课间一共才十五分钟，这仅有的几个乒乓球案子往往是学生们抢占的对象。

"我说我的时间抓得紧。没想到你的效率比我还高。这么早就准备就绪了。你们俩若是在学习上也下这么大的功夫，准能在考试的时候名次更靠前一些。进教室，我有点事儿要通知。"被我撞了个满怀的常老师边开玩笑边把我给推了进来。

"唉，今天运气真不好，半路上杀出个程咬金来。不知道又有什么事？"我小声嘀咕着。

"说不准！"唐海峰也悄悄说。

"同学们，请静一静！下周学校要举行运动会，大家可能早有耳闻。请大家认真准备一下，有回家的同学也征求一下家长的意见。平时我这人也不太喜欢运动，对大家的特长和兴趣也不是很了解，希望你们能自觉地踊跃报名，贵在参与嘛！这具体的事由雷星同学负责。听清楚了吗？好了，就说这些吧，雷星还急着打乒乓球呢，就不耽误咱们队长的时间了，这几天还得'巴结巴结'他呢，要是得罪了他给我出难题我可承受不起啊，呵呵。"临走前，常老师还不忘开我的玩笑。

同学们哄笑了起来，很多人都看着我，我红着脸，打算溜出去。

"别跑了，离上课还有几分钟了。赶快翻翻物理课本吧，说不定老常在课堂上考你。"范娇喊我一句。老常，是我们对常老师私底下的称呼。

我心里骂了一句："该死！"然后还是坐了下来，翻到上节课讲的内容，刚看了一遍牛顿第三定律，上课铃就响了。

"雷星同学，请你叙述一下我们昨天讲过的牛顿三大定律中的第三定律内容。"果然，刚礼毕，我就被常老师叫了起来回答问题。

一听是"三大定律"，我差点儿昏了过去。但具体是第三定律，我摇了摇身子站正："牛顿第三定律的内容是：'两物体之间的作用力和反作用力总是大小相等，方向相反，作用在一条直线上'。这就是牛顿三大定律中的第三定律。"

"很好，请坐。"常老师非常满意地说道，"唐海峰，请你说出剩下的两条定律。"

唐海峰回答得也算流利，他得意地看看我，用手做了个小姿势给我。

常老师不愧是学校的骨干教师，讲课简直没的说，每逢上物理课，学生们的眼睛个个睁得大大的，聚精会神地在知识的海洋中遨游。偶尔也会有少数开小差的同学被点名让回答问题，不过，那只是偶尔。在常老师有趣生动的讲解下，高一·十班的物理成绩总是领先于其他各班，就连学校原来专门办的精英班也未必是高一·十班的对手。期中考试时，我们班的物理总成绩是全年级第一，给本来就很好面子的常老师争了不少光。常老师的课很难让学生们忘记。有一次，他把一道物理题及解答过程写在黑板上，然后问学生："大家看这道题这样做对吗？"

"对！"学生们齐声回答道。

"对吗？"他又反问道。

"错——"大多数人喊道。

"错吗？！"

"对——"回答的人更少了。

"那到底是对还是错呢？"常老师微笑着看着他的学生们。

"对不对，错不错。"我冒了一句，同学们以为我又在捣蛋，于是都笑了起来，大家看着常老师，等待他发脾气。没想到常老师却笑着把我叫了起来："好，雷星同学，请说说你的观点。"

"黑板上的那道题本身就有错误，再者公式A是当匀变速直线运动从静止开始后，即速度等于零时，由前面的公式变化而来的，这也不符合这道题。但是，如果我们就按照错的来做，做出来的答案却和对的做出来的是相同的。"我站起来胸有成竹地说。

"哗——"常老师带头鼓起掌来。

"同学们，雷星同学讲得非常正确。这道题本身的确是道错题。另外，他观察得很细心，这个公式在这儿也完全是错误的，希望大家以后多向雷星同学学习，无论做什么，少了这认真劲儿是不行的。"在讲解完这道题之后，常老师还给同学们顺便讲了一个真实的故事：一家国内知名的大公司正在招聘一位总裁助理，面对一个月薪很高的助手，总裁决定亲自从最后的10位里面挑选出最适合这个职位的应聘者。通过一系列的笔试、道德测试等之后，脱颖而出的是一个年轻的小伙子。原来总裁给他们发了一张印有50道题目的试卷，让他们在三分钟内不管答成什么样必须交卷，谁的成绩高就用谁。而奇怪的是，有一个小伙子还不到一分钟就把试卷交给了总裁，总裁满意地宣布他要找的人已经找到了。当其他应聘者迷惑不解时，总裁让小伙子把秘密告诉了其余的人：因为试卷的第48道题是这样的：请你只回答第49道题就可以交卷，而第49道题是：请将你的名字写在试卷上，然后以你最快的速度交给总裁。故事讲完了，同学们学到的不仅仅是课本上的东西，而常老师能够在课堂上给大家制造这么好的氛围，也是一般老师很难做得到的，有很多老师，恨不得让一分钟变成一个小时，光知道讲讲讲，根本不去考虑学生们到底接受了没有，是否能接受得了。既花了时间，还得不到想要的效果。像常老师这样的老师也正是无数默默奉献在教育事业的佼佼者中的一位，他们都想方设法地试图把学生们从传统的应试教育的题海中解脱出来，让学生们真正地感到学习的乐趣，把"要我学"的模式向"我要学"的模式慢慢进行转变，让学生们把学习不再当做是一件苦差事。中国式教育，路漫长而道遥远，这需要老师和学生的共同改革。

我听常老师聊起过，他原来学的专业是公路与桥梁建设，后来在分配时被几位有门道的同学把他挤了出来。悲愤中的他，毅然回到家乡，在漠洲一中当起了一名语文老师。7年前，学校由于物理老师暂缺，已经在语文教学上颇有名气的常老师便自告奋勇地再一次"转业"，教起了物理。时隔多年，对物理几乎已经完全陌生的他又重新拾起课本，一字字地琢磨了起来。刚开始的尴尬和辛酸让人可想而知，然而，挫折对于他来说只能是走向成功的尝试阶段，到最后，他还是成功了，学生们越来越喜欢他的课。近年来他先后受到了学校、县教委、地区以及省上的一次次奖励，这也应了他常说的那句话：没有比脚更长的路，没有比人更高的山，只要努力，只要坚持，就一定会成功！没错，人生在世，最重要的不是抱怨生活，而是挑战生活！面对挫折，战胜自我！

我这几天心情莫名其妙地好，也不知道是什么原因，早上的化学课竟然奇迹般地听懂了大半，还例外地一连回答了好几个问题。唐海峰笑话我说："小子，今天没吃错什么药啦？或者是不是搭上了什么幸福快车？"

我一时没有听明白，问："什么幸福快车？老大，我又在哪儿得罪你了？"

"有朱丽叶的那种啊。"他一说我就知道是什么意思了。

"Call，小王八蛋，你以后要是再说这个，我跟你急啊！"我假装生气地说，明白了唐海峰又拿范娇开玩笑。

"别啊，雷子，你不要这样嘛！我向毛主席保证，以后再不提这事！我这人你又不是不知道，本来就不善于交际，好不容易有像你和玉亮这样的朋友，要是你们不理我了，我今后怎么着落啊？学习成绩又不好。"唐海峰以为我真的生气了。

"我又没说真跟你翻脸，照你的话，咱们谁跟谁啊？还不都是小麦跟大米——同类啊，我如果扔了你，我自己岂不是成孤家寡人了。呵呵。"这小气鬼还当真了啊。

"不，雷子，我是认真的，你跟玉亮都在班上前20名内，玉亮还是第一，只有我被甩在最后。我怕，我怕你们看不起我，早晚有一天会疏远我。"唐海峰说得眼泪都在眼眶里打转，弄得我有点儿尴尬。

"瞧你这点出息，你放心，我不是那种人。我相信玉亮也不是。成绩不好就下功夫把它补上来，没什么大不了的。像我，原来化学那么差，现在不是照样跟别人差不多了吗？你这家伙，怎么老毛病又犯了？以后可不准再说这样的话啊，小心我割你舌头。"我把手搭在唐海峰的肩膀上，一起走出了教室。

期中考试，唐海峰在班上被排在了50多名上，基本上是倒数。他一下子话少了许多，有时候还故意避着我和李玉亮，整天闷闷不乐地写不让别人看的日记，或者就直接在课堂上明目张胆地睡觉。还常在课堂上一个人发呆，被老师逮着了好多次，但是他依然破罐子破摔。前些日子，他父亲在得知他的成绩后，让他搬出宿舍住在了他的一个亲戚家里，说是让亲戚多监督监督，把功课补上来。这样一来，他和我、玉亮在一起的时间就越少了。每当看见我和玉亮在一块儿谈笑风生，一块儿从教室出去，一块儿从宿舍回来，他心里就很不是滋味。他想搬回学校住，可他父亲不允许。所有这些，我跟李玉亮看在眼里，急在心里，起初劝过好几次，唐海峰在表面上看是振作了起来，刚才见我脸一凉，以为是伤触了我，那种离开不久的自卑就又浮了上来。其实，唐海峰真的没有必要这样，因为在我们三个人之间，已经不是那种只用一个标准去对其他的两个人定位的朋友。成绩虽然是学生的命根，可是在我们三个之间，那只不过是让人产生短暂错觉的数字而已，真正的朋友是不会在乎那些微不足道的东西的，成绩是父母和老师想要的东西，对于大多数学生来说不是。

下午的时候，常老师又把我叫去询问了一下运动会的准备情况，还给我交待了一个新的任务：学校给我们班分到了300多元的奖学金，作为同学们期中考试成绩的奖励，让我和李玉亮负责把量化成绩总一下分数，然后按照分数的高低发放奖学金，学校要求必须要有至少33个接受奖学金的名额，也就是说即使是第一名也只能拿到15块钱。虽然钱不多，但是一定要保证公平、公正、公开，该加的分数要加上，该减的呢当然要减去。

有人在办公室门上打"报告"，听声音是个女生。进来一看，是高一·十班的文娱委员李风，她说刚才学校办公室的王主任来通知，让各班在下周星期三晚自习前务必要上交一些书画作品，星期五学校要来人检查，到时候用来办展览，作品要有一定质量，多多益善，各班可以考虑给上交作品多的同学给予适当的量化成绩加分。常老师简单地说了几句后，我就从办公室出来了。我顺着楼道准备去方便一下，当走到第一个拐弯的地方时，一位个子不高，操着一嘴不太浓的兰州话的小伙子在喊我的名字。我闻声一转头，惊喜地跑过去和那个小伙子拥抱在了一起："哇，怎么会是你小子？我还以为你消失了呢，文武，文武。"

"怎么就不能是我，我刚从兰州回来，到这来顺便看看你们几个。怎么样，过得还好吧？"王文武关切地问我。

"好什么啊，哪有你好。兰州那边肯定很好玩吧。你呢，习惯吗？"我拍拍他的肩膀，自从他上小中专后身体变得结实了。

"也一般，刚去的时候，那儿的同学们几乎听不懂我说话，慢慢地就好多了。"王文武的普通话说得并不是很标准，说的时候偶尔还带出点漠洲口音来，属于漠洲普通话。

"行啊你，才去兰州几个月就连说话也变了，是不是想甩了我们这些老土啊！"我对这口音很好奇，具体说应该是有些羡慕，就是这样的普通话，对于我来说已经是另外一个层次了。

记得王文武上次来一中的时候，穿着一身军装，戴着大盖帽，系着军用领带，还蹬着双军用皮鞋。说实话，那一身打扮把我可羡慕死了，一连好几天做梦都梦见自己也穿着那一套。他告诉我和王福生，刚结束了一个月的军训，可把他累坏了，但是他还是很高兴，还玩了真枪打靶。命运如此不堪，若干年后，王文武却变成了一个无人近身的赌徒。

我们两个寒暄了几句，一起上了三楼，去找王福生。见到王文武，王福生也高兴得无法形容。我们聊了几句后我就回教室上课了。

运动会如期而至。

天还没有完全亮，就有人叫我起床，传来话说常老师让 105 号宿舍的人全部到王校长办公室旁的屋子里去搬音箱。李玉亮极不情愿地起了床，脸也懒得洗就拉着我们几个找到王校长，然后两人一个大音箱，边埋怨边走向操场上的主席台。尽管才早上 7 点多，操场上的人影已经到处可见了，有很多同学都在做着各自的短暂训练和热身，过会儿他们将如同一匹匹战马一样，和全校其他班的同学们一比高下。我本来也是运动员中间的一员，我和李玉亮一起报了 5000 米长跑项目，可前几天在练习时不小心扭伤了脚腕，只好放弃了。

"你们先回去吧，谢谢大家！"王校长和常老师不知道什么时候到了我们身后。听到声音，我们几个忙站了起来，把椅子让给王校长和常老师。我一听可以回去，心里还想着抓紧时间，赶在运动会正式开始之前再小眯一会儿，可我还没下主席台，常老师就叫住了我："雷星，给，你把这本秩序册拿着，从现在开始，我叫你的时候要随叫随到。"

我走过来时，身后传来常老师和王校长的几句对话："我的这个队长不错，很能干啊，做事挺周全的，让人省心。"

"嗯，我看这娃娃也行，将来是个好苗子，打过几次小交道，挺会做人的，有礼貌，有个性，好好培养啊。"王校长的声音。

我那本来打算发点牢骚的心一下子舒坦了很多，大步流星地走向目的地。

宿舍中的人都已经起床了，有几个正在打扫个人卫生，有动作麻利点的人已经开始吃早点。这样哄哄嚷嚷之下，有几个人动作太慢，以至于连饭盒还没有端起来就被通知开始站队去操场。黄会可能由于时间紧，所以忘了宿舍里的那几个人还没有到，便把队带走了。

昨天下午，学校对各班的队列队形进行了预演和验收。高一·十班还是黄会带的队，在预演结束时，王校长在讲话中的一句"今天晚上不上早自习"引得操场上所有人哈哈大笑。

此时的操场上，黑压压的人群在来来往往地忙碌着，几个工作人员在来回走动。像这样大型的活动，一年之中在漠洲一中也不多见，所以从上到下都非常之重视。四十多个班级有条不紊地进入了操场，在主席台对面找到自己相应的位置站好，等待着运动会正式开幕。操场四周是一排排在风中自由飘摆的红旗，每个人的脸上都洋溢着快乐和轻松的笑容，会场上呈现出一派喜人的景象。

"漠洲一中2000年秋季田径运动会，正式——开——幕！"王校长大声宣布道。霎时，掌声响遍了操场的每一个角落，伴随着掌声和鞭炮声，从主席台对面飞出了无数只五颜六色的气球和白色的鸽子。此时此刻，我和同学们顿时有一种仿佛身处在奥运会场的感觉。掌声更加热烈了，学校的摄影师忙得不可开交，为同学们，为漠洲一中永远地留住了这一美好的瞬间。

检阅完的队伍又重新回到各自的位置，高一·十班刚好和高一·四班站到了一块儿。高伟问李玉亮："你说刚才的那景象气不气派？"

"你好比说了一句废话，我怀疑你的智商有点问题啊，不然就不会明知故问了。"李玉亮绷着个脸，又突然一笑，"呵呵，开个玩笑！"

"臭小子，看我等会儿解散后怎么收拾你。"高伟唬道。

"就凭你？嘿，来一个打一个，来两个放一双。"李玉亮毫不示弱地回敬道。

"好，咱们过会儿就知道是谁厉害了，光嘴上劲大不行。玉亮，你报了什么项目？"

"说出来可能把你吓趴下，5000米的长跑！"李玉亮面带傲气，好像是在高伟面前炫耀。

"只有5000米吗？"高伟反问道。

"Yes，你呢？"

"啊呸，我还以为什么，这区区5000米算得了什么啊，该趴下的人可能是你喽，我报了两项，5000米跟三级跳。"高伟挑战似的看着李玉亮。

李玉亮瞪大了眼睛："老大，不会吧？你是不是在吹牛啊？"

"火车不是推的，牛皮不是吹的。你不信的话就去问雷星好了，我刚见到他的时候，他手里拿着一本秩序册，上面肯定有我两个大名。"高伟得意地炫耀道。

"雷星，把运动会秩序册扔过来我看一下。"李玉亮当然不相信，初中时身体素质很弱的高伟也竟然报了5000米，他能跑下来吗？他要在我这儿核实一下。

我正在和几个同学说话，听到玉亮叫我，便叫人把册子传给了李玉亮。

等看完秩序册以后，玉亮看着高伟，半天才说了一句话："冲人！"

"一般般了，到时候还望老兄你多多关照啊，让着我点，别让我成倒数第一了啊，呵呵！"高伟说。

"你小子敢激我，好，我们打赌，我肯定比你快10个名次，信不信？"李玉亮天生就有一股子不肯服输的劲儿，跟所有大漠的男孩子一样。

"哈哈，你没喝高吧？说醉话吗？拿下你，我没问题！一顿饭啊，我做公证人。"我也凑个热闹。

"好，我们一言为定！"

"一言为定！"

"雷子你报了什么项目？"高伟突然问我。

"本来也是5000米长跑，那天把脚给崴了，只好取消了。"我遗憾地摇摇头。

"这我知道，小时候你的身体素质就比我好得多。不过也没有什么可惜的，我看那样也挺好，说实话，5000米我还真不敢打保票，到时候，倘若跑个倒数第一，你可真的别笑我啊！"高伟其实心里也没有底。

"不，雷子不笑我笑，我要笑得你七窍流血。哈哈，其实我刚才也是乱说的，我也不怎样，你三级跳肯定是冠军。"李玉亮说。

"应该说是吧，前任记录还是我的呢。"高伟挺自豪地说。

"好，那到时候奖品可要给我分点啊！"

"什么了，说不定到时候要奖品的人是我啊！"

"去你的。"

……

早上的各项比赛正在有条不紊地进行着，学校广播台上不断传出各班的喜讯和鼓励稿件。

"下面请听高一·十班雷星同学的来稿《加油啊，朋友》，高一·四班的高伟同学，你的朋友雷星、李玉亮预祝你能在马上就要举行的高一男子三级跳总决赛中夺得桂冠。在这里，他们俩在默默地为你加油，鼓劲儿：加油啊，朋友！"

正在沙坑旁边的高伟听到广播稿，心里一阵激动。他由慢到快开始助跑，然后速度不断加快，快到白线前时，只见他用力一蹬，身子便腾空而起，"咔嚓！"雷星拍了一张照片。

"好！""好！"只听见一声声叫好声。

"哇，这么远啊！"

"是啊，真冲！"

"知道是哪个班的吗？"

"好像是四班的，叫高伟，听说这项记录就是他保持的。"

"怪不得能跳这么远！"旁边的观众们都在议论纷纷。

"10.7米。"裁判老师报出了高伟的成绩。四班的同学们激动地向高伟喊着："高伟，加油！高伟，第一……"有的向高伟伸出了两个指头，做了个胜利状。

我让李玉亮继续在沙坑前看高伟比赛，自己先跑了过来。这体育委员的差事在这几天可真是不好过啊，没一点空闲的时间，别人可以看比赛，而我们就不行，忙着安排这个安排那个的。护理人员、后勤人员，一个也不能少，还要向常老师报告最新赛况。

此时，如同蚂蚁般的人们在操场上不停地来回走动着。这些在教室里束缚着的学生们，终于可以在这短暂的时间中得到真正的放松，虽然到了晚上可能要看书，但是学校原则上规定老师们在运动会期间不能给学生布置太多的作业，让学生们放松几天。现在的他们看上去是那样的纯真，那样的活泼可爱，这本来属于他们的东西只有偶尔才会在别人的施舍下得到，这就是中国式教育的产物。说笑的，打闹的，写稿子的，加油的，助威的，参赛的……整个操场上充满了快乐祥和的气氛。

"下面是高一·十班的来稿《谢谢你们，班主任们》……"广播中再次传出了声音。

"谁写的？"唐海峰问身边正在忙乎的负责送稿件的同学。

"当然是雷星写的了。"有人回答说。

"这小子，别人一篇都很难播出去，他却一个早上就被播了好几份，文才真不赖！"又有人说。

"听黄会说，他的作文曾经还得过国家级的大奖呢！"唐海峰接着说道。

"没这么玄乎吧，有那样猛吗？"质疑的声音。

"真的，我不骗你。"唐海峰肯定地回答。

"才子啊……"报道组的同学也在纷纷议论着我。

一早上下来，高一·十班的成绩还可以，排在年级第二的位置，发稿量排在全校第一。常老师还专门表扬了我，说我在干好工作的同时，还发了几篇有质量的报道和文章，表现不错，让我继续保持，为班级争光！

第十一章

我站在学校左面的马路旁边，在等回宿舍拿饭盒的李玉亮。

"你一个人站在这干什么？怎么不去吃饭啊？"王洁倩不知道什么时候站在我的身边。

"噢，是你啊。我在等我一个同学，他回去取饭盒了。你呢，怎么也没去吃啊？"

"我今天在大灶上没有报饭，刚想出来找个人请我吃一顿。没想到刚出来就碰见了你。怎么？想请我吃饭啊？"王洁倩看了看不远处的小食堂，又微笑着看着我。

"走，我请你。你稍微一等，我去把饭盒放下！"我转身就要往宿舍走。

"哎，等等，还算行，有点老同学的味道，谢谢你，不过，吃饭就免了吧，我现在要去我大姨家，听说我妈妈今天要来。改天吧，我刚才是和你开玩笑的，呵呵。"王洁倩笑得很好看。

"噫？你们俩站在这儿高谈阔论什么呢？说出来让我也听听。"一个熟悉的声音。

王洁倩转身一看："呀，范娇，好久不见，你好啊。这是回家吗？"

"嗯，老同学你好。"范娇把自行车扶了扶。

"几年不见，你越来越漂亮了啊，都快认不出你了。"

"你就别笑话我了，我这样子走到街上不吓着人就万幸了，还是你，什么时候都这样漂亮，听雷子老提起你。"范娇看了看我。

"呵呵，老提起我？他在我面前说话，十句有九句就是关于你的哦。"王洁倩也看了看我。

我笑着站在那儿，什么也没有说，女生真是奇怪的动物，有一种与生俱来的嫉妒天性。

"你别听他乱说，我们是好几年的同学，你又不是不明白我嘴里又没实话，他乱说的啊，你别相信。"范娇以为我真的说了什么。

"哈哈，看把你吓的。不过，你可得注意点啊，要不然哪一天我可真抢了你的白马王子啊。雷子，以后不要在学校吃饭，每天放学时当'护花使者'就对了，到范娇家去吃！"王洁倩故意开玩笑说。

"我倒是想那样来着，可是，人家就是不给我机会啊，再说，天天往人家家里吃饭，还不被她妈妈用棍子打成残废。上次，我去她家，范母一见到我就晕了，以为我是叫花子呢……"我说到这儿，范娇睁大了眼睛。

"我不跟你们说了，你们两个欺负我一个，我说不过你们，以后不理你们了。"范娇撇着嘴，假装生气要走。

我多少有些不自在，觉得刚才的玩笑开得有点过了，连忙话锋一转："以上内容，纯属虚构，若有类同，纯属巧合。"

王洁倩已经笑得合不拢嘴了，范娇一连串的动作她看得一清二楚："范娇，你别介意，从我认识他时他就是这样油腔滑调，你就当作他的话纯属——"

"放屁。"我抢补道，但还是刚才那语调，把头抬得高高的，手也在配合，"同桌大人，小人我今后一定把缺点改正，将优点发扬光大。'轻轻地你走了，正如你轻轻地来，你轻轻地一白眼，带不走我对你的——害怕。"我本来想把"害怕"说成"思念"，但是又害怕再惹范娇生气。

"臭雷子，别再抒发文情了。我才不会原谅你呢！洁倩，我要回家了，我们下次有时间再聊，不好意思。"范娇根本就没生气，倒是我把她给逗乐了。

"好的，我也要回了，我要去我一个亲戚家，下次聊。"王洁倩说完后也准备离开了。

"等一下。"我叫住了范娇，上前几步。

"还有什么事？有话就说！"范娇故意假装生气。

"你这两天少吃点东西，不然等到你跑800米的时候会很难受的。"毕竟是同桌，关心一下她。

"这还差不多，谢谢！"范娇笑开了。

"要是有人也这样关心我，我马上就消失在世界外面。"王洁倩调皮地看着范娇，把范娇的脸都看红了。

"洁倩小姐，请您马上去你大姨家吃饭，别饿着了。路上小心点，别撞着了，吃饭吃少点，别撑着了。"我阴阳怪气地说道。

"哈哈，这死雷子……"这下轮到范娇笑了。

"雷子，请立刻从我的视线中消失，越快越好。小两口子，拜拜。"王洁倩也拿我没办法，但是还是拿我们开玩笑。

范娇笑着去追打王洁倩，然后两位美女离我越来越远。等她们走得没影的时候，玉亮才上气不接下气地跑过来。估计是他老远看见了范娇她们和我在一起聊天的情景，刚到我跟前就开始骂道："好啊，小子，怪不得你刚才忙得连箱子上的钥匙也不拿给我，原来你小子赶时间在这儿挂马子啊，还两个，迟早会遭报应的啊。"

"滚一边去，谁挂马子了？谁脚踏两只船了？我看你是不想混了，是不是？说话跟放屁一样随便。"我还击道。

"说正经的，雷子，你说我和你关系怎么样？"李玉亮突然一脸正经地问我。

"你是不是有病啊？关系怎么样，那还用说！当然是好朋友啊。"我不知道李玉亮葫芦里卖的是什么药。

"好，够哥们，那，那把刚才的女生给我介绍认识一下，长得挺漂亮嘛！"李玉亮一脸诡笑。

"哦，原来如此。你想得美，人家长得那样清秀，学习又好，我才不给你介绍呢，像你这样的坏怂，谁认识你谁倒霉！"我明白了他的意思。

"别这样说嘛，我觉得我也蛮不错的啊。认识就这么拽，刚才和范娇在一起的那位美女哥哥我挂定了，今天晚上就给她写情书。哼！离了张瞎子，我难道还要连毛吃鸭子？"李玉亮不服气地说。

"我警告你啊，你小子别胡来啊，也别癞蛤蟆想吃天鹅肉，我一句话，别给我打她的注意啊！"我指着李玉亮说。

"介绍介绍嘛！挂不挂是另一回事啊。"李玉亮还不甘心，跟我讨价还价。

"真的，我说的是真的。她不是一般的女生，我和她同窗五载，也不敢在她面前乱说一句话，你就少给我制造麻烦了。"面对这样的情况，我更多的是无可奈何。

"我就知道是你原来的马子，不然干嘛这么维护她？不挂就不挂，漠洲一中好女生多得是，我就不相信，就凭咱这条件挂不上个美女？！"李玉亮赌气地说。

"不是那个意思，玉亮。我真的没别的意思。再说，你又不是没听说过，这青春游戏是一场空，到头来只能是害人害己，好看不好玩啊，我是怕你万一真陷进去，弄不好会有麻烦的。她们班上前几天还因为她打架了呢，两个男生都追她，便自作多情地打了一架，让她感觉很难受。"我劝李玉亮。

"不愧是好兄弟，说话够分量。不过老实告诉我，是不是你原来的马子？"

"什么原来现在的？我整天学习的时间都不够用，哪有闲工夫耗在那虚无缥缈的事情上面。"我认真地说道。

"那你和范娇是怎么回事？"李玉亮又问道。

"没什么事，老大，你别怀疑这怀疑那的，我们只是好朋友而已啊。"说实话，听到这话的时候我有点儿心虚。

"好，我让你装深沉，看你能装到什么时候。"李玉亮显然不相信，就像一个私家侦探发现了蛛丝马迹一样。

"快走吧，要不然吃不上饭了。"我赶紧转移了话题，两个人一起走向食堂。

一路上，我在想，这人终究是会变的。就像王洁倩，她的开朗令我很吃惊，到县城还不到一年的时间，为什么她遗弃了很多她原来的东西，而去试着学习一些新的东西。那种感觉我一时半会儿也说不出来，可感觉上就是变了，可能真的是环境把人改变了。但是王洁倩似乎也不是那种轻易就放弃过去的人啊，就如同一个人在学着做梦一样，在梦里得到，然后在梦里消失。或许，是原来的小女生真的开始长大了。范娇刚才的神情也让人难以琢磨，为什么她会那样说话，她和洁倩原来不是好朋友吗？为什么她会用那种眼神看着我？为什么一说到我们就会脸红？太多太多的疑问让我有种玩笑的感觉，一切但愿是假的。仅此而已。

宿舍中很安静，我从枕头底下取出一个精美的笔记本，开始在上面写了起来。

操场上又开始渐渐沸腾起来，这预示着新的一天已经开始。热闹的人群丝毫不能掩饰住秋天的面目，她就好像一位老人，带着收获的面纱，在希望收获的人们身边来回穿梭。天空真蓝，仿佛是刚从湖里洗完澡，连衣服都还没有来得及穿就出来了。一阵微风吹过，引起树叶"哗哗"的响声，常老师站在高一·十班的后勤处，不时地望着自己的和不是自己的学生。他扶了扶眼镜，脸上偶尔会露出少有的笑容。这两天下来，我们班的赛况很好，令他很满意，在他看来，只有在运动会上多拿几张奖状回来，才会让原来不服气我们班的其他班级心服口服，让他们知道，高一·十班不仅仅学习成绩好，各方面都可以做得不错。

高一组女子 800 米长跑决赛进入了倒计时，我跑过去本来想跟范娇说几句话，可一看那儿已经围了好多人，所以只能向范娇伸了一下大拇指表示鼓励。范娇看见后，信心十足地朝我点了点头。因为我还有许多事情要马上做，就先回到了主席台前。

在经过高一·七班的后勤处时，张雪叫住了我。虽然她比我小一岁，但是爱要面子的她却很少把我这个亲戚叫"哥"，但一般也不会当面直呼姓名。

"等会儿来给我加油啊，我跑800米。"张雪在做准备活动，看样子打算要跟其他人拼命似的。

我走过去，看了看张雪身边正在看她的女生，笑着故意说道："好啊，没问题，我到时候过来帮你'漏油'，保证你拿倒数第一。"

"也好，你是不是想让我那范'嫂子'拿第一啊，哈哈。"张雪停了一下，告诉旁边的那个女生，"这就是这几天红遍整个操场的大'作家'雷星同学，是我表哥。"

"你好，我叫肖芳，和雪儿是一个班的。久仰大名，只是没机会见到你，希望我们能成为好朋友。"说着，还向我伸出了手。

我一下子感觉不好意思了，像举行仪式般地握了握肖芳的手："你好，我没张雪说得那么玄乎，别那样说我啊，我可承受不起！"

在我们家乡高中，一般情况下男生和女生是不会握手的，我和肖芳的这一小小的举动自然会招来周围同学异样的眼光。张雪连忙给我塞了一个布号："帮我拿一下号码，我过去一下。"

"啊，噢，对不起，我……"我语无伦次。

"没关系，第一次'亲密接触'嘛！"肖芳倒是显得很大方。

我是后来才知道有个作家叫蔡之恒的，当然也不知道什么是第一次亲密接触了，但我却出现了上高中之后的第一次脸红反应。

"给，麻烦你替小雪拿一下，我还有点事，先走了，再见！"我把号码递给肖芳，借故走了。

不远处，马上就要比赛的范娇从人群中溜了出来，一个人不停地向操场上张望，她是在寻找我。多年后的某一天，她告诉我，那时候，就那几天，我的影子总是占据着她的脑海，不时地出现，连她自己也控制不了自己了，越是不去想，就越忍不住。我说话时的幽默，时不时插进来的关心，清秀的字迹，打乒乓球扣杀时独占鳌头的潇洒……她有时不禁问自己：是不是喜欢上我了，她真的想找个机会跟我好好聊聊，自己拉自己一把。可是，那样她又害怕伤害到我，到时候她该怎么办？

四处张望的她喃喃地说："他到底跑哪儿去了呢？"

"我在这里哦！哈哈。"一看果然是我，范娇的脸刷一下红了，话都说不清楚了："噢，是，不是，嗯，洁倩说要来看我比赛，怎么还没来？"

"唉，又自作多情了一次，我以为是等我呢，呵呵，先过去吧，等她来了我告诉她就行了，拿稳点，跑不上第一不要紧，别把自己给跑坏了，走吧。"我给她打气。

范娇心里亮了许多，慢慢地吐了几个字："谢谢你！"

"你别老是谢谢谢谢的，都是好朋友，要是真想谢谢我，就以后干脆叫我哥对了，要不就专门买上一个笔记本，每天写一页我的名字雷星，等把笔记本写满了作为礼物送给我也可以，怎么样？"我看着范娇，随口这么一说。

"谁稀罕啊，鬼才会写你的名字呢！把你想的倒挺美。"我喜欢她这样的脾气。

"哈哈，不写算了，其实我是开玩笑的。走吧，起跑的时候拉均匀一点，刚开始别跑得太快，保持个四名左右就行了，等到一百米左右，也就是今天早上百米赛跑的起跑线那地方后，就开始冲刺，知道了没？"我又唠叨道。

"知道了，放心吧。"我们俩边说边向 800 米起跑线走去。

"范娇，范娇！"刚走了几步，王洁倩真的就来了。

"喔，两位怎么又在一起啊？我要是范娇的男朋友，估计酸都酸死了，呵呵。"王洁倩一见面就少不了笑话我们。

"没办法，天时不如地利，地利不如人和，谁叫我就这么命好呢，生活中到处都可以遇见美女。"我接过玩笑继续说道。

范娇这下没还口，直接对王洁倩说："洁倩，你是给我加油来了，还是故意气我来了啊，讨厌。"

"当然是来'气'你喽，你一生气把前面的运动员都看成我，恨不得将她们都消灭了，那你们班不是又多了一个第一名了，雷才子又可以发个通讯稿了。呵呵，对吧？"王洁倩看着我。

我发现王洁倩真的变得很能说了，这些话要是在以前，让她练上三天都说不出来，我笑了笑："洁倩，等运动会完了，我一定找个老师学着说话，你现在是越来越厉害了，看在老同学的面子上你就将就点，少说几句，我真服了你了。"

"好，今天就让你一次，要记住这个人情啊，到时候还给我。"青春总是伴随着儿时的调皮。

"行啊，等比赛结束了，我和你开个辩论会都没问题，说它个够，至于现在，我投降！"我见王洁倩又要张嘴，赶紧做了个停止的动作。

王洁倩拉着范娇走了过去，女子 800 米分两组，范娇抽到了第一组，她刚站好。王洁倩干脆也脱了外套，准备给范娇陪跑。这样一来，穿着一身白运动服的范娇看上去更加苗条。

"噫，你瞧那第五个女生，真漂亮！"我旁边的一个男生说道。

"嗯，不错，只可惜我不认识。"又一个男生接着说。

"你就是认识，人家也不会看上你，因为有我呢，哈哈——"

"要是能'泡'上半月一个月的，那简直就……哎，同学，你认识那个穿白衣服的女生吗？几班的？"后面的那个男生越说越来劲，他拍了一下我的肩膀问道。

我真想把他拉过去，狠狠打几拳。可是，就在这时候裁判举起了枪，我怕影响范娇比赛，所以只能忍了下来，我转过头恨恨地瞪了那两个人一眼，把拳头攥紧说道："认识！她是我妹妹！有事吗？"

"哦，对——对不起……"臭嘴巴一见这架势，连嘴都开始打颤，原来说话的其中一个人是上次我在市场门口修理的那个高个子。

"哥们儿，我希望你以后放屁的时候防着点，找好对象再说。否则，我让你刷牙的时候找不见牙，把自己的肛门关紧喽！"我也认出来了，便又骂了几句。

旁边的另一个男生也什么话都不敢说，傻看着高个子。

正在这时，"砰"的一声枪响，吓了高个子和臭嘴一大跳，他们等我跑开了，高个子才像出气般地朝旁边唾了一口："妈的，怎么这么倒霉，什么时候都碰见他。"

那一口唾液不偏不斜地刚好落在了一条新裤子上面，很难看的一摊。

"活腻了是不是？哼！"一个个子跟我差不多的男生用指头指着高个子，大声说道，周围的同学有几个在看这边。

"呀，对不起！军哥，我真的不是故意的，等运动会完了，我请你吃饭赔礼道歉。怎么样？"高个子连忙拿出一些卫生纸帮着大军把刚才那口擦了。看来是混得真不行啊，怎么见了谁都好像是见了他爹一样。而且运气不佳，刚送走一个，怎么就又遇上一个。

"这还差不多，算你娃聪明！看在同班同学的份上就不和你计较了，你平白无故地乱唾什么，污染环境！"大军笑着和旁边的小弟说道。

"是啊，这是学校，你不知道吗？"旁边的那个牛仔衣像一只狗一样马上附和老大。

"不是的，军哥，我刚才又碰上上次打我和虎子的那个家伙了，原来他和我们在一个学校。刚才还差点又让他'冰'一顿。"高个子好像找到了救星一样，讨好似的向大军说道。

"是吗？竟敢在老子的地盘上混老大。上次没找到他，是他福气，怎么，他还跟老子我干上了？三番五次地欺负我的兄弟。说，他在哪儿？等这比赛完了，我们过去找一下，我倒要看看，他长几个胳膊，几个腿。"看来这才是真正的校霸混混。

"看，就那个家伙，陪跑的那个，打架很冲的！"臭嘴看见了正在陪跑的我。

"几班的？"大军问道。

"不知道，反正是咱们学校的。"

"你这是放屁还是在说话，我还不知道是我们学校的，我是问他在哪个班？"大军在臭嘴头上打了一巴掌。

"看，还有穿白衣服的那女生，他说是他妹妹。"臭嘴又发现了新大陆一样赶紧向老大报告。

"两个人长得一点都不像，肯定那女生是他马子。你们俩脑子里装的是什么东西，垃圾啊！心实得没一点缝儿。过会儿再去找他，我们先陪张雪跑完比赛。顺便把那个小子给我盯好了，别再让他跑了。"军哥恶狠狠地吩咐道。

比赛正在紧张地进行，张雪现在排在第5名，比范娇前两个名次。最忙的当然还是我，一会儿喊着让范娇坚持住，一会儿又得给张雪加油。大军让牛仔衣跑过来看清楚我的长相，好过会儿跟我算账。没想到这牛仔衣居然是我初中的同学，虽然没在一个班，但是还算认识，只不过刚才隔得太远没认出来，他跑到我跟前说了句："哎，雷星老乡，你有麻烦了，小心些！"

然后便跑到大军面前边跑边说："军哥，那小子我认识，是我初中同学啊，怎么办？"

"我不管，谁让他这么冲，他，我今天修理定了。那过会儿你别去也行。"大军还是不肯错失这样的机会。

有大军撑腰，可把高个子给高兴坏了，他还故意跑到我前面做了个鬼脸，把我弄得莫名其妙。直到牛仔衣跑过来跟我说了那句话后，我才感觉事情真的有点不对劲。我朝其他地方望了望，想找见李玉亮和唐海峰他们，可是在这关键的时候偏偏就找不见。

800米说是算长跑也就是那么几分钟的刹那，还没进入原先说好的冲刺范围，范娇就开始冲刺了，她的体力比我想象的好得多，只见她没几步就超过了张雪，又继续冲向前面，我禁不住地叫了一声："好，加油！"当我跑到张雪旁边的时候，大军突然伸出一条腿，想绊倒我。而我还以为大军是不小心，敏捷地闪了过去，继续若无其事地向前跑去。大军气得干瞪眼，心里说了句："臭小子，我会让你知道我的厉害的，有你好受的。"

还有十米的时候，范娇拼命地在追第一名。近了，还差一米了。"范娇，跑上去，快！"我又喊了一声，只见范娇一个大步，就与第一名并列了，她使出吃奶的劲儿，又向前跨了一大步，彩带就挂在她的身上了。

"哇，范娇是第一名，噢，噢……"终点前高一·十班的同学们在激动地欢呼着。

范娇被几个女生扶了过去，我刚停下来，恰好站在常老师身边，我朝张雪喊道："张雪，加油！加油！"

"雷星，你怎么给别的班同学也加油啊？"常老师笑着问，显然他还以为我和张雪是那种关系。

"哦，那是我堂舅舅家的妹妹，在七班。"我解释道。

"哦，你这哥哥还挺称职的嘛！赶快写份快讯，把范娇第一名的喜讯播出去。"常老师吩咐我说。

我从怀里掏出来一沓纸和钢笔，挑了其中一张，只填了个"范娇"和"一"就准备交到广播站，其实我早就写好了。

"不愧是雷星，我当初没看错你，好好干，将来肯定有出息。"常老师赞扬道。

我叫住同班的一个同学，把快讯递过去，说："劳驾一下，麻烦你把这份稿子送到广播站。"

大军就站在离常老师不远的地方，盯着我，他突然向高一·十班的服务台走来。他大军在一中也算是个有"威信"的人，最喜欢没事找事，平时腰里老是比一般同学多两样东西：手机和传呼，穿的是时尚服装，一天花的钱有我一周花的多，是学生中的"贵族"。无论学校里还是在学校外，油街子、二流子、痞子们、混混们没有几个不认识他的。他一天到晚根本不学习，领着一帮小弟们专门找茬儿打架闹事，他是插班进来的，被学校开除了好几回，可是每次没几天就又出现了在学校中，说白了，家里有钱啊，听说他老子是个当大官的。现如今的世道，有钱有权的人并不多，更何况是在一个西北的无名小城。现在有人冒犯了他小弟，他当然要出头，要不然这老大以后还怎么在小弟面前混啊？

范娇此时被同学们围得严严实实，他们在说说笑笑，一时也出不来，这时，喇叭中传出了我写的快讯："现在播报快讯，范娇同学，高一·十班的全体同学祝贺你在刚刚结束的女子800米决赛中取得了第一名的好成绩，你是我们全体同学的骄傲……上面听到的是高一·十班雷星同学的来稿。"

常老师问我："奖学金的事办得怎么样了？"

"还没算好，可能要等到后天，作品才交了很少的几篇，分还没总出来。"我回答说。

"不急，运动会完了可能要放几天假，等下周来了交给我。"

"好的，没问题！"我眼睛朝七班的服务台瞟了一眼，远远地看见张雪还被肖芳搀扶着，一个男生正给张雪喂什么吃的，可能是药吧？我便离开常老师，走到了张雪面前："小雪，怎么样？不要紧吧？"

"不要紧，过一会儿就好了。"显然是体力透支了，可能是刚才跑得太快的缘故。

"噢，肖芳，麻烦你多照顾一下小雪，我过会儿再来看她。"又见肖芳，我准备回到我们班的后勤处。

大军突然站起来，挡在了我前面，他不知道我和张雪是亲戚，当然无法容忍我一声一声"小雪"地叫，看见自己的女朋友和别的男生多说几句话都会吃醋的大军，真想马上就把我放翻，他后退一步，瞪着眼，准备用脚踢我。

"大军，你想干什么，看什么看，这是张雪姑父家的哥哥，你简直有病！"肖芳一见这架势不对，急忙把大军拉了一把。

"噢，大军，是吧？也是我们泉山镇的。"我听说过他的"大名"，我们是一个镇子上的，还应该做过几天同级不同班的同学。

"你怎么知道？我们认识吗？你也是泉山的？"大军脸色好看了很多，迷惑不解。

"嗯，我也是，原来不认识，现在不就认识了，我叫雷星。"我看出了大军和张雪的关系，看了一下张雪。

张雪心领神会地说："大军，这是我哥，十班的。"

"噢，怎么说我们也算是朋友啦！哎，你们要是再说迟一点，我就又要犯一个错误了，那还不让张雪把我骂死？"大军开始笑了，"我们班的胡子说你很冲，让我帮忙找回个面子，本来打算张雪好点了过去找你，可谁知道你是她哥。误会，误会！"

"你们班男生？我不认识啊。"我还是不知道事情的真相。

"就是上次，挨了你打的那个，个子挺高的。"大军给我比划着说。

"噢，我知道了，刚才还见了呢。"听大军这么一说我知道了，原来上次被我打的那高个子叫胡子。

"没事了，你放心，他绝对不敢动你半个指头，以后有什么事你就说和我大军是兄弟，保证没人敢动你！"大军又拿出了老大的架子。

"哦，原来是这样啊！"我若有所思。

"大军说你妹妹是第一名，你有几个妹妹啊？"肖芳很好奇。

"哦，不是，她是我同桌，名字叫范娇，是我好朋友。"我回答说。

"女朋友就女朋友，什么好朋友啊！我猜就不会那么巧，哪有两个妹妹都在同一个学校，同一年级的。我刚见了，就是那个身材很不错的美女。"大军的嘴真快。

"废话啊，人家雷星这么帅气，女朋友当然要出众的才配得上啊，我长这么大，今天才真正了解什么叫'郎才女貌'啊。"肖芳想说什么就说什么。

"过奖了，她比你还差那么一点儿，她口才可没你好。"我看着肖芳，心里有了一丝别样的感觉，感觉青春的荷尔蒙正在释放。

"你还真别说，我们班肖芳的口才绝对数一数二的，没几个人比得了，什么时候给肖芳找个不会说的男朋友，憋死她。"大军笑着说道。

"那还不容易，我们班多的是……"我刚要说话，就听见李玉亮在喊我。我便打了个手势让李玉亮到身边来，我接着说，"这不，来了一个，我给肖芳介绍一下，哈哈——"

肖芳还没把大军收拾完，我这边又闹上了，但是李玉亮已经站在我们几个面前，肖芳只好作罢。

李玉亮对我说："常老师在找你，不知道是什么事，快走吧！"

"不急，来，玉亮，我给你介绍一下，这是肖芳，七班的才女，这是我的好朋友李玉亮。你们慢慢聊，我先走了，拜拜！"哪有这样介绍自己朋友的人嘛，还没说完话，人已经就不见了。

"不好意思啊，各位，我得和雷子一起去。等等我，雷子。"李玉亮在女生面前永远是那样不自在，他也跟着我跑了过来。

第十二章

"砰"！又是一声枪响。这是最让人关注的一项赛事——高一组男子5000 米开始了，这一项比赛将决定高一整个年级的排名。我们班暂时处于第二名，要是李玉亮他们能跑下来，估计还是可以拿集体奖的。

李玉亮也是其中很有实力的长跑运动员之一，目前他跑在中间，不前也不后，我当然是在陪跑。由于是 5000 米，因此体育教研组的老师们分外要忙一些，他们很多也跟学生一边跑，一边阻止有的同学进入跑道。一时间整个操场像热闹的赛马场一样，就好像整个操场都在旋转着。一颗颗真挚的心，沸腾火热的心，在为了各自班级的荣誉而激烈地跳动着，没有什么比这更让人感动的了。

高伟的体力果然不是很好，他开始慢了下来。与李玉亮的距离越拉越大，这才刚跑完 2000 米啊，他小腹疼得厉害，要是把剩下的都跑完，那可能是件不容易的事，对于高伟来说。

管卫生的张爷足迹遍布操场的任何一个角落，边走边不停地说："前面那位同学，请把脚下的零食袋捡一下。""垃圾要扔在各班服务台前的垃圾筒中。"……全校师生无一不认识张爷的，每走到张爷前，不管是学生还是老师，不管是开玩笑还是真心，他们都会说一句："张爷，您辛苦了！"每逢此景，张爷总是乐呵呵地笑着说："没啥，没啥。"真正的劳动者总是不会觉得自己工作辛苦。

广播台的旁边站着几个高一·五班报道小组的同学，手中都拿着笔，紧张地看着比赛，李玉亮现在跑在最前面，他们都准备比赛一结束，在第一时间内播出早已经写好的快讯。陪跑的越来越多，他们不时地会相互撞在一起，或者被别人不小心绊倒，他们现在可顾不上这些，运动员们还在长跑呢，他们还要赶过去，为自己的同学和朋友多喊一声"加油"哩！

"加油啊，运动员们！加油！"体育组的老师也开始在广播台上提着个大喇叭一个劲地喊"加油"。"砰"的一声枪响，全操场的人都知道5000米只剩下最后一圈了。

李玉亮还是跑在第一的位置，把第二名落下了好几十米。高伟经过短暂的调整，现在也在中间的位置，但是看起来还是有些吃力，我只好夹在李玉亮和高伟中间来回跑，我看李玉亮没什么问题，干脆就跑到了高伟旁边，边跑边鼓励他一定要坚持下来。

"呀——"在离终点还有大概40米的地方，后面的一位同学猛叫一声跑了上来，超过了李玉亮，接着便晕倒了，压住了彩带。一位老师连忙跑过去，和几个同学把那男生扶到了旁边。

李玉亮走过来，不停地叹气，眼睁睁地看着就要到手的第一名让别人给抢走了，真遗憾啊！但是他还是很大方地和我走到了累得要死的高伟面前关心一下高伟的情况。高伟显然已经体力透支了，他现在被同学用胳膊上夹着，慢慢地在原地来回地走，见我和李玉亮过去，勉强地挤出点笑容："玉亮，你真棒！"

"棒个屁，又不是第一，你起码也有个三级跳冠军。"玉亮还是很郁闷。

"别再笑话我了，真丢人，跑了个第七。"

"靠，有没有搞错，30多个人跑第7名，很不错了啊，你还真想得第一啊？"我在高伟的胸膛上轻轻打了一把。

"高伟，高伟！"一个同学从人群中插进来对高伟说，"你和第6名并列！"

"真的？"

"当然。"

"哇——""啊——"

"哈哈……"原来搀扶高伟的那个同学一激动松了手，把高伟摔在了地上，我和周围的同学开心地笑了。

"本次运动会高一组团体总分第一名——高一·一班。"体育组长郑重宣布道。

"哇……"

"噢……"

"哗……"高一·一班的同学们兴奋地喊着，使劲地鼓掌。

"团体总分第二名——高一·十班！"

"哇……"

"噢……"

"哗……"同样的心情，同样的欢呼声。

……

"高一组男子 4 乘 100 米第二名高一·十班！"

"噢……"

"哗……"

……

"优秀报道小组——高一·十班！"

"噢……"

"哗……"

……

"优秀报道员——高一·十班雷星同学！"

"噢……"

"哗……"

……

"……从今天起,学校放假三天,下周星期一晚自习正常。"王校长宣布道。

"哇……"

"噢……"

"哗……"

"哇……"

"噢……"

"哗……"这一次的声音可谓是惊天动地。

放学后，我照例回到了五爹家，当我把钥匙插进门时，就传出了奶奶的声音："有人在开门，肯定是我星星回来啦！"

我也在打开门之后喊了声："奶奶，我回来了。"

"回来就好，回来就好，来，让奶奶看看，嗯，又瘦了……"奶奶拉过我，高兴而仔细地端详着。

"妈，看你把雷星惯的，都这么大了，还'星星''星星'的，他能照顾自己了，您就别操心啦。"是五爹在里屋说话。

"看你说的，星星不管怎么说也是今年才到城里的，能照顾好怎么瘦成这样了。在乡里的时候，我每周都给他做好吃的，到学校里去时总是大包小包地背得满满的，鸡蛋，油饼装满了。一到城里，谁给做呢？我听说连饭都得买着吃，星星又舍不得花钱。你看，瘦成啥样子啦，你还是五爹呢，说这些话，羞都不知道……"

"好好好，妈，是我错了，行不行？你们好好聊，噢，我们的星星。"儿子在母亲面前永远是长不大的，五爹边择菜边说。

"那你还没错？星星，过会儿好好跟奶奶喧喧话，奶奶有好多话要给你说呢。"

"嗯。"我甜甜地应了一声，然后跟奶奶拉起了家常。

愉快的时光总是让人觉得短暂，周末很快就过去了，我又回到了学校，开始了新一周的追梦征程。

"周末过得真快，啥也没做就过去了。"人未到声先到。

"还有和我同样感受的人呢，我还以为只有我一个人虚度了这周末的美好时光了呢！"李玉亮一听就知道是我来了，接过话茬儿，"你还会想起有个宿舍啊，就算城里有亲戚家也罢！总不至于忘了咱们朋友们吧？"

"哟，哟，我亲爱的，英俊的，寂寞的，让人呕吐的玉亮老兄啊！啊，我的，大大的，王八的错，你的明白？鄙人不光临寒舍，啊，那个是有原因的，啊，这个，至于什么原因呢，啊，这个，无可奉告，啊，这个！对不起了，哈哈……"我把书包往床上一扔，躺了上去。

"不告诉我，好，当然没什么问题了，不过，雷子，我的肚子在叫唤哟，唱了半天空城计了，终于把你给盼来了，走，放点血，怎么样？"李玉亮跳下床，站在了我的床前。

"真不知道我上辈子干了什么缺德事情，怎么现在净遇见像你这样的人啊，简直就没脸皮嘛！"

"谁没脸皮？鉴于你态度不端正，若再贫嘴，加罚啊。Go on！"

"Ok, stop！My dear，我认了，走吧！正好我也没吃。"

"这还差不多，表现还可以，走，先去教室，然后再去吃饭。"

"我也有此意，知心朋友就是知心啊，若是有人知道我不想请他吃饭，那该多好啊，呵呵。"

"不行，今天你非请不行。你不请，我吃什么，我身上现在连一分钱也没有，什么知心朋友，你少给我灌迷魂汤啊，我知你的心，你还不知我的心呢。"

"说你笨你还真笨，连句人话都不会听。往常一起吃饭，那次不是你掏的钱？我要是真是那种人，你早就把我踹远了，当我是铁公鸡一毛不拔啊？"

"说人不如人，鼻涕掉个两筒筒，我说的还不是真话，你不是照样没听出来吗？"

"什么真话假话的，这两个家伙一泡到一块儿，话就多得跟废气一样，宿舍里的臭氧层都让你们俩给破坏了。我在教室门前就听见了你们俩的声音。哥们儿，最近过得还好吧？"唐海峰进了宿舍，又来了个爱说话的家伙。

"哟，稀客啊，海峰，啥风把你给吹来了？来，拥抱一下！"李玉亮跑到海峰跟前，俩人抱了抱。二人闲侃了几分钟，李玉亮吵着说肚子饿了，要去吃饭，让我请客。唐海峰说他已经吃过了，想多看看书，只好作罢。在教室门前，我朝里面瞅了瞅，那个座位上是空的，范娇还没来。

上周五运动会结束后，我去了六中，最近老想去那儿，因为这样可以单独和范娇在一起，并且希望从一中到六中的路远一点，因为这样一来，我就能和范娇多走一会儿。

走到六中学校门口，才四点多钟，离妹妹放学的时间还有一个多小时。范娇硬是让我去她家，我开始不想去，担心万一碰见范娇的父母时，自己一时管不了自己的嘴，会说出一些连自己也不知道的话来。唉，那泊腔滑调的性格真该好好改一下了。可我又不禁劝，只好恭敬不如从命了。

门开了，她家里没有一个人。我们俩进了客厅，我坐在了不知道什么材料做成的高档沙发上，好奇地四处张望。范父不愧是堂堂的大局长啊，家里阔气得不是一般：屋子里装潢得很高雅，正面墙上是几幅字画，下面是浅黄色的柜子，上面放了好多花瓶、酒壶什么的，外形像个台灯的电话是金黄色的，就摆在大彩电的旁边。若用两个单一的字来形容整个屋子，无非就是"阔"和"雅"了。

看了一会儿电视，也没什么好看的节目，我便起身到其他房间里转了一下，最后坐在了范娇的小屋中一把椅子上。我从门旁边的花盆到门里面的小洗衣机，再到书桌、字画、椅子、书架、台灯……一样一样地边看边记住了地方。上次和范娇一起买的那张画儿被贴在了主人床边最显眼的位置，翻开范娇的相册，我看到了一张照片，那是一张艺术照，一个短发女孩笑得很甜很美。

"是谁？"我没认出来。

"你仔细看看。"范娇没有直接回答，抿着嘴笑了。

"这到底是谁啊？我从来没见过皮肤这么白，眼睛这样漂亮的女孩子，不会是你妹妹吧？"我还是没认出来。

"咯咯。"范娇笑了，"别再说了，我哪有妹妹啊，是我啊。"

"啊，不会吧？！我要这张照片，送给我怎么样？"我说着就从相册上往外取，像得到了什么宝贝一样爱不释手，拿着不停地看，照片上的范娇比现实中的好看。

"对不起，雷子，那可不行！我也只有这么一张了，绝版啊，我妈妈也很喜欢它，若是给了你，我妈妈肯定会说的，再加上我已经就这有关的写了字，你不可以拿的。"范娇抱歉地说道。

"字？什么字？"

"嗯，还是给你看吧。"范娇迟疑了一下，用钥匙打开了书桌中间的那个大抽屉，从里面取出一个笔记本，递给我，"写得不好，别见笑啊，你可是第二个碰它的人啊。"

"那我也真够荣幸的，没想到我同桌还留了一手，真人不露相啊，也有这嗜好。"我在椅子上坐好，翻开笔记本看了起来。我在想："这笔记本和这照片又有什么关系呢？"终于在第四页上找到了答案："……视力直线下降，昨天，母亲又陪我去配了一副眼镜，已经150度了，拿着镜子，看着里面的我，傻傻地看着……无意间，我把相册掉在了地上，拾起来刚好看见了那张我最喜欢的照片，那也是妈妈最喜欢的一张。猛然间，久违的亮丽出现在了我眼前，'她是我吗？'我在自问……不管怎么样，这张照片我要永远保存下来，不管什么时候看见它，我都要告诉自己，我也有过一次美丽……"

"对不起啊，我真的不能把这张照片送你。"范娇又一次抱歉地说道。

"这有什么对不起的，谁也有自己最喜欢的东西，换成我，我也不送人啊。没关系，等你下次有了补给我一张不就行了，你说呢？"我嘴上这么说，心里可想，要是真送给我那就好了。可那是人家的宝贝，我怎么好意思占有啊。

我把照片放回原位，说："能不能答应我一个要求，可能有些过分。"

"你说吧，只要不要这张照片。"

"我想看看你这抽屉里的秘密。"

"哦，好吧，不过，我得先拿出一样东西，那个你不能看。"范娇拉开抽屉，取出了一个红色的笔记本，"这是我的日记，你总不能看吧？"

"你也记日记？天天？"

"不是天天日记，是几天或者更长记一次，好了，你翻去吧，别给我弄得太乱了啊，我去放一下笔记本。"说完她就出去了。

我看着整整齐齐的抽屉，不知道该从哪儿看起，我很随便地从本子中抽了一本出来，刚打开，有几张信纸从里面滑了出来，掉在了地上。我捡起来打开。只见上面写道：

娇：

在这空荡荡的教室中，一个男生正在给他思念的人写信……

"喂，雷子，不要看那个，还给我！"范娇突然冲了进来，她一把抓住，想抢过来。刚才放笔记本的时候她突然想起里面还有一封男生写给她的信，没想到被我翻了个正着。

"不，我要把它看完！"我不肯松手，我想知道这个男生到底是谁。

"不行！你不能看！还给我！"范娇开始抢了，她的手使劲地在扳我的手，可是还是扳不开，俩人抢了一会儿，信还是在我的手中，我看见范娇的手都红了，眼睛里还有泪花儿，我不忍心，于是就丢开了信。范娇跑进厨房，"铛"地挑开火炉，把刚才那封信丢了进去，然后一个人站在那里哭了起来。

我从小屋走过来，轻轻地摇了摇范娇的肩膀："对不起，我……"

"不关你的事，是……"范娇又哭了。

"来，别再哭了，我只看到了几个字，真的！"我语气中带着失望和沮丧，用毛巾给范娇擦眼泪。

范娇接过毛巾，又回到了小屋，坐在了床上。

寂寞的沉默。

"沙沙"的写字声。转眼间，范娇手上多了一张纸条，上面写着：

"范娇，假如我喜欢上你怎么办？"

"我不知道。"她忧郁了一下，吐了四个字。

又是一阵沉默。

"我走了。"我慢慢地说道，拿了自己的东西，往外走。

范娇也跟在后面，走得很慢。

"别送了，进去吧，怪冷的。"我对范娇说。

"没关系，我送送你。"

"回去吧，你眼睛都红红的，快进去吧，用毛巾擦一下眼睛，写会儿字就好了。"

"那，明天见！"

"好的，明天见！"

书桌上的纸条还在那儿放着，范娇叹了一口气，取出笔记本，把它放进了抽屉，加上锁，到了脸盆前，洗起了毛巾。

从那里出来，我回到五爹家。我还有个秘密，我一直在我讨厌的数学课堂上写一些学校发生的故事，准备将来写成一本小说，我的那本小说已经写了近四万字了，写作进度还算可以。这几周我写得很是上心，每逢晚自习总是先写一个小时，然后再做作业，但是假如范娇不提醒的话，我一般会写到晚自习下了才会停笔，把小说稿塞进桌洞拿过作业赶紧做出来，然后继续写小说。关于小说的事情除了范娇有点怀疑以外，李玉亮、唐海峰等一干人都不知道，知道了还不把我笑话死，倘若将来白忙活一场，那就制造了漠洲笑话了。漠洲县是个小城，这里虽然自古以来是文化名城，"人在长城之外，文居华夏之先"说的就是我们这个地方，可是人们对于爬格子的文人却另有看法，尤其对于出版书籍这样的事情，大多数人不但不会赞赏，反而会有嘲讽的意思在里面，这就是小地方文人的悲哀。

一天，在回家的路上，范娇忍不住问我："你最近每天写那么多东西，是不是在写长篇啊？"

"秘密啊，老范，我不能说啊！"我神秘一笑。

"我猜你肯定在写书呢，要是真的，到时候我可要珍藏一本你签了名的，等你成为著名作家的时候我也好风光一下。"范娇说话也越来越幽默。

"呵呵，你真幽默。签名？我想都没想过呢！"其实，我嘴上这样说，但是心里确实盼望有一天我会出现在某个大型书店的门口，专门宣传我的小说，然后找我签名的读者排成一个长队。

"你给我说实话，不然我让全世界的人都知道你在写书。"范娇突然诡笑道。

"哎哟，我的好同桌啊，你就别嘲笑我了，我哪有那本事啊，假如将来真有那么一天，我多给你签几个名怎么样？别说是书，就是想珍藏我也行啊！"我笑着对她说。

"你？我珍藏你，洁倩珍藏谁啊？"范娇想起了她几天来最想知道的事儿，女生就是小心眼，尤其是处在青春期的女生。

"你看了？"我收起了笑容，很勉强地说。

"是啊，怎么了？对不起啊，我是在帮你整理东西时无意中翻到的，真的。"范娇辩解说。

"没什么，本来就没什么，我本来打算过段时间再给你看。小娇，请你相信我，这只是个误会而已，我不能做任何对不起朋友的事情，尤其是你，说实话，我，我……怎么说呢？总之，希望你明白我。"我有点语无伦次，心里的话总是在关键的时候说不出来。

"雷子，你别难过，我只是开个玩笑，随便这么一说。走，一起进去吧，到我家坐会儿。"回家的路程真短，不知不觉就已经走到范娇家门口了。

"姐，妈到爸爸的单位上去了，明天才回来。锅里面有饭，你自己热一下，我出去一下。"家里只有范娇的弟弟范刚一个人，可能好不容易熬到范娇回来，刚见了面就迫不及待地往外走。到了门口，看见我微笑了一下，"雷哥，你来了啊！"

"刚子好，又要踢足球去？"我问。

"是的，同学刚打电话，出去少踢一会儿，我走了，你先进屋吧。"范刚以最快的速度跑了，还悄悄地向我挤了一下眼睛。

范娇忙着去倒水，我进了范娇的屋子，还是坐在上次坐的那把椅子上，抽屉没锁。拉开，一个红色的日记本躺在那儿，向我招手。待打开一看，上面每一页都写满了"雷子"，许多小"雷子"又构成了很多大"雷子"和其他的字，我慢慢把它们拼出来："大漠男孩雷子！"原来范娇早就知道我在写小说，没想到上次一句玩笑话，范娇竟然当了真，每一页都写着日期，最后一页还是昨天，这么说就还有一本这样的日记本了，我从抽屉里面找到了一模一样的另外一本。为什么堕落到这样的地步还有人记得我？我突然有些感动，轻轻地关上抽屉，走了出来。我从来没有想过，有人在这个时候还会注意和同情我，在默默地为我加油。十分渺茫地重新站起来，但是我惧怕自己已经是个废物，难道我真的要去等待，去等待那个只属于我一个人的夏天？我是她心中的大漠男孩，我也应该有她心中大漠男孩的形象。

范娇煮了方便面，吃的时候，她发现我好像有什么心事："你怎么了？"

"谢谢你，小娇！"

"谢我什么啊？莫名其妙！"范娇一看我的眼神就知道我肯定发现了她的秘密，却故意问道。

"你以后还会继续写我的名字吗？"我停下手中的筷子。

"呵呵，我以为是什么事情呢，原来是这个，当然会写了，假如你不告我侵犯你的姓名权的话。"她调皮地说。

"谢谢你！"我真诚地感谢在青春的路上有这样一个朋友。

"别再谢了，再谢黄花菜都快凉了！我顺便问你件事儿，听说李玉亮在追七班的一个叫肖芳的女生？"

"是啊，有这事，线还是我拉的呢！"我微笑道。

"我才不信呢，听人家说那女生特开朗，特活泼，你能拉线当红娘？"

"真的，不信你去问玉亮。"

"你是怎么认识肖芳的啊？"

"她和张雪在一个班，而且是好朋友。"

"噢，知道了。"

"知道什么了？"

"没什么，说说他追女生的过程吧。"

"其实还真挺可笑的啊……"我从头到尾开始给范娇说了起来。自从那天在运动会上经我介绍，那两个人就认识了，并且发展速度很快，几乎没费多大劲就到一起了。

"咯咯。"当范娇听到李玉亮连写情书都让我代劳时，不禁笑了起来，"雷子，你是哪儿抄来的这些乱七八糟的话？"

"怎么是抄的，我自己写的好不好，如果你认为写得好，以后写情书的时候来找我就行了。"我抬起头故意看着她。

"你是不是有感而发啊？要不怎么能随便打动一个女生呢？"范娇避开前面的话。

"那当然！"我停顿了一下，"不过，我是把肖芳想象成另外一个人写的。"

"是谁？"范娇傻傻地问。

"哈哈，远在天边，近在眼前。"我哈哈大笑起来。

"臭雷子，又拿我开涮，早知道连饭都不让你吃了！"范娇发觉自己上当了，假装生气了。

"要是不让我吃饭，那我就吃你！哇！"我做了一个朝前扑的动作，范娇吓得赶紧举手投降，但是我还是抓住了她的小手。

她的手很细腻，好像这是第一次正式地抓住她的手，她停顿了一下，想抽开，我又紧握了一下，没有松开。我把头凑过去，像电影上那样去吻她，她稍微迟疑了一下，也学着电影上一样闭着眼睛，默许了我的行为。就这样，我们毫无征兆地就把初吻献给了对方，彼此的嘴唇轻轻一碰，完成了我们的青春初吻礼。吻过之后，两个人牵着手吃完了碗中的方便面，很多年之后，我一直在怀念那个吻，还有那世界上最好吃的半碗方便面。

自从接吻后，我们彼此约定，保持同学加好朋友的关系，不再发生类似事情，不影响彼此的学习，用功读书，将来考同一所大学，最起码也要考到同一个城市，一切随缘。我们真的遵守了彼此的约定，两个人的关系一直保持到了上大学之后，但是我却错过了此生唯一的一次爱情，我不知道我究竟得到什么，失去了什么，但是隐隐约约之中我总觉得我失去的要超过我得到的。不过，有哲人说过，上帝为你关了一扇门时，就会为你打开一扇窗。

我还是象往常一样去学校，读书，写作。

昏暗的灯光下，男生厕所中有许多小火星在一闪一闪地，一团一团的烟雾从不同的地方飘了出来，还不时传出几声脏话来。这就是学校抽烟一族在厕所里抽烟时的情景，利用这点儿时间来解决烟瘾的问题。抽烟的人当中，高中和初中的都有，而且他们抽烟的档次都不是很低，最次的也是三元一盒的烟。档次高点的就成了七八块一盒或者十几块钱一盒的了，问题的关键还不是这个，而是他们这些人当中并非都是大户人家子弟，即使是大户人家子弟，也不应该背着自己的父母干这些事情啊。他们有一部分是来自其他较为发达的县区，家庭条件相对优越，所以到学校来花天酒地，不但自己不往好里学习，还影响了一大批本地土生土长的农家子弟。这些人一年交着好几千的插班费，根本就没想过父母的生活究竟过得怎么样。千方百计地从家里面骗钱，把他们父母在无数次狂风暴雨中拼来的钱，还来不及闻上面的土腥、汗腥和血腥味的钱，就给了他们的子女，任由他们轻轻松松地将钱扔进柜台，去满足那些本来就很可悲却被他们认为是最潇洒的排场。可叹啊，可悲啊，可恨啊！最可恨的还有现在小卖部的商贩们，为了赚钱，想方设法地卖东西，比如香烟吧，为了让更多的学生来卖，竟然一根一根地出售，即零卖。而本来就自制力很差的学生在这样的环境纵容下一步步地走向极端，可悲的当然是学生了，这些整天不学无术的群体，却没想过他们的父母成了被他们捉弄的人，具体点应该说是他们任意玩耍的仆人或者奴隶，没钱的时候要钱，也不问问钱是怎样来的，从哪里来的，想得到什么就非要得到什么。可是他们却从来不知道，这一切的一切是怎样来的，来的是否有他们所想的那样容易。可叹的是，面对这些可恶的现象学校竟无人问津，尽管学校三令五申地说学生不准吸烟，可为什么学校的小卖部还是会给学生提供买烟的方便？你不卖不就好了？不从源头上治，看来只不过是做个样子给另外的一些人看而已，还是钱的诱惑力比较大啊，尤其是对那些为了赚钱而丧失了良心和道德的人来说，只有钱才是最重要的，而在这样钱的背后，却隐藏着利益链。或许将来有一天，学校的厕所里还会传出喝酒的事情来。

我走了进去，那浓浓的烟雾与氨气混合在一起的味道，呛得我直流眼泪。

"雷子，你们班明天劳动吗？"一个好像不认识的人在搭腔。

"噢，我们班？不清楚，还没有什么通知呢。"

"我们也没具体说，不过五班和七班可能要去植树。怎么，来，抽几口？"那个男生递过刚叼在自己嘴里的烟。

"谢谢，我不会。"我应了一声就出来了。心想：妈的，什么人嘛！认识都不认识就和我说话。明天是不是要劳动，要是我们班也去，那才好呢！

在离水池不远的柳树下，一蹲一站两个人，我好奇地故意从旁边走过，瞥了一眼，竟是李玉亮和肖芳他们俩。肖芳看见我，不好意思地招呼道："你好！"

"呵呵，还是你好，大半夜了还有人陪你聊天，哪像我，只能去学《单身情歌》了，对吧，玉亮？"

"你今天没去送范娇？"李玉亮反问道。

"你不要不识抬举啊，小子，我把我最好的妹妹都介绍给了你，你知道吗？走，妹妹，以后不要理这家伙了！"说着，我还真把肖芳朝前推了一下，然后又推回来，"你们 go on，我走了！"

那两人又朝前走了走，可能是防止再次被熟人撞见，或者以免隔树有耳。

我差点忘了，明天是 2 月 14 日情人节，怪不得今天晚上学校的男男女女比平日里要多好多。我也想送范娇一件礼物，可还没有弄好，坐在座位上，突然灵感闪过，写道：

一、无题

情人酒半两，醉倒千古缘。
星问酒中香，娇融灯中霜。

二、低吟

孤鹰静悲，心中藏情；
静鸟心动，却而不迎；
数友皆觉，情等余心；
春含之首，鲁而行亲；
学子耻笑，真火烁金；
浮而上下，其为惶吟；
同窗数载，方回笃信；

愿不更改，时有其影；

然之已错，遗憾愧宁；

娇占我心，即成茫然；

追亦数月，偶见回音；

存而止步，忍俊不禁；

我待酒醒，回时归雁；

特此积习，永珍美应。

其实这样也挺实在的。每年的情人节总是大男大女胳膊套胳膊在晚上逛街，往往是男的双手插在裤兜里面，女的则是把胳膊勾在男的胳膊上，然后头略倾向男方的臂，走在那绿色的黑暗中，做着只有情人应该做的事……况且何止是大男大女，现在少男少女也开始加入这个行列，而大多数是还身处在校园的学生们，在青春的游戏中，充当着各自的主角，自编自导自演。而我认为，在我们这个年龄，有各方面的好奇和冲动是在所难免的，可是应该注意一个度，很多本来是很浪漫的东西在我们这里却变成了浪费。因此，我现在的这种属于我自己的摩登情人节礼物也是让人可以想到很多事情的。虽然曾经有过写情书或者帮别人写情书的事，但是像这样基本上没有人能够看懂的情书，必定会收到让人想象不到的效果，这一不花钱，而且还稍稍有点个性的浪漫，可以说是天衣无缝的绝活了。

这份礼物不会投向任何一个女孩的邮筒，我觉得，这只能说明一种人的心理素质和表现。不听话的好孩子，在盲目地追求那些本来还不应该追求的东西的同时，制造着本来不属于他们的浪漫。或许，在他们的心灵世界中，中学生不准谈恋爱是永远的信条。可是萌动的感情让他们对一切充满着好奇。早恋的确是一种很幼稚、很单纯的选择，然而，一不小心一旦坠入进那团雾中，就会因为某些冲动和欲望而忘乎所以，分辨不清人生坐标的方向。中国人才济济，但是却没有那么一个人站出来可以刷刷早恋那堵墙，如果有，他便是人才中的天才。

第十三章

唐海峰走进教室，神秘地对我说道："你看，就是那个穿牛仔裤的小子刚才塞给范娇了个小盒子，范娇没要，他硬放下后就离开了。"

我看看窗外，借着月光和灯光，只见一个上身穿着校服，下身穿着牛仔裤的男生，边往回走边在朝范娇笑。

我正想说什么，范娇走了进来，她慢慢地走回座位，把一个小盒子放进书包，开始慢腾腾地装书。

"雷子，我有件事想跟你说一下。"

"不用说了，我很忙，改天吧，我先走了。"我一脚踢开凳子，头也不回地走出了教室。

待范娇追出来的时候，我早已经没了踪影。要是在家里，她真想把刚才那个小盒子摔个粉碎，她傻傻地回到座位上坐了一会儿，最后拿起书包走了。

唐海峰见自己闯了祸，很难堪地去找我，可转悠了大半天，宿舍和我平常爱去的地方都没人，他失望地回到教室，若有所思地想着刚才发生的一幕。他觉得我也太小气了，什么事情，什么人都吃醋，这个毛病可不好，等什么时候见了李玉亮商量一下，好好劝劝我。

我独自买了四瓶啤酒，来到了天桥下面。最近的心情极其郁闷，老早就想喝酒了，今天居然为了这点小事而爆发。这是我第二次喝酒，没想到范娇……咽着冰凉的啤酒和眼泪，和范娇在一起的画面不断出现在我的脑海中，我自言自语："我是个笨蛋，我被人耍了……"

夜已经很深了，我砸碎剩下的啤酒和酒瓶，一步三晃地打算回宿舍。"啪"的一下，我被重重地绊倒在了天桥下一块石板上，其实摔得并不是很疼，只是脑子胀得厉害。我把脸贴在冰冷的石板上，任凭刺骨的凉意穿透全身上下……我就那样趴着，流着泪，一动不动。

好大一会儿，好像酒有些醒了。我才摸索着站起来，继续走向宿舍。

我在黑暗中爬上自己的床铺，连被子都找不着。不过，有人替我把被子盖上了，是李玉亮。

第二天一早起床后，玉亮问我是怎么回事，喝成那个样子，我摇摇头说："我不知道。"

"什么不知道，肯定是因为范娇，不然你会把自己灌成那样？"

"别烦我好不好，老大！"我没好气地留下一句话，从桌子上拿了一本书出去了，在离教室不远的地方坐定。

李玉亮和唐海峰走过来，并排着坐下，三人都隔着一小段距离，是为了提防常老师突然出现的。

"雷子，要不要今天晚上找找那个小子？"唐海峰说道。

"对，去找他，让那个家伙知道什么叫天高地厚，饭香屁臭，活得不耐烦了，敢明目张胆地这样做！"李玉亮也附和着说。

我把头转过去，不说一句话。

"雷子，你还是不是个男人啊？好歹该出个声嘛，不跟范娇说，难道跟我们兄弟也不说？以前还骂我们没骨气，我看你才是呢，真是的！"李玉亮生气了。

"玉亮，海峰，你们先进去，我知道你们对我好，我想一个人坐一会儿，对不起！"

那两个人拍了拍我的肩膀，走了进来。

第二天早上，我没去教室。范娇在教室中也没心思看书，眼睛时不时地看着窗外，从早晨到现在她一句话也没说，想解释，连我的面都见不着，她心里也挺难受的。直到上英语课了，我才回到教室，连正眼都没看她。

"雷星，Please stand up！"陶老师一进来就把我叫了起来，"来，翻译一下黑板上的这个句子！"

我头也没抬就闷了一句："Sorry, I do not know！"

"Sit down！Please l is ten to me carefully！"

我痴人一般地坐着，侧过身，面对白墙暗叹。拿起笔，写着一些由笔尖自己转出的文字。

"No,eight！"陶老师又叫道。这是一种上课回答问题时提问学生的方式，每个人都有自己的编号，老师只需要叫到编号，就会有人站起来回答问题。

范娇捅了我一下："老师叫你呢。"

我回过神，站了起来。

"Ok，what dose it stand for？"

"Sorry！"

"雷星同学，你不会不知道吧？你今天是怎么回事？假如你对老师的课有什么意见你完全可以提出来，不能这样啊。好了，下课后到我办公室来一趟。Sit down！"陶老师看上去很生气。

我再一次悻悻地坐了下来，泪，又是眼泪。范娇看着我，也想哭。

"下面开始听写单词，请同学们拿出纸来。"

"Ok，let is began！"我在纸上一个单词都写不出来，但是又不想像往常一样悄悄偷看范娇的。半天下来，我的纸上就只有一个完整的单词，而且那只是一个短语上的一半。

收完试卷，陶老师数了一下，然后道："没有交卷的两位同学请站起来。"

黄会站了起来，我把头压得很低，也慢慢站了起来。

"卷子呢？"老师问道。

没有反应和声音。

"那你们就出去吧，我不喜欢不爱学习的学生，到教室外面玩去吧，你们还小嘛，才十几岁，等三十岁上再发奋吧。连最起码的事都办不到，还当什么学生，成何体统。不交就出去吧，站着干什么？"陶老师顿了顿，"哟，真的想去啊，黄会。"

同学们都大笑了起来，原来黄会还真的把英语课本拿在手上，从座位上已经向外迈出了一条腿，看样子是准备出去。

"黄会，是不是你以为我和你的父母关系还可以，你就可以不尊重我，在我的课堂上儿戏？想着'我偏不做你布置的作业，看你能把我怎么样'，是吧？"陶老师生气了，拿出最后的法宝来对付黄会。见黄会不说话，又转向我，"雷星，英语这门课其实并不是很难，关键是你要用心花时间去好好学，不学的话，即使你再聪明也是不行的。你最近的课堂表现也不是很好，请以后注意。不过，今天的课文背得还算流利，希望继续保持，好了，Please sit down！"

我用脚拉过凳子，慢腾腾地坐下了，我有些气恼。也不知道上辈子是不是投错胎了，为什么没把我生在美国或者英国，那样就不用这么费劲地去学英语了。我的英语基础就不是很好，刚进一中时还对自己挺有信心的，没想到考试一次不如一次，好几次简直想放弃英语。但是我的化学也不好，所以权衡了一下还是咬咬牙学，但像今天这样让我难堪的事还是头一次遇到，但愿也是最后一次。

下课的时候，我一句话也没有说，一头趴在桌子上面，用胳膊遮住了脸。范娇很被动地碰了碰我："雷子，不要这样好吗？"

我还是没动。

上课了，是语文。老师正在上面讲《** 文化》，我提过笔，在纸上写着什么。投影片上是汪曾祺《牙痛》的一个小片段。其中讲到汪曾祺被一个冒失鬼一下子撞掉四课门牙，在冒失鬼向他道歉的时候，他却说："没事儿，没事儿，你走吧。"又自我安慰，"四颗门牙掉了，竟然没有流一滴血，这说明这牙老到了什么程度？"不愧是汪曾祺啊，大作家就是跟一般人不一样，肚量之大，让人佩服。

"有的同学上课注意力不集中！"邱老师见我发呆，提醒了一下。从一个语文老师的角度来看，邱老师还是很喜欢我的，尽管她也听说过我老是犯一些小错误，可她喜欢我在文学上的过人之处，她甚至对我说过，她老想不通，那些优美和别样的文字是怎样从我那个小脑袋中冒出来的，她发现我在文学方面很有天赋，连他们教研室的其他老师们都很喜欢我的文章，在开教研室活动的时候，有好几次都是以我的作文作为讨论的话题。

第三节课的课间，我被叫到了常老师的办公室。

"雷星，今天有两位老师反映你上课的时候不认真听讲，在下面开小差，怎么回事？"常老师直接插入主题。

我低着头，没有说话，心里却想，这老师们除了会告状之外不知道还会干什么。

"怎么了，不舒服吗？"常老师关切地问道。

"嗯。"我撒了个谎。

"要是病了就去看医生嘛，不要小病不治，等将来养大了就不好治了，有钱吗？去交医室看看，然后再去上课。"常老师说。

"有，谢谢老师。"

"那先可去吧，以后认真听讲，过去的事情就让它们过去吧，挺起身来好好学，我们重新再来，男子汉嘛，能屈能伸才行！"常老师劝慰道。

"谢谢老师。"

"噢，你去通知一下，下午全体同学带铁锨到教室前集合，学校组织我们和八班去沙漠公园劳动。"

"好的，没问题！"

我转身回到教室，做了一个简单的传达。通校生还好说，住校生到哪儿去找铁锨，一个个急着央求关系可以的通校生来的时候多带一张。

"你的铁锨我给你拿上吧？"范娇问道。

"你不怕传出去有人不让带吗？"我冷眼看着范娇。

"你，你这人怎么这样啊？人家……"范娇也生气了，我一早上一句话都不说，说一句还把人差点儿气死。

"起立！"黄会喊道，原来常老师已经上了讲台。

我坐下，心想：常老师虽然不知道我这病得我自己去治，但是他说的很对，过去的事情就让它过去吧，挺身做回男子汉。

下午的劳动一切准备就绪，望着"沙漠公园"四个苍劲有力的大字，向来喜欢书法的我有了一些好心情。离开学校那座监狱一样的地方，回归到大自然中，本来就会给人带来好心情。我手中的铁锨最终还是范娇给的，事情或许还会有所转机，我站在用沙和土堆积起来的一个被当地人称为"最高峰"的土山上面，向四周看去，在微风的轻拂下，一种很长时间都未曾有过的自由感和舒畅感传遍全身。不远处是六中，远远地，我看见国庆正站在操场上向我们这边张望。

开始劳动了，李玉亮、我和范娇被分在同一个组。工程量其实并不大，只是需要将大大小小的土堆推成一个斜坡，听说是将来要在这儿种一些小树和草皮。起了点风，但很冷，喜怒无常的沙尘暴可能又要光临漠洲了。一连几天，学生们大都把毛衣毛裤早上穿，中午脱，晚上再穿，很是麻烦。尤其是对那些只讲究风度而不管温度的学生来说，此时也感觉到了冷风的召唤。西面开始慢慢变得阴暗，灰蒙蒙的，风比刚才又稍微大了一些。

大约干了半个小时左右，有一些平时在家的公子和公主们一起叫苦，要求休息，有的干脆就停下来不干了，几个人围在一起，用衣服包住头，谁也看不见谁，一起说话聊天。在这种场合，一个停就会有两个停，接着三个四个都会停。几个男生挖了一个土坑后，悄悄地走到唐海峰的后面，猛地按住他，然后七手八脚地把他抬到土坑里面，等在那儿的另外几个人三下五除二便把唐海峰埋得只剩下两个胳膊和头了。同学们都闻声围过来，用不同的办法跟海峰开玩笑。我把手伸进土中搓了几下，然后在唐海峰的脸上轻轻地摸着，同学们都哈哈大笑。李玉亮则是"啪啪"给了唐海峰两个小耳光，气得唐海峰无可奈何地直向我们告饶。他用力朝下一按，想撑起身体，那根本就不可能，一股风吹过来，又弄了他一脸的沙子，同学们又笑了起来，常老师也笑着说："唐海峰的'仇人'们可真多，平时是不是老欺负你们啊？赶紧趁今天的机会，有仇的报仇，没仇的过瘾啊！"

"哈哈……"同学们闹得更开心了。

大约又过了十几分钟，在唐海峰的一再恳求下，我们才把他从土坑里面像拔萝卜一样拔了出来。

慢慢地，风大了。那沙子打在脸上竟然有点疼。"要是有顶帽子和一副墨镜，那该多好啊！"我在想，来的时候本来打算买四副墨镜，我、李玉亮、唐海峰和范娇每人一副，可是带的钱不够，只好作罢。

"雷子，给，这是我跟海峰去买的时候，顺便给你也买了一副。"李玉亮走到我身边递上了一副墨镜，他自己也从口袋中掏出一副戴上了。

我谢过李玉亮，转身又投入了劳动，心想：还是好朋友多了好啊！我偷看了一下范娇，只见她边干活边用手遮住眼睛，生怕风沙吹进去，尽管她戴着顶帽子，可沙子还是挡不住地往她脸上扑，我把墨镜伸过去："你戴上！"

"不用了，给我了你不就成我这样了吗？谢谢。"范娇拒绝了我的好意。

"你先戴上吧。"我坚持让她戴。

"真的不了，还是你戴上吧！我……呀，我的帽子……"随着范娇一声怪叫，她的帽子被风卷跑了。

"你站着，我去追！"我把铁锨一扔，撒腿就朝帽子飞去的方向追去，我跑过来的时候，听见范娇在后面喊："别追了，回来吧。"

那帽子似乎有意在刁难我，忽左忽右，眼见我快要抓住了，它却又朝前飞了一截。我还是一个劲地追，我必须要追上它，因为那是范娇的。直到在八班的工地旁边，那帽子才落在了一个人怀里，凑巧的是，那人不是别人，是王洁倩。

"还给你。"看着我上气不接下气地跑了过来，王洁倩把帽子递了过来。

"哎呀，可追上了，快累死我了。谢谢！"我站定，接过了帽子。

"你怎么买了顶红色的帽子啊，还戴着墨镜，帅啊！"

"噢，帽子是范娇的，被风刮了过来，所以我就……"我有点不好意思。

"原来如此，她真幸福。好了，别在这傻站着了，还不赶快回去领功啊，呵呵！"这个王洁倩，唉，说不成。

"洁倩，上次的事你可能有点误会我了，你知道我这人有时候其实很笨的，那些字我当时也没想别的就写出来了，你可千万别生气啊。"

"好了，别再解释了，我们这么长时间的好朋友，我还不清楚你啊，没事儿！赶紧回去吧，要不然你们常老师要带人来找你了。"

"那好，谢谢，拜拜！"我转身的时候才发现自己已经跑了好长一段路，由于风沙的原因，已经看不到对面的同学了。

"洁倩，老实交代，坦白从宽！"八班的一个女生看着我的背影说。

"什么啦，少胡说。我和他是小学同学，老同学啊。"

"怪不得，呵呵……"

等我回到我们班劳动的地方时，李玉亮看见我过来，故意拿铁锹铲了一些土，开玩笑地扬向我，我没避开，反正已经全身是了，不在乎再多一些。

"帅哥，追上了没？"李玉亮喊着问。

"追上了。"

"哎，伟大的友谊啊，要是换了我，我肯定追不上。"李玉亮朝范娇故意说道。

"要是换了那帽子是肖芳的，你可能追不上也要马上重新买顶新的拿回来。"范娇笑了笑。

"你怎么知道？"李玉亮看看范娇，又看看我。

"我怎么就不能知道，要想人不知，除非己莫为啊。"我故意说。

"一定是雷子这小子，敢背叛我，看我怎么收拾他。"说着，他又向下风扬了几锹沙土，可惜我已经站在了范娇的身边。

五班的学生们集体向在下风向的八班开始扬沙土，面对突如其来的"特大沙尘暴"，八班的学生们只好把衣服都包在头上，不断地避着。学校也真是的，风沙这么大，却还不通知让学生回学校，要求坚持一下，完成任务，有没有搞错，他们怎么不亲自来完成任务呢？

李玉亮趁我不注意，溜到上风向，扬了一锹沙土，可我却灵活地避开了，那沙土便一下子罩在了另一个人身上——常老师。李玉亮吐了吐舌头，赶忙转身投入劳动，常老师宽容地笑了笑。

由于风沙太大，常老师决定打道回府。在回来的路上，常老师叫过我，让我和他一起回。

"你知道吗？早上英语单词听写，你只对了7个，怎么回事？"常老师问道，用手扶了扶眼镜，接着说道，"雷星，你是一个很聪明的人，但是关键在于你的学习态度问题，学习是来不得半点虚假的，在学习上要滑头，那可要吃大亏的。反之，只要你努力学，肯定会取得一定效果的。我来给你讲个真实的故事，在我上初中的时候，由于一些原因，使得我在初中三年竟没学一句英语，见都没见过。在我上高中的第一周，英语老师就让我们听写单词，只有我一个人坐着不动。老师问我为什么不写？我回答说没学过。老师当然不信，当众羞辱我说，什么没学过，分明是学得太差，写不出来。我没有争辩什么，默默地坐下了。从那以后，我找全了初中的英语课本，一回家就叽里咕噜地念，背单词。因为没有人教我，单词一个都读不上，但是我却把单词都记下来了，后来才知道，我当时连音标等一起默记了下来。高一第一学期结束时，我识下了以前没学过的全部单词，却大都读不出来，光知道汉语意思。在考试单词翻译时，我得了满分，可让我读课文时我就不行了。但不管怎么说，我没有以前那样害怕了。现在的学习条件要比我们那时候好得多，以后少玩会儿，多在学习上花点工夫。听邱老师说你的文笔不错，但是也不能光发挥自己的特长啊，知道了吗？现在的父母为了你们这些人上学，真的是不容易啊，尤其是我们这些从农村出来的，年景一年不如一年，比如像今天，风这么大，我们干点小活都被吹成这般模样，他们呢？即使再大，还得下地干活，不干不行啊，唉——"

我听了感觉很难受，觉得自己真是个笨蛋，什么事都做不成，尽管自己也在尽最大的努力来弥补这一缺陷，比如正在进程中的那本小说便是我的大半砝码，好与坏几乎在此一举。关键是书的质量如何，可能文学功底上要比别人差一些，但是我坚信，至少可以写出一本和其他校园文学不一样的作品来。对于这件事，父母给了我莫大的鼓励和支持，我从心底里感谢他们。可是，如今的学习成绩就有些说不过去，毕竟我现在还是学生，不是职业作家，学生当然是学习为主了，这恐怕是无可厚非的事情。要处理好这之间的关系，就只能看我自己了，其他人是帮不了我的，因为内因才是第一位的，对于一个正常的人来说。

第十四章

范娇来了，她见我的座位空着，便问唐海峰："雷子还没来吗？"

"和玉亮出去吃饭了，快半个小时了，应该快回来了吧。"唐海峰在做作业，抬头说完就低下去了。

"噢……"

"雷子这次光稿子上就有 21 分的量化成绩，加上原来的那些，拿奖学金应该没问题。"唐海峰又把头抬起来，跟范娇搭话。

"是谁在背后算计我的奖学金啊。"我和李玉亮进来了，我走近范娇，问道："刚来？"

"嗯。"范娇轻声应道。

"除了我还会有谁？奖学金可要拿来请客吃早点的哦。"唐海峰说道。

"那是什么年代的事，没准还没有我的呢！玉亮这小子靠得住，一等没啥问题。喂，海峰，玉亮的稿子能得多少分？"我说。

"12 分。"海峰回答道。

"那下周的伙食玉亮包了吧，说好了。"

"哼，你去死吧，都吃成猪了，还吃！范娇也应该有吧？"玉亮问道。

"应该有吧，我还没具体算呢。"唐海峰看了看积分表。

"肯定有，我估计二等差不多。"

"哪有那样高啊，没有。"范娇说道。

"好了，回座位吧，快上自习了。"我想分散开这些人。

"好了，范娇，记得请客啊。"李玉亮意犹未尽。

"好的，假如有的话，一定！"范娇笑着说道。

"你把……"李玉亮刚要说话，"行了，别再吵了，烦不烦啊，能不能安静一会儿啊？"我大声没好气地说道，然后趴在座位上，把头扭向窗外，眼睛直勾勾地看着院子里的那棵老榆树。喧闹的教室一下子静了下来，同学们都怔怔地看着我们几个。李玉亮还以为是自己做错了什么，看了我和范娇一眼，什么话也没有说，回到了自己的座位上。而范娇则像受了极大委屈似的，看了我一眼，然后拿起钢笔，翻开了作业本，从她翻本子的声音就可以感觉到，她真想哭，可是一旦她哭了，不知道同学们又会制造出什么学校新闻来，所以她只好忍了忍，把快要流出来的眼泪又恢复到了原来的位置。同学们陆陆续续地又开始小声音说话了，唐海峰把我的肩膀扶了扶："雷子，有什么事情你就说出来，我们帮你。"

我摇摇头，但是没抬头，说道："海峰，你写字去吧，我没事，心烦！对不起！"

唐海峰按了我一下，坐了下来。

我还是先前的那个姿势，静静地趴着，心里面的泪在翻滚，面对突如其来的怯弱，我真想把它忘得一干二净，我无助地看着眼前的一切，许多东西，包括人，就让他们缓缓而来，轻轻而去吧。朋友有什么不好，我不知道经过这么一闹，以后还怎么和他们几个说话，一起玩？怎么再同范娇一起走路回家？人究竟是个什么东西？这样做是不是有些过了？难道现在自己真的连自己也把握不好，管不住自己吗？

范娇轻轻地碰了一下我，眼泪哗哗地看着我说："对不起！"

"不，是我对不起你，我刚才有点冲动。"我道歉道。

"雷子，你究竟是怎么了？刚才还好好的。"唐海峰也插了进来。

"没事了，你们赶紧做作业吧。"

"那你也快写吧，可能下了晚自习就会交。"唐海峰说着就低头开始写作业。

"好的。"

黄会走过来，对我说道："雷星，常老师让你和我过去一趟。"

我没有说话，站起来和黄会一起出了教室门。

在教室的门前，我们遇见了常老师，我把运动会上的事情做了具体的汇报后，黄会说，上次的艺术作品只交了很少一部分，没法向学校上交，是不是应该采取点什么激励措施。

"进教室再说。"常老师走上讲台，清了清嗓子，"同学们，这次运动会上大家的表现都很出色，已经贴到我们教室墙上的奖状就是最好的证明。但是我听班干部说没人愿意交艺术作品，同学们，我们应该全面发展，这跟运动会一样，同样是对我们的一次挑战和尝试，养马的卖马，养鸟的就卖鸟，我就不相信在座的各位没有一点艺术细胞，而且，我们应该抓住每一次给予我们的机会，真所谓'机不可失，失不再来'啊。我听说这次的作品还要选一部分到省上参加一个大型的比赛，你们为什么就不争取呢？从现在起，没有交的同学务必在明天上晚自习前把作品补交上，凡每多交一份作品的同学，量化成绩上多加2分，作为这次奖学金评定的依据之一，不交的人倒扣5分。这周班会上颁发奖学金。雷星，你把名单根据刚才的变化重新调整一下再报到教导处，给王校长。"

同学们立刻开始嗡嗡地小声说话，唐海峰捣了我一胳膊："我再多交5份作品，应该有奖学金吧？"

"就你一个天才？别人早就想到了，不信你等着瞧！"

"什么都没我的份儿，我真想把运动会上广播稿的事报告给老师。"唐海峰用牙咬着嘴唇。

"报告个屁，什么都是他说了算，就算你报告给他又有什么用，你还想造反不成？"我奉劝他不要做无谓的傻事。

"你说的也是，听天由命吧，唉——"唐海峰长长叹了一口气。

我们俩说的是这次运动会中美中不足的一件事。因为常老师先前为了让同学们能在运动会上多给学校广播站送一些稿件，所以事先许诺同学们，凡是交稿件的同学就可以在量化成绩上加1分，播出一篇加3分。出现的问题就是有人为了得到或者能多拿奖学金而拼命地写稿，甚至有人还竟然找来一本书照抄上面的东西，反正能不能播出是一回事，最起码有1分进账啊，更有甚者从唐海峰那取过稿子，说是要送给广播台。然后在半路上折回来，改了姓名再交给报道小组的另一个同学。有的同学连一篇都没播出，然而得到的量化成绩却比很多播出稿件的人还多。像我虽然播出的稿件是第一，可我写下的未必就多了，所以总的下来我还比不上那些投机取巧的同学成绩高。这些事常老师自始至终都蒙在鼓里面，谁也不想说破，一是那几天常老师也忙来忙去的，基本没有和同学们交流的时间。另外呢，因为假如本来可以拿到奖学金的同学去说的话，那些没有奖学金的同学肯定会制造点什么端倪来，弄得谁都不好过。大家只好都睁一只眼闭一只眼，与其去给常老师说，还不如干脆都来干这营生，谁怕谁？谁难道背上猪头找不见庙门啊！

"雷子，你的作品交了吗？"范娇放下笔，把作业本朝上拉了一下。

"噢，还没有，我对那没什么特长，打算明天中午请人写一幅大字，混过关就算了。"我看着范娇，可心里还在为刚才发脾气的事感到内疚。

"谁说的？你钢笔字不是写得很好吗？怎么不来写幅硬笔书法呢？"范娇提醒我说。

"那，我那字怎么行？还不得让我丢人现眼啊，不，我不写。"我推辞道，其实我早就想写了，连纸都买好了，只是没那勇气，现在有人提起来，我都感觉脸在发烧。

"什么那不那的，还男子汉呢，做事一点儿都不干脆，说，到底写还是不写？"范娇生气了，她最不喜欢我现在这样子。

唐海峰用手拧了我一把："写嘛，碰巧，我和范娇的作品都没交，把我们的也代劳了吧。谁叫我们是好朋友呢。"然后在桌子底下踢了我一脚。

"我的妈呀，你们……"我明白唐海峰的意思，一咬牙，"写就写！写不好了，可别怨我啊，我现在就写。"说完就从桌子里面抽出几张白纸，取出三张，给两个同桌各一张，我自己留了一张。"找个尺子和红圆珠笔，把格子打好。"

"怎么打？"唐海峰问道。

"我怎么打，你们就怎么打啊！"

"OK！"

在一阵"哗哗"的声音之后，三张红线格子的纸就放在了我面前，那纸上的线就像是印在上面的一样。我这人不做则罢，要是真做起什么事情来，非要做好才行，那细心劲和认真劲儿绝对不比任何女孩子家差。我拿过黑色墨水钢笔，从书里抽出一本《校园格言》，打开，一笔一画地写了起来。我每写一个字，唐海峰就会在旁边叫一个"好！""张！""绝！""狂！"

"我说你是不是脑子不合适啊，少拍我马屁，我这张是实习品啊，等手写熟了再正式写。"我被弄得不好意思。

"够兄弟，够义气！冲！"又是唐海峰。

唐海峰的叫好声把周围的几个同学都招了过来，他们都围着我，看着那刚劲有力的黑字一个个出现在白纸上面。

"这字真潇洒！"一个男生赞许，朝我举了一下大拇指。

"是啊，简直跟书上的一样，我下辈子一定要向阎王求个情，让我投胎的时候转世成个女的，我一定在雷子面前立下重誓：此生非雷子不嫁！"唐海峰诡笑着看着范娇，范娇的脸一下子红了，围观的同学都笑了起来。

"那我也向阎王求个情，让我投胎的时候继续转世成个男的，也立个重誓：此生绝不娶上辈子的唐海峰！"跟我耍贫嘴，没有几个能占得了便宜的。

"哈哈……"同学们大笑了起来，突然一个个像老鼠似的钻回了各自的座位，我抬头一看，啊，常老师！

"是不是打算再让王校长来把你放到教务处挂个牌啊。"常老师走过来，说着拿起我桌子上的纸，看了看，满意地继续说，"不错，原来是在写作品啊，还以为你又在搞什么活动，刚打算收拾你一下呢，来，继续写！用心写啊。"他又转过来对着同学们厉声说道，"你们笑什么笑，别人写个字都笑，有什么好笑的？教室内要保持安静，把上节课课本后面的练习题做出来，明天讲。"说完就出去了。

"扑哧"一声，我看见那几个同学的窘相，忍不住笑了出来。

"臭雷子，你捣乱让我们替你挨骂！"后面的一个男生笑着说。

"挨骂的同胞们，等下晚自习后我们合起来揍他一顿。"唐海峰也在发动群众，他站起来朝后面的同学喊道。

可是没人吱声。"不对啊，往常的话早就有人跟上来了。"唐海峰一下子纳闷了，他看见范娇给他递了个眼色，用眼睛看了看教室门口。

"啊——"他不禁又出了怪声，只见常老师正在瞪着他呢，老师大多数就是这样，明明刚出去，在教室门口站上几分钟，确定没人说话才会离开。

"唐海峰，你座位向下调一座，范娇，你坐到唐海峰原来的位置。"常老师的样子很凶，"范娇后面的所有同学统统向上进一座，换，马上就换！"

我想站起来替好伙伴求个情，腿还没站稳就被常老师用手势压回了座位，唐海峰慢吞吞地离开了座位，坐在了后面的一个座上。

"以后谁再上自习乱说话，凡是让我看见或者听见的，向下调一个座位，自己不学习，可也不能影响别的同学啊，让不爱学习的同学自己琢磨着办吧，到底想干什么？把我的话都当成了耳边风。不说了，一说我就来气！"

我偷看了唐海峰一眼，只见好朋友给我挤了下眼睛，于是，俩人会心地笑了。

下晚自习回到宿舍，李玉亮在箱子中找存折，可是怎么也找不见，他把整个箱子都翻了好几遍也没有存折的影子，上周他还取了钱呢，上面还有400多块钱，是这个学期的全部生活费。他那存折上又没设密码，谁都可以把钱取出来的。他刚打算抽空把这周的伙食费取出来，明天去信用社，顺便在存折上加个密码，以防万一，可是现在却怎么也找不见存折了，这该怎么好啊！

"不要着急，冷静地想一想，好好想想，上周取完后放在哪儿了？说不定放错地方了。"我在一旁安慰道。

"怎么可能？我每次都放在这儿，没人知道的，箱子上的钥匙一直是在我身上带着的，没人动过啊！"李玉亮急得额头上都有了细细的冷汗。

"前天我们七班的那个老乡，你见过的，他说要借个本子，我当时在操场，就把钥匙给了他让他自己来拿，他取完本子把箱子忘锁了，后来是我锁上的，我当时也没看存折在没在。问题肯定出在这儿。"李玉亮记起来了，他把钥匙给过别人一次。

"你再找找看，会不会被夹在哪本书里面也说不定，你箱子这么乱，即使真的有人翻个遍你也未必能发觉。"

"我看还是先到信用社去一趟，先挂失，然后再说。"我建议道。

"也好，只有这样了，但愿上面的钱还在。"李玉亮担心地说道。

从信用社出来，李玉亮和我都垂头丧气地往宿舍走，不住地叹气。

"杂种，竟然给我只剩了一块钱，他妈的心也太黑了，要是有一天我知道是谁干的，我非活活剥了他的狗皮。"李玉亮气愤地说，一脚踢起一个光光的小石头，小石头骨碌骨碌地滚到了前面的一棵树下面。

"那小偷也真够狠的，唉，玉亮，你想想会是谁呢？"

"我不知道，我觉得我们宿舍内部的人肯定不会偷，刚才取钱的单子你也看了，和我们宿舍里任何一个人的笔迹都不像，我怀疑是外贼！"李玉亮肯定地说道。

"你的意思是你老乡？我们宿舍平时来的外人也就是海峰、高伟，我相信他们绝对不是那号人。"

"我有种感觉，就是我们老乡偷的，肯定是他在取本子的时候无意间看见了存折，然后就顺手牵羊。"

"有道理，那你现在准备怎么办？报告老师还是私下解决？"

"还能怎么办？报告老师吧，让学校查一查，自己解决太麻烦了，也划不来，最近我们几个的事已经够多的了，省点力气吧。"李玉亮显得无可奈何。

我们隔壁宿舍的一个住校生走进我们宿舍，劈头就问："雷子，黄会的量化成绩是多少分？"

"我记得好像是 62 吧。你问这个干嘛？"

"期中考试一个倒一分数，我就知道他没那么高，要不然他怎么会那样做？哦，还有我，100 分的话可以拿多少奖学金？"

"9 块吧，怎么了，你究竟问这些干什么？"我疑惑不解地看着他。

"黄会买了 11 张宣纸，两瓶墨汁，让一个男生帮他写作品呢，真的！不信你去看看，现在的人啊，什么事都想得出来。"一脸的怨气和嘲讽。

"我可没那闲情，他想怎么做就怎么做吧，说实话这次奖学金分得到现在我都不知道该怎么办才好，常老师老是有新规定出台，我刚弄好就又得改，我都烦了。"我装作漠不关心此事。

"唉——"那个同学摇头，然后就走了。

李玉亮给他家里打了电话，说明了存折的情况。在电话中，我听见李父把李玉亮大骂了一通，连自己的存折都看不住，说是下周要来县城，到学校找李玉亮。也不是说，400 多块钱一下子不见了，李父一个月大半的工资就这样没了，他在煤窑干，一天天多不容易啊，儿子怎么能遇上这种事呢？

打完电话，李玉亮对我说，他真想回到他们那儿上学，虽然这边的教学条件和老师都比他们那儿好，可是他每学期要交 1600 元的借读费，就算他们家的经济条件在当地还算可以，但是出现这样的事，他的确无法跟家里人交代，倘若以后再发生这种事情，没准他爸爸还认为是他把钱乱花了，然后找借口向家里骗钱呢。他们那儿像这种学生多得很，自己明明把钱玩掉了，却撒谎给家里说是学校收了，或者说被人偷了。

我劝了李玉亮好一阵子："放心吧，你学习这样好，到你们那儿去不值得啊，等你爸爸来了有我们几个给你作证，你爸爸肯定不会说什么的，他是不会冤枉你的。别再想了，既然事情已经发生了，就先放在一边吧，不要为了这事落了功课。"

"麻烦你去教室把我的数学课本拿到宿舍，我要预习一下下节课的东西。"

"我也正想取本书，你先回宿舍，我过会儿就到。"

当我走进教室时，一个隔壁宿舍的男生正准备回宿舍，我便把李玉亮的课本交给那男生带回去转交给李玉亮，我打算在教室中看一会儿书再回去。

同学们边写作业边聊着黄会请人写大字的事。突然黄会进来了，可能是听到了大家的谈话，他走回自己的座位，坐在那享受着刚好从窗户射进来照在他身上的阳光。我的座位和黄会的仅有三步之遥，而恰恰是由于这么近的缘故，差点儿让我在以后的几天中出了大事。

黄会见没人理他，便想和我搭个腔："你这家伙，雷星……"

"同志，请不要在'雷星'前面加个'你这家伙'好不好，修饰词也不是可以乱加的！"我因存折的事情心情本来就不怎么好，听黄会一说话，便截住了话茬，不想和他说。

黄会没有理会我，他以为同学们不理他，有我的部分原因，反而继续说道："雷星，你不如驴！"

"黄会，你驴不如！"我还口道。

"雷星，你不如驴！"他向我走来。

"黄会，你驴不如！"我毫不示弱回敬道。

"你小子有本事的话，站到我面前来说一句！"黄会放下钢笔，站了起来，瞪着我。

"你为什么不到我面前说啊？"我也站起来，盯着黄会，教室里的气氛突然之间就变了味，几个同学都停下笔，看着将要爆发的战争。

黄会朝前只走了两步就站到了我的跟前，他个子要比我高一些："你，不——如——驴！"他挑战似的对着我一字一句说道。

"你——驴——不——如！"我没有让步继续回敬道。

"嗵"的一拳，黄会在我胸前狠狠地打了一下。

"嗵"的一拳，我也开始还手。

然后俩人就抱在一起扭打着，把周围的桌子和椅子弄得"吱吱"地响，我毕竟个子稍矮一些，而且瘦一些，所以根本占不了上风，头上挨了好几拳头。

同学们看到我吃亏，有几个胆大点的过来拉开了我们，本来他们是希望我可以好好教训教训黄会的，现在看来是不可能的了。黄会尽管也挨了几下，他却装着很轻松的样子和另一个男生有说有笑地出去了。出门前，他还挑衅地看了我一眼，我刚想扑上去，却被周围的同学拉住了。

在教室坐了几分钟，我出来一个人坐在教室门前的台阶上生闷气，平白无故地挨了一顿打，这叫什么事啊？头皮都绷得很紧，用手一摸，好几个疙瘩。

从教室侧面走过来一个人，老远地就看着我，走近了我还没发现。

"怎么啦？兄弟，一个人待在这儿，看风景呢？"

我扭头一看，原来是大军，我没好气地回答说："没什么，刚才让人冰了几下。"

"什么？他妈妈的还有人敢动你，谁？"大军最喜欢这种事情了。

"黄会，我们班的那个队长，认识吗？"我问。

"嗯，初一时在一个班待过几天，不过他打的人是你，就是兄弟也不行，嗯，现在快上课了，等放学了解决他，我过来找你。"大军挺讲义气的，这也是他可以在张雪面前表现的一个机会，岂能错过。

"算了吧，完了就完了，一个班的，以后……"我可不想把事闹大。

"我说你这人怎么这样啊，一个班的怎么了？他还不是照样打你，心肠这么好，以后还怎么混？不行，你这次不给他点颜色瞧瞧，他还以为你好欺负，以后你就得装孙子了。等着，我保证把这事给办好！小事一桩，包在我身上，先上课去吧！"大军才不甘心呢，好几天都没打架了，手早都痒痒了。

在隔壁宿舍中，黄会正在很高兴地描述着他与我"中篇小说"的开始，有人附和着说上几句，也有人表现出好奇或者冷漠的表情，黄会扬言道："凡是和我过不去的人，他们的下场就跟雷星那小子一样！"

我挨打的消息传得很快，下午第一节课下来就有隔三岔五的人来看我，摸了摸我头上的疙瘩，也顺便朝教室里"认"了一下那位叫黄会的，尤其是高伟，他当即从他们班叫了几个同学，要扑进我教室立马收拾黄会，替我出口气，其中有个叫高飞的城里娃，个子虽然跟我差不多，但是一听是高伟的好朋友被打了，他站在我们班的教室门上指着黄会："你不想活了的话，早点说，让你高爷给你松松筋！"黄会吓得脸都白了，只是干巴巴地看着一个又一个的人看他骂他，心里感到很纳闷，雷星平时也没往外面混啊，怎么一出事一下子冒出来了这么多的朋友？

有几个和黄会关系不错的同学预感我可能要收拾黄会，便替黄会在我面前求情，说算了吧，一个班的，抬头不见低头见，别做得太过了，还有的说让黄会出点钱，把我的疙瘩看一下再说。我都拒绝了，我本来想算了就算了，可是当我知道黄会在宿舍里耀武扬威时，也想教训一下这个不知道天高地厚的家伙了，有人想报告常老师，可黄会不让，因为那样觉得很没面子，他也找了几个平日里和他称兄道弟的哥们来帮忙。

范娇也知道了这事，我头上的包想瞒都瞒不了，她让唐海峰陪我去校医室看一下，唐海峰就硬拉我，可我只是笑了笑："谢谢你们，皮外伤而已，这点小苦我还能忍得起，现在的医生医术又那么差，万一把我这疙瘩当成别的什么东西给割了，我岂不是惨了？"

"都什么时候了，还嬉皮笑脸的，这老大！"唐海峰蛮喜欢我这种性格的，他觉得我有大家风范。

大军让人给我带话说他放学还要去街上一趟，他的一个兄弟让二流子砍了，过去处理一下就来，我的事晚上再解决。

今天的夜晚来得似乎要比往常早些，离上晚自习还有一个多小时，外面就几乎看不清什么了。我拿着一本政治课本，有心无心地念着上面的文字，快一整天了，我的气还没消，看着黄会那担惊受怕的样子，我还是咬着牙，一摸头上的包我就来气，虽然现在摸上去已经没先前那样疼了。

果然，大军来找黄会了，他让我们班的一个同学把黄会叫出来，说教室门前的二楼上有人找。然后让我和他一起在二楼上等着。

黄会还以为是他的朋友来找他，有点得意地哼着歌就上了楼梯。一见是我，他立马笑得很难看，装作很镇定地问："是你找我？怎么，想报仇是不是？"

"我听说你中午回去在你们宿舍里做了个'演讲'是不是？"我瞪着他问道。

"是又怎么样，不是又怎么样？问这些做什么，想报仇的话就找几个人来，你小子一个人又不行，反正我也不打算再在这待了，完了谁都别想上学。"黄会没发现我后面已经站了两个人，还傲气十足地说。

"谁说雷子是一个人啊，你吓人啊，告诉你，老子就是让人吓大的，啪！"大军从后面把黄会扇了一大巴掌。

黄会还没搞清楚后面是谁，我又给了他一个耳光，他后退了一步，扶住了楼栏杆。

"哼，你不想上学？妈妈的，我还想上。说的到是好听，想报告学校啊，告去啊，反正是你先骂的我，还先动的手，我不怕！"咚！咚！咚！我又给黄会三拳头，打得黄会差点儿趴下。

大军还想打，被我拉住了："好了，黄会，我希望我跟你的事就此结束，你中午多打了我几下，疙瘩都还在头上呢，希望你小子以后不要太张狂了，雷星我不喜欢吃亏，一点儿也不喜欢！"

黄会没敢反抗，悻悻地下了二楼。大军却埋怨我应该打严重些才可以唬住人，要不然以后还会有事，跟我打架真是丢了人了。我笑着说，吓唬一下就得了，毕竟还是同学，其实就连后面那几拳我都不想打，原因只有我自己清楚。

我刚走进教室，唐海峰小声问："黄会是不是挨打了？刚进来的时候很凶的样子，还向教室外面唾了一口。"

"嗯，是我打的，算是出了点气。"

"怎么给收拾了一下？"

"实实在在地打了三拳，也真怪，你说在市场门口那次，我打完还想打，刚才大军和我在一起时，我打了黄会几拳就不忍心动手了。"

"同学之间的事就是这样，就是心里憋的那股气，等发泄出来就什么都没了，差不多就是在找心理平衡吧，你说的大军是不是七班的那个？"

"是，怎么了？"

"我听说那家伙混得很冲，你可最好不要跟那种人在一起啊，近朱者赤，近墨者黑，别到时候说哥们我没提醒过你。"一听是大军，唐海峰劝我离他们远点。

"我知道，今天的事也完全是巧合，我可没去找他，真的，你放心吧。我以后会注意的。"

"你别光嘴上说得好听，海峰说的没错，少和那些人来往，没什么好处。"范娇也劝道。

"遵命，Miss 范。"我答道。

"今天你值日，快走！"一个同学提着个垃圾桶从我旁边走过。

"哦，我给忘了，不好意思。来，我去送这些垃圾。"说着，我接过桶，跨出了教室。

就在我回来离教室的距离还有几米的地方，黄会和一个高二的学生站在一起，见我过来，黄会指着我说："你把人找好，下晚自习后等着挨耳光。"

我没有说话，看了那两个人一眼，走进了教室，我有点不明白：难道黄会真想跟我大干一场，找些麻烦才肯罢休？听口音还要整我。

恰好高伟和高飞来找我，他们是来看看我头上的包下去了没，顺便关心一下，听见我说黄会还要找麻烦，高飞对我说："你放心，不用怕，我搞定这事，下晚自习后赶紧出来，好汉不吃眼前亏，别让他把你堵到教室里，当着全班的同学丢人。"

回到座位时，已经上了自习，范娇对我说："你不要再找人，教训一下就行了，和好吧。"

"我行他不行啊，他找了高二的人来压我，我不找人干瞪着眼啊？"我没好气地说。

"我不是那个意思，人家是怕你出事嘛。"范娇急了，扛了一下同桌的书撰。

"范娇，男生的很多事你们是不会明白的，我自己会尽量把事情处理到最好程度。我没事，你好好学习，别为这事担心。"我安慰她说。

"要不要跟常老师说说？"

"再等一下看吧，我没那胆量，常老师对我那么好，我怕给他添乱。"我觉得先向老师告状的人没有面子。

"纸是包不住火的，早晚还不是要让他知道，不如趁早说出来，对你们谁都会好些。"

"可，可那样同学们会怎么看我，说我是青菜头，软骨头，我拉不下那个面子。"

"都什么时候了，还面子面子的？"范娇的话还没说完，后面传来了一张给我的纸条。

是黄会写的，大致意思是还要揍我一顿，要报仇。我把条子给范娇看，范娇看完生气地说："不见棺材不落泪，你们打去吧，我不劝你们了，把纸条放好。"

我手里拿着本书，眼睛一直盯着手表，在下晚自习的铃声刚响的时候我就连忙站起来，向教室外面走。

"雷星，你等一下。"是黄会的声音。

"我有事。"我没有理会黄会，快步走出了教室。

隔壁宿舍中的几个同学和黄会紧跟在我的后面，一起走进了我的宿舍，宿舍中，高伟他们也已经坐在那里了，看样子真的是要打架。

开始"谈判"，黄会提议让他和我单挑，一人一拳，直到把对方打倒为止，这无疑是我吃亏，可我却毫不在乎，同意了，因为我知道，和我一起来的人不是看热闹来了。

当黄会打完我一拳后，我还打了他一拳，打第二拳时，黄会的拳头刚伸出来，肩膀上就被坐在他附近上床上的高伟狠狠踹了一脚："我擦，你小子真不知好歹，还真想单挑啊！"高伟可不愿意让我吃亏。

"来，我们单挑，你猛得很啊！"高飞从我后面蹿了上来，朝黄会当胸就是一大脚，黄会朝后退了几步，还没站稳就朝前扑了过来，还没到高飞跟前就被我一脚踹翻在地上，高飞也冲上去，和高伟对黄会一阵乱脚，几十秒后，在隔壁宿舍几位同学的劝阻下才停下来。和黄会一起来的人谁都没有动手，他们谁都不愿意惹麻烦，况且在他们中间也有很多人看我和黄会都不顺眼，不但不想劝架，反而希望我们相互打得越凶越好。倒是有个叫马虎的小子带着些傲气，他看了我好几眼，但是因为我的人多，他也没敢吱声。

又是谈判，最后结果是此事到此为止，以后谁也不再找谁的麻烦。

睡觉前我去了操场，想一个人静静。操场上依稀有人影在晃动，那皎洁的月光并不属于我，我一个人慢慢地踱着步，开始后悔了，本来一件很小的事情非要闹到这个地步，不值啊。

黄会在第一次挨打后所做的一切和我整黄会都完全是冲动，要是当初听范娇的劝告，事情或许会有转机，现在弄成这样，要是把我们俩的处境交换一下，不知又是何等的模样？为了这么一点鸡毛蒜皮的小事大动干戈，至于吗？真是糊涂啊，也不知道平日里"忍一时风平浪静，退一步海阔天空"的警语跑哪去了。就因为一时的冲动把事情完完全全就给变了个模样，性质也改变了。"希望黄会没有伤着"我喃喃地说。同是一个镇子上的，可以说是地地道道的老乡，不但不在学习和生活上相互帮助，反而还一个对一个动手动脚地打架，这在哪一点上都说不过去啊。本来完全可以避免的事情，为什么就让它发生呢？而且两个人还都是班干部，今后怎么在同学们面前抬头？还有，万一常老师知道的话，那还不伤心死，最少也会给我们俩一个处分。唉，真是的。在初中三年，我没有打过一次架，而到县城还没一年的时间内，竟然打了好几次，每次总是那么迅速，那么狠，连自己也吃惊得发抖。

李玉亮来找我，他猜得没错，我一有心事总是会在操场上一个人散步，或者傻坐在某个角落发呆。

"雷子，怎么又一个人，在想什么呢？"李玉亮挨着我坐了下来。

"玉亮，你说我是不是有点儿过分了？"我看着他说。

"不，这事也不能全怪你，多半还是黄会的错，你只是被套在里面了。"

"你说错了，是我不应该让大军先打黄会，我怎么在那时就没有想到，不就几拳吗？忍一下就过去了，至多同学们说我软……唉，现在我真的下不了台，你想想黄会挨了两次，而且都很严重，同学们会怎么说我啊？或许中午那时候他根本就是在说着玩，而我却当真，跟他较劲。假如我当时不和他吵，事情就不会变成现在这样子。唉……"我真感到有些后悔了。

"别再自责了，以后多注意就行了，要是黄会也像你这样想，那就什么事情都没有了。回吧，这么晚了，既然已经发生了，就让它听天由命吧！我们谁也回不到过去。"李玉亮拉起我一起回了宿舍。一夜无眠。

……

第二天，又是一个星期六。

我和范娇要到新关的溜冰城去，唐海峰今天过生日，他把整个场子都包了下来，我们当然是要到场的。

放学后，我回到宿舍，李玉亮和几个人在商量如何打发唐海峰的生日，总不能空着手去吧，有人建议买个东西，即省事又省力，也有人说给几块钱，因为这儿有好多人过生日就是为了"赚钱"，但是海峰绝对不是那种人，他完全有经济能力支付这点钱。他们问我打算怎么办，我想了一下，说每人出10块钱吧，虽然海峰自己也有钱，今天去的肯定还有他初中的同学，我们不能驳了他的面子，你们说呢？当然没人反对。

今天到场的人挺多，大约有40来个吧，这样的人数在生日聚会上已经是够排场的啦。其中城里的可能相对多一些，尤其是正在滑旱冰的同学，绝大多数是唐海峰原来的同学，他们不时地会有人摔倒，惹来一阵笑声。还有很多人连在一起"开火车"，一不小心有一个人摔倒，那么一长串就都倒在了地上，也有技术比较好的，会巧妙地躲过去，笑着看倒在地上的同学们。我在几个热心同学的帮助下，很快就学会了初步的动作，已经可以独立慢慢向前滑了，我是这里面学得最快的一个，我说以前没有滑过，范娇也不相信，说我以前肯定来过，要不然怎么会学得这么快？

黄会和几个男生抬着两箱橘子和一些啤酒、饮料，进了前面的一个包厢，李玉亮和我过去每人拿了一瓶果汁，我还专门给范娇拿了一听健力宝，重新进入旱冰场，把健力宝递给范娇。

范娇以为我拿的是啤酒，惊奇地问："你怎么可以喝酒呢？"

"呵呵，不是酒，是果汁，属于饮料，不信你看，酒精度小于等于一度。"

"这可是老少皆宜的饮料啊，来，要不你也来一口？"李玉亮笑着对范娇说道。

"我才不学你们呢，雷子，来，我带你！"范娇说着就把手伸向我。

我没有准备，脸都红了："我可不行，会影响你的技术的。"

"你就别装了，赶紧去吧，拿来！"李玉亮要过酒瓶，独自滑到前面去了。

于是我有点不好意思地把手伸给范娇，俩人开始慢慢地滑了起来，范娇倒滑，我正滑。唐海峰看见了马上开始起哄，一下子，全场的人都对着我们两个人大叫，有的还一个劲儿地鼓掌，我两个一个看着一个，会心地笑了，起哄就起哄去，管他们呢。这时候，唐海峰对着李玉亮的耳朵说了几句悄悄话，只见李玉亮就朝我滑来，在滑过我身边的时候，不知道是故意还是真的没把握好平衡，他把一只脚伸到我的脚中间，由于用力过猛，整个人一下子坐在了地上，只听见"咯吱"一声，把他自己的裤裆给弄破了。他索性把脚故意伸在了范娇和我中间。我着急地只好向范娇那边一拉，我们把手拉得更紧，范娇也觉得脚被绊了一下，还没来得及喊，俩人已经向同一个方向跌了过去，我连忙松开手，支在地上，结果我的身体还是重重地压在了范娇上面，我的两只手刚好支在范娇的肩膀两旁。"啊——""哈哈……""哗……"同学们又开始起哄，笑声更大了，连李玉亮也不管自己的裤裆，坐在那儿看着我诡笑。

唐海峰跑过来，拉起我们三个扶到了最近的一个包厢里面，关上了门。

不一会儿，我和范娇出来了，我们已经换上了自己的鞋，看样子是准备回家，李玉亮从包厢里探出个头来："雷子，你今天帅呆了。"

"补你的裤裆去吧！"我大声朝李玉亮喊道，同学们又笑了起来。

打架之后的第一个星期天。

晚自习上，黄会突然被常老师叫了出去，我的心跳开始加快，第六感觉告诉我：事情被人报告给常老师了，惨了。

"雷星，你出来一下！"黄会在叫，楼道里，他告诉我，打架的事情让常老师知道了，不知道是谁说的，反正他没说，我的心又"咚"地一下。

一声不紧不慢的"报告！"

一声严肃有力的"进来！"

"说！上周星期五晚上下自习后你干什么去了？"常老师的眼神很吓人，厉声询问我。

"我，我——"我不敢说。

"说！"又是一声，看样子恨不得把我吃下去一样。

"打架了。"事情发展到这份上，只有坦白从宽了。

"跟谁？"

"黄会。"

"在哪儿打的？"

"宿舍。"

"为什么？"

"为小事打的。"

"说得倒是好听，小事？小事还打架，我知道你最近的事情挺多的，看来不把你治一下是不行了，先说说这件事的经过。"

"上周五中午，我在……"我只好把事情的经过详细地给常老师陈述着，我把大军打黄会的那件事没说。

"还是班干部，干部个屁，带头打架的事情是班干部做的吗？从现在起撤除你的职务，等着学校处理！"常老师是真生气了，他没想到我会做出这种事情，太让他失望了。

此时，有人打"报告"，原来是唐海峰，他是来交元旦越野赛的名单，顺便打探一下消息，参加元旦越野赛的一共有男生 35 个，女生 15 个，本来是有我的，可是现在突然间又出了这事，常老师拿起笔，把我的名字给划掉了，我连申辩的机会都没有。

下晚自习后，高伟、高飞来找我，说他们的班主任也训斥了他们一番，高飞跟他们班主任叫劲，还被打了几个耳光，说是要严办。我顿时觉得更加后悔，心里更加难受起来，我们几个相互安慰了一阵子，各回各的宿舍了。我把检查写出来的时候已经很晚了，又独自在操场上坐着，望着月亮，让眼泪一股脑地流下来。后悔有什么用，每次都是做错了，做完了才后悔，有什么意义？有本事就多想想后果，不要一错再错！人啊，就像一本书或者一条路，永远不知道自己的下一页将要发生什么事情，下一步路要走向哪里，什么时候才可以把自己的这本书读完，把这条路走完。关键是还要读懂，走好，你可以评说，我可以评说，世人皆可以评说。

李玉亮的存折是彻底找不回来了，在漠洲这地方，暂时还不会仅从一个人的笔迹上来侦破一件丢了400元钱的案子，再说银行的监控录像好像出什么问题了，丢了只能是白丢了。上周星期六，我硬是给李玉亮塞了10块钱，原本打算多给一些，可是最近我的生活费也挺紧张的，心有余而力不足，老天爷也好像在考验我们，把事情都放在一起了。

黄会领到了9块钱的奖学金，虽然打架的事被扣了几分，但是那些作品还是给他帮了忙，刚好可以领一个三等奖学金。而我却刚被挤出去，什么都没有。在常老师给黄会发钱的时候，教室中立刻有了小小的吵闹声，常老师装作没听见，继续着。唐海峰替黄会算了笔账，22张作品需要11张宣纸，每张8角，共8块8毛钱，加上两瓶墨水是1块6毛钱，一共加起来是10块4毛，比黄会领的奖学金还多。这人活到这份上，别人也就没有什么可以说的了。悲哀！关于这类事情，在现在生活中是很多的，影响人心情，不提也罢！

周三的班会上，我和黄会在全班同学面前做了深刻的检查，常老师在这件事情上最终还是放了我们一马，没再上报学校，警告我们下不为例。

第十五章

这几年，校园小说开始泛滥，各大书店和那些书贩子们为其走遍全国东南西北，大发其财，无论是正版还是盗版，都把钱给赚了，怪不得常有人说，现在写书的人是穷光蛋，而卖书的人却是富翁，看来这还是有一定道理的啊。

我走在人迹稀少的书市上，盲目地逛着，在市场的一个并不起眼的小角落，一位二十来岁的青年正在大声叫卖："看一看啊，瞧一瞧！当代校园浓情小说，特价销售，不要错失良机，机不可失，失不再来啊……"尽管小伙子卖力地叫喊，光顾的却只有为数不多的几个学生。

我看着一本本封面设计得极为好看的校园小说，想：这写书的人也难怪，明明知道这么大的中国，这么多的人中间，用心去看这类书的人其实也没多少，要是谁都用这样的书来刺激现在已经变态的校园小说市场，那很多东西岂不是被这些阻碍了？

地摊上面有一大块白布，上面打印的红字在阳光的照射下，似乎在哭这些无聊地在这儿消磨时光的人们，那可能是书贩子们从五花八门的报纸上抄来的几句话：

> 我在《花季雨季》中《逃出成绩单》，经过《三重门》时，遇见了《新来的班主任》《男生贾里》和《女生贾梅》他们带着《不一样的梦》，对我说起《高一往事》……

我随手拿起一本小说，边翻边想：这才十几岁的学生就开始出版自己的长篇，据老板介绍，这个作者是文坛奇才啊，一时之间引起了不小的轰动，听说他写的这本书出版还不到两个月就连版8次，不知道是不是真的。唉，自己的年龄也和他一样，现在还不是在这儿看人家的书。

"小兄弟，想买这本书，是吧？这可是'文坛新星'的大作啊，很便宜的，或许看完了灵感一来自己也写上一本呢。"老板毕竟是生意人，很会观察人的颜色。

"买倒是想买，可惜这太贵了，16块啊，我一周的伙食费呀，再说我出来的时候也没带这么多钱。"我还真想买一本看看，但是一见标价，心就凉了半截。

"这你就不懂了，人家是什么人，这十几岁就出书，那不是为了钱是为什么？一本20块的书只买16块钱，根本不贵啊，小兄弟，关于价格的问题我们还可以商量嘛，我看你也是个痛快人，你给个价吧，要不这样，14块，14块怎么样？"

"我只有11块钱，行吗？"我试探着讨价还价。

老板故做出一副可怜相，忍痛割爱般地说道："好吧，就算你今天给哥哥我开张了，11就11，成交！"

我拿着书，在回来的路上边走边看，走着走着心里不禁起了疑问，究竟是怎么回事儿？自己怎么也不知不觉中成了那些专门为钱写书或者卖书的鼠辈们的同类了？不行，这绝对不行，现在马上要炮制一句自我座右铭，用来警告自己不再和那些人同流合污，狼狈为奸，臭味相投，一丘之貉！

"哟，大才子不愧是才子啊，连走路都在看书，也不怕撞在车上，呵呵！"一个熟悉的声音。

我抬头一看，是高伟，"怎么，你也一个人出来转悠啊？到哪儿去？"

"没有，我刚给我姐姐去送了个东西。哟，这不是最近红得发紫的《***》吗？"高伟也很喜欢看校园小说。

"什么啊，刚才买的了，11块钱呢，现在开始后悔了。"

"不贵，现在这种书最红了，什么人都来写，好看的也没多少，一堆又一堆的垃圾。"

"是啊，我也这么认为，可是看的人照样很多，世道就是这样，越不好的东西人们关注的就越多，没办法。"

"好了，不说这些了，走，到我家去坐一会儿。我爸爸妈妈都很想你，说了好几次，让你到我们家来转一圈，最近挺忙的，所以也没顾得上去找你。"

"就是，我最近的事情也比较多，快烦死了……"我和高伟肩并肩地向前走去。我们俩一个1米86，一个1米68，一高一低，看起来却有种本能的协调，怪不得上天让我们俩那么有缘分，连我们的父母都是关系非常好的朋友。一阵微风从我们身边吹过，把纯真和友情嗅了嗅，就又过去了，仿佛在告诉人们什么。

从高家出来，我就直接去了五爹家。一缕阳光从窗户射进来，正好照在已经睡着了的我身上，照在我手中拿着的那本小说上，手指还夹在书的中间，已经看了很多。我懒洋洋地翻了个身，书就"啪"的一声掉在了地上，把正在和周公女儿谈恋爱的我又带回了这个阳光明媚的世界中。

我拾起书，又开始看后面的几页。在我看来，这书写得也就一般，跟其他同类的书没多大区别，让人不明白的是，为什么那么多的媒体报道却指出，这本书要比以前的同类小说好得多，甚至根本就不是一个档次上的？不就是可能在创作的时候突然想到了什么，或者看见了什么然后就写在上面而已，有什么了不起啊！不过让我欣赏的是，书中的主人公竟然和我有些相似，而女主人公则是像范娇。这本书要是由我来写，那效果一定比现在还好，况且我的文学功底也不烂，初中时就开始发表文章，还获了几个不大不小的奖，有好多同龄的学生还给我写信，最让我高兴的是初二那年突然有一天收到了一封从北京寄来的信，邀请我去参加"相约在北京爱科学兴中华夏令营"活动。当时同学们都快羡慕死我了，在西北这个小镇上，一时之间谁都知道有个学生要去北京了，是请过去的。虽然后来由于经济的原因我没有去成，但是那件事一直是我的一份荣耀，深深地印在脑海中，记得当时父亲对我说："人要有大志向，现在去北京只能是让你见一下世面，等你将来长大了，有本事了，就是住在北京也没什么。虽然我们家的条件现在还不允许让你去，但是你要知道，这未必就是一件坏事，你要好好学习，将来考到北京，老子就是砸锅卖铁也供你上学。"其实那时候，去北京倒是小事，我是对邀请函中提到的鲁迅文学院感兴趣，后来还写了封信去咨询，但是却没有回音。

我把书放进抽屉，又从书架上随意抽出一本书，是关于财政方面的，在书的封面上有五婶的名字，后面写有"此书购于河南"的字样，我把书打开，一些字就出现在了眼前："并没有一个永久的秋天，秋天过了，春天就会来的。孤独的、清冷的月亮把它的光辉也只能撒在这静静的长夜中，别无选择……"后面没有署名，我怀疑是五婶在上大学的时候写的，假如是真的，倒也挺有意思，看来灵感这东西，谁都会有。

"我能不能也写本校园小说？"一个念头突然从我脑子里闪过，这可是个新鲜而又有些可笑的想法。可我却是那种敢说敢做，说做就做的人，我脑子在飞速地运转着，就拿身边的事写起，至于书的名字嘛，我还没有想好，还有，将来作品的质量如何，能不能出版？出版后会不会像其他书一样没有人看？想的有些远了，管他呢，先写出来再说，心尽足矣！我想好了，万一将来我这匹千里马遇不上伯乐，就只能算我命苦而已，再说了我也没指望凭这书出名和赚钱什么的，自己喜欢写，就纯粹是当自己和自己玩，不管怎么说，也是对自己的一种大胆的尝试和挑战！虽然前段时间也有此想法，也断断续续积累了一些素材，但是像这样强烈的写作欲望还是第一次。

说干就干，我拿起笔立马开始写起来。可能是由于平时就有练笔的习惯，正式派上用场的时候还算不是那么难。刚开始写的时候并不觉得难写，只是简单地构思后便可以动笔。不过，我现在还在构思，应该以虚构为主，争取想得全面一些，而且要突出自己的写作风格，要别具一格才行。我准备把自己的家乡也写进去，让更多的人知道，原来被腾格里大沙漠和巴丹吉林大沙漠包围的漠洲，经过那里勤劳人们的努力，很多地方已经从荒漠变成了绿洲，并形成了具有地方特色的沙乡文化。而我正是抓住这一点，才决定做这件事的，才决定写一本属于自己的小说，属于漠洲人民的小说。这也是那些生活在大城市或者其他地方的人们无法亲身体会到的。说得更近一些，不是沙生沙长的大漠人，是不会知道这究竟是怎么一回事的，而这里的孩子，这里的校园，是有着我们自己故事的天堂，幸福而又让人遗憾。

我有时候也会想入非非，从小在农村长大的我，将来一定要走出这座小城，到兰州，到北京……去好多好多地方，见见世面。给自己的父母争口气，做个有出息的儿子，让自己的父母快快乐乐、轻轻松松地度过下半辈子，我要不断地努力，将来考个军政大学或者其他的好大学，当个作家，为老百姓写老百姓自己的故事。

不知不觉就过了两个多小时，我"开张大吉"，一下子写出了近3000字，我决定努力保持每周8000字的速度，写上半年就可以写个十几万字，然后再修改一下，首先要给李老师看一下，然后再看能否出版什么的。就现在来看，我只能在背地后里偷着写，要是让父母和亲戚们知道了，一定会说我不务正业，同学们也会说闲话，那样就不太好了。因为我现在是在上高中，要在这种条件下做到学习和创作都不耽误，应该说是件不大容易的事情，一天到晚也没多少空余的时间，只有中午休息时间和晚自习上可以挤一些时间出来，这样一天大约就有3个小时空余用来写小说。另外，我期中考试一塌糊涂，现在也恰好自己为自己找个借口，尽管这个借口是借口中的借口。

我走到客厅，打开电视机，选了个知识问答的节目看了起来。

门开了，五爹进来了，他一向对我很严格，永远不会给我好脸色看："什么时候打开的？"

"就刚才。"说实话，那时候我也很害怕五爹，生怕哪天惹恼他，把我收拾一顿。

他走过去，摸了摸电视的后盖，没有余热，他点了一支烟，对我说道："以后尽量少看电视，写字去吧！"

我很不情愿地走进那间属于自己的小屋，坐在椅子上开始发呆，鬼才知道我的脑子里想的是什么，这当学生也太郁闷了，什么事情都不可以去做，什么时候才是个头啊。唉！

第十六章

　　新年快要到了，教导处早就有通知，各个班必须积极准备新年文艺晚会节目。新年文艺晚会、元旦越野赛和运动会这些比较大的活动是漠洲一中每年的"必修课"，搞这样的活动对学生们自然是有不少好处的，说小一点叫"劳逸结合"，说大了就是对学生的一种短暂解脱。

　　我已经好几个月没有回过家了，虽然上次父亲说不要挂念家里，一切都好，但是毕竟那是我自己的家，毕竟那里有我的父母，怎么能不想呢？

　　两周多来，初中各个年级和高中各个年级都在为元旦晚会做准备，进行着紧张的排练。我们班刚开始排了一个民族舞蹈，后来由于动作不协调的原因，去掉了两个人，剩下的四名同学重新编排了一个现代舞蹈——《光头舞》。这个舞蹈是由李风一手编排的，她原来就是学校舞蹈队的队员，现在可神气了，加上她平时打扮得根本就不像个高中生的样子，除了唐海峰几乎没有人喜欢和她一起玩。这次让李风来负责舞蹈，其他同学谁也不想跳舞，因为李风在外面的口碑不是很好，谁都怕被别人说闲话。而原本喜欢跳舞的我也只能趁每天他们在教室排练的时候偷偷学几个动作，找点乐子。

　　前些天，李风来跟我说她们只有四个女生，她想再加两个男生，组成个三角形，本来我对这样的机会是求之不得的，可是我却没有答应，因为昨天张雪和肖芳得知此事，把我好好数落了一顿，说是外班的许多人说李风的闲话，比赛那天肯定有人起哄，我可千万别去参加。后来李风又来找我，死缠硬缠地说了半天，我还是没有答应，即使我再喜欢跳舞，也不能在全校师生面前出洋相，我还是乖乖等着看演出得了。

　　几天后，学校门口围了很多人，我同李玉亮过去一看，原来是通知除毕业班之外，其他班级带椅子在晚上 7 点以前到学校礼堂观看元旦文艺晚会的演出。

"玉亮，今天真好，一看通知，我的心里就好像轻松了许多。"学生时代的心理真是挺怪，只要不学习，貌似都是轻松的时刻，当然，这也是对于部分学生来说。

"是呀，我也一样，这一通知不上晚自习，绝大多数人肯定不会去背书，写作业。"

"差不多吧，像你这样的好学生都害怕学习，不知道还有几个不害怕的？"我说。

"去你的，别在这里污染空气，赶紧回去吧。"我和李玉亮说笑着回到了教室。

教室里的人已经来得差不多了，楼道前站着两个我们班的女生，好像在嘀咕着什么。

"……别说了，真是糟透了，你知道别的班级说我们什么吗？他们都说李风在学校外面跟许多社会上的混混一起玩。唉，我们跟李风一起跳舞，还不如不跳呢！"

"可是常老师不行啊，要是他知道李风在同学们中影响这么差，说不定会另外找人呢。"

"我真不想再跳了……"

"那老师那边怎么办？"

"不知道，反正我嫌丢人。"

"好了，到时候再看吧，走，进教室吧，常老师要来了。"

黄会站在讲台上大声对同学们说："各位同学，除演员以外，其余的人请大家带好自己的椅子，到教室外面站队。"这么一说，教室一下子开始热闹了。

"走，快点……"

"快点，走……"

……

一句句杂乱而又清脆的声音在这个小小的空间中继续传播，变得异常快活，异常可爱，常老师望着这群刚步入花季的孩子们，从心底里感到一种欣慰，想起他的中学时代，真是今非昔比了。

"常老师，一起走吧！"我对站在门口出神的老师说。

"好，走！"

拥挤着进入学校礼堂，这里布置得格外漂亮，舞台在后幕的映衬下更显宽敞，幕上写着"奔向二十一世纪"，中间画着一位正在引吭高歌的女生，下面是"文艺晚会"四个大字，再加上周围的一些花边，有种说不出的和谐的美。

同学们都在唧唧喳喳地议论着。

"雷子，你看，幕上面的字和中间的女生放在一起，好像一个初升的太阳。"范娇盯着舞台说。

"像，不过今天我们班的节目不知道会怎么样，我看很多同学都带着情绪。"

"带就让她们带吧，若换成我，我也会的。"

"不能这么说，虽然李风有点那个，可是毕竟是在为我们班做事啊。再说，你根本不可能，像你这样没有一点艺术细胞的人去跳舞，我肯定去买一卡车西红柿，砸死你。哈哈。"我笑着说道。

"那你行，你怎么不去跳？大概是你害怕被人扔西红柿吧？呵呵。"

"我是专门用来教那些不会跳舞的人们来制造艺术细胞的，尤其是漂亮的女生，嘿！"

范娇把椅子稍稍举了一下，在我的腿上轻轻地碰了碰，顺着我坐了下来。

舞台上面的幕布慢慢拉开了，浅黄色的灯光照着舞台，一位身着白裙的报幕员从舞台的侧面走了出来。"哇，真靓啊！"同学们都说，我也这么想，只是范娇在旁边，不好意思说。

"尊敬的各位领导、老师，亲爱的同学们，晚上好！漠洲一中2000年元旦文艺晚会，现在开——始……"

掌声如雷般从礼堂四周响起，由高一·二班全体同学表演的大合唱在掌声中开始了。"1921年，中国共产党诞生了！1949年，一位历史伟人在北京天安门城楼上宣布了中华人民共和国的成立……下面请欣赏第一支曲目《没有共产党就没有新中国》，表演者：高一·二班全体同学。"

然后在一个男生的指挥下，一支支具有历史意义的歌曲，回荡在整个礼堂的上空。

"接下来，请欣赏高一·十班李风等同学表演的现代舞《光头舞》。"主持人刚报完幕，台下便有一阵不小的骚动，看来这李风的人缘真还是问题，音乐还没开始，舞台下面果然显得很乱，跟先前预料的差不多。

"噫，你们看，台上最前面的那个女生的嘴里好像在嚼着什么。"我旁边的一个女生说道。

"哟，真的哎，是泡泡糖吧！"另一个女生附和道。

"哎呀，糟糕，小温州的口中确实有什么东西，还不停地在嚼，完了，这下完了。"我和范娇也看见了。

霎时，现场的气氛更加混乱，开始有人打口哨起哄。

我们班的表演一结束，音箱中就传出了王校长的声音："下面表演的班级请注意，有些演员在表演的时候竟然吃口香糖，严重影响舞台秩序，望其他各班注意！"

"唉，倒数第一非我班莫属喽！这小温州，也难怪，还真把情绪带到舞台上去了。"李玉亮开始抱怨说。

"就是啊，让常老师的脸往哪儿搁啊。"唐海峰也附和着说，只见常老师的脸上毫无表情，很不好看。我想过去安慰一下，被范娇拉住了："别去，去了更不好！"我只好慢慢坐回了座位。

接下来的节目，我们都没心思看，虽然其他班级准备的节目也很不错，掌声不断。最后，高三一个班表演的现代舞《Do not stop》把晚会推向高潮。

"2000年元旦文艺晚会到此结束，祝各位来宾晚安！"

"玉亮，你说今天七班和九班哪个好？"唐海峰在问李玉亮。

"当然是七班，让我说七班的舞蹈还没我们班的好，不知道怎么回事。"李玉亮说。

"我真有点替七班惋惜了，还有，如果我们班小温州不吃口香糖，说不定我们比九班还要好些！"我说。

"别管这些了，小温州这下可有好受的了，常老师肯定不会轻易地把这件事情结束。哦，听说六班的《过河》被提前取消了，有这回事吗？"唐海峰问我。

"有啊，我原来的老同学本来也参加，后来说学校要他们班准备全国什么竞赛，所以就取消了。"我回答道。

"唉，这学习好的班跟学习不好的班就是两种待遇啊！"

"得了吧你！还想怎么着，想去参加竞赛啊？省省吧，兄弟！"

"呵呵……"

在我们谈话的同时，我班的同学在教室中静静地坐着，有几个女生还掉眼泪。尤其是李风，觉得特冤枉，她招谁惹谁了？唐海峰在旁边一个人劝李风："别难过了，你没有错，过去的就让它过去吧，其实得奖和没得奖真的没有区别，只要我们自己高兴就可以了，想开些。"

回到宿舍，我躺在被窝中睡不着，胡思乱想着，不知道过了多久，才渐渐地睡去，还做了一个梦，梦见自己和范娇在舞台上正在跳舞，跳得是那么美，那么开心……最后还得奖了呢，王校长亲自给我们发的，常老师也在朝我们微笑着……

第二天中午，刚吃完饭。

"雷子，你不是说要给你五爹打电话嘛，打了没有？"正在洗饭盒的李玉亮提醒道。

"哎哟，你看我这记性，不是你说我还真给忘了。哈，那就把我饭盒也洗一下，我得马上去打。"我在李玉亮的肩膀上拍了一把，跑开了。

打完电话，在回来的路上，只见通知栏前面又围了好多人，肯定是出新通知了，我挤进去一看，原来是元旦越野赛的通知，上面说高一组的下午2点30就开始，全程8000米。我有些失望，因为当时报名时我恰好和黄会打架，被取掉了。虽然后来常老师在打架的事情上放我一马，又给了我一次改过的机会，可是越野赛是不可以参加了。再后来，有个男生商量和我换跑，也就是让我顶替他去跑，我由于心情不好也给拒绝了。提起这事，我还差点儿挨一顿骂。上周星期天，父亲来县城办点事情，当我说想跟别人换跑时，被父亲好好训了几句："换跑，你怎么不知道把别人学习上的第一名换过来？正事上没情况，老是在邪门歪道上糊弄，你想干什么就干什么，我看你将来怎么办！"

"爸，人家第一名可是我们学校校长的女儿啊，等下辈子你也当个校长，我也一定考第一。"我笑着说。

"校长怎么了？我就不信学习好的娃娃就非得有个校长爸爸，你看你，越来越油嘴滑舌了，你再不往好里学，小心我治你的皮！"父亲有些生气了。

"呵呵，爸，你别生气嘛！我听话就是了，不换了还不行？唉，人家的爸爸和儿子就像朋友一样，而你总是'压迫'着我，唉……"

"越来越没管束了，你难道还想跟我'称兄道弟'不成，简直翻了天了。"

"呵呵，你看你说到哪儿去了，我哪敢啊？"

"儿子，一定得好好学习啊，话说多了也不管用，凡事多想想没什么坏处，我们家里的状况你也知道……"父亲又开始给儿子上课了，还是那些在我脑海中已经有了烙印的话语。

越野赛下午就要进行，我刚开始被安排搞后勤工作。没想到的是，我居然有机会参加比赛。

下午1点50分，同学们都已经准备就绪，等待着比赛开始。突然唐海峰跑来告诉我说李玉亮刚才在换衣服的时候从床上跳下来把腿给摔着了，不能参加比赛了，常老师说只能让我替跑了，否则我们班上的成绩肯定会落后很多的。一听班级的荣誉受到影响，我就一口答应了下来。

开始检录了，好不容易等到广播中传出高一男子组 8000 米开始检录的声音，等我赶过去的时候已经是第二次了。

"0891 张为！"

"到！"

"0892 黄强！"

"到！"

……

"下面是高一·十班，0941 李玉亮！"

"到！"我答道。

"0942 李军！"

"到！"

……

大约十几分钟之后，高一年级的全部检录完毕，在一位主任的带领下，站在了学校门口的起跑线上，这次越野要沿着公路跑一个大圈，我往前稍稍站了些，看看后面的人，黑压压的一片，心里暗暗估计了一下，大约有两百人左右吧。

"砰"的一声枪响打断了我的思绪，我刚开始就被别人夹在中间，拥着跑，差点儿把我摔倒，我跑得不快也不慢，大约处在三十多名的位置上，因为是 8000 米的越野，所以必须要保持一定的体力，后面才不至于被淘汰。我始终保持着"三步一呼，三步一吸"的原则，随着人群 1000 米、2000 米、3000 米……向前跑去。在跑过 5000 米的时候，我开始觉得体力上有些吃力，腿也酸酸的，好像要摔倒，我想停下来，可是又好面子，因为我是在代替李玉亮跑，在我看来，不但不能停，而且一定要跑出个比较好的成绩才可以。所以只有咬紧牙关，又跑了起来。在跑过臭气弥漫的化工厂时，我简直想呕吐，多亏唐海峰骑着自行车扔给了我一瓶水才跑过去。

后面又有人超上来了，我见不远处有几个老师在发什么东西，于是便加快步伐跑了过去，也领了一张小纸片，原来是本次活动的越野标志，上面画着一个很特别的图案，我不知道是什么意思。我感觉自己真的恐怕跑不下来了，于是想走几步看看再说，没想到刚走了有三步，整个人就有一种要向一个方向倒的感觉，脚底下轻飘飘的，好像脚根本就没踏在地上一般，于是不得不接着跑了起来。

唐海峰和李玉亮站在终点上焦急地看着前面，已经有30多名运动员到达终点了。过了一会儿，唐海峰终于看见我和一个别的班级的男生并肩跑着。我们班的同学们立刻朝我大喊："雷星加油！雷星加油！"

"45号！"随着裁判的声音，我接过了名次小牌，从人群中慢慢地走了过来。最后，我们班的其他同学也陆陆续续到达了终点，有三个还进入了前30名。

我登记完成绩，李玉亮就提着一瓶矿泉水递给我："真不错，45名，我都跑不上，谢谢。"

"别跟我客气，我们是好兄弟嘛！"

"好，不谢了。走，我们过去看一下女生那边，我估计也跑完了吧。"

"应该是吧，走，过去看看。"

女生终点的地方已经没几个人了，她们跑的是4000米，比较近，人基本上都回学校了。不过范娇还没走，她正准备过去看我呢，她也是刚参加完越野赛，成绩也不错，见我们过来便迎了上来，然后一同向学校走去。

……

比赛结束都两天多了，我的小腿疼得还很厉害，干脆连走路都成了大问题，学校放假三天，于是我这三天就待在五爹家。奶奶一个劲地唠叨："你这娃娃，说是不让跑，硬是犟得很，这会儿多难过啊。你这娃娃，现在怎么越大越不听话了，这么大的人了，老是叫人担心，我什么时候见了你爸爸，一定要他好好说说你。"

第十七章

　　期末考试还剩下了一门物理，第二天早上考。我在宿舍中一个人看了一阵子书，尿急，硬是拉着刚进宿舍的李玉亮上厕所，弄得李玉亮哭笑不得，谁见过上厕所还要求人陪同的。在电教室楼门口，我们遇见了正要去找我们的高飞，说是请我们过去参加他的生日聚会，我俩本来不想去，因为明天就要考试，今天应该好好看一下书，应付考试。可是高飞却不管这些，硬是把我们俩拉走了，我说要买点礼物，被高飞说了一顿："我们几个谁跟谁，要那东西干什么，你们俩也太小看我高飞了。兄弟们之间哪有那么多的俗事啊！不用买，今天我做东，你们谁也不要花一分钱，我过生日的目的就是把我们几个关系好的朋友聚在一起玩一会儿，不是为了赚钱和收东西。走，什么也别买，否则我跟你们俩急啊！"

　　高飞的生日聚会地点是定在县城最豪华的一家酒楼。看得出，被请来的很多学生跟我一样，还是第一次来这样高档的地方，看来这有钱人过日子就是比没钱人过得好啊。唉，人与人之间还是有差别的，连学生也是一样，老子有钱，儿子也就有钱，老子讲排场，儿子也沾光。据高伟说，高飞这次过生日，他爸爸给他了1000块，让定这家酒楼，高飞是独生子，家里的心肝宝贝。用现在比较流行的网络语言来说，有钱就是任性。

　　酒楼的老板显然知道高飞爸爸的来头，一见高飞进来，跟个孙子似的满脸堆笑："飞子，什么时候开始啊？"

　　"等一会儿，还有几个人没来。"高飞看都没看老板，好像对此已经司空见惯。

　　"好，好！"老板一脸标准的中国式微笑。

　　在高飞出去接人的时候，还是有很多人开始包"红包"，打算送给高飞，他们有的包了20块，有的包了30块，然后交给了一个很多人也不认识的人。

我和李玉亮都没包，因为高飞专门给那个收红包的同学说了，这两个人的红包绝对不能要。

"高飞的生日 party 正式开始！"有人喊道。

突然灯灭了，我刚想骂，只见前面有蜡烛点了起来，然后从隔壁有人推出了一个大蛋糕，同学们开始唱生日歌。真够气派的，高飞站在人群的最中间，开心地笑着。接着，大家举起早已经倒好的啤酒，然后干杯对饮。一个女生趁我不注意，把一大块蛋糕摁在了我的脸上，"喀嚓"有人便抓住机会照了一张照片。一下子，同学们都开始一个欺负一个，追逐着向别人身上、脸上抹蛋糕和奶油，高飞全身上下都成了白色，就好像刚从奶油锅里捞出来的一样，照相的人一个劲儿地按快门。

好大一阵子，众人才停下来，重新坐回自己的座位，开始吃火锅和喝酒，别看平日里在学校一个个是书生，一到这种地方来，什么人都有，猜拳行令的比比皆是，还包括很多女生，她们喝酒的样子比我都要猛，我是第一次参加这样的聚会，觉得自己和这些人格格不入，根本就不是生活在同一个生活圈里的人。很多学生还抽起了烟，一个个在学校中看起来一本正经的学生们背着他们的父母，做着他们根本不应该做的事情。我和高伟并排坐着，我们俩都不会抽烟，被呛得直咳嗽和流眼泪，高飞硬是塞给我俩每人一支好烟，我接过来，点着。我趁高飞离开的时候递给了李玉亮，才喝了几杯酒，我就感觉全身发热，头也有点晕，于是就找了机会和李玉亮一起溜了出来，到外面透透气。

天已经完全黑了，大街上来来往往的行人有意无意地看着蹲在酒楼门前的我们。从半掩着的门里还不时传来高飞他们猜拳的声音，李玉亮刚觉得想吐，还没来得及说便把刚才吃进去的东西都让它们回到了这个世界上，一摊一摊呕吐物仿佛在看着李玉亮冷笑。当我再次进去以后，众人就像商量好了一样，把我当成了全场的重点对象，斟酒的时候我的酒杯总是比别人的要满一些，高伟和李玉亮看不过去，想帮我代酒，可是其他人不让，就让我自己喝。让人感到欣慰地是，我猜拳的本领临时大增，基本上不会输酒，大多数还是让别人喝上了。我惊奇地发现自己原来能喝这么多酒，酒量不错，我在这之前基本上没喝过酒，觉得那东西不好，因为我见过父亲喝醉酒的样子，感觉不好玩。

高飞喝大了，他把我拉到了一边，把手搭在我的肩膀上，醉醺醺地说："雷子，我得给你说声'对不起'，虽然今天你来了，这是给我高飞面子，这个我知道，但是有些话我还是要说，原本打算是不请你和玉亮的，可是你和高伟又是兄弟，还有上次我们一起打架，我也把你当作是我高飞的兄弟。不是吹牛，在县城里你有什么事情找我，我帮你摆平就对了，没什么问题。说句实话，像我这样的学生根本就没几个像样的朋友。学习又不好，老师也看不起，说白了是那些不三不四的人，认识你这么久，对你也有一些了解，像你们这样的好学生将来肯定能考个好大学，能凭自己的本事进我们一中的，那就已经踏进大学一步了。不像我，是走后门进来的，还得交插班费，我不请你和玉亮是害怕你们看不起我们这种人，还耽误学习，希望你别在意。我这人有话直说，但是既然我请了你们，你们既然来了，就吃好玩好……"

我只是认真地听着，没说一句话，不住地点头，然后扶着高飞再次走进了酒楼，很多人都喝醉了，东倒西歪地躺在椅子上，像死猪一样毫不动弹，我主动取了一支烟，叼在嘴里点着。然后坐在一个角落的椅子上，看着镜子中的我和其他人，一动不动地看着。我觉得自己整个人好像被什么东西所困扰着，就好像自己的灵魂正在脱离身体而去，剩下的只有空空的躯壳，我在想：今天来参加这个聚会的同学的父母，包括我自己的父母，有谁这样奢侈地花天酒地过？我把头埋下来，后悔得直想流泪，这简直就是在犯罪啊，就是对自己父母的极大不孝啊。

宿舍的灯依然亮着，三个满身酒气的人走进了宿舍，我径直走到自己的床前，上去睡下了。有几个同学在和没敢回家的高飞开玩笑，他们让已经喝大的高飞坐在这个床上，高飞就过来坐在这个床上，他们让高飞坐到那个床上，高飞就过去坐到那个床上，说坐着高飞就坐着，说起来高飞就起来傻笑。黄会也被笑声吸引过来了，他不知道这中间的人是高飞，还大声笑着问："你们在干什么呢？这么高兴？"高飞一见黄会，脸色一下子变了，他扑过去想扇他一个耳光，但是被黄会躲开了，还差点把自己摔倒在地上，他刚喝完酒，本来就站不稳当。同学们赶紧把他们拉开，黄会被推了出去，我听见声音也想下来，被李玉亮拉住了。

虽然头天喝了酒，但是考试还得如期参加。我昏昏沉沉地下了考场，唐海峰来找我和李玉亮，说一起去吃饭。在往外走的路上，唐海峰告诉我说："黄会刚才在考物理的时候作弊，被王校长抓住了，连试卷也被没收了。"

"好，要的就是这个效果，200 元的罚款是交定了，还要降成借读生。活该，谁让他一天到晚那么嚣张！"李玉亮很高兴地说。

"老天爷有眼啊，这下让他再猖狂。"我也说了一句。

在唐海峰的提议下，三个人来到了一家离学校不远的台球室，我们进去的时候，里面已经有几个学生模样的人在玩，唐海峰跟老板混得已经很熟悉，打了招呼便开始玩了。他们让我一起也玩，可是我不会，连台球的杆子都抓不住，我很坦然地想：不会就不会吧，这又不是什么丢人的事情。又不是数学题，不会了感觉低人一等。

唐海峰和李玉亮打了几把台球后就出来了。明天就要放寒假，虽然我们都没穿校服，可是谁都会认出我们是学生，这种地方是学校三令五申不准进入的，进来的学生自然被蒙蔽了心，根本就忘了后果是什么。可是话说回来，台球并不是一项特别影响人的运动，至少比喝酒抽烟要好得多。在如今这种半封闭的条件下，把学生们束缚得越多，学生越是要找机会去一些本来不会去的地方，满足他们的好奇心理。相对来说，住校生还相对好些，那些走读的学生，就像唐海峰这样的，几乎天天泡在某个地方，浪费着他们的青春和父母的金钱。

宿舍中只有几个人在收拾东西，准备在明天学期总结大会一结束就回家，我和李玉亮也开始装一些旧衣服什么的，也准备回家。

"真是的，7点多我出去的时候还喝过水呢，现在怎么不见了，现在的人怎么都这样啊？连水壶都偷。"我发现我的开水壶不见了。

"那你有没有给别人借过啊？"李玉亮停下手中的活，问道。

"没有，我们下午出去的时候我还专门把我的壶放在我箱子这儿，打算来了再装。"我肯定地说。

"别找了，肯定是有人故意拿走了，这种事情发生得多了，每年放假的时候都有，什么东西都会有人偷，这几天是学校最乱的时间。很多人平时斗不过你，看见你不顺眼，也就只能靠这样下流的方法来进行一下自我安慰，很正常。"李玉亮看来也遇见过这种事情。

"靠，要是让我知道了，我跟他没完，有本事明着来，在背后暗里欺负人算什么英雄？有的人也真是的，不见棺材不落泪，总有一天我要好好治治他。"谁都知道我暗指的是黄会，我觉得肯定是因为昨天晚上的事情故意报复我。

"好了，算了吧，你也不要光想我们班的人，其他班的人说不定也有可能，你就当是捐献给希望工程不就得了，我上次钱都丢了还不照样过。"李玉亮害怕我说得太多被告密，制止了我的说话。

宿舍的人都到齐了，我没有再提丢壶的事情。

　　我们聊着说，这么长时间在这个破宿舍中度过了很多快乐的日子，终于有一天可以不再被分数压得喘不过气来，可以像这样聊天，干自己想干的事情。我们多想和该死的分数说声"永别"，然而那是根本就不可能的事情。望子成龙、望女成凤的家长们和望生成材的老师们，眼睛都在盯着我们，我们的心情又有谁能够体会，能够理解？他们何尝不希望自己的孩子，自己的学生可以高兴地在一个好的环境、气氛中成长、学习。从学走路到学说话，从一到百，从无知到有知，从知之较少到知之较多……所有的这些过程他们都付出了许多的艰辛和汗水，他们费尽心血也是为了孩子们的将来，不容易啊，的确是不容易啊！他们付出的已经太多太多，而且从来都没有停止过，一分钟也没有。他们很多人看到的只是分数，他们也认为，对于这个阶段的孩子，只有分数可以证明他们是听话还是不听话，是努力还是荒废！而对于学生来说，谁都希望自己的成绩能够让自己的父母和老师满意，他们带着父母和老师的殷切期望，在一次又一次的考场上证明他们自己，有时候他们也会认为只有好的成绩才是对父母们的唯一报答。在这样的环境下，哪怕是一块石头也会被人们含化的啊，更何况是人呢？不同的家庭、不同的爱好，不同的智商造就了不同的学生。难道除了成绩就没有什么让父母满意的事情可以做吗？值得庆幸的是，还有很多默默无闻地人在关注着中学生的未来，关注着我们国家的未来，在他们这些人共同的努力下，相信在不久的将来，学生一定将彻底地从传统的分数和题海的牢笼中解脱出来，去寻找真正属于他们自己的春天。

　　我和范娇一起走向汽车站。学校放假了，我自然要回家，范娇来车站送我。我俩并肩走着，我推着范娇的自行车，走得很慢。我想说什么话，可是到了嘴边又没说。

　　等到回家的行李都放在了车上，我突然向范拆借20块钱，我觉得这个借口有些傻，我根本就是想和眼前的这个人多说几句话而已。范娇也知道，最近这几周我的生活费都是放在她那儿的，我应该还有钱可以回家的。她没说什么，从口袋中掏出钱，递给我，我看着范娇，慢慢地说了一句："放假这些天，你可不要想我哦！"

　　"你做梦去吧，我才不会想你呢。"范娇的耳朵都红了，她低下头，看着自己的脚。

　　"那么我想你怎么办？"我笑着补了一句。

　　"你再乱说我以后不理你了，赶快上车吧！"说完范娇便跑开了。

　　我站在车站的门口，直到没了范娇的影子，才转过身，上了车，然后傻傻地看着窗外。

第十八章

40 天后。

漫长的假期终于结束了，对于我来说，上学期的期终考试成绩被排到了30多名，从寒假通知书到家的那天起，就没少挨骂，化学、数学、英语都不及格，化学才考了 44 分。日子过得一天不如一天，做什么事情都得小心谨慎的，否则父亲便会狠狠地教训我一番。亲戚们来了一看成绩单，谁都不想和我多说一句话。辛酸的泪水只能流在心里面，人总是琢磨不透自己，一切的一切都还是得靠成绩来说话，这就是作为中国式学生的苦衷，在上学的时候，考试成绩决定一切，什么都拿成绩说话，就算你每天在学校踢足球谈恋爱，如果成绩过关，那老师和家长都会对你的行为睁一只眼闭一只眼，但是反过来如果你的成绩不理想，你休想有一天好日子过。面对可怜的成绩单，我很认真地想了想自己在上学期的所作所为，真是太对不起父母和所有关心我的人了。我知道，自己似乎已经开始向某一个深渊滑行，甚至开始害怕，害怕自己朝那个方向越滑越深，总会有一天爆发，一发不可收拾，伤害许多无辜的人们。

过年的时候，远在兰州的姑姑今年没有给我压岁钱，她只给我撇下了一句话：考这么差的人不配拿我的一分钱！我还为这事偷偷地哭了，问题的关键并不是钱，而是我让打小就疼我爱我的姑姑太失望了，太失望了。

新学期的第一周班会上，"沙沙"作响的写字声带出了我们心中新一届的班干部的人选。比起以前，同学们之间改变了相互不了解的状态，以至于很多班干部处在既不敢言也不敢怒的被动地位，常老师也有耳闻，但是毕竟很多人是他自己定的，也就不好再说什么了。所以这学期一开学他就照搬原来的经验，由同学们自己无记名投票选出自己心中的班干部，这样起码不会出现为了几块钱的奖学金而豁出脸的同学了。

常老师亲自报票，结果很快就出来了，我最终以 2 票之差落选。这也在自己的预料之中，上学期出了那么多事情，能当上班干部才怪呢。就连现有的票，对于我来说已经很是满足了，没想到班上竟然还有这么多支持我的人，说老实话，我辜负了支持我的同学们。

黄会只得了 3 票，所以相对来说，我还是有一定地位的，在班上相对站得要稳一些，我原本打算把黄会写进自己的小说中，虚构成自己的亲密伙伴之一，现在看来那只能是浪费稿纸喽，不过我还是写了一点点，是仿照一个痞子写的，原文是这个样子：

> 假如把我和他分成两类，
> 笨蛋和非笨蛋。
> 我是笨蛋吗？不是。
> 所以，他是笨蛋；
> 如果有人认为他比我好，
> 就如同说狼和小羊。
> 他是狼吗？不是。
> 因此，我会比他好！

下课的时候，常老师把我叫到了办公室，针对我上学期的考试成绩训导了一阵子，顺便还提了一下这次班干部改选的事，凡事不能勉强，只有靠自己去努力，达到一定的标准，才能名副其实地去接受，去面对现实中应该去面对的很多事情。

我从办公室出来，回到教室，独自一个人坐着，我打算加快小说的写作进度，争取在高二分科之前把它完成，不能再因为这件事而影响学习，毕竟这还不是我的专职，还不是目前最重要的事情，然后带着已经形成的压力，一直把我背到人生道路的尽头。

范娇见我一脸的不高兴，知道我肯定又让常老师上政治课了。她把一本很厚的书推到我面前："看，全国新概念作文作品选，B 卷。"

"你怎么知道我要找这本书？"我一下子变得兴奋起来。

"不要管那么多了，限你一天的时间哦，我还要还给别人呢。"

"好，没问题！"

听说最近有个小子很是火啊，几乎各种报纸上都刊登了有关他的文章和消息，他的一篇即兴小说就地征服了评委们，得了本次大赛的大奖。我早就想看一下他的作品了，找了好多人都说现在没货，买都买不到，我很快找到了他的几篇文章，挨个地读了起来，根本就忘了刚才不愉快的存在。

读完他的作品，我被他的笔力深深地吸引，一个和我同龄的孩子，居然可以写出这样的文章，自叹不如啊，而且我觉得这小子把古文运用得很不错。尽管我在班上的写作水平也是数一数二的，我几乎被他的文章所陶醉，甚至怀疑这背后是不是有枪手代笔。

"雷子，王洁倩今天来找过你，她说要向你借样东西。"范娇一直等我把第一篇文章看完以后才说话。

"噢，我知道啦！"我还在认真地拜读着其他的作品。

李玉亮从外面走了进来，喊道："雷子，外面有人找，上次的那位。"

我出去一看，是王洁倩。我说："范娇刚才还在说你来找过我，你马上就出现了，真巧，有什么事吗？"

"呵呵，时间长了没见着你，想你喽，所以过来找你聊聊天。"王洁倩调皮地说。

"真的？"

"假的，臭美什么呀。"

"唉——"

"说正经的吧，你能不能把你的笔记本借我用一下。"

我感到有些奇怪："你怎么知道我现在还保持着小学的那个习惯啊，谁告诉你的？"

"哦，你还真有啊，我先前是猜的，那是你一向的习惯，我们这么多年老同学，我还不知道你啊。"

"瞧我，越来越笨。"我拍了拍头，"叫我说，你就别看了，浪费时间，多学习学习功课吧！"

"不想借就算了，找什么借口！"

"好，好，我这就给你去拿，在宿舍，你在这等我。唉，你这老大！"面对她，我总是感觉有些无奈。

很快，我从宿舍拿了笔记过来，交给王洁倩："我可给你说好了，看完后要记笔记啊。呵呵，你得答应我，在看完后我们的关系还要像现在一样。"

"你说什么呢，我走了，拜拜！"

望着王洁倩离开的身影，我心里在想：上面我写着许多原本不能说的事，洁倩看了也不会说什么，她马上就会全知道我把同学之间的友情在一段时间内曾经将它们差点儿变质。我也知道，对于一个还在上高一的学生来说，根本就不能产生这种念头，而且还喜欢上女同学。希望美丽的误会尽量会少一些。

唐海峰今天又要请客，上学期他进步了 15 个名次，看来他爸爸把他托付到外面亲戚那儿是托付对了，他爸爸特意给了他 50 块钱，让他自己支配。唐海峰当然首先想到了我和李玉亮，是我们帮他把功课搞上去的，这奖金也应该有我们的一半。我们决定一起去汽车站旁边的一家包子铺，听说最近那儿包子卖得特火。

还没到车站，老远就看见有一大堆人围在包子铺的门前。我挤进去一看，哟，原来他们是在看三个老外吃包子呢，有意思。有两个头发很长，但是看样子也不是女人，头顶上还都罩着不太好看的纱巾一样的东西，都戴着眼镜，正在吃力地用筷子夹小笼包子，卖包子的老板连忙拿了一双筷子，给老外做示范："这样夹，这样夹！"其实老外根本就听不懂中国话，只是傻傻地看着老板吃力地比划着。一个老外从包子老板的神情和动作上看了个大概，用疑问的眼神看着包子老板："this？"

三十多岁的老板卖了好几年包子，直到今天才意识到当初没有好好学外语的尴尬，他连一个字也听不懂老外在支吾什么，求救的眼睛扫射着整个围观的人群。

我见老板一时语塞，忍不住喊了一句："Ok, you are right！"这一句可不得了，一下子把人们的注意力全部转移到了我身上，各种眼神，还有不少小声的嘀咕。我脸红得像刚熟透的苹果一样，真想马上能够逃离这个地方。老外也对我感兴趣了，在中国一个不起眼的小城中，终于遇见了能够说他们语言的人，个子最高的老外转过头，朝我说了几句话，可是我只是听懂了最后的那句"Thank you very much！"

我一时陷入了窘态的境地，赶紧又说了"Not at all"还心里暗乐：呵呵，没想到这老外居然能听懂我说的"漠洲英语"。神了，但是下面该怎么办？早知道这辈子这么早就遇见老外，我说什么也要把英语学好，可是现在该怎么办呢？我连一句完整的句子都说不出来啊。

"Hello, where are you from？"李玉亮倒是抓住了这个锻炼口语的好机会，接过话茬和老外对上了。

李玉亮半路杀出来，来了个后来者居上，把我给高兴坏了，我差点就给李玉亮一个飞吻以表感谢，正好是给自己一个台阶，趁人们都盯着李玉亮的时候，我找了个空从当中溜了出来，和唐海峰一起等着。

回到教室，我的心还在跳个不停，有几个同学也在说着漠洲来了几个外国人的小新闻，我凑过去，添油加醋地把刚才的那一幕说了一番。还没等说完，李玉亮就闯进来，见到我就开始大骂："好你个雷子，你把我绕进去就一个人溜了，害得我差点让老外说晕，一句也听不懂，多亏了……"李玉亮突然停住不再往下说，眼睛里有一种特别的目光，愣了半天，才吐了几个字——"世界第九奇迹"。

我顺着李玉亮的眼神向外看去，除了来来往往的几个学生们之外，也没发现什么异样的人或者东西，更不知道他所说的"世界第九奇迹"在哪儿。

"看什么呢，他说的是一……"唐海峰刚张开口就被李玉亮用手按住了："不能说，不能说。"说着还把唐海峰朝教室外面拉，好像真有世界第九奇迹似的。

"嗟乎，吾不得足以？然，吾亦乐也，悲也！"我站在李玉亮的背后说道。

原来他说的"世界第九奇迹"就是刚才肖芳碰巧也在汽车站，帮他把那几个老外给打发了。

"你啥时候把肖芳介绍给我认识认识。怎么样？呵呵！"

"你小子不想混了是吧？！敢和帅哥我抢马子。"李玉亮知道唐海峰是在开玩笑。

"哼，不行，你除了学习，其他的什么都要有我的四分之一，我怎么不敢和你争？"唐海峰故意在激李玉亮。

"呵呵，海峰，你可不行，人家两个要是用英语聊天的话，我估计你就会自动退出。"我笑着看着唐海峰。

"不用这么打击人吧？我就晕，得了，我不追了，天涯何处无芳草啊。哼。"他还做了一个比较夸张的动作。

正打闹着，忽听一声喊："常老师来了，我刚看见他进办公室了。"李玉亮和唐海峰也没顾得上仔细看，丢开我跑进了教室，然后端端正正地坐在各自的座位上，装模作样地拿起了笔。

他们俩等了半天也不见常老师进来，李玉亮抬头一看，我正和范娇边说边朝他笑，这时他才明白上了我的当，于是站起来，从后面揪住了我的耳朵，我也拧住了李玉亮的大腿。

范娇忽然用手把我后面捅了一下，我一看，门口真站着常老师。

"雷星、李玉亮、唐海峰，你们三个人出来，到我办公室来一趟。"

三个人面面相觑，相互扮着鬼脸走出了教室。

不一会儿，三个人又笑着走进了教室，进来的时候，我们都朝黄会看了一眼。

我故意大声对范娇说道："常老师说我们三个人拉帮结派。嘿嘿，有的人真是无聊了，嘴痒了不会到墙上磨去，在老师面前种什么芹菜，我们三个就是要在一起玩，不服了就继续告去！"

"说的对，让那些芹菜头白忙乎一场。"李玉亮也盯着黄会。

黄会被说得哑口无言，他心里暗暗地说：你们三个别得意得太早，总有一天我会和你们算总账！

第十九章

　　从外面买了一盒牙膏，在经过隔壁宿舍的时候，我听见里面有人在说："赶紧发牌，发牌！"声音好像是唐海峰的。

　　推门进去，果然是唐海峰和几个班上的同学在玩扑克，不过还要压上钱，说白了就是在赌博。黄会、李玉亮也都在场。

　　"上来玩两把！"李玉亮在叫我。

　　"不了，你们玩吧，我看一会儿。"我推辞了，别的人只顾玩牌，也没有说什么。

　　"我出 5 毛！"李玉亮叫道。

　　"我也出 5 毛。"另外一个男生说。

　　"我不要！"

　　"我也不要！"

　　"我上 1 块！"又挨到李玉亮了，他向前面的圈子里扔了一块钱。

　　"我跟！"黄会也不肯示弱。

　　"再跟一块！"

　　"随上！"

　　"再一块！"

　　"跟上。"

　　"黄会，我们把码子放大些怎么样？"李玉亮有些不耐烦了。

　　"没问题。"黄会慢腾腾地说道。

　　"好，我上两块！"

　　"跟。"

　　……牌河中的钞票已经堆成了一座小山，我的心有点动了。

　　"好，我开牌！"黄会最终还是敌不过李玉亮。

"什么？"

"你呢？"

"清一色。"

"我也是，清几？"黄会问道。

"清 AK。"

黄会叹了一口气，李玉亮像发了财一样，一把把面前的钱都揽到自己的面前，"雷子，你帮我收拾一下，我发牌！"

我揽过钞票，一张一张地整理着，完了之后放在原来的地方："给，33块。"

"你先给我拿着，要不也上来玩几圈？好，我也算上，来，一起来！"没等我说话，李玉亮便把牌发给了我，这一发，可就把我害苦喽！

人不能总是为自己所犯的错误找借口和理由，处于青春期的这些孩子们，还没有真正接触过社会，还不知道一种不好的社会风气意味着什么，无论是对于一个人来说，还是对于一个家庭来说。他们缺乏一定的判断能力，对所有的事情都感觉很好奇，想尝试一下，过把瘾！但是他们并不能因此而放纵自己，连最起码的自制能力都没有。就算是一个书呆子，也不行！因为没有谁规定凡事就一定是要呆子吃亏，一个人他经历的事情越多，他的思想就会发生越大的变化，先不说那些变化是好是坏。同时，很多情况下也往往会取决于周围环境对一个人的影响，比如像我，身处于一个单纯的世界，偶尔也许会有小沙砾一样的东西吸进我的生活区域，但是任何人，任何尘埃都不会在我的身上短时间内落定，我可以在挫折中学到我应该学到的东西，从来都不会把困难和挫折想成是一件很坏的事情，一件事情是好是坏的因素其实有很多，这就要看是谁，怎样去面对和处理它们了，只有那些把它们当成通向成功阶梯的人，才是这个社会、这个时代需要的人。

我并不知道，李玉亮他们已经玩了好多天了，有时候还会夹杂着其他班上的同学。他们这些人中间，有的人一次的"收入"就会超过100元，不得不让人惊叹。他们每次把宿舍门关得很严实，外面的人一般是不会知道的，我是个例外。有很多次，有人来宿舍找个人时，他们立刻会回到各自的床铺上坐好，等来访的客人一出门，马上又重操旧业，回到原来的位置，继续着他们的活动。

又有人敲门，进来了一个七班的男生，说是大军找一个叫雷星的人，那个男生说完后便也加入了赌博之中，他很熟悉地和其他人打着招呼，看来相互都认识。

　　按照刚才那个男生说的，我在学校后面的一间小租房中找到了大军，我看见屋子里还睡着一个女生，脸转了过去，不知道是谁。前些天，我听张雪说大军因为在学校外面打架被停课，已经有一周多没来上课了。

　　"这几天在干什么啊？没见过你，怪想的。"大军说着点了一支烟。

　　"没干什么，在学校待着啊，我又不能学你，潇洒地在这地方享受生活。"我用嘴指了一下床上的女生。

　　"呵，也是，我听说你们班最近赌博挺厉害的啊，是不是？"大军看着那个女生，给我做了个很下流的动作，然后话锋一转。

　　"没有啊，你听谁说的？"我装作不知道。

　　"谁说的你别管，反正我一个兄弟的钱让你们班那个叫李玉亮的小子赢走了，听说是跟你一起混的，你说吧，怎么办？"大军用异样的眼光看着我。

　　"不会吧，李玉亮是个好学生，确实跟我关系很不错，你可不能动他啊。"我马上意识到大军的意思。

　　"正因为他是你的兄弟，我才把你找来商量商量，要不然我早就把他放下了，你现在也混得有点名堂了，我一个兄弟把钱输了，想找李玉亮要回来，一听和你有关系，只好求我出面帮忙。你说吧，这事情要怎么办才合适？"大军吐了一个烟圈，斜视着我。

　　"依我看，你也别管了，他们自己解决去！"我说。

　　"也行，我同意。不过，将来发生什么事我也说不定。要知道，学校是禁止学生聚众赌博的，要是学校知道的话，你们班那些男生的下场就和我打架的差不多。"大军吸了一口烟说道，还用那种痞子眼神看着我。

　　我们聊了一会儿，大军的手机响了。接完后，大军对我说，刚才派去找我的那个又输了30块，让大军"要"一下，否则连吃饭的钱都没有了，或者让大军过来，把刚才输掉的钱赢回来。大军穿好衣服，从床上的一件上衣中拿出几十块钱，说是要见识见识我们班的"赌神们"。

　　隔壁宿舍正在热火朝天地进行着，当他们看见大军进去的时候，顿时气氛冷清了许多，在座的基本上都知道大军是正儿八经的痞子。大军上了赌场，他没有让我上，因为他根本就不是来赌博的，他是有备而来。

　　"我上两元！"大军一上来就把钱的份子提高了许多。

　　"我跟！"黄会跟上了。

　　"我也跟！"李玉亮也跟上了。

　　……

河中的钱很快就又成了一大堆，比刚才的还多，大军一下子把自己带来的钱都扔进去以后才开了牌，可惜的是最后的赢家是黄会。大军只是说了句你们玩，便领着他的几个小弟出去了，出门的时候他看了我一眼，我觉得怪怪的，好像是有什么事情要发生了。

果然不一会儿的工夫，大军又走了进来，身边还多了一个长头发的男生，看起来不是学生，也不知道他是怎么进到学校里来的。

"黄会，你过来一下。"大军指着黄会。

大家都停了下来，看着眼前突然发生的事情，黄会用很鄙视的眼光盯着我，然后朝前走了过去。

"兄弟，这几天赢了不少吧？来，给哥们儿借几个花花。"大军的样子让所有的人都感到不爽，可是有那个长头发在，宿舍里谁也不敢动。

"大军，你不能这样！"我说了一句。

"妈的，你是哪根葱，我……"那个长头发刚想扑过来，大军做了手势，长毛便停下来了，"那是我兄弟。"我一见长毛的架势，心里也有些害怕了，唐海峰连忙给我递了个眼色，让我不要再说话。

"雷子，我已经很给你面子了，这不管你的事！"大军的意思是他没向李玉亮"借钱"就很不错了。他转过头，对黄会说："我们也不是第一次打交道了，以后用得着的地方也说不定，我现在就是向你借点钱花花而已，没什么其他的意思，你想清楚。"

黄会立刻站起来，他明白是怎么一回事。一定是刚才玩的时候把刚从家里带来的200元钱让大军看见了。他把手上的钱抽出30元递给大军，带着告饶的语气说："大军，这30块钱你先拿着，等以后有了再说行吗？"

"你是在哄小孩子吧？兄弟，掏，大票子，这种不要。"大军又向前走了一步。

"你小子是敬酒不吃吃罚酒啊，掏，不要叫我动手！"长毛不紧不慢地看着黄会。

黄会无可奈何地从内衣里摸出一张100块的钱，交给了大军。

"这还差不多。我们走。黄会，想好好上学的话就当作什么事情都没有，学校可是不允许赌博的哦。好，你们继续玩吧！"大军临走时还威胁黄会。

在大军出去以后，黄会狠狠地看了我一眼："雷星，你不要欺人太甚了，别人好欺负也不是可以三番五次这样捉弄的！"

"我，我……"我变得哑口无言，就凭大军刚才一句"他是我兄弟！"

就把我整得够惨了，估计除了唐海峰和李玉亮，在场的同学们谁也不会相信我是无辜的。

我在众人异样的目光下走出了宿舍，我追上还没走远的大军，央求大军把钱还给黄会，大军板着脸说："要不是看在你的面子上，我把你们宿舍所有人的钱都要上，还有那个李玉亮，你转告他，叫他以后小心点，我看他不顺眼。"那个长毛也对我说："兄弟，这钱又不是你的，你要什么要？再说，他们根本没有人敢报告学校，因为你们是在赌博，知道吗？"

我垂头丧气地回到宿舍，李玉亮一见着我就开始大声骂道："说让你离大军远点，不要跟那种人有沾染，你偏不听。现在好了，除了我们几个之外，有谁会相信你？！这就是乱交朋友的后果，你必须承担一切责任！"

"我又没有说让大军诈钱，他的事情我能管得着吗？"我有点儿冤屈。

"什么管不着！不关你的事，你刚才跑出去干什么？怎么你回来大军也跟着进来了？怎么大军口口声声说你是他兄弟，他怎么没说我是他兄弟？"李玉亮已经很气愤了。

"还说我，要不是你把人家一伙的钱赢了，怎么会引来大军？怎么会发生这样的事情？妈的，要不是我出去，今天被诈钱的人就是你，不是黄会，我也没这么冤枉！"我也生气了，真没想到事情会弄成现在这个地步。

"好，雷子，你既然这样说话，我李玉亮也认了，今天的事我负责，我就不信没人能治得了大军。人怕一豁，我豁出去了！"李玉亮愣了愣，说道。

"你们俩就别再吵了，反正事情已经出了，目前最关键的是想个办法处理这件事，要是让上面知道了，那就麻烦了，尤其是我，肯定逃不了干系。"唐海峰见这两个人上了火，赶紧劝道。

回到教室，诈钱风波已经传开了。我好不容易坐到自己的座位上，同学们的小声小语嗡嗡作响，我感觉好像所有的人都是在议论我，可能会说大军一定是我找来的，因为我和黄会有过节，也可能说我小心眼，报复前几天老师说我们几个拉帮结派的事，反正不会有什么好话，我现在是哑巴吃黄连，有苦说不出啊。

我望着黄会，心里惭愧得就好像整个事情真的就是我谋划的一样。将来要发生的事情都是那么的可怕，李玉亮已经决定和大军大干一场，不管结果如何。事到如今，我只有拿出勇气勇敢地去面对现实才是真正的我，或者说才可以真正地亮出我自己身上本来的某些元素。

黄会也暂时没什么动静，他知道这件事牵连的人很多，再说他们是因为赌博被大军抓了把柄，假如报告学校，那就会伤害到很多人的利益，这样岂不是小偷跟强盗打官司——谁都要挨板子。

然而事情并不是一般人想象的这样简单，这才刚开了个头而已。

烦心的事真够多的，下午的时候，王洁倩来给我送笔记本。她显然是有点误解了我的意思，所以在笔记的后面写了满满两页，开头还是用"痴情男孩"称呼的。她在信中奉劝我，千万不要陷入青春游戏的泥潭，假如已经不小心陷进去了，就一定要谨慎地走出来，漂亮的她已经尝够了漂亮的苦，之所以能保持成绩在前面，那也是付出超人的自制力和约束力的结果。她也很喜欢我，但是她是朋友之间的那种喜欢，而不是男生和女生之间的那种喜欢。在高中阶段，去追求那种盲目的感情，不但没有什么价值可言，还要为此付出巨大的代价，最终只会害人害己。我对此也感到措手不及，这到底该怎么办才好？可能是这些日子中的渣子太多了，冲昏了我的头脑，害怕见到有些字眼，害怕听到一些话语。早知道她会理解成这样，我说什么也不会给她看自己的笔记本的，真不如撒个谎，至少还可以减少她心上的阴影。

要想人不知，除非己莫为，暴风雨最终还是来临了。

常老师好长时间都没检查过宿舍的卫生情况了。一天早上，他也没跟班干部们打招呼，径直向我们的宿舍走去。

隔壁宿舍中，几个人正在边吃边聊着这几天赌博的事，黄会的声音尤其超分贝："哈哈，昨天晚上终于把老本赢回来了，李玉亮的赌技也就不过如此嘛。"话还没说完，有人从他后面打了一下："那你的赌技怎么样啊？"

"我，我……"一见是老常，黄会一下子大惊失色，整个傻了，估计就一个感觉，妈呀，这下全完了。

"跟我到办公室。还有，过去把李玉亮也给我叫上，我才几天不检查你们，你们居然还反了天了！"

舍友们一个个大眼瞪着小眼，完了，全完了，他们中间全部都多多少少参与了这次赌博活动，看着黄会往外走，他们很多人的背后都感觉在发凉，一个同学悄悄拉了一下黄会的衣角："拜托了，兄弟。"

早自习二，教室里并没有像往常一样传出朗朗的读书声，有三分之二的男生呆若木鸡地趴着或者坐着，相互看着，刚被常老师叫去训话和调查的两个同学也没再进来，他们在害怕地等待着和猜测着下一个被揪出去的会不会是自己。看着唐海峰和李玉亮空空的座位，我也耷拉着个头，没一点心情，怎么什么事情上都会有我，要是早早听了范娇的话，就不会有今天了，怎么就改不了这个臭毛病呢？老是自以为是，认为自己做的就是最好的，而往往倒霉的也只有自己，自己种下的苦果子除了自己还有谁会来吃？

纸终究是包不住火的，事情的真相迟早会暴露出来，只不过是个时间问题而已。很快，我也被传到了办公室，我是今天早上第六个被常老师"请"进来的人。我一动不动地站着，静静地受训，在"招供"的时候，我竟然想替唐海峰和李玉亮隐瞒一些，可是当我把眼睛的余光落在常老师手中拿的一张纸上面的时候，我傻眼了，只见上面写满了密密麻麻的名字，光自己的就有好几个。

回到宿舍，悔恨的眼泪一个劲地顺着脸颊往下流，我除了眼泪比别人多以外，还真的再找不出有什么比别人好的东西来。跟先前叫出去的人一样，我也被停课了，还要请家长，真不明白来学校一天到晚在干什么？为什么当初就没有管住自己，连一点点自制力都没有。"请家长"，这个老师们专有的法宝，让很多学生听之生畏。在学校，请家长是件最好或者最不好的事情，要么是谁谁谁考上了清华或者北大，学校都会派人去请家长。第二种请家长就是说明他们的孩子在学校出问题了，对谁来说，都是件极不光彩的事。真不明白，在继上次打架以后，又会出来个赌博，这对于我来说简直就是件可怕的事情。难道就没有一点点思维？自从四年级开始，爸爸妈妈就不在身边，什么事情我都处理得有条不紊，是个人见人夸，人见人爱的好孩子，怎么越长大越成了现世宝了呢？难道不做那些坏事就不能和同学们一起交流和生活了吗？难道不做那些事情别人就以为自己是胆小鬼看不起自己吗？难道同学之间就如此复杂和让人痛心吗？难道所谓的"素质教育"教育出来的学生就是这样的素质？

我不敢往下想。请家长绝对不行，要是让父亲知道了，那还不把我的皮给活活剥了？再说了，最近家里也正在处理一件令人头疼的事情，我们家和张雪家为种地打上了官司，父亲肯定很忙，加上正值农忙季节，千万不行，那该怎么办啊？我越想越没有头绪，越想越害怕。

李玉亮蒙在自己的被子中，一句话也不说，此时此刻，他的心里和我一样后悔和难受，想起赌博时大把大把玩钱的情景，他真觉得自己太可笑和没用了。他的爸爸从来都很相信他，因为他每学期总是给家里带去一份他是第一名的成绩单。那是真的，在我们班，没有人在学习上超过他，这也是他很受同学们喜欢的原因之一。如今出了这种事情，可怜天下父母心啊！

我也钻进了被窝，用被子蒙住自己的头，又想起了我的父母，也不知道和张家的官司怎么打下了？

事实上，父亲最近真的很忙。张家今年的庄稼刚刚够本，他们不想再种地了，嫌太累太苦，原来考虑到是亲戚的缘故，当时两家口头约定，由父亲给张家承包40亩地，期限是11年，张家应向我们家一共缴纳承包费25000元，张家应在前5年内，每年向我们家支付5000元，五年后那些地由张家自主经营，利润也由张家来支配。本来这件事情无论从哪个角度上都是张家占便宜的，是件好事。当时我的舅舅极力劝说我的父亲把地卖了，这样一来减少一下家里的成本和压力，二来也算是帮了张家的忙，亲戚嘛。不料今年的收成并没有使张家像原先想的一样发大财，他们便想一走了之，前些天去农场拉东西的时候，由于涉及到了承包费等问题，父亲一气之下把张家的拖拉机挡下不让开走，于是两家拉开了这场官司大战，当中还夹杂着我的舅舅家。在我舅母的撺掇下，我的舅舅也开始认为是我父亲不对，为张家说情，以至于吵架，有一次还差点打起来。因为这事，我们和舅舅家的关系也闹僵了。为此，我的母亲整天以泪洗面，说舅舅不分青红皂白，替张家帮忙，心里面根本就没有她这个姐姐。想起弟弟一家子刚到这里来谋生时，她当姐姐的总是省着过日子，为的是能让弟弟他们也过好些，家事大大小小也有父亲常照应着，在他们老家，谁不羡慕姥姥家有父亲这么个好女婿。

在这事之前，我们两家也常来常往，谁家有什么好吃的或者其他什么的，总要送过去一些。可是偏偏摊上官司，一下子都翻脸不认人，尤其是我的舅母，为了让他哥哥多占点便宜，在背后出谋划策，把剩下的好处都揽给她哥哥张家。有一次，她竟然指着我父亲破口大骂："你说得好听，谁让你当时太愚，不和我哥签合同，现在没什么字据，你说什么都是白搭！我们说你没理由你就是没理由，有本事把合同拿出来啊……"让人想想，现在这社会就是这样，亲戚也会捉弄亲戚的，别以为是亲戚就可以不签合同不用立字据，关键的时候还不是人人为自己？吃亏的还不是老实人。你吃亏了还没地方说，谁让你太老实了呢？我舅舅实际上想帮我们家，至少想把这事情处理得公平些，可是他又不是当家的，做不了主，只好站到张家一边。两家经常为了拖拉机的事吵架，甚至有一次我舅母对姐夫说："你要是不还我哥的东西，你以后就别上我家的门！"父亲才不吃这一套呢："不上就不上！我就不信这么大的地方，离开你们家，我还过不下去了？哼，离了张瞎子难道还连毛吃鸭子……"

最近乡政府也插手在处理这件事情，相信很快就会有个比较公正的结果下来。父亲当然还不知道，我在学校已经被停课半天了。

宿舍中只有我和李玉亮两个人，午饭都没去吃，唐海峰进来了，提着两个盒饭，我突然一阵感动，抱住唐海峰像个小孩子一样地大声哭了起来。我的心里真的太难受了，现在只剩下这么几个朋友可以安慰我，在我需要的时候出现在身边，真该谢谢他们！

好长时间以后，唐海峰才松开我，告诉我范娇这几天老是拿着我的笔记本发呆，等有空的时候安慰一下我，我点了点头。

其他的人上课去了，宿舍里只有我和李玉亮两个人。我叫醒李玉亮，说去找一下常老师，碰碰运气，说不定事情可以有缓和的余地。

教室里早已灯火通明，书声琅琅，我在座位上坐了几分钟，无心读书不说，右眼皮还一直跳个不停，第六感觉告诉我，今天肯定又有什么事要发生。我和范娇说了几句话，然后把自己的政治课本乱翻着，又坐了一会儿，正想着到教室外面透透气，有同学进来说常老师在叫我。

刚进办公室门，常老师就生气地指着我说："唉，真是没想到你原来是这样子，你简直就是黑社会老大，什么坏事都和你有关！"

我抬头一看，只见七班的班主任张老师也在办公室，我顿时明白了，肯定是老师们认为黄会被诈钱一事和我有关。的确，大军是和我一起进宿舍的，可是我真的没有唆使大军诈钱啊，再说我好像还没那个本事。现在倒好，大军本来就被停课了，现在连人影都找不见，那么我就自然而然成了被调查和打击的重点对象。

"噢，原来你就是雷星啊。好，说吧，老老实实地，从头到尾地把你们一起敲诈同学钱财的事情讲清楚，否则后果自负！"张老师很严肃地说道。

"你让我说什么，那都是你们班大军干的，和我没什么关系。"我不紧不慢地回答道。

"哟，哟，你不知道你应该说什么，好，等会儿到我办公室去，我一个耳光一个耳光地问你，看你说不说！"张老师的脸比死人的还难看，阴笑着，很可怕的样子。

"张老师，关于大军的事，我……"我想尽快解释清楚。

"停！你现在什么都不用说，我还没问你呢，你倒直接进入主题了，去，先回去，上自习后到我的办公室来，我们慢慢说！"张老师似乎在刁难我。

我知道快要上早操了，便向常老师鞠了个躬，准备出来。

"你今天不用上早操了，什么时候把诈钱的事情处理清楚了，什么时候你才可以进教室。我的班上是不会对你有一点点宽容的，你一个人带坏了多少同学，我现在和你简直一句话都不想说，你回去吧。"常老师显得很无奈的样子。

我走进教室，把书扔在桌子上后便回宿舍了，心里面乱乱的，一时不知道该怎么办才好，我现在的处境很是被动，几乎没有人相信我是冤枉的。谁让我认识大军，谁让我那天跟大军一起进了宿舍，真是自己搬石头砸自己的脚——自作自受，严重一些说那叫活该。

在宿舍里待了一阵子后，我无奈地来到了张老师的办公室前，喊了一声"报告"，没人答应，推开门一看，里面没人，只好站在那儿等着。

好长时间后，张老师才摆着那胖胖的身子过来，他说让我先回去给他写一份检查，把事情的经过详细地写出来再说。我还想解释，被张老师直接推了出来，他说他根本就没兴趣听这些乱七八糟的东西，他只要检查，检查！

恰好常老师也过来找我，要我把自从上高中以来犯的所有错误都写出来，而且还不让回教室，假如愿意的话，可以趴在教室门前楼道中的台子上写。我有些沉不住气了，我真想把这些老师们狠狠地骂一顿，然后离校出走，但是现在的我还仍然抱有一丝幻想，希望这次被折腾够了以后可以重新回到教室上课。然而，这次我想错了。

范娇在下早读课的空隙，给我偷偷塞了一张纸条，鼓励我主动承认错误，态度诚恳些，不要和老师们赌气什么的。我苦笑了一下，我现在连进教室的资格都没有了，拿什么和老师抬杠啊？我还发现在纸条的背面写着四个大字：我相信你！

下自习的铃声响了，我的检查还没有写出来。这时候，从楼道的另一边走来了一些提着椅子的老师们，我远远望去，原来是初中部的老师们来高中听课，正好抽到的就是我们班。

"不好。"我心里暗暗说道，随即找到常老师，请求让我把这节数学课上完后再继续写检查，常老师板着个脸："不行！坚决不行！在问题没有调查清楚以前，你一节课也别想上。初中的老师？初中的老师来了也不行，我要他们看看，这就是他们教育出来的学生。"我还专门跑到张老师那儿求情，说希望可以把下节课上完，张老师竟然同意了，可是常老师还是不行，最后只能是眼睁睁地看着那些老师们走进了教室，我差点儿就完全崩溃了。我绝望了，开始恨常老师，恨他不近人情，不分青红皂白地把所有的事情都罩在我的头上，我把拳头握得紧紧的，那不值钱的眼泪又流下来了，除了眼泪之外，我似乎什么都被别人剥夺了似的。终于发现在我和常老师之间已经蒙上了一层浓浓的阴影，这一层不知道什么时候才可以揭开。

第一封检查交给张老师后，张老师说我写得太笼统，要求重写，把怎么样和大军认识以及平时的关系，还有根据我掌握的大军的情况一并写出来，好像警察审问小偷以前的前科一样。不一会儿，我便又把第二封检查交了过去，张老师居然开玩笑说我的文才很好，连写的检查都可以感动人，我一听差点当场晕倒，不过心里还是有那么一点点窃喜，我可从来没有想过，会在这方面"出人头地"。现在遇到同学聚会之类的，他们都开玩笑说我是上学的时候检查写多了，写着写着就成了作家。

从张老师的办公室出来，我并没有按照张老师的要求到教室门前面等常老师处理，而是从楼门出去独自到了天桥下面，坐在一块石头上开始轻声地哭泣。我又在想父母亲他们，想着，想着就仿佛看见了爸爸开着拖拉机在犁地，而妈妈在后面收拾去年的地膜，无声的配合是那样地默契，可能他们在干活的同时会在想着我，脸上不时露出满意的笑容，可是他们到现在还不知道他们的儿子已经不可以再上课了，他们的儿子辜负了他们的期望。哭着哭着，我就睡着在了天桥下面。

同学放学回家的声音吵醒了我，我站起来，开始一步一步往宿舍里走。我想好了，事到如今，我只能告诉爸爸，不能再瞒着他们了，无论结果会怎样，我是没有什么能力再说服老师了。假如连父亲也不肯原谅我的话，我就干脆离家出走，混不出点儿名堂就永远再也不回来了，我向李玉亮借了十块钱，拨通了邻居家的电话，让他们转告一声让父亲第二天到学校来一下，有事！

我再次走进这充满怪味的宿舍，躺在自己最里面的最黑暗的床上，拉开被子，双手枕在头底下，想着命运给我安排的一切，继续流着泪。我无法想象父亲在接到传话之后的神情和心情，我简直就不应该来到这个世界上，更不应该来到这个让我害成这样的家。

醒来的时候，一看手表，已经是 11 点 58 分了，再过两分钟就要放学了，而我也被常老师停课整整一天了，李玉亮也被赶出来了，原因是他包庇了大军诈钱的事情。

一个个舍友进来，没有看见我，他们拿了饭盒便又出去了。

我把头蒙在被子中，任凭宿舍中的人大吵大闹，若是在平时，我一定会把大吵大闹的同学臭骂一顿，让他们安静下来，而如今我觉得自己又有什么资格去教训他们呢？

过了一会儿，高伟和高飞进来了。高伟走到我的床前，看见我的样子，用手拍拍我的头，没有说一句话，我也没说什么，看了看高伟，又把头蒙了进去，我自己也说不清楚自己到底在想什么，以前为什么要做那么多与学习无关的事情？为什么？我真想大声喊几下，可是又喊不出来。

快3点整了，宿舍里的人又陆陆续续地回到了教室，李玉亮也出去了，最后宿舍里就只剩下我一个人了。我没去教室，去了也是白搭，常老师根本不会让我进教室上课，因为常老师彻底对我失望了。"我没有参与，我真的没有参与啊……"我痛苦地自言自语，"请你相信我，我怎么给您解释你才能相信我？怎样才能证明我没有和大军一起诈钱，真的啊……"在哭了大约一节课的时间后，我斜躺在那儿睡了。

一个乱七八糟的梦把我给搅和醒了。唐海峰晚上没上晚自习，他跑进宿舍，塞给我一张电影票，说是今天晚上不上晚自习，学校组织看电影。接过那张沉甸甸的票，我看了一眼，22排1号，然后就夹在了笔记本中。

离电影开场还有半个小时，校园里就有了声音，我被高伟、李玉亮几个硬拉去看电影，看着路上其他同学无忧无虑地说笑着，我心里很不是滋味。高伟他们也发觉了，于是便你一句他一句地安慰我，我心里有股泪在流，我尽量装出高兴的样子，和朋友们不紧不慢地走着。听他们几个说，这几天都不怎么好过，基本上都请了家长，还交了检讨书。

在乱哄哄的电影院中，同学们都在找自己的座位，其实很多已经坐乱了，有的人来得早，素质不好点的早就瞅准好一些的座位安家了，我挨着高伟的身边坐了下来。开演了，名字叫《巫师的骗术》，电影很好看，可是我没心情。看着荧幕上的那个女子，我想起了范娇，听说她下午还在李玉亮那儿打听我的消息。

碰巧的是王洁倩居然找到了我，事情她也听说了，她是专门来看我的。当她听我亲口把事情的整个经过都告诉她时，她显出非常吃惊的样子："不可能吧？"我俩聊了一会儿，王洁倩还有事，先走了。我根本就没心情看电影，傻坐了半天，独自回到了学校。

在学校门口，我遇见了肖芳和李玉亮，于是又站了一阵子，肖芳对我说，没做亏心事，不怕鬼敲门。既然没做的事情，最终都会弄明白的，让我不要太放在心上，凡是人谁都会犯错误，只要下次不再犯就行了。听了这些话，我心里感觉热乎乎的。

第二天早晨，我连早操都没去上，现在只有等父亲来了。我坐了起来，想着将要发生的事情，流着那不值钱的眼泪，我拿过纸和笔，坐在一个床垫上，把书放在腿上，开始给父母写信，因为我想，如果父亲万一不肯原谅我的话，我就去流浪远方，混出点儿出息再回来。

刚写了十几分钟，第二节课下课的铃声就响了，10点钟了，我想父亲也该来了，于是下了床，从窗子里向外面看。

"是爸爸，爸爸真的来了。"我心里又是一阵子揪心的痛，在离宿舍不远的地方，我看见了父亲。阵阵秋风吹拂着柳树，柳条有意无意地打在父亲的额头上，那就像是一条鞭子一样鞭打着我此刻即将破碎的心。刚下车就连忙赶到学校的父亲显得异常憔悴。后来母亲告诉我，在接到那个电话之后，整个晚上她和父亲一夜未合眼，父亲抽了一夜的烟，他猜测着我肯定是在学校闯祸了。我看着身材本来就不高的父亲，此刻似乎变得更矮了。父亲一手插在已经穿了好几年的西装裤兜中，正焦急地在人群中寻找着自己的儿子。他怎么也不会想不到，他的儿子已经被停课了，此时正跪在离他不远处的一个宿舍中泪流满面地从门缝中看着他。我跪在那里，隔着门缝懊悔不止，我觉得自己简直就是个人渣。

课间广播操做完了，我看见父亲向我们班的同学打听我在哪里，一个同学指了指宿舍，然后就看见父亲向宿舍走来，我可以清晰地听到父亲的脚步声离我越来越近了，仿佛整个世界都一下子静止了。从父亲站的地方到宿舍虽然只有几十步的距离，而我却觉得像是走了几个世纪一样。

宿舍门被推开了，父亲用疑惑而又吃惊的语气问我："你怎么没去上课啊？"

"我，我……"我无言以对，觉得无法面对自己的父亲，但还是哭着把所有的事情都告诉给了父亲。

父亲没说什么，只是让我带他去找常老师，他要亲自问一下事情的经过。

当父亲再次回到宿舍里的时候，表情让人很害怕，我正坐在刚进宿舍的一张床上面，"啪""啪"两记耳光狠狠地抽在了我的脸上。我还是坐着，一动不动，甚至在挨耳光时连眼睛都不眨，我应该挨这几个耳光，我哭着跪在父亲的面前："爸，你打吧，只要您不生气，你怎么打我都行，我对不起您，对不起妈妈。您打吧，我知道错了，只要您别生气，您就狠狠地抽我吧，是我不听话，辜负了你们对我的期望……"

"唉——"父亲长叹了一声，然后坐在对面一张没有被子的空床板上，掏出一支烟，颤抖地用火柴点着，猛吸了一口。他的心凉凉的，太失望了，我太让他失望了，他差点儿被一直认为很听话的儿子给气疯。他把一切可以骂儿子的话都骂完了，他看着不争气的儿子，再连一句话也说不出来，他真的没想到我到一中后变成了如今这副模样。当初是他让我交了小中专通知书，他的心很要强，希望儿子将来可以考一个名牌大学，给当了大半辈子农民的他脸上长长光，而今，这叫什么事啊，如此丢人，如此可怜啊。

"你给我卷铺盖回家！"除了这句话，他再也想不出还有什么话可以对儿子说了。

我看着父亲气急败坏的样子，心里面也极其矛盾，这几天我也想了好多次，或许我根本就不适合留在学校中，根本无法完成父母的愿望，干脆回家种地或者流浪算了。哪怕将来再苦再累我也认了，都是自找的。望着面前连抽烟都颤抖的父亲，我的心碎了，我也可以清晰地听到父亲被我气得心碎的声音，而且，他的心仿佛在不停地流血，一滴一滴地，一滴一滴地往下流。父亲手上的烟不是垂直向上的，而是变得没有规则，因为他整个身体都在发抖，抖得自己无法控制。我想起家里面同样心碎的母亲，想起时时刻刻对我抱有极大期望的爷爷奶奶，我没动弹。"不行，学一定还要上，而且一定要上出点名堂来，一定要上！"我当时心里这样想着，脚被一股无法抗拒的力量定在那儿，一步也迈不开。

接下来只有沉默，死一般的沉默，让人害怕的沉默。

在度秒如年的紧张空气中，开始有了声音。

"还想念书吗？"父亲问我。

"想！"我坚定地回答道。

"你给我用什么来念啊？"

"……"

"……"又是沉默。

我们父子再次来到了常老师办公室门前，父亲进去了，我留在门外。我看不见常老师，常老师也看不见我，里面传来了常老师和父亲的谈话声。

"来，常老师抽支烟。"

"我不会。"常老师冷冷的声音。

"常老师，你看我……"

"不用说了。"常老师打断了父亲的话，"既然你来了，你就干脆把雷星领回家算了，那个家伙在班上是最无赖，最死皮的学生，我带这个班以来发生的所有大大小小的事情都和他有关联。他自己不往好里学，还影响别人，我班上的第一名都参与赌博了，你说要不是他，这种事情能够发生吗？他一天在班上，班上一天就不得安稳，你叫我怎么办……"

我明白了，原来在老师的心目中，我已经成了一个罪人，成了害群之马，是一个在班上起反作用的人，对于班主任说我是一个祸根，我也没什么好说的，自己成了现在这副模样，我已经变成了另外一个人。

我一步步地走向常老师。但是我认为就是犯多大的错误，也不至于当着父亲的面把所有的责任都扣在我一个人身上。我错了，我又错了，我误解了常老师说的话，尽管从现在开始我已经对常老师产生了恨意，在将来某些事情发生变化以后，那种原本不该有的恨意也会逐渐消失掉的。

"跪下！"父亲命令道。

我没动。

"跪下！"又是一声。

"嗵！"我跪下了，在常老师面前跪下了，此时的我对常老师更加仇恨。

"起来，赶紧起来再说。"常老师显然也没料到父亲会让我这样。

"不能起来，你起来的话，我把你的腿给你砸断呢！"父亲骂道。

我跪在冷冷的地板上，一直有十几分钟才起来，那一刻我终于明白了以前我不明白的很多事情。

放学了，我们又来到了张老师的办公室，上次输了钱找大军帮忙的那个男生也在办公室，我真想扑上去打那个小子几拳，那小子为了开脱自己的责任，把我可害苦了，给我造谣不说，还又停课又请家长。不过现在关于诈钱的问题已经基本清楚了，和我本身没什么关系，事情的整个经过都是大军一手策划的。张老师对父亲说道："从他写的那几笔字上来看，他的本质也不是太坏，还可以，该好好教育教育你的儿子了，我知道这几天家里也肯定忙，但是话说回来，误了庄稼是一年的事情，误了儿子可是一辈子的事情啊！"

从那里出来，父子俩谁也没有说话，回到宿舍，里面的其他人都已经回来了，见我们进来，都安静地坐在床上，看着我。

"你说你怎么会变成这个样子啊，不守学校纪律、打架、赌博，唉，把我这张老脸都丢尽了啊，你是成心想气死我啊？你给我收拾东西立马回家。"说着，父亲又狠狠踢了我几脚，扇了一个耳光，我还是像先前一样，避都没避。宿舍里的人可吓坏了，谁见过这样的状况啊，他们赶紧从各自的床铺上下来，拉手的拉手，劝话的劝话，把父亲推到了一张床上坐下。

"叔，雷星已经知道他自己错了，您就别再生气了。"李玉亮在劝父亲。

"是啊，他哭得连饭都不吃了，后悔死了啊……"

"您先消消气……"同学们一起七嘴八舌地劝着。

"唉……"父亲深深地叹了口长气，无奈地掏出烟，无奈地点上。

……

父亲走了，我换上一件破旧的运动服，一个人蹲在院子里，任凭太阳炙烤着，心里在流血，一滴一滴地往下流。我从来没有想过在高中会混到如此地步，丢这样的人，惹父亲生那么大的气，也从未想过在老师的眼中我竟是那样的可恨和可恶，根本一文不值。上次班干部改选的时候，常老师已经警告过我，要注意和同学们的交往和沟通，那可怜票数难道说明的还不够清楚吗？其他人都休息了，我没有丝毫睡意。人最没有办法的就是清楚地认识自己，从来就没有谁能够完完全全，明明白白地看透自己。人人只能在挫折和错误中才会发现平时根本就不注意的地方，看到别人，再看到自己，慢慢成为圣者，不会改变的人永远只是会成为这个社会的遗弃者和残渣。其实，每个人都是天才，冷不防就会从一个很高的地方掉下来，摔得粉身碎骨，只能做烧柴了，当然也有偶尔被砍下的烧柴无意中插入泥土里面，发了芽，有了根，长了叶，有了茎，也许会长到天那么高，长成天才，永远不再被任何阴影所覆盖，向光性好了，通过最好的光合作用，永远向上个性地生长，永无止境……

第一节课已经上了老半天，我悲伤地重温着走近教室的感觉，这种感觉真好，今天我坐得特别端正，而且感觉老师的课也讲得比平时好，尤其精彩。

下课以后，常老师叫住我："你爸爸说让你下午放学后到你五爹家去一趟。还有，明天周会上你准备好做检查。这一回我再饶你一次，以后把自己给我看紧点，你爸爸当了大半辈子农民，他不希望你走他走过的路。"

"谢谢老师，我记住了。"我给常老师深深地鞠了一躬。

"鬼家伙，你这娃好的时候也还像个小子。"常老师竟然在这个时候跟我开玩笑。

是啊，你这个老师其实也蛮不错的啊！我心里想道。

五爹家的门开了，几双眼睛目不转睛地盯着我，不太大的空间，空气凝固得似乎只有菜刀切菜的声音。爷爷就坐在不远的椅子上，奶奶和五婶在做饭，五爹和父亲躺在床上，四处都是冷冷的失望的目光，看着此情此景，那一张张绝望冷漠的面孔使我想起了那年拿到小中专通知书的情景。

那是在乡下爷爷家的院子里，爷爷带着老花镜仔细地看着，还在那张学校简介的彩图上轻轻地抚摩着，好像是得到了宝贝似的，小姑坐在凳子上说，不要因为取得一点点成绩就骄傲自大，虽然在全县的 1300 多名学生中，名列 253 名，还算不上是真正的尖子学生，只有上重点高中，去和全县的精英们争得高低的时候，才是对家里人和自己最好的证明。

当我的叔叔婶婶们得知这个消息后，个个都很高兴，都告诉自己的孩子，看，就要像你们雷星哥哥那样，给我们争气，好好念书。在五爹家，我一连看了好几天的有线电视。在银行工作的四爹还专门把我领到他的办公室对他的同事说，这是我的侄儿子，学习不错。还对我说了一句话影响和印象尤其深刻的话：你这下上高中，三年之后给我们雷家考一个响响亮亮的大学出来，给我们整个家族添添光！

……

可是一年后的现在，我恨不得钻进墙缝中。人已经变了，已经没有那个资格了。

在无比尴尬和极不受人欢迎的气氛中，父亲和我下了楼。

"这次回去就好好学习去，不要再犯任何一点点的错误，常老师说了，你要是再有类似的事情发生，他直接就帮你办退学手续了。"父亲停了停，又说道，"我们的家境是怎么样的你也清楚，以后像这样的事情你不让我和你妈妈操心也应该行吧？去吧，以后不要再做与学习无关的事情，专心学习，把落下的功课都赶上去，以你的脑瓜子，一定行的……"

"爸，您上去吧，我知道了。"我心里又是一阵钻心的痛，说完，猛地骑上自行车向前冲去。流着泪，想想刚结束的一切，我不禁打了个寒战，望着快要落山的太阳，我暗暗地说道："亲人们，老师们和朋友们，相信我，我会让明天的太阳更高，让它更温暖地照在我们每一个人的身上。"

打开笔记本，我写下了这一天的所有，我要永远地记住这一天，2001 年 3 月 22 日，离我的生日还有 5 天。

第二十章

本该在十二周进行的期中考试，突然提前在第十周开考，这么大的一个学校竟然也会做出这么荒唐的决定，原本还有两周的时间可以复习一下前面学过的东西，现在可好，把学生们忙了个焦头烂额。有的学生中午都不休息，找个安静的地方背书；有的学生干脆在静修，闭着个眼睛思考问题；有的学生一动不动地趴在桌子上面，像条赖狗一样；还有的人干脆把书本扔开，听天由命。我也拿着一本书，在想怎么才能够有效地利用好这三天的时间，尽可能地考出个好点儿的成绩来。自从走进一中的大门，我最头疼的就是这三天两头的考试，说白了，是成绩在作怪。成绩这东西，可以说是学生的命运之帆了，远了，就会被别人遗弃，近了，却又不知道该怎么办才好。此外，成绩若是不好，回家也没法交代，亲人、朋友也可能会渐渐不理你了，这种体验，反正我是有过的，第一学期期末我考了班上的第 40 名，遭到了很多人的指责，虽然有的人没当面说我，可是我还是知道的。

我也有自己的主张，一个十七八岁的小伙子，虽然有些事情考虑起来不是那样周全，还不成熟，但是毕竟自己还是可以支配自己干一些我感兴趣的事情。不过话又说回来，如果都像我那样把数学只考 37 分，把化学只考 41 分的话，也未免有点对不起观众了，太有点那个了。高中生中像韩寒那样胆大的在中国是没几个的，我有时候很佩服韩寒，想着将来有一天认识一下，甚至可以成为好朋友。

在一中，许多同学为了成绩想尽一切办法，当然也有很多人只能通过作弊来"提高"，因为一中有规定，成绩好的同学在受到奖励的同时，假如是原来借读的同学可以申请转正，免除借读费。虽然大家也知道，作弊是不光荣的事情，万一让监考老师抓住就得掏 200 元的罚款，还会被降为借读生，细细一算，也划不来。每次一到考场，才会狠狠地骂自己是个混蛋，没学什么东西，早知今日，何必当初呢？平日里，大家都下定决心要好好学习，这下要是赶不上谁谁谁，要怎么怎么样。可是在奋战几个小时，最多几天后，心里就没劲了："我学的时候别人也在学，我怎么能赶得上？""人家基础比我好得多，学起来比我轻松。"尤其是刚考完试的那阵子，下决心的人好像在繁殖一样，突然增多，从来不午休，晚上还要点蜡烛开夜车，看起来好像在跟谁拼命似的。可不到一周，许多人就会退出战线，隐居起来，连人影都找不见，站在原地踏步。等到下次考试时再受些打击后，又重新再来，下决心，放弃，下决心，放弃……

考试对我来说，可以说是一难，尽管这学期比以前要下功夫，可是我还是不太相信自己，尤其是在化学上，一见到题目就觉得无聊，就有种发晕的感觉，看都不想看，更不要说去做了。

最后一场试下来，人心大快，实力加上作弊，我觉得这次考试还可以，说不定可以在上学期的基础上前进上十来个名次，至于全级名次，我自己也没底，只是记得上学期有一次班上是29名，全级是第291名，期末班上是40名，全级是472名，级内下降了181个名次，再减去快班的52个人，下降了近130个名次，不论怎样，还是没什么道理可讲。

几乎没有人问我考得怎么样，所以成绩也不会有几个人知道，这其实是一件好事，但是也是一件坏事，一件让人遗憾的事。我的感觉是理科不太好，虽然我在高二分科时有从文的打算，可是理科也不能不管啊，还有会考呢。英语水平也有下降趋势，数学成绩有所提高，最起码可以把有的题啃下来了，暂且不说速度如何，就算是有点慢，但是能做上题那就是进步，地理和生物也要赶紧补救一下，否则会考就有问题了，至于语文嘛，我从来就没怕过谁，在语文上我什么也不怕，物理和其他的几门课还算可以，只要认真一些，估计问题不是很大。

一中放了一周假，这几天正是农耕的时候，我决定和三爹一起去农场看看，给家里帮几天忙，也顺便改造改造自己。

跟奶奶打过招呼，我就来到了六中校门口，等着国庆和海玉出来。

"范娇，你去哪儿？"我突然看见了范娇从一旁走了过去，每次在这儿都能遇上她。

"我过去一下。"范娇连脚都没停就准备走开，也不知道是在生谁的气。

"小娇。"我又叫了一声，这样的声音使我们之间的距离一下子近了许多，"你的物理是60多分。"我不知道该说什么，嘴里反正就吐出了这话来。

范娇停了下来，看来做学生的到头来还是最关心成绩，"你就别哄我了，我这次哪有那么高，不会及格的。"

"62，真的。"我朝前走了走，在范娇面前站住，"是放学后，常老师让我抄全级的物理成绩单的时候，我特意留心看的。"

"哦，洁倩呢？"

"50分。"

"不会吧，她向来学习挺好的呀，还是他们班学习委员呢，你一定是看错了，你呢？可能90多分吧？"

"哪有那么高，70几分。"

……

三爹家的门口停了一辆客货两用的小型汽车，当我走进去的时候，午饭已经做好了。奶奶告诉我，等我们一走，她就要回乡下照顾爷爷。猛然间，我发现自己很想爷爷，但不知道爷爷会不会惦记我？在上次出事以后的第一个双休日，在五爹家一天多，爷爷没有跟我说过一句话，直到在星期天下午回学校时，爷爷跟出门，在6楼上扶着楼栏杆问："再没啥事？"

我低着头，望着地上，羞愧地说："没有。"一下子眼泪就开始往外涌。

"没有就去吧！"爷爷目送着数着楼梯下楼的孙子，直到很久，才听见关门的声音。爷爷有时候虽然很固执，但毕竟走过了60多年的风风雨雨，愁完了儿子，还得为孙子们操心，真不容易啊。他考虑事情自然要比其他的人要周全很多，就算有的观点跟不上现在所谓的"潮流"，也肯定会有他自己的道理。爷爷对我的无言激励着我，没有理由再去做错任何一件事情，听多了别人的好话，倒没有爷爷的无言给我带来的痛苦和动力多。绝对不能让爷爷再对我失望，我是爷爷最寄予希望的孙子，不管老天对我公不公平，我都要努力弥补这一切。

在石油公司的门口，一个年龄和我相仿的男孩正扶着一位老人，有说有笑地从我身边经过，那老人很像是我爷爷，可扶爷爷的孙子却不是我。霎时，眼泪再一次流了出来，面对眼前的情景，我妒忌得简直快要发疯了，可是一个背着爷爷干了那么多坏事的孙子，又能在什么时候才可以得到爷爷的原谅和宽恕，才能和自己的爷爷也像别人一样悠闲地走在街上，还不经意引起别人的羡慕甚至嫉妒。我更加恨自己，为什么明明知道是错的东西却偏偏还要去做，到最后还不是一场风，刮过去，除了弄得自己狼狈不堪外，什么也没得到。我也知道，长辈们之所以不骂我，不说我，是因为我在他们心中是完美的，我在他们心中永远是那个小时候招人喜欢的，聪明的我，永远的强者，一定会成功！

这辆半旧不新的车还算可以，装了一些地膜和化肥后，看起来显得并不费力，就是这驾驶室有点小，五个人坐在里面不一会儿就热得发慌，即使是把窗子打开。在路过菜市场时，三爹给我们家买了一些蔬菜，准备带回去改善改善生活，我本来也这么想。

车子在通往昌盛的路上奔驰着，除司机外的其他人都进入了梦乡，一个把头摇到东，一个把头摇到西，好像是三年困难时期的流浪汉。三爹索性把鞋也脱了，脚搭在车前的小台上，睡得竟还很香甜。忽然，前面的四辆大卡车停在路上不走了，挡住了我们的去路，看来是大卡车出现什么问题了，大概是坏了吧。

我和海玉各自拿了一瓶饮料，下了车。原来是其中一辆大卡车超载，陷在一窝沙里面出不来了，所以导致后面的车也没法通行，真是一个老鼠坏了一锅汤。

我和弟弟回到车上，没进驾驶室，却上了车厢，坐在了化肥上面，车里面太热，不好。

这一望无际的沙滩上，好几十公里也不见人烟，长长的小沙丘上，长着一些不知名的野草和沙生植物，这是一个根本就不会引起人们注意的地方，要是能在这儿好好种上些树，或者植一些草皮什么的，既可以防风固沙，又可以把其他一些地方的人们搬过来居住下来。我虽然只是一个极其普通的中国公民，一个平平凡凡的中学生，普通得不能再普通，平凡得不能再平凡，但是，我看问题和社会的目光不仅仅是停留在同龄人的角度上。我有不同于寻常人的一面，我始终坚信，天生我才必有用。无论将来发生什么事情，在生活中遇到多么大的挫折和困难，我都会勇敢地去面对，我没有什么宏伟的抱负，也没有什么惊天动地的大志，只是用一颗平常心去认真地生活，包括自己，在很多时候都无法辨别自己是怎么样的一个人，如果人心不会变，那么他永远就不会改变，正如一本书上所写的那样："如果你是正确的，那么你的世界也应该是正确的！"

我和海玉在快乐地聊天，像海玉这样的城里娃，可以出来玩的机会也不是很多，他对农村，也就是乡下的好多东西都感到好奇和兴奋。看见什么就问我，这个是什么？那个是什么？这里的所有东西对他来说都是新鲜的，包括这沙丘、这阳光和空气，还有感觉。他是三爹的大儿子，和我的关系最好，可能也是由于两个人只差一岁的缘故。我从来不以哥哥自居,两个人有什么说什么,海阔天空地聊天,毫无任何顾及。

海玉不爱学习,整天在学校吊儿郎当地到处乱逛,他把他干的许多其他人都不知道的坏事告诉给我。比如上周去一个破厂中偷了一些废铁,卖了40多块钱,第二次时被人发现,追上来了,还被报了警,吓死他了,到现在一听到110上的警车响还心惊肉跳。现在事情还没被处理,他爸爸妈妈都不知道,学校已经查到是他们几个干的,不知道这次回学校后要怎么办。令我吃惊的是,海玉前些天打算独自出走,路费都凑好了,就在事发的第二天,110到他们一个同伙的家中去核对情况,那个小子吓得给警察跪下了,除了他家没去以外,其他的几个同伙家都去警察了。不知道究竟是怎么回事,他们几个准备一起出去到外面混几天。路线都定好了,先到武威,坐火车直接到安徽,在那儿有一个他们朋友的同学,说好了要来接他们。看着海玉滔滔不绝的样子,我不禁微微一震:一年和几个月以前,我不也有离家出走的打算吗?唉,什么时候才可以真正地长大啊?去年的那一幕又浮现在我的眼前。

我和父亲闹了点小矛盾后,我便在自己的日记中写到准备离家出走到湖南或者其他什么地方学习武术,然后再另做打算,将来自己打拼出自己的生活来,就如此话句等等。没想到这些话被父亲无意中看见了,他立刻就火了,他把我好好收拾了一番,最后还是在母亲的调节下才把那场风波给平息了。后来,我每想到这些乱七八糟的事情就觉得可笑,感觉幼稚得不是一般。假如那时候要是真的心血来潮离家出走,后来会发生什么事情谁都不会料到。说不定我现在在哪个深山老林中给人家当苦力什么的呢!如今的弟弟,几乎和我那时的想法一模一样,太离谱了,太可笑了,也太危险了。在他们这个年龄,还不能对外面世界和社会上的一些事情做出正确的判断,倒霉的概率占了很大一部分比例。我劝弟弟:"做事要多想想后果,不为别人也要为养活了自己近20年的父母想一下啊。"

海玉喝了一口饮料,然后说道:"我老感觉他们认为我长不大,管得太紧,我从小就那么坏?多亏学习成绩还可以,要不然天天得逃跑。"

"等你再稍微长大一些也许就会明白你父母现在的心情和苦衷了,不管怎么说,他们是为了我们好,你不妨想想啊,过去的所有事情哪件不是为了我们,无论当时怎么使我们没面子,可最终的目的我们当子女的应该最清楚。"

现在的男孩子,尤其是吃着这大沙漠的风沙长大的孩子们,性格就跟沙尘暴一样叛逆,我们永远是最棒的,没有谁可以否定这个事实,当地人其实一直认为这是个真理。

"种子日当午，汗痛难受苦。要知手中钞，请为大地奴。"这是我一周多在农场劳动的体会，直到现在才真正明白，农民真的不好当啊！就拿丢种子来说，一天到晚都得猫着个腰，还不能歇着，一停下来前面戳开的小洞就会干，就会影响出苗率。就连这个简单的动作，要是一天下来，那也成了不简单的动作了，你的胳膊和腰就会疼得让你哭都哭不出来。正如我在练笔中写的那样："人为之方得其乐，人为之方知其苦。没有种过葵花的体验，谁都不会相信，破沙发可以在有些时候比席梦思还舒服。"

经过农场里短暂的劳动，让我懂得学习原来是如此一件令人幸福和快乐的事情，我一定要好好学习，来报答每天面朝黄土背朝天的父母。我已经准备开始预习高二的课程了，来个笨鸟先飞。

刚下晚自习，我便急着跑步到二楼，去高二一个班找一个认识不久的文科生李晓庆，一个开朗漂亮的女孩。白天，我向她借高二第一学期的课本，说定下晚自习后来取。

李晓庆出来了，她只拿了物理和化学两本书，说是别的课本他们暂时还用着，等我用的时候再过来拿吧。两个人在楼道中刚聊了才几句，李晓庆他们班的一个男生故意走近李晓庆的身边，打量着我们，我见李晓庆的脸色不太好看，于是找了借口便回来了。

刚下二楼，我突然想起了什么，重新跑到二楼，在另外一个老乡那儿又找了一套一模一样的课本，然后才回到宿舍，把书都放进箱子里锁好。

我来到学校门口的一个公用电话厅，拨通了范娇家的电话。

"喂，您找谁？"一个女人的声音。

可能是她妈。我心里想。

"噢，是范阿姨吧？我是范娇的一个同学，她今天托我帮她找几本书，我找上了想问一下她什么时候有空，过来拿一下。"撒谎的时候连脸都不红，高手。

"噢，是这样啊，你稍微等一下，我帮你叫。"范阿姨说完就在电话那头喊，"小娇，你的电话。是一个同学，说是找书怎么了……"

"喂，你是谁？"范娇接过电话。

"我，我是雷星，范娇，高二的书你找上了没有？我找了两套，你若是没有找的话，就在我这儿拿一套吧。"

"我——"话筒中范娇好像想说什么话，大概是因为她妈妈在旁边的缘故吧，不好说。"不用了，谢谢，我已经找上了。拜拜！"

我也不想再说什么了，慢慢地挂了电话。"到底是谁的错？"看看表，23点整，望着那又黑又黄的长街，我打了个冷颤。我在问自己，究竟到什么时候才能将自己解脱出来，不知道那一天还要等多久？

在小城的另一个地方，范娇躺在床上，双手枕在头下面，静静地想着刚才的电话和过去的种种快乐，我是一个令她非常为难的朋友，谁也说不清楚那种感觉，朦朦胧胧中带着一些迷茫。两个人是忧愁和快乐相互交换着，谁也不懂……

范娇眨了眨眼睛，睡了。

第二十一章

都进入 4 月份了，北方的天气好像突然间着了魔，一连几天大风凛冽，正忙着种庄稼的农民们都是期盼着借这几天的寒流降点小雨什么的，可是老天爷根本不领会这个情，一点下雨的意思也没有，只是呼呼地吼着。这一年，我们知道了原来这种肆无忌惮的大风就是传说中的"沙尘暴"。

今天是星期一，早晨照例要开晨会，这刺骨的寒风把穿着单薄的我冻得直咬牙，但是我还是使劲跺着脚，努力地用耳膜去寻找王校长在风中的飘忽不定的声波，王校长说得很快，加上风很猛，当然声波传得也很迅速，幸好我是站在下风向，还算可以听上几句。

"……同学们，我们每个人的生命都是来之不易的，你们都快要成为成年人了，考虑事情不能再像一个孩子一样幼稚，不要因为生活中的一点儿小事而有轻生念头。具体的事情大概同学们这几天也听说了，现在风太大，各班带回去，在今天下午的班会上由你们的班主任告诉你们。好，散会！"

"噢"，"哇"……同学们看来也冻得着急了。

散会后的住校生都聚集在各自的宿舍中纷纷议论着晨会上校长说的那几件事。

平时就特爱打听消息的我此时却存着很多疑问，我只是从电视上看了一下 4 月 1 日美国侦察机撞毁我国军用飞机的新闻，知道一点儿，只可惜昨晚我已经为宿舍的其他人作了报道，关于这件事，现在已经没什么讨论的价值了。学校不让我们看电视，一说起什么新闻大家都连编带猜，乱说一气，吵个不停，我端着个饭盒，把那热腾腾的早点往自己嘴里送了一口，问李玉亮："玉亮，你说王校长刚才说的'自杀事件'是怎么回事，怎么没听说过啊？"

"我也不清楚，但是我听说那个写遗书跳楼的女生是我们学校初三的，已经跳楼自杀的那个 19 岁的小伙子是从林业局 6 楼上跳下来的，当场就没气了。"

"不是说那小伙子刚跳下来还没死吗？"我忍不住又问道。

"废话，从那么高的楼上跳下来能不死？当然死了。"一个舍友插话了。

"那么，谁知道那个小伙子为什么要跳楼自杀啊？年纪轻轻的，跟我们差不多啊。"

"谁知道啊，现在的人也真是的，动不动就死，不会是练了那个＊＊功吧？那东西要是练了，真的可以走火入魔啊，电视上天天报道的。"李玉亮说道，还专门把"电视上"三个字压得很重，像是希望得到其他人对他所言的一种肯定。

不一会儿，我们都差不多把早点吃完了，开始三三两两地走回教室准备上自习。

早自习的铃声刚响，常老师就急急忙忙地走了进来，他做了一个手势，同学们便立刻安静了下来。"同学们先停一下，学校临时通知，把今天下午的班会提前到现在进行，我也是刚开完会，早点都还没来得及吃就赶过来了。

"首先，我还想说一下你们的学习情况。在近一年的学习过程中，我相信大家相互之间也应该有个大致的了解了，我就不多说了，我发现我们班的大多数同学现在可以尽己所能，努力地向大学的目标奋斗。但是，仍然存在着一个很明显的误区，就是我们班的尖子生不尖，他们在全年级的排名占不了什么有利的位置。想必大家都很清楚，虽然我们这次考试整体情况还是不错的，名列全年级第一。但是个别尖子生不争气，对你们自己不好，你们要想清楚，究竟该怎么做，那就不用我教你们了吧？！另外，我们班还有一些同学的进步也是非常大的，比如像雷星同学，年级名次由上次的 472 名一下子上升到了 226 名，不简单啊，是全年级进步最快的一个，刚才王校长在给我们老师们开会的时候还专门提到了呢，我们向他表示祝贺，希望他再接再厉，更上一层楼。"

"哗……"同学们鼓起了掌，个个都用羡慕的眼神看着我，把我看得不好意思。

"另外今天开会最重要的事情就是，我们要珍惜自己的生命。上周，初三的一个女生因上课的时候睡觉被老师说了几句，然后又让她站起来听课。没想到这个学生竟然给家里写下了所谓的'遗书'，上面写着'爸爸妈妈，这是我第一次给你们写信，也是最后一次给你们写信，在你们看到这封信的时候，我早已经离开了这个令我伤心的世界……'诸如此类的话。"听常老师这么一说，同学们都给乐了，还有这样傻的女生，干这种可笑的事情。

常老师把手一挥，做了个让大家安静的动作："同学们，或许你们现在听来感到好笑，可是事情就发生在我们的身边。这个学生我也认识，曾经是我的学生，去年也有过一次写遗书的风波，不过是写给他们班主任老师的，说是班主任老师不重视她，也是用同样的语句'这是我最后一次听您的课'等等。"

同学们又笑了起来，常老师接着讲道："还有上周星期六，一个年仅19岁的小伙子跳楼自杀。从6楼上跳下来，直接就摔死了。调查原因后才知道，原来是失恋了，你们说这个小伙子傻不傻？失恋了就非得跳楼吗？那样中国岂不是成了自杀大国了，每天走在街上冷不防从那个位置飞下一个人来，把人不吓死才怪，别认为自己跟电影中超人一样，那是假的。"

常老师走了，但是我的心在经过两次大笑之后慢慢恢复了平静。我觉得，每个人生活在这个世界上都应该有自己的生活方式，可是他们为什么要偏偏选择死呢？不值得，太不值得了。恰好这周我看了电视里面的一个法律节目，上面有一起关于一个高二学生王博重杀死两名同学的案例，使我感到失恋的可怕，具体应该是早恋，那是多么的危险啊！

"叮铃……"下自习了。

我还待在教室中，刚又写了一点自己的感受，在今天的日记中，我很认真地写下了这样几句话："为了父母，为了亲人和朋友，也为了自己，中学生们不可以谈恋爱，不管它有多么的纯真和美好，恋，只能是一种未知的向往；爱，才是终身的寄托，只有将恋和爱结合在一起，才可以称得上是真正的恋爱。"

最近几天，跳楼事件在这座小城几乎成了热门话题，大街小巷哪儿都在议论着，而且就在那个小伙子跳楼后没几天，又有一个20多岁的小伙子为了证明自己对女朋友的忠贞，也跳楼了，不过没摔死，倒是成了植物人。我听到这个消息时感到特惊讶和惋惜。

学校要求我们班在下周星期一之前上交一些广播稿，作为下周学校广播台的稿件。

从后面传上来一张纸，上面写着：

与狼共舞

亲爱的狼啊

你可看见了我的胴体
你难道不知道
我也是个男人
那我又怎么能去和你玩乐？
但
命在旦夕
顾不得
许多
我大喊一声
"给你
我的肉体！"

我笑着转过身，看着唐海峰。班上除了唐海峰，还会有谁写这样乱七八糟的东西。果然，唐海峰正在等着我看他呢。我突然有个想法，干脆把这些文字也收进我的小说里面，应该还是很不错的，我转身问唐海峰："兄弟，把你这篇文章的著作权送给我吧？"

"哈哈，还著作权呢，好，送给你！"

"爽快，以后有什么事情尽管开口，大哥我帮定了！"

"老大，你今天没发烧吧？"

"你才发烧了呢！"

……

学校临时通知，下午的第一节课让各班上自习。

王校长和几位老师走进我们班的教室，王校长清了清嗓子："同学们，请起立！学校要组织一个临时的合唱队。下面由阎老师在你们中间挑选一些队员，请大家站直喽！"

"首先，个子要高，起码要比我这 165 高一些……"阎老师跟同学们在开玩笑。

有的同学忍不住笑了起来。王校长走到我面前，打量了一番，又比了比个头，"长得倒是挺俊的啊，就是个子稍微有点矮了。"然后就继续挑后面的同学。这也正合我心意，我才不想干那些事情呢，这一弄到时候免不了要定服装什么的，还有训练，肯定要占用上课的时间，不划算，不过，参加的话，起码这几周的生活费就可以省下了。

　　范娇和李玉亮都被选上了，他们也不想参加，可是学校有规定，凡是挑选上的同学，都必须无条件服从学校的安排。范娇当场就借故推辞，可王校长偏偏就不肯答应，他从班长手中接过名单说："凡是这名单上的同学，要做到随叫随到，这次活动将来还要录像，上交地区以及省里参加全省的评选，要是被选中，将来还要到兰州去唱，所以不论上正课，还是自习课，没有特殊原因的同学，一个也不得缺席。好了，我就不啰嗦了，大家继续上自习吧。李玉亮，是哪位同学？"

　　李玉亮站了起来。

　　"你们班由你带队，每次这名单上的人要是少一个人，我拿你是问。"王校长说。

　　"知道了。"

　　"好了，教室内保持安静。"他还特意看了看我，毕竟打过交道，作为主管学校行政和纪律的领导，王校长什么时候都不忘抓纪律，我低了低头，不好意思地笑了。

　　整整一份肉菜馍都被我一扫而光，鼓鼓的肚子似乎预示着一场灾难的来临。

　　我刚回到宿舍，一个隔壁宿舍的同学就过来叫我，说是黄会让我过去一下，有点儿事。

　　一个舍友问我："雷子，你们两个人最近再没闹什么矛盾吧？我刚看见黄会好像很凶的样子，你该不会什么地方得罪人家了吧？"

　　"没有啊，最近挺正常的啊！"我不以为然，他黄会能把我怎样。

　　"那他为什么说要整你，假如他跟你动手怎么办，先别去了怎么样？"舍友有点儿替我担心。

　　"动手就让他动吧，反正我肯定不会还手。我不想再惹事了，不是我不敢，而是我不能，上次的事情你们也都看见了，我再出事，我爸爸可能就真的不让我上学了。没事儿，我过去一下，你叫玉亮过会儿来找我。"

　　"好的。"

　　刚进隔壁宿舍，我就感觉气氛有点儿不对劲，因为宿舍的人除了黄会都在床上，黄会一个人坐在最里面的位置，见我进来："你过来！"他指着他自己的正前方。

　　我没动，还是站在刚进门的地方。

　　黄会站了起来，边朝前走边说："这老大就是老大，架子不小嘛！"他走到我的跟前，阴笑着问："知道我叫你来有什么事情吗？"

我也面带微笑："不知道，怎么了？"

"哦，原来你不知道啊，好，我马上就会让你知道！""啪"第一个耳光打在了我的脸上。

我的脸色很难看，黄会这小子今天摆明了要和我干，怎么办，打还是不打？我挺了挺身，没有动。

"啪"又是一个耳光，里面还夹杂着一些不堪入耳的话。

我大概听出了事情的原因。昨天大军来找过黄会，就上次的事要和黄会做个了断，因为他就是因为那件事被学校开除了。我当时并不在场，我也是今天早上才听说的，再说，自从上次那事完了之后，我和大军根本就没联系过。可是现在，黄会却认为大军之所以来找他麻烦，还是我在背后捣鬼，叫大军来整他。

耳光一个又一个地扇在我的脸上，黄会用特别狠的语气说："哼，没说的了吧！雷星，做事不要太卑鄙了，哼，不还手，理亏了是不是？好，我就让你忍着！""啪"又是一个耳光。

凭我们俩之间的距离，我完全可以在黄会毫无戒备的情况下，狠狠地打过去。但是我没有那样做，要是真动手了，在场的同学就会以为大军真是我找来的，而且，我答应过父亲，不再惹事。父亲的话始终在耳边响着："人要是欺负你，千万不要还手，只要是不严重，吃点亏就吃点亏，一还手的话，性质就不同了……"况且，现在的理由都在我，我已经打消了解释的念头，黄会的耳光使我变得更加冷静，我要好好教训一下这个自以为是的家伙。

耳光、拳头、脚，一样样地在我的身上叠加着，黄会为我的不还手变得更加得意忘形。

"你以后给我小心点，别在我面前充大，有本事再去把大军叫来啊，我等着！""啪"。

"赶紧打吧，我还忙着，打完了我就要走了。"我冷冷地说了这样一句话。

"操，你以为我害怕你是不是？""啪"！又是一记耳光和臭语。

在众目睽睽之下，我"丢人"地走出了那道门，回到自己的宿舍，坐在床沿上想着怎么处理这件事。我的脸上、脖子上全都是红印，金豆豆掉了下来。这人啊，太坏了不行，可如今太乖了也不行，我用力踢了一脚宿舍的水桶，真想过去把黄会给毙了。可是，不行啊，为那样一个小子再惹事根本就不值啊，顺手拿起箱子旁边的一个木棒，然后支在那儿。

黄会从窗户外看着我提着个棒，心里就多了一份胆怯，但是他还是装作不在意的样子，不过为了以防万一还是让他的舍友给他也找了根木棒拿在手上。我看着他那个样子，笑了笑，然后又坐了下来。

李玉亮闯进宿舍，一见我这副模样，简直气疯了，还没等我反应过来，就抢过我手中的木棒，跑了出去。到院子中，一脚把隔壁宿舍的门踹开："黄会，你这个杂种，给我出来！"

黄会手里还拿着刚才那根木棒，不肯出来，在里面说："李玉亮，这是我和他之间的事，你最好别插手。"李玉亮是内蒙的，自小吃羊肉比我们多点，身体也比我们其他人壮实，单打独斗是他的强项。

"操你妈，老子就是要插手，你有本事给我出来！"李玉亮准备闯进去，把黄会好好修理一顿。

"玉亮，住手！"我突然出来，从后面拉住李玉亮，摇摇头说："算了。"

"算了，不行，太欺负人了！你行，我不行！我今天非要叫姓黄的小子知道一下。"李玉亮还要往隔壁宿舍里面冲。

"玉亮，你听我话，我知道该怎么做。"我很无奈地说。

其他几个同学也趁机来拉住李玉亮，把他劝回了宿舍。

李玉亮一头闷气："你知道他要打你，你还跑到他们宿舍去，你傻啊，脑子不合适吗？真是的。再说，为什么不还手啊？手让狗吃了吗？说吧，是找人报仇，还是现在就解决？！"

"玉亮，我真的不想再惹事，真的，打已经挨了，你也别再骂我了，我知道这次很窝囊，给你们丢脸了。他认为大军是我找来的，你最清楚，我最近跟大军连面都没见过啊，好了，这事我自己来解决。"我真的不想再惹事生非，让谁抓住我的把柄，到时候这学就真上不成了。

"唉，你呀！"李玉亮气得不再言语，点了一支烟坐了过去。

我到校门上买了点药，回来的路上遇见了大军和几个小混混，真是冤家路窄，怎么每次都会遇见他。

大军看见我，走了过来，一看我这模样："哟，怎么了啊？老大都有人敢动，吃错药了吧？"

"黄会说你昨天找他是我安排的，刚才扇了我一顿。"我没好气地说。

"哦，原来是我的事连累了你啊。不行，兄弟们，走，再教训一下那黄家娃！"大军招呼着，准备去隔壁宿舍。

"算了，我自己会处理，你们忙你们的去吧，不过，我给你说一下，以后别插手这件事，我自己也会整死他。"说完，我转身走了。

我到一个公用电话厅拨了常老师家的电话，可电话中传出的是"嘟嘟嘟"的忙音，好像是停机，拨了两次还是如此，我只好先回学校去了。

我来到了教师家属楼，敲开了常老师家的门。常老师听完我说的话，查看了我的伤，再三问我有没有跟大军那些人来往，我肯定地说没有，李玉亮可以替我作证，常老师赞赏我没有还手，没有把事情闹大，夸我做得好。

从常老师家里出来，我一肚子的委屈都从眼泪里流了出来，人活到这份上，真是窝囊啊。经过学校水房旁边时，我跑过去，把头对在水龙头上一阵猛冲，想把眼泪和难过都冲走。回到宿舍，我怎么也睡不着，眼泪一个劲儿地往下流。

消息还是传得很快，班上几乎所有的人都知道了我中午被黄会打了十几个耳光而没还手的事。同学们议论纷纷，有的说可能是我不对，又欺负了黄会；有的说我没还手说明我根本就没错，是黄会在找茬；有的当然说我没还手是不敢动手，要是我再打架，学校就会开除我……

我走进教室，坐到自己的座位上，范娇告诉我，黄会被老师叫走了，我笑了笑。

第二节课下的时候，常老师把我叫到了办公室，让黄会的一个亲戚看我的伤势，说是这次一定要严肃处理。首先让黄会带我去县医院检查一下，有没有什么伤得严重的地方。

在去县医院的路上，黄会半软半硬地对我说了好多话，我把每一句话都顶了回去。我告诉黄会，这次大军打黄会的事跟我没任何关系，既然黄会想利用这件事在同学们面前找点自尊，那么让他等着，好戏还在后面呢。我还告诉黄会，我打算住院，当然所有的医药费都会由他来出，那十几个耳光不会挨得那么随便。走到电影院跟前时，黄会说要到他姐夫那儿取点钱，我也一同跟了进去。

那是一家茶艺社，里面乱七八糟地扔着几张麻将桌子，几个三十来岁的男人正在打麻将。黄会走过去，对其中的一个男人说了几句话，那个男人朝我看了看，然后便离开麻将桌，走了过来。

这个人就是黄会的姐夫辛某，是个无业人员，还和我是老乡，听说是为了逃避计划生育才搬到这来的，开了间茶艺社，整天聚集一些社会闲散人员在这儿玩闹。他听黄会大致说了一下事情的经过，又装模作样地训了黄会几句。并且对我说，假如没有大碍就不要去医院了，现在这年头，医院是进不得的，一进去没几个钱是一下子出不来的，没病都弄出病来。年轻人嘛，冲动的事情经常会发生，上次我还不是照样也把黄会给打了吗？

谈话间，我听到辛某说要找大军算账，抽大军的筋，取大军的小命等等，还说什么派出所所长和他有什么关系，昨天还来过他这儿，还喝了酒什么什么的。我真是搞不明白这个家伙说这些没用的话想干什么，我才不会理会这些呢。最后的意思我听明白了，辛某说这事就到此为止吧，要不然谁都会有麻烦！以后我有什么事情尽管来找他，他保证帮我解决。我一听就来气了，便告诉辛某，绝对不可能，耳光不可以白挨。说完我就出来了。

从医院里抓了点消肿止痛的药，我就回了宿舍，李玉亮和唐海峰已经等在那儿了，他们围住我询问事情的进展，我一五一十地对他们说了。李玉亮建议我多买一些药，整死那个嚣张的黄会，学生时代，钱对于我们来说是最大的问题。唐海峰的意见更绝，他让我干脆到法院起诉黄会，让他尝尝法院的滋味。我们几个聊了一会儿便散了。

我来到常老师的办公室，把刚才的情况说了一下，常老师对我的想法不表示完全赞同。因为这件事情的根源还是由于上次的事情引起来的，当然了，在这件事上黄会要负全部责任，也不能轻易地饶过他。我也想，退一步海阔天空，何必要把人家弄得那样惨呢？至于其他，走一步看一步吧。

黄会被停课了，需要请家长到学校，我也知道，开除是不可能的，当然我也不希望黄会被开除，我的目的只是给黄会点教训而已。毕竟在一个班，而且我希望通过这件事后可以把我们俩之间的矛盾化解一些。再说黄会这两天的态度好了很多，似乎也有一些他自己的苦衷。之所以打我，也可能是因为大军近来一直找他的麻烦，把他逼急了，头脑发热才那么做的。我现在做事考虑的很多，粗中有细，静中有动，我有自己的想法和主意，这样才是一个男生应该具有的素质。

天色突然之间就变了，雷阵雨很快就来临了。

已经放学了，合唱队的同学们还在排练，望着雨点发呆的我，忽然拿出一个塑料袋冲进雨中，跑到停放自行车的地方，找到那辆熟悉的自行车，将手中的塑料袋套在车座位上面。今天的雨很大，我本来想写张纸条贴在车把上的，当然我也想亲自送范娇回家的，但是，那不可能，范娇不会让我去的。

参加大合唱的人开始从天桥那边往回走，我全身已经淋湿了。我赶紧跑回宿舍，在一个拐弯的地方，遇见了正要来找我的李玉亮。李玉亮告诉我，黄会把大军找来了，可能是来说情的。

宿舍里，大军走过来和我象征性地握了握手，然后两个人便出去蹲在了门前一小块可以避雨的地方。

"兄弟，我今天来，主要是想求你件事，不知道你肯不肯给我给个面子。"大军开门见山。

"说吧！"

"听黄会说你打算住院？"

"是啊，怎么了？难道不合适吗？"

"呵呵，合适，合适。不过，雷子，你们都是学生，也知道当学生不容易，别说住院，就是买点药那也得几周的生活费啊，你说对不？"大军在诱导我。

"话虽然那样说，但是耳光不能白挨，他也知道，今天早上去医院开了30块钱的药，这才是个刚开始，我会让他知道我不是那么好欺负的，还拿他姐夫来吓唬我，我根本就不吃这一套。"我愤愤不平地说。

"雷子，你听我说，给我大军个面子，把这事结了，你医院也别住了，药也别买了。出来混嘛，吃亏的事多着呢，想当年我让人打得就剩一口气了，如今还不照样得过，得饶人处且饶人，这次就忍了吧！黄会刚才说了，只要你答应不再住院和买药，他请你好好吃一顿，给你道歉。"

"大军，不能这么便宜他。"我一口回绝，"我已经下决心要治他，玩啊，有种的跟我玩到底。不过，我蛮佩服他的，前些天还对你恨之入骨，要找他姐夫来修理你，怎么今天就成了你的一只狗一样，我是看不惯他平日里的傲气。你也知道，'树活一张皮，人活一张脸'，我可丢不起那个人啊。至于吃饭，你帮我谢谢他的好意，我心领了，我长这么大，也吃过饭，没那个必要。"

"哎，我说你这人怎么这么死心眼啊？他请我们吃饭，面子也有了，有情有义，为什么要把事情做得那样绝呢？算了吧，就算是给我个面子，放过他吧，像你这样的人，以后就是给他打他都不敢打了啊……"大军还是不死心，想说服我。

"大军，你也别为难我，我也希望我和他可以做朋友，一起生活学习。可是，你不知道他那天打我的时候那个张狂样，我一想起来就呕吐，我倒要看看他究竟能猖狂到什么时候！当面连对不起都不肯说，还想请我吃饭，哼，没门，你也知道，出来混迟早都要还的。"

大军一直在和我说着，最后我还是没答应，这令大军感到很没面子，要是换成别人他早就打一顿走了。其实，我不答应的原因并不是真正想整治黄会，而是如今这事情完全由常老师来处理，如果我这样私自作什么决定，把常老师晾在一边就不好了。再说，答应大军就证明我也不是什么好鸟。我从心里基本上已经原谅黄会了，因为昨天的练笔本发下来后，我看见语文老师在我《风波》那篇文章后面写道："大人应该有大量，得让人处且让人。"我也是这么想的。

第二十二章

一个男生提着个水壶在我前面走着，他上身穿着校服，一摇一摆地走得好不自在。在经过他身边时，我有意无意间发现衣服上面有几点熟悉的墨水点，于是赶到那人跟前瞅，看清楚以后，我高兴地叫道："找到了，找到了！"

那小子闻声回过头，脸色马上就变得很难看，一听我的话竟然呆住了。

"这位同学，请站住！"我厉声喝道。

"干什么？"小子一停下来就很凶的样子，大概也明白我叫他站住的原因，想要横。

"你这衣服是你的吗？"我盯着衣服问道。

"当…当然是了！"呆小子说话有些吞吞吐吐，显然是做贼心虚，底气不足。

"哼，小子，这衣服是我的！"在青春年少的那个时候，对于一般的小混混我还是不看在眼里的。我故意抬高声音，目的是把不远处的李玉亮也吸引过来。

附近几个宿舍的人都探出头来，看着即将要发生的热闹。

"谁说是你的？"呆小子说了一句，便打算往他们宿舍走。

"你给我站住！"我大吼一声，挡在了呆小子的前面，呆小子放下壶准备要动手，我也摆好打架的姿势，遇到这种事情，气势上是不能输给对方的。

"你想干什么，啊？！"李玉亮来得正是时候，三步并作两步走到我的跟前，用手指着那小子吓唬道。

"你最好识相点，把衣服还给我，咱们谁都好说话，要不然就让学校处理，我想那样对你来说可能不好吧？"我对呆小子说，然后又告诉李玉亮，"这是我的衣服，刚才发现穿在他身上，现在的这贼胆子也太大了，住这么近，还敢拿别人衣服，而且还敢直接穿出来。"

"噢，原来你就是偷我兄弟衣服的人啊！"李玉亮故意说道。

"你们说话注意些，谁偷你们衣服了，这是我的！"小子很是不服气，还在狡辩。

"好，既然你说是你的，那么你先脱下来，我们来证明一下。"我说。

"脱就脱，反正衣服是我的。"呆小子不情愿地把衣服脱了下来。其实，这件衣服本来就不是他的，上周星期天他是收衣服时发现自己搭在宿舍门前的衣服不见了，外面挂的那两件都不是他的，看四周没人，就干脆心一狠：别人拿我的，我为什么就不能拿别人的呢？想着，便随便挑了一件放回了宿舍。而他拿走的这一件恰恰就是我的衣服，当时衣服丢了，我因为有事，心情不好，也就对谁都没说，想忍了算了。呆小子穿着这件衣服总是担心被人认出来，可是这已经一周多了，谁也没注意过，没想到最后还是遇见了衣服的真正主人。真是有些丢人现眼啊，小偷，一个多么难听的名词啊！

"好，既然你说是你的，那么你总应该对自己的衣服很熟悉吧？"我问呆小子。

"那当然了，怎么了？"那小子一脸的迷茫。

"好，很好，那我问你，你的衣服上有啥特征没有？"我步步紧逼。

"哪有什么特征啊，跟别人的一样，都是学校发的。"呆小子呆头呆脑的样子，把我和周围的人都逗乐了。

"好，我现在给你说一下你手上衣服的特征，首先，衣服背后有几滴墨水点，这是我的同学不小心撒在上面的；衣服的口袋里面一共有四种布料做成，每个口袋里面有两种，这是我妈妈为了防止我每周的生活费丢掉而专门加上的，这是别人衣服上没有的。还有，左边的腋窝那儿是破的，那是我上体育课的时候扯破的。好了，你先看看，是不是，我说的对不对？如果我说错了，雷星我今天在这给你当众道歉，你想怎么样就怎么样，如果说对了，那就乖乖地把衣服还给我。"我胸有成竹地说。

呆小子脸一红，将信将疑地把衣服翻开，仔细看着我所说的地方。果然跟我说的一样。"这我不管，反正这衣服是我的，我也记不清特征了。"他说完就又要走。

"哼，想走？休想！"我一把拉住呆小子，轻轻一推，把他推回了原位。

"你想干什么？故意找茬是不是？你再推一下试试！"呆小子有些急了。

李玉亮指着呆小子的鼻子说："怎么？想打架啊？你小子放聪明些！"

一时之间，呆小子宿舍的人和我们宿舍的人都围了上来，相互做好了打架的准备。我一看，觉得没什么必要，自己的事情刚结束，不想连累大家了。于是挥挥手："走，哥几个，先让他拿着！不过，同学，我可告诉你，你不要不承认，我相信你会承认的，回头见！"

"衣服不要了？"李玉亮问。

"当然要，不过不是通过打架。"我笑了笑，散了。

回到宿舍，大伙正在商量怎么把这件事处理一下，李玉亮说正好可以上报学校，把他丢的那几百块钱也推在呆小子身上，还有凡是以前丢的所有东西都赖在呆小子身上，整死他。另外，如果呆小子要是私了的话，再加 100 块钱，让全宿舍的人好好改善改善生活。

正说着，呆小子宿舍的一个男生进来找我，说要好好商量一下刚才的事，我和李玉亮便出去了。

此时，呆小子已经承认是他拿错了衣服，不过他的也真的是丢了，现在干脆私了，不要上报学校。李玉亮在旁边说私了也行，100 块钱，要买件新的衣服穿。

"这？这有些不合适吧？ 50 块怎么样？或者给你们俩买两包好烟。"呆小子商量着。

"对不起，我不吸烟！"我淡淡地回答说。

"老实说，自从上学期到现在，我们宿舍一共丢了将近 600 百块钱，东西就别说了。你现在拿了我们的东西，要是让学校知道了你肯定是一个处分或者直接开除，相信吗？"李玉亮现在说话做事越来越麻利了。

"啊，老大，不能把什么事都摆给我吧？我上次也是实在生气，一时没想清楚就随便拿了件衣服，没那么严重吧？"呆小子一听就傻了。

商量了半天还是没商量出个什么结果来，我和李玉亮一口咬定至少赔 100 块，要不然学校政教处见，呆小子显然也不同意，走了。李玉亮对我说，准是请外援去了，小心点！

果然不一会儿，呆小子领了一个社会上的小混混又来找我，没想到的是，这个小痞子以前也是跟大军的，见过我几次，满脸笑容地叫道："哦，原来是雷哥的事啊，我这哥们儿是不对，但是也不至于这样吧？雷哥，给兄弟我点面子，少点儿怎么样？"

呆小子做梦也没想到平时对他呼风唤雨的"老大"原来也是个小马仔啊，真丢人丢到家了，早知道还不如直接和我谈呢。李玉亮给我递了个眼色，我说："那就 80 块吧，再少的话我也对不起兄弟们。"

"好，80就80吧。喂，过一会儿把钱给雷哥，以后有什么事找他，他会给你帮忙的，他和大军哥的关系很铁啊！"小痞子讨好地说着。

后来，李玉亮才告诉我，本来打算是不让步的，但是一听和大军有关的人，还是算了，他不想我再和大军拉上什么关系了。上次我把大军拒绝后，大军已经对我很有意见了，别把事情弄到将来对谁也不好的地步了。

后来，呆小子送来的80块钱被李玉亮他们拿去消费了，这件事情也就到此结束。后来的后来，我为这80块钱一直感到深深的忏悔，都是农家的孩子，80块钱确实不是个小数目，等于我们好几周的生活费。

又是周末，五爹家中。

洗衣机正响个不停，一堆脏衣服被扔在地上准备洗，国庆取出一些刚洗好的衣服，放进烘干机，然后再往里面丢一些衣服继续洗。

"哥，你过来一下！"

"干什么？忙着呢？"

"过来帮我把干衣服搭到阳台上，我的鞋子弄湿了，会把地上弄脏的。"

"哦，好吧，马上就到！"

我接过衣服，笑着说妹妹："辛苦，谢谢了啊，呵呵！"

"怪不得这周让我到这来玩，原来是懒得很，脏衣服洗不完了啊。"妹妹半开玩笑半抱怨道。

"哪里的话。还不是你自己的衣服脏了，这不，你的衣服还不是照样在这洗吗？"

"你就别狡辩了，不跟你说了，反正我又说不过你。你在干什么呢？半天一个人在屋子里，在写作业吗？"

"不是。"

"那你在写什么？噢，我明白了，一定是在给未来的嫂子写情书，对不对？"

"你这小丫头竟然把玩笑开到我头上了，看我不治你！"说着我就要动手。

"呵呵，我错了。别，那你在干什么啊？"

"不能说。小秘密！"我神秘地说道。

"哼，老是神秘兮兮的，反正没在认真学习吧。"

"错，大错特错。我告诉你吧，我在写小说，长篇小说！"我还是告诉了她。

"哈哈，你没发烧吧？就你？"国庆不相信，把手伸到我的额头上摸了摸。

"真的，不信待会儿你把衣服洗完了看啊！"我郑重其事地说道。

"哦，真的吗？我哥哥真的太伟大了，马上就要成为大作家喽！"国庆高兴地跳了起来，仿佛书已经出版了一样。

"哈哈，还没那么悬，不过将来要是可以出版的话，我给你买个复读机，买个好的！"

"好，这才是我的好哥哥，你答应我的事不可以反悔啊！"能拥有一台复读机是妹妹上学时期最大的梦想。

"没问题，等你上初三之前，我一定给你买一个。"我拍拍胸脯。

电话在响，我跑过去接，是爷爷，爷爷让我和国庆到三爹家去吃饭。

"哥，是谁打来的？"国庆已经取出了烘干的衣服，问我。

"是爷爷，待会儿到三爹家去吃饭。"

"爷爷他在三爹家吗？什么时候来的？"一听说爷爷来了城里，国庆很是高兴。

"今天早上，我好长时间没见过爷爷了，挺想的。"

"我也是。不知道三爹从武汉回来了没有？"

"回来了，刚才爷爷说的，昨天晚上 11 点钟到的县城，听说这次去又花了好多钱。"

"是啊，三爹的命也真苦！唉，这人啊说不清楚。"国庆感慨道。

"哟，我们小丫头长大了啊，多愁善感了！"

"呵呵，你才是小娃子呢，人家都十几岁了，还是当小孩子看。"

"好了，走吧，收拾一下，把家里的电啊什么的都检查好，到三爹家去吧！"

国庆刚才说三爹命苦的原因是，今年年初三爹去武汉做生意时被当地一个姓黄的人骗了，骗走了近 30 万的货物，可以说是倾家荡产了。前些天那边的公安局来电话，说人已经抓住了，让他和这面的公安局过去领人。

此时他正在给我爷爷说整个事情的经过呢：

"这次来回就花了 1 万 6 千多，去的时候是由县城到武威，然后坐火车直达武汉，而把人提回来时，没想到一时疏忽上错了车，只好绕了一个大圈才回来，白白花了好多冤枉钱，另外一方面也是为了提防半路上有人截人犯。给那里的警察局交了 8000 多，给那个抓住骗子的人 1000 块的劳务费，本来说是给 5000 块的，可是当时身上再没了，幸亏这队长讲义气，二话没说，还请我们几个去的人到南昌市玩了一次，光那天我估计就花了七八百，等这次赔回来要是可以的话，就再给那张队长汇两千。"

"是啊，应该给人家汇些，毕竟人家帮了你这么一个大忙。"爷爷也赞成三爹的说法，"那骗子是怎么抓到的呢？"

三爹喝了口水，跟刚进门的我兄妹打了招呼继续讲道："这还是个比较偶然的机会，据姓黄的自己说，当时他刚从外面回来，晚上和几个南昌的朋友出去玩。他们开着好几部桑塔拿，可能是照片上见过的缘故。恰巧在里面玩的张队长发现了他，就单枪匹马地突然蹿到黄的身后，一把从肩上抓住，把黄摔在了地上按倒，问道：'你是不是姓黄？'黄可吓傻了，赶紧说'是，是'。张队长又问'那你知道自己干了什么事？'黄就说'晓得，晓得'。黄的一个朋友想冲过去救黄，没想到张队长仅喊了一句'不许动，都给我闪开！我是警察！'就把他们给唬住了，眼睁睁地看着张队长给110打了电话把姓黄的给带走了。

"在看守所里，姓黄的怎么也想不明白，一个不到一米七的张队长当时是怎么把他们那几个人高马大的人吓唬住的？我们把姓黄的从看守所提出来的时候，他光着个脚，说是新衣服新鞋都被人抢去了。虽然在里面只待了6天，却吃了不少苦头，与他关押在一起的人几乎都是重刑犯，还有好多杀人犯、抢劫犯什么的，动不动就打他，还不能告诉警察，否则下次挨的打更多。

"在回来的路上他还一个劲地求我：'老雷，钱我是一定要还的，请你帮忙说个话，不要让你们那边的人打我。'我说我们这边的人不打人。黄立刻把眼睛睁得大大的，'你们西北的汉子那么高大，不打人？这就像武汉那边，嘴上说的不打，暗地里却把我打得求爷爷告奶奶也没人管'。"

"哈哈……"听的人都笑了起来，真是罪有应得，法网恢恢，疏而不漏。三爹的手机响了，是我父亲打来的，应该是父亲听说三爹从武汉回来，打听点情况。三爹让我父亲不要担心，告诉他估计这几天那边就会来提人。

吃饭的时候，我对爷爷说了我要出书的计划，我打算写完后，去到北京找一家出版社出版，到时候来回的消费希望爷爷给"报销"一下。本来我只是开玩笑的，没想到爷爷却说："只要我还活着，你好好写，我都报销！"爷爷还说，退休工资又涨了两百多，这几天五爹正在忙着帮他办户口，说不定以后就成城里人了，为儿女操劳了大半辈子，也该享享清福喽！

在三爹家吃完饭，和爷爷他们聊了一会儿天后我就回了学校。

太阳斜照在那棵树上，温和的阳光射在一直都在那背书的我身上，今天的阳光很美，很耀眼。

"王洁倩！"

"咯咯，你究竟背书了没有？"随着王洁倩的声音，她从侧面走了过来。

我憨笑了一下，羞愧地低下头，正式进入背书状态。王洁倩给了我一个甜甜的微笑，就像从前的一样，我们俩心里有一些共同的东西，那种东西就叫"友谊"。

学生之间的事情永远是那么的简单而又让人说不清楚，尤其是十七八岁的少男少女们，有好多话都是自己想说却又不敢或者根本不愿意或者根本不可以说的心事，好比是一张纸，有一天一不小心被捅破，想补好就不是那么容易了。而是等待突然有一天从什么地方飞来一张空白的纸，迫于某种力量恰好紧紧地贴在有洞的地方，慢慢地，慢慢地便再也不能分离开了。有波折的友谊才更能天长地久，更会使对方拥有和值得去珍惜。

回到教室，我正打算写点东西，恰好范娇进来了，她今天穿得格外漂亮，紫色的衬衣好像是第一次穿吧。最近我们之间有些误会，我们的关系有些疏远，她对我总是爱答不理的。我现在已经想明白了，自己的事还是要自己慢慢去解决的，原因很多是出自我本身，和其他人并没多大关系，必须从里面解脱出来，而且越早越好。

拿过一张报纸，上面的一则消息使我开始想入非非：一位始学电脑的"黑客歪才"被复旦大学特招，提前进入大学校门。我在想：要是有一天，我如果也被某所大学特招的话，我的爸爸妈妈不知道会有多高兴啊！呵呵，不过对于我来说，可能只能是做梦而已！像我现在的成绩，能考上个本科院校也就谢天谢地喽，不过也没事，有失有得，能量守恒嘛！

经过几天的酝酿，我决定周末找范娇谈谈。

晚风习习，我站在一棵柳树的旁边，手中拿着一根刚从树上折下来的树枝，轻轻地在树上抽打着，我在等范娇，刚才已经打过电话，估计很快就会出现在我的面前。我想了很久，终于决定把自己的想法跟范娇说清楚，让我们都回到本该属于我们自己的生活中，至少在高中这个阶段，我希望我们俩可以为了自己的前程好好学习，考一所好大学。

范娇来了，像个美丽的公主。一见到范娇，我觉得有些不好意思了，到嘴的话卡在喉咙中，出不来，我深深地吸了一口气，因为今天必须说出来。

"小娇，我们一起走走吧！"我很少用"小娇"来称呼眼前的这个好朋友，突然间觉得这样一叫好像很别扭似的。

范娇没有说话，只是把脚朝前移动着。

"小娇，我这样叫你，你不会介意吧？好了，我不想多说其他的话，我约你出来只是，只是想说一句对不起。"我鼓起勇气，终于把自己想说的话说了出来。

范娇摆弄着手上的柳叶，还是没有说话，疑惑地看着我，不知道我的嘴唇一动，又会冒出什么异样的话来。

"上次的事，是我不对，我不应该那样对你，其实说句实话，你根本不必为了那件事两周多不和我说话。"

"没有啊，是你不跟人家说嘛！"范娇终于开口了，她打断了我的话。

"好，我知道是我的错。我没有想到今天可以把你约出来，不管是我自作多情，还是老孔雀开屏也罢，我决定以后不再为了那些无谓的事来烦你。我想过了，我们应该都考个好大学，来报答我们的父母，我们还小，不懂的东西太多太多了，我们已经错过了好多机会，浪费了好多时间，我们不应该再失去什么了。"我说完后，突然发现范娇在哭。

"小娇，对不起，我不希望看到你这样。"我不忍心看见自己喜欢的人由于自己的鲁莽而掉眼泪，尽管我也常哭，"真的，是我不对，我的意思是我们应该好好学习！"

"不，雷子，是我不对，我不该那样对你。"

"别这样好不好？到现在我们还不照样是好朋友吗？好多事都是我太那个，才让你不高兴的。别的话我们也不多说了，过去的就让它们过去吧，让它们成为我们高中时代的美好回忆吧！"我说。

范娇还在哭，我难受得很，把手伸过去帮范娇擦掉了眼泪："答应我，将来我们报同样的志愿，上同样的大学，重新再来！噢，时间不早了，你妈妈该着急了，你先回去吧！"

"不，我们再聊一会儿，说不定以后就很少有这样的机会了。"范娇抬起头，又向前走了一步。

"行，不过以后我们还可以常聊天啊什么的，最起码我们还是最好的朋友啊，别再掉眼泪了，一哭就不漂亮喽！"我在开玩笑。

"臭雷子，什么时候都嘻嘻哈哈地耍贫嘴。"范娇被逗乐了。

昏暗的街道上，我们俩走得很近，这条路没有路灯，而范娇却不感到有任何的害怕。微风摇摆着柔枝，树枝在风中翩翩起舞，宽宽的马路上此时已经很少有车辆来往，偶尔见一辆摩托车飞驰而过，只留下远远的声音在空空的巷子里回荡，回荡……

隔天。

楼道中，刚吃过方便面的我在背单词，这些天我把英语抓得很紧，下定决心要好好学习一下。这当然也是为了避免由于单词不会而有人看我的笑话和找我的麻烦，说实话，当几十双眼睛用那种眼神看我时，浑身都不舒服，很没面子。一个饱嗝打上来，却又卡在喉咙中，好难受，方便面的味道还留存在嘴里面。隔壁的楼门虽然被锁上了，但还是有一道缝隙的，我无意中抬起头，只见一个女孩朝我走来，还面带笑容，我心里一咯噔，这女孩怎么这么眼熟，肯定在哪儿见过的，可一时又想不起来。

那个女孩走近后，隔着门用很甜的声音说道："雷子，崔婷婷明天要过生日，她让我把你请一下，一定要来哦！"

"哦，好的，谢谢你啊！"

"不用谢，拜拜！"

"拜拜！"

原来是崔婷婷的同学，以前见过一两次。刚想离开，崔婷婷却突然出现在我眼前："你不要听她胡说，没有的事，这丫头在开玩笑呢。"说着还去追打那个女生。

那个很可爱的女生笑了起来，边跑边喊："真的，我没哄你，是她心里有鬼，不好意思说，呵呵。"

"我跟你急了啊，小丫头，看我不收拾你，等着！"崔婷婷追过去了。

我本来想把事情问个清楚，可是门被锁着，我们在不同的区域，只好摇摇头笑笑，继续开始读我的英语单词。

过了好大一会儿，那个女生又来了，对我说刚才说的的确是真的，说完就又跑了，她神秘地朝我一笑，有点意思。

我顿时觉得有些可笑，还有一点儿为难，可笑的是竟然会有人看得起我，请我参加生日聚会，尤其还是关系一般，基本上没说过几句话的女生，这人啊，真怪！不过我对这种事情也很为难，自从上次出事以后，我发誓不再参与和学习无关的任何课外活动。现在遇上这事，去吧，要是喝酒怎么办？要是不去呢，以后怎么再见那个女生呢？唉，等一会儿李玉亮来了再说吧，商量一下，能避就避开吧。

看看手表，离上晚自习还有 20 分钟，估计常老师暂时还不会来检查。我正好看见了崔婷婷在不远的地方看着我，于是便走过去到了他们班的门口，问了问，才知道果然是真的。我本来想说送个礼物就可以了，明天还有事，不料另外一个女生插嘴道："你就是雷星吧，你明天要是不来，就是看不起我们婷婷！"

　　既然话说到这份上，我还能怎么样？赶紧回应道："哪能呢，我是那种看不起人的吗？"

　　听崔婷婷的口气，她本来是不想过这次生日的，因为再过几天就要会考了，同学们都很忙的，不知道我们忙不忙，要是忙，那就算了。

　　我可听出来了，她还是希望我去的好。商量了半天，还是没决定下来，倒是崔婷婷的那两个同学还挺热心的，满口说一定要过，至于什么地方，等定下来了再通知，看得出，她们几个关系肯定很好。临走的时候，崔婷婷让我给李玉亮带个口信。

　　回到教室，我坐在座位上，想着怎么解决这事。刚才给李玉亮也说了，他并没有表态，表情冷冷的。我感觉李玉亮最近对我老是不理不睬的，可能有什么误会吧，找个机会好好说说。最主要的原因可能是上次李玉亮临时决定过生日，我由于不知道而没参加。那件事完全是由高飞张罗的，事先并没通知任何人，其中还有一些原因我也知道得一清二楚。我隐隐约约觉得高飞上次是故意给我制造麻烦，在挑拨离间我和李玉亮的关系，而具体的原因就是高飞曾找我借过几次钱，都被我拒绝了。然后两个人的关系就渐渐开始疏远了，我也听了一些人的劝解，朋友不是建立在金钱的基础上的，假如是那样，我宁愿没有朋友，谁都有难处，如果朋友之间真的是因为钱的问题而分开的话，那么这种朋友最好是可有可无，不去在乎也罢。

　　我想了半个晚自习还是没想出什么办法来，本来想和范娇商量一下，让她帮我拿个主意，可是又怕范娇吃醋，又惹出什么麻烦来。最后终于决定，人还是要去的，买点礼物就可以了，如果他们要喝酒的话，我就找个借口出来，若是赶上吃的东西，嘿嘿，美美吃上一顿，就当改善伙食了。

　　语文课上，邱老师在讲解了一段课文后让同学们用十分钟的时间背诵下来。可是，十分钟过后竟然没有一个人可以完完整整的背诵下来，邱老师很生气，说了一句："十分钟连这么一点东西都背诵不下来的人基本上是蠢材一个！"我一听就来了气，没背下来就没背下来嘛，作为一个老师，怎么可以随便就骂人呢？一个念头从我脑子中闪过，我从桌洞中抽出练笔本，打开，然后在上面很认真地写了"我是蠢材"四个大字，接着写道：

　　　　老师上课的时候老是只读课文，把我读得几乎45分钟处于休眠状态。正因为，我们没有在十分钟内把课文背下来，没想到她竟然说我们是蠢材，特作次文，以此留念——

蠢材嘛，不就是春在两条虫中挑出来的一个好一点的东西？可既然是蠢材，那么蠢材写的文字当然也就是蠢话喽，做的事情全都是蠢事，吃的饭也可以叫作蠢饭，学习自然也就成了蠢学，既然是蠢学，还不如更蠢一些——干脆不学。

假如有一天，一个被老师称为蠢材的学生一不小心考上个大学，不久后那所学校肯定会成为"蠢材大学"，说不定还会有蠢材教授什么的，蠢材培养出来的蠢材将来走上社会，走进各种蠢材行业，自然就会影响整个社会，就会出现蠢材家庭了。

不过，话说回来，蠢材也是人嘛，尽管他们的做法和思维在有些时候跟所谓的那些"正常人"或者"天才"有点不一样。但毕竟是少数啊，就是真蠢得不能再蠢了，即使到不可理喻的地步，也可以写份申请加入蠢材五保啊？更何况我这样的蠢材还没有去写申请书，说明我还不是太蠢嘛！

那时候的我就是这样，什么时候想写就什么时候写，想写什么就写什么，究竟写的是什么东西，会不会有人去看，那不是我所关注的事情。

隔天我给崔婷婷买好了生日礼物。昨晚自习上，常老师通知今天要去电影院帮助练习了已经两周的"小歌唱家们"录像，而崔婷婷的生日活动定在下午6点整，真不知道会不会冲突。

下午刚上课，很多班级就开始整队出发，走向电影院。

下午3点多的时候，我们班就到了电影院。此时，已经准备就绪的"歌手们"都站在台上向下面张望，有的是想让别人看到自己，而有的却是想看到台下的别人。所有唱歌的女生们都穿着短裙子，这使没怎么见过世面的她们害羞得厉害。

我在昏暗的灯光下寻找着范娇和王洁倩的影子，我想穿上裙子的她们俩肯定更加漂亮。在苦苦寻找了好几分钟后，终于看见范娇了，她在最后的倒数第二排第三的位置。而此时王洁倩也发现了我，因为录像还没正式开始，她便叫了范娇一声，把我的位置告诉了她，范娇看来，正好我也在看着她，四目相对，范娇很害羞地朝我笑了笑，毕竟是第一次穿这么短的裙子，第一次站在这么多人面前唱歌，虽然不是她独唱，但是还是感觉压力很大。她始终保持着微笑，样子美极了。

"唰"的一下，一道白光罩在了舞台上面，每个演员一下子被观众看得越发清楚，我托着个下巴，目不转睛地盯着范娇，红红的小嘴，发亮的脸蛋，一闪一闪的大眼睛，还有让人很难忘记的笑容。

试唱开始了，听周围的人说整个乐队都是请来省城兰州的，水平就不用说了，使这群在沙漠边上长大的孩子们着实开了眼。尤其是那个指挥，是个三十多岁的男人，却留着一头专门用来让别人一见到他就知道他是个艺术家的长发。他不但有条不紊地指挥着整个乐队，而且还有时候抽空回头看看观众——一首歌曲结束的时候，他的手悬在半空中，掌声便如同雷鸣一般，他转过身，略弯一下腰，一个优美的鞠躬动作，然后回转，掌声立刻停止。最令人羡慕的是指挥的燕尾服和长发，一看上去就知道是个指挥家，这两样东西对于一个指挥来说，好像比其他非实力的东西更重要一些，仿佛没有那长发就不是艺术家一样。我突然想起钱钟书在《读〈伊索寓言〉》中写的："披着长头发的，未必就是真的艺术家；反过来，秃顶无发的人当然未必就是学者或思想家，寸草不生的头脑，你想还会产生什么旁的东西？"也许，这里所说的也是这个意思。

王校长在过道里来回踱着，他在检查学生们是否在按照学校的要求来做。有人在小声地叫"雷星"，正在看小说的我回头一看，原来是李玉亮。李玉亮猫着个腰，悄悄跑到我座位的旁边，塞给我十块钱，说他有点事，不能去参加崔婷婷的生日聚会了，让我用这十块钱随便买个礼物带过去。

好不容易熬到录像结束，我在暗自抱怨那个摄影师，还没有学成就早早出道，害人又害己。等到我跑到崔婷婷家门口的时候，生日聚会已经准备开始了。我取掉套在礼物上的纸箱，走进去，只见院子里已经摆好了桌子和椅子，几个女生正围着桌子说说笑笑，她们和我并不认识，只是礼貌地点点头，顶多微笑一下，然后继续她们的话题。我把礼物递给迎上来的崔婷婷，说了声："生日快乐！"

原来崔婷婷是请了我和李玉亮两个男生，现在李玉亮没有来，让我一个人和这些小女生们坐在一起，对于我来说并不是什么好事，我感觉有点尴尬。初次和这些小女生见面，只有头低着听她们嘻嘻哈哈地乱讲一气，她们都只有十五或十六岁，可是却各自说着自己的"恋爱"故事，我觉得可笑，但是又不好意思笑出来。

在那儿待了一个多小时，我除了吃了一些菜之外，只跟两个初三的小女生说了不到三句话，然后就借口出来了。

一个下午就这样又过去了，时间就是这样浪费掉的。

没几天，初三的学生们毕业了，他们都离开了学校，只剩下空空的教室和已经枯萎的老树。挂在老树上的那口钟，也该歇息一下了，几十年如一日地吊在那儿，就像在见证一中的历史。昨天，听到他们在"十、九、八、七、六、五、四、三、二、一"地倒计时，我才隐隐约约觉得，来一中也已经快一年了。去年的这个时候，我也是在和原来的同学们做最后的分别。原来的那所学校，也有这么一口老钟，不过声音好像没有这个的宏远和响亮，那口老钟陪伴我度过了快乐的三年时光，挺怀念的。应该抽空去原来的学校看看，找找当时那种充实的感觉。那时候真好，无忧无虑，一天到晚就知道学习，什么都不用想，什么也不用愁。

我还在写我的长篇小说，不过现在我在学习上花费的精力要更多些，毕竟大学才是我向往的地方，一个充满幻想和神圣的殿堂，一切的一切都是那样美好。此时，我正看着窗外，手中的笔却没有停止下来，有一种莫名其妙的恐惧感，倒不如说是一种向往却又不敢超前的感觉正在锁着我的心。小说的初稿已经有十一万多了，只差一本就可以达到既定目标了，我害怕有一天一个消息会将我的美梦在瞬间破灭，将我所有的付出化为泡影，使我变得一无所有，留给我的只有寂寞和孤独，还有永远流不完的眼泪，想到这些，真有点可怕。真要那样，我也应该考虑一下这个借口是否合适我自己的处境了。

我停下笔，长长出了一口气，然后又用拿着钢笔的右手，摸了摸按在纸上的左手，仿佛在替右手抱不平：左手，你也应该写，就算是写不出十万，但是五万总可以吧？

真是可恶，学校不准中学生穿短裤，所以尽管有丝丝微风，但是我还是将裤子挽得跟短裤一样高，这样才可以舒服一些。也许，有人永远也不会明白，一个在沙窝里长大的小子，为什么会有那么多的忧伤？为什么那样的地多愁善感？老实说，这仅仅是生活中的一部分而已，倘若有可能或者说是机会，我一定会把大漠中的故事更多更完美地展现给人们。到时候你也许就会明白，一个人在一个空间的生活和位置，不是仅仅凭借一本书就能完全让别人了解的。就好像一个写手在抄袭了别人的作品后被突然发现，然后为自己辩解：他和我的作品之所以类同，是因为我们的思维是一致的。如此玩笑，对于一个正常人来说是多么的苍白和可笑啊！

老人们想的事情往往总是会比年轻人周全一些，而年轻人做事总是比老人们大胆和喜欢刺激。一年啦，还记得我的奶奶经常问我母亲："星儿到县城里会不会变坏？"母亲曾经充满自信地说过："不会的，我的儿子是不会变坏的。"然而，众多事实否定了这一点，我由一个听话的孩子变成了最令人担心的人。前些天母亲来县城时，对我语重心长地说："儿啊，自从你那次出事以后，我的心总在上面提着，总放不下来，什么时候都在想你在干什么，都快想出病来了。"语言当然朴素得不能再朴素。然而，它所包含的意思就像一根根针一样地插在我的心上，扎得我好痛，好痛。

看来，那本书是不写不行了，只有找一个可以说得过去的理由才可以弥补一些失去的东西。才能让人看到，我在任何事情上都不愿意服输，我就是要和命运赌，因为我坚信，人定胜天。

早在我上小学的时候，记得是一次奥林匹克竞赛，当时学习很好的我在初赛时竟然被淘汰，伤心之余，就在教室中一个人流着泪把这件事写进了日记本。恰巧被当时的老校长发现了教室中的我，认为这孩子将来肯定有出息，就让负责的老师在正式比赛的时候多要了一个名额，至少可以要一张试卷下来。考试那天，我趴在老校长的办公室，一口气做完了试卷，虽然有一些错误，但是相对来说比那些参加正式比赛的好多人都要好。

刚写的时候倒也挺轻松，可是离完稿期越近，心里却越是有点发毛，心总好像不时地被风吹一下，乱痒痒的。每节课都上不好，作业也只能应付应付，我也知道这对于我来说可以算得上是一个危险的信号。许多事情一下子积上心来，仿佛在一起商量着要共同爆炸。初碰文学，也不知道这种心境是否正常，明天的太阳是否还会和今天的一样耀眼？我不敢说，也不知道该怎么去说。至于将来事情会发展到什么程度，会产生怎样的效应，我也不知道。我不希望自己像有的人那样，突然风风火火起来，可是没过几天却又消失得无影无踪，我和他们不一样，我想得到的仅仅是对自己的一个证明，如此而已。当然也希望自己有一天能够真正地热爱文学，把文学看得比自己的生命还重要。我也想像钱钟书、余秋雨那些大家们一样，让人因我的作品对我有一种敬仰的感觉。不管怎么说，有这种意识就已经很是不错了，至于将来能不能实现，那是后话了，不提也罢！

这几天同学们都在相互散布一些小道消息，说是我们这一级学生在高二刚开学就要分科，与过去直到高二第二学期分科相对提前了整整一个学期。据说，这是为了更好地让学生适应省上将要实行的文理 3+ 综合的高考制度。我初步决定是要跟文科的，其中有一个原因是我不能告诉任何人的，还有另外一个原因就是我喜欢文学，想将来可以在这方面得到更好的学习。自从上高中后，我就一直有偏科的倾向，让我最头疼的就是化学这门课了，从来就没入过门，再后来就渐渐对化学爱理不理了，一点兴趣都没有，将来会考的时候别挡下就万事大吉了。

对于我分科的事情，常老师也曾经问过我想怎么办，常老师劝我还是跟理科比较好，落下的功课是可以补的嘛，再说目前同学们的化学成绩都相对不是很好，将来赶一赶，应该是没多大问题的。还有，从当前的高考形势以及录取形势来看，跟文科要是学不成尖子生的话，可能没多大出息，是很难考上一所好的大学的，理科就不一样了，机会相对来说要大一些，录取院校多，专业广，就业形势也还不错。招收院校中，大概不到三分之一的院校才招收文科生。就一中本身而言，每年文科本科上线率才百分之十左右，而理科却达到了百分之三十多。所以，在一定程度上说还是跟理科比较好一些。去年一中理科第一名考上的是清华大学，而文科第一名却考进了西北师范大学，相比之下的确可以说明一些问题的。

我还在文理之间动摇，但是我跟文科的可能还是要大一些。在我看来，虽然跟文科要比理科累一些，背的记的东西要多一些，可是未必那些东西对于一个人一辈子来说都不会没用的。我不想使自己成为一个书呆子一样的学生，我不想那样，一点儿都不想，我还是想不通，为什么国家和各大高校要对文科生有那么多的限制，难道理科就真的比文科重要？还常听说有人老在喊高考要改革，高考要公平，真不知道他们一天天都干什么来着的。

化学课上，头发花白的老师突然停下来，看着正在"早休"的几位同学，慢吞吞地说道："唉，看着你们啊，我心里是非常的矛盾和难过，因为你们在我的课上睡觉让我感触很深啊！这可以说明这样两个问题，一方面是我讲的课可能不好，大家不想听，所以就睡着了；另一方面，可能是我的课讲得实在太美妙了，如同音乐家的催眠曲，把你们从现实带到了梦乡当中。"同学们哄堂大笑，没有早休的同学赶紧把自己周围的同学叫醒。看着老师，想着他所说过的每一句话，这位责任心极强的老教师对我班的确是费了不少的心，可是同学们却常常辜负他，考试一次不如一次，让他心寒啊！有时候一进这教室门，连上课的心情都没有了，但是他还是相信这群娃娃们，他认为这一切都是暂时的，很快就会被事实改变的，一定会的！

刚下课，李玉亮从外面进来对我说："刚才楼道的那个人好像是你爸爸，朝前边走了，你出去看看吧！"

我跑出去，果然是父亲。

父亲刚从老家办完一位亲戚家的丧事，途中经过县城，所以特地到学校来看看我最近的表现怎么样。自从上次出事以后，他和母亲始终感觉心上压着个什么东西，一直就那样压着，生怕我在学校再给他们惹下个什么乱子来，这不，刚到县城就直接到了一中，连兄弟家都没顾上去。他来的时候，我母亲再三叮嘱要他过来看看儿子，向常老师打听一下我最近的情况，好好安顿一下。

我把父亲领到常老师的办公室后，便重新回到教室，把身子支得直直的，让人一看就知道是在认真听讲，其实不然，我的一部分心思正在想着父亲那边的情况呢。

这边的情况其实很好，常老师将我最近的情况一五一十地告诉给了父亲，并且希望他进一步配合老师配合学校，共同把孩子教育好，照目前的表现下去，要是我再加把劲，将来考个大学是没什么问题的，常教导教导对孩子是没有什么坏处的，我还是个在文学方面很有天赋的学生，希望将来可以在这方面有更大的发展和成绩。经过上一次风波对我的惩罚和打击，谅我也不会再有犯错误的胆子啦！

好鱼可以跳过龙门，野马也会有被驯服了的时候，自我当众被父亲打了一顿之后，就已经下决心：在没有干出点事以前，坚决不去和任何无聊的事发生一丝摩擦，之后也一样。有好几次，唐海峰找我去吃火锅或者喝酒，我都婉言谢绝了。现在还不是做那些事情的时候，拿父母的血汗钱去讲一些看似很酷的排场，那简直是在犯罪。不过，我有一个短暂而又永远的秘密，等书出版后，请父母好好消费一次，想想也不是没有那个可能。

放学后，父亲来到我的宿舍，见面的时候，我正在看地理课本。他很满意地看了看我，然后又安顿了一番就急着赶车去了，晚了的话，今天就回不到家了，明天还要给庄稼浇水，他不回去不行。

下午的第一节课是语文，正好轮到我进行5分钟的课前小演讲。半个学期以来，我也在一直等待着这个机会，我也一直在默默地努力改变自己以前的形象，无奈本性难移，但是和从前相比的话，我还是有很多进步的，可以说是大有所变了。

我健步走上讲台，向同学们微笑着，没想到在我还没有开讲之前，老师和同学们破例地开始为我鼓掌，这几十秒的掌声太让我感动了，我强忍着泪水，站好："尊敬的老师和亲爱的同学们，下午好！首先感谢大家对我的信任和鼓励，谢谢大家！"说完，我朝同学们深深鞠了一躬。

"我为大家演讲的题目是《一个牧羊人的故事》……"讲着讲着，我越发挺直了腰板，声音也随着故事情节越发清晰和洪亮，我偷偷地朝下面一看，心里有些乐了，因为同学们都是那么认真地在听着，很多人吃惊地看着眼前的我，根本不相信平日里油嘴滑舌滑头滑脑的我居然还隐藏着这样的一面，如此的演讲口才，在我们这个年龄是让很多人望尘莫及，意想不到的的。

"……只要我们坚持不懈地努力和付出，我坚信，总有一天我们会成功！记住刚才故事中的一句话，如果你是正确的，那么你的世界也应该是正确的。我的演讲到此结束。谢谢大家！"

"哗……"热烈的掌声使我红着脸走下了讲台，我的确没想过会收到如此这般的效果，甚至有一种受宠若惊的感觉，别说是老师和同学们，就连我自己也不相信这是真的。这些日子以来的种种郁闷，一下子在瞬间消失得无影无踪，这只是我刚刚学习走路的第一步，以后的路会很长，究竟能不能走好，谁也无法预料。但是，总有一天我们会看到，我不是愚人，骆驼高，山羊低，但还是各有所长。我不是骆驼，因为我与老舍笔下的祥子一点儿也不相投，况且我也没有虎妞；我也不是山羊，因为我不会把狼引入河中淹死，而是要剥了狼的皮，做一只披着狼皮的羊，去消灭更多的狼。

人人都不一样，自己的路还是要靠自己去走，可以把别人暂时地当作参照物，但不可以永久地当作，那样你只能永远地走在别人的后面，永远无法超过他们，一个人，不可以过分地拾人牙慧。此外，一个人缺少忍耐是不行的，别人的所作所为只是别人的动机，只要自己对自己所做的一切问心无愧，就没有什么可以担心和害怕的。这也正如那两句话说的："走自己的路，让别人说去吧！""我主宰着我的生命，我是我生命的主人！"

天阴下来了，在低低的燕子的叫声中，人间终于有了初泪，虽然是阵雨，但却下得很急，像是在向人们诉说着什么，一个有着大漠人的豪爽和坚强，充满大漠朝气和稚气的男孩，在雨中站立成一个太阳的形象，眼睛坚定地望着远方。他是在等待，在等待着彩虹的出现，在等待着春天对大漠的洗礼，在等待着一个属于自己的声音和世界……

第二十三章

2002 年的秋天来得有些迟，来得有些孤独，这注定是个离别忧伤的季节。伴随着阵阵秋风加落叶，我开始了我的高二学生生活。我一直认为，高二就是高一生活的翻版，就像是人生当中的一岁和两岁一样，从牙牙学语已经开始蹒跚学步，不过有的人可能用的是学步车，有的人则是扶着墙，我属于后者，摸爬滚打总算是站起来朝前挪开了脚步。

高二第一学期刚开始就进行了分科。毋庸置疑，我毫不犹豫地选择了文科，我终于可以不用再学那令我头疼的化学了，当然，我也为此付出了沉重和昂贵的代价。如果老天给我一次重新来过的机会，我一定会选择理科，即使化学再差我也选择理科。可惜，青春的路不能重走。

分科之后，我到了高二·一班，班主任是个刘姓的政治老师。因为分科，我的成绩排名也稍稍发生了变化，虽然稳中上升，但是英语和数学的成绩还是不太理想，好在学文科的好处就是只要你肯下功夫，死记硬背还是有一定效果的，我就占了死记硬背的便宜。

我觉得文理分科对于学生来说就像是离婚和重婚，学校把我们个别的学生从不同的班级中拆出来，然后再放进一个新的班级中，组成新的家庭，不同的是，重婚时是大人带着孩子，而重组班级时是老师带着我们。

出乎意料的是范娇竟然也选择了文科，还是和我在一个班。按理说她学理科要比学文科前途更加光明。李玉亮和唐海峰都选择了理科，留在了原来的班级，顺便说一下，黄会也选择了理科。

老常专门给我们几个选择文科的学生组织了一次欢送会，也就是班上买了一些瓜子和水果之类的座谈会。在欢送会上，文理科的同学们都相互祝福，说了一些青春的选择永不后悔的豪言壮语，我记得最后一个环节是和我们几个文科生告别，也就是我们几个背起书包，抱着课本走出那个教室的时候，我的心里一阵无法言表的难受，像个即将离家出走的孩子，那么地留恋。李玉亮和唐海峰也依依不舍地看着我，当着那么多同学的面跟我拥抱了很久，我们三个拥抱的时候，我看见很多同学的眼睛都湿润了，还有低声的抽泣声。我无意中看到了黄会的表情，一脸的羡慕和莫名，我松开李玉亮和唐海峰，走向黄会。

黄会显然没有想到我会有这样出其不意的举动，脚微微挪动了一下又停住了。

我径直走到黄会跟前，把手伸向了他："以前有什么不对的地方请多多原谅，希望我们以后可以成为好兄弟，好好学习，不要再混了，再混就得混一辈子。"后来连我自己也没有想通当时为什么要和黄会握手言和，还说出那样莫名其妙的话来。

黄会迟疑了一下，紧紧握住我的手，一把把我拉到他跟前，紧紧地拥抱住了我，两人开始泪流满面。

教室里安静得出奇，老常带头开始鼓掌，接着周围就响起了长那么大我听过的声音最大，持续时间最长的掌声，以前的种种不愉快在瞬间灰飞烟灭，随风而去了。我当时想，古代武侠小说中所说的"一笑泯恩仇"大概也就是类似的场景吧。

再后来，李玉亮、唐海峰、黄会和我成了非常要好的朋友，甚至黄会在我搬走后就更换到了我曾经住过的宿舍，睡着我以前睡过的床，成天和李玉亮他们在一起，那形影不离的关系让我都有点儿心生嫉妒。其实，这也很正常，很多人都只是漫漫人生长路中彼此的过客，无论男女。分科后的我们都忙于学习，很少在一起聚会和玩耍，有时候在校园里遇见也就聊那么一小会儿，然后便各回各的教室。

我的高一生活就此画上了一个句号，就此被遗忘在那个曾经多事的校园中。很多年之后，当我再次踏进那个校园，记忆中最美好和最多的就是我的高一生活。高一可以说是学生时代的转折点，对于我个人来说。

善于交际的我很快在新的班集体中有了新的朋友，常金和郭成，他们俩和我一样，都是从别的班级分到这个新班中的。比较戏剧性的是郭成学习成绩在班上数一数二的，而常金的成绩一般，这个状况跟李玉亮和唐海峰有点儿像，我还是原来的我，夹在中间，左右两边。而我和范娇的关系也一直保持着一定的距离，不远不近，青春期的理智压制了我萌动的心，让我为此不敢轻举妄动，一直持续到了上大学之后。

　　高二一年留给我的记忆很少，少得可怜，只有一些人影零零散散地封存在大脑的某一个地方，触及可见，荒及无踪。

　　高三生活就是学生苦难生活的开始，也是学生向往光明的桥梁，我个人认为是这样的。我的高三生活很单调，除了吃饭睡觉上厕所就是看书学习做试题，除了看书学习做试题就是吃饭睡觉上厕所，仅此而已。

　　高三留给我的记忆更少，因为同学们之间基本上是没有交流的，上课认真听讲，下课集体出来站在教室门外晒太阳，然后再上课，再晒太阳，周而复始，日复一日。

　　我、郭成，还有常金三个依然混在一起，我们三个似乎是高中学生中的另类，对学习只是尽力而为，不勉强自己，想学习的时候就学习，不想学习的时候就躲在宿舍里喝啤酒，就着花生米和猪头肉。一起住的舍友们对我们从开始的无比惊奇到后来的漠不关心，直到后来置之不理，忽略不计我们的存在，只是向我们下达最后的通牒，不能影响他们的学习。我们呢，我行我素，想起来确实有点儿不务正业的感觉。

　　只有零星的几件事情还记得比较清楚，一是我记得我们毕业的那天晚上，我们三个人抬着一大木头箱子啤酒瓶大模大样地走过楼管大爷的窗口时，大爷的眼睛瞪得跟鸡蛋一样圆；第二件事情是常金独自出去跟外面的混混打了一架，被警察弄到了公安局，后来他想退学，被我和郭成拦下来，我骂他，都混了好几年了，还坚持不了这几天？后来，他留下了，不过我们的生活费中啤酒和花生米的开支却加大了，一度常金还向他远在新疆的姐姐借钱来应付那段无法删除的岁月。这样的学习态度必然不会有什么好的结果。

　　我还记得高考结束后的某天清晨，四爹早早打来电话，他托人查询了我的成绩，415分，而本科的录取分数线是456分，所以我不在本科录取之列，要么复读，要么只能上好一点的专科。跟我选择文科时候一样，父亲的决定是直接让我复读，连专科的志愿都不要我去填。那个时候，我真是怕极了父亲，他说往东，我绝对不敢朝西踏出半步。说句老实话，父亲在我上大学之前对我是非常严厉的，举个简单的例子你们就会想到他对我的要求可以用近乎苛刻来形容，比如说，他是不允许我在家里看电视的，我从小学到高中毕业这些年，在家看电视的机会就是每年的春节联欢晚会，就那几个小时是属于我自由支配的时间，其他的任何时间要想看电视的话，拿父亲的话来说，当着他的面看电视，就两个字：休想！有时候我会趁着吃饭的空当偷偷瞄几眼电视，只要父亲一发现，他就会"咣当"一下把手中的饭碗扔在桌子上。就这样一个简单的动作，就足以把我吓得魂飞胆破了，所以我在家里吃饭的时候，只要是遇到电视开着时，我都会背对着电视吃饭，吃完之后转身就出去回到自己的小屋子里看书，一点儿都不夸张。

就这样，我来不及也不敢有丝毫的反对，按照父亲的意愿，光荣地加入了浩浩荡荡的复读大军，成了一名我们乡下人口中常说的补爷。

第二十四章

  复读，顾名思义就是把以前的读书生活再重复一遍。然而这对于我来说就是对我人生的践踏，是一场刻骨铭心的灾难。但是这场灾难似乎又是冥冥之中注定的，如同修行得道必经之路，不得抱怨，体验百味。

  当我抱着厚厚的复习资料走进那个有135人之多的补习班，我一点儿心情都没有，就如同被现实生活又气急败坏地鞭打了一番，无论怎样说，现实中我成了一名名副其实的"补爷"。

  我们的教室在学校的操场，不知道学校这样的安排是为了方便我们在比较广阔的地方尽情撒野还是害怕我们不断增长的年龄和胡须吓坏初来乍到的新学生们。在复读的一年中，无论是从校园穿过，还是排队在食堂打饭，总会听见一些低年级的同学对我们指指点点，说一些"看，那些是补习班的补爷们"之类的话，每逢此时，我们这个群体中的很多人都恨不得扑过去，狂抽那些人几个大嘴巴子，然后让他们把"补爷"直接叫成"爷"。

  常金去了石家庄的一所医学类高职院校，学的是他父亲的老本行——中医，郭成考得也很一般，按照平时的月考摸底成绩，他最起码也应该可以考上某个全国重点大学，而最终却被省内的一家师范院校录取，学的是历史专业，若干年后成了一名光荣的人类灵魂的工程师。李玉亮和唐海峰也被不同的学校录取，听说都不咋样，但是都还是走了，自从高考结束就再也没有了他们俩的消息，就像这多事的青春，弹指一挥间，却逝去好多年。说实在话，我那个时候真是挺羡慕已经上大学的人，一直觉得大学就是一座近在咫尺却远在天涯的城池，遥不可及。好在范娇最终决定复读，没有去省城的农业大学学农林专业，不知道这和我有没有关系。

  补习班的班主任姓马，中等个子，一头板寸，微胖身材，声如惊雷，人称泰生。对于他，我们早有耳闻，在全校老师中是出了名的严格，据说在他从事教学工作近二十年中，没有一个学生敢在他面前推诿扯皮，支吾半语，他对学生的严厉程度，绝对不亚于我的父亲对我，只要是他看见不学习，或者不顺眼的学生，便拳脚相加，把你打得心服口服。而挨打的学生不但不对他加以抱怨，反而会尊重有加，感恩戴德，这就是马老师的过人之处。

他给我们上的是历史课，我一直很敬佩和怀念他讲课时的样子：他往讲台上那么一站，把课本扔在一边，闭着眼睛就开始滔滔不绝，唾沫飞溅，从盘古开天辟地一口气给你梳理到改革开放十一届三中全会，那种自我陶醉的授课方式曾让我们很多人都敬佩不已，赞不绝口。

按照个子高低的顺序排座位，全班135个人，10行14排，我先是被安排到了中间的第二排，就坐在范娇的后面。好像是约定好似的，第一天开始同学们都在背后称马老师为"老马"。第二天我就找老马要求调换座位，编了个理由说是自己有点儿远视，坐得太近看不清黑板上的字，正好第九排有个女生眼睛高度近视，想坐得靠前一些，老马想都没有想就答应了，不过叮嘱了我一句：坐在后面的学生有一部分捣蛋鬼，要我用心学习，洁身自好，不要误入歧途。我点头鞠躬之后就从他的办公室出来，回到教室抱起书包，在众目睽睽之下，穿过窄小的教室过道，坐到了第九排。收拾书本的时候，范娇转过头看了我一眼，眼睛中有种不解，但是我有我自己的想法和主意，因为座位的距离离得远些我才会在上课的时候不分心，认真听讲。

教室后面的世界果然如老马所言，在经历高考失败的过渡期之后，后面一些同学的恶习便渐现端倪，上课说悄悄话的，耳朵里塞着耳机听歌的，看各种小说的，趴在书堆下面睡觉的，甚至还有偷着下象棋的，幸好我的周围伙伴们都还可以，没有以上的行为，算得上是地狱里的一小块净土。

坐在我后面的是大家都叫他"老范"的同学，长相和年龄有点儿不符，在那时候看来，他长着一张比较成熟的脸，看起来要比我们大好几岁，后来我才发现，他那张成熟的脸值得男人拥有，因为在八年之后再次见到他时，他的模样仍然未曾改变。老范的学习成绩很好，本来是已经考上一所本科院校的，但是没有达到他的预期标准，所以选择了复读。顺便说一下，我们班当时135人当中，已经拿到重点大学通知书的同学有1名，人称段郎，人家是奔着北大才去复读的，复读了一年之后，高考成绩位列全省文科榜眼，不过成绩估算失误，只好在志愿填报时选择了录取比较有保证的复旦大学的经济系，顺利录取之后带着欣喜和遗憾走了。拿到本科院校（包括二本和三本）录取通知书的同学至少有20人左右，这些人都是奔着重点大学去的，拿到正规专科和高职录取通知书的同学占了班级人数的三分之二，即 90 人左右，这些人是奔着本科来的，剩下的那二十几个人是真正的落榜生，自然是奔着只要是大学就可以的目标来复读的。

所以，老马说我们班是复读学院，只要好好努力，来年肯定会为自己正名的，成为一名光宗耀祖或者正儿八经的大学生。

后来我对复读之后的成绩根据自己掌握的情况做过大概的统计：第二年考上重点的同学增加为 15 人左右，本科的同学从 20 人变成了 40 人左右，也有个别第一年考上本科的同学不但没有保住本科，还下滑成为专科。有二进宫继续复读的，也有一走了之的。专科人数下降为 60 人左右，最终还是没有被任何大学录取的同学增加至 30 左右，比先前多了那么几个人。

复读生活是枯燥乏味的，是充满压力的，是消灭希望的。

在离高考还有 90 天的时候，迫于某种压力，写日记成了我舒缓压力的唯一方式，每天晚上开完夜车，我总会把一天发生的事情和自己的思想做个简单的记录，我自诩为：复读日记。日记日记，每天都记，从来没有落下过一天。这些日记我一直保存至今，时常拿出来翻阅，时刻提醒复读之失败，后来在回忆起这段时光时，日记带给了我很多当时真实的思绪，成为了我人生记忆中不可复制的财富。

在此挑选了一部分与高中生和复读生共勉，这几篇几乎是当时的原稿，没有任何改动，希望能够对你们有所触动和借鉴，同时也希望看到这本书的老同学们有所回忆。因为，我记录了它，那些哭过笑过疯过傻过的，已经远逝而去的复读岁月。

离高考还有 75 天

教室中三三两两地坐着几个人，噪声很大。有点无聊。

或许，有许多人会这样认为，复读的生活应该是充实的，这固然不错。相对于大多数人而言，复读是充满各种欲望，会产生各种思想，形成各种理念的过渡阶段。

作为一个不成功的复读生，在更多的时候我选择了放弃和逃避。也正是这样，我注定要在以后会比别人付出更多。一个人在没有亲身经历那件事而得出与经历了这件事的人相同的结论，那是有质的区别的，我认为。

并不是我心态不正。当我看到那些万恶的情景泛滥之时，我欲呕吐。

他们跟我一样，但是思维却不同。然而，他们跟我一样无知。不，应该是无聊。偶尔也听见有补爷说"今年考它个四百七八就行了"，那种轻描淡笑，不见是不会吃惊的，尤其是补爷如此说。

眼瞅着一个个飞黄腾达时，还会以为这是个短暂的过程。问题与解决问题往往是同时发生的，只不过解决问题的过程得慢一些而已。有点像MP3了，又有点贵，不值。

实在没词的时候，还不如失眠的好。总比干巴着眼好吧！如果把生活比作苦旅，那么我索性停下来，用自己的心去和路边的野花小草交流，用自己的眼睛去享受阳光，寻找生活的真谛！

当天空如泼墨一般乌黑时，太阳就躲在云的那一端。似乎永远不愿意再出来。当翅膀被折断，双股弯曲时，应该选择勇敢地活着。

坚信一句话："存在的即是合理的。"

离高考还有 74 天

1
头又疼，刚吃了两粒药片。
上晚自习前，因宿舍里鸡毛蒜皮的事跟老范等说了说，最终弄得双方都不高兴。
惭愧啊！
2
因明天要考试，老班刚才又安排了一番，顺便讲了几句。
3
脑子中一片糨糊，毫无思维。
4
专业生三三两两地从兰州回来了，看上去都又白又胖。
5
药刚吃下去，嘴里又含了糖，这是假的"苦尽甘来"。
6
旁边一男生和一女生聊得火热，那高兴的样子仿佛是拿到了北京大学的录取通知书。

7

抬头看看前面的同学，心里还是没啥感觉。

8

中午时去车站，又给母亲买了一瓶药。

9

走路的时候听见有人抱怨："光今天早上就交了 300 多块，这日子怎么过啊。"

10

政治老师突然进来，说是要讲一下《公报》"……鼓励、支持、引导非公有制经济的发展……"

11

想起一句话：把别人的钱想方设法装进自己的口袋的人有两种：一种是商人，一种是骗子。

12

别人要是欺负你，能忍则忍，能躲则躲，若是还不行，一个字，打！

13

有时候不要把自己太当人。

有时候也不要把自己不当人。

14

幽默的人喜欢用搞笑的方式向别人传达自己的意思。

15

人不是一个人活的，人也不是专门伺候别人的。

16

生气并不代表仇恨。

17

干自己喜欢干的事并不见得是错事。

18

老大也不会长命百岁，死神肯定不会放过他。

19

地球人都知道的东西未必宇宙人也知道。

20

不要觉得自己是蛋白质就如同白痴。

21

伪证即是废话，它是自己不尊重自己的人格。

22

铃声响起，意味着可以休息或者更加紧张。

23

不能理解的现象最好别去理睬。

24

灵感只是一瞬间的传播，就像见到飞碟一样。

25

结果并不是令谁都能满意。

26

在照镜子之前，你并不认识你自己，所以要多照镜子。

27

经典或精典均来自于生活，不幸中总是存在着万幸的概率。关键是看怎么去把握。

28

逃避不可能彻底地解决必须去面对的事情。

29

写字写"高"的时候，可能是在发高烧，也可能什么文字都能制造出来。

30

提倡是一种行为，它不是让所有人都可以做到。

31

短暂的爱情也很浪漫，醉过方知酒浓。

32

无聊的时候不妨干一些无聊的事情，比如：写一些无聊的文字。

33

思维之河一旦决口，气势汹汹，万里磅礴。

34

有意义，有目的的浪费是珍惜。

35

翻书未必是为了学知识。

36

健康的人宁愿有病而不想有痛苦，孰不知道有病的人才是真正的痛苦。

37

当看见一个人就产生恶心之感时，那人根本就不能融入你的世界。

38

骗子有时候比推销员强得多。

39

心情不会选择日子，只有日子造就心情。

40

风筝断线后依然是风筝，只不过暂时会从天上掉下来而已。

41

时间是无形的，手表是人造的。手表上面的时间不一定是准确的，实实在在地才是真正的享受。

43

橡皮可以擦去错误，但是却不见得可以改正错误。

44

自己未被别人认可，千万别怪自己。每个人都有闪光的一面，只不过是时间未到而已。

45

居安思危，是一种精神的极致。

46

对的不一定永远是对的，错的未必永远都是错的。

47

上网不光是指聊天。概念的模糊造成认识的欠缺。

48

别把一切都想得太抽象，实践出真知。

49

一句话自然有一句话的价值，在没有看明白之前，千万不要对别人的文字指指点点。

50

本事是练出来的。

51

会游泳的人也可能死在海里，换言之，淹死的往往都是会水的，这是个真理。

52

为穷人领奖的特蕾莎修女很令人感动，因为她既不说，也不讲，只是做。

53

事过境迁，当曾经的梦变为现实时，才发现二者原来只是一步之遥。

54

对于荣誉毫无准备的人获奖才是上帝的儿女。

55

精神与物质存在于同一坐标系中，并且常常调换位置，偶尔也会相等。

56

学历不如阅历有用时，最好陪女人逛商场。

57

伏尔泰说：工作使人免除了三大流弊——生活乏味、胡作非为、一贫如洗。

58

记性和健忘是相对而存在的。

59

能画好丑丑画的人很少，但是会画的人很多。

60

为什么我总是认为老孔雀开屏并不是自作多情。

61

怀疑主义者就是对人和事物都有持怀疑的态度。

62

我对巴黎很是向往，自然打算将来可以学好法语。

63

心理承受能体现的不仅仅是人的素质，而是人的超越。

64

如果能将 GRE 的词汇书背 50 多遍，GRE 题目做十几遍的人，很可能会考满分。

65

揉面需要时间。

66

脸型与天赋无关。

67

假如有天使存在的话，我相信天使也会流泪。而且是为了魔鬼而流泪。

68

新概念不等于古怪。

69

我不明白超感觉是什么感觉。

70

聪明只是一具躯体，而不是灵魂。

71

认为世界上有鬼的人，大多数是自己在吓自己。

72

别太相信哈姆雷特。

离高考还有 73 天

1

第一次诊断考试正式开考，上午考的是语文和数学。
自我感觉良好。

2

晚上去教室和几个同学闲侃了近两个小时。

3

开始有些麻木，真的！英语答得一塌糊涂，估计不到总分一半，很是纳闷：为什么总让像我这样的笨蛋学英语。

说老实话，复读这一年，我没少在英语上花时间和力气。但是成绩就是不行，没办法啊，或许是方法不对头。

离高考还有 37 天

1

今天是五一节，我从心底里向天下所以的人祝福，尤其是我向我父母一样的农民祝福。

2

妹妹来了。

早晨睡到了 7 点，脸都没有洗就回到了教室读书，因觉得有点困，遂拿了凳子，坐在教室门口。也没多长时间，站在不远处的一舍友向我喊："雷星，你来！"

真的是预感，我知道一定是妹妹，果然，妹妹那娇小的身影从转弯处走了过来，亲热地叫了一声"哥"。她穿了一件新裤子，很漂亮。只是觉得妹妹个子有点矮。不过没有关系，娇小玲珑更讨人喜欢嘛。

然后，我们一起去了三爹家。一路上，妹妹给我讲着他们学校最近发生的趣事。我越发觉得妹妹可爱，她还告诉我她给我买了件流行坎肩。

一起吃完了三婶给我们特意做的鸡蛋韭菜油角，妹妹又和我闹了好一阵子。恰好，四爹一家人也来到了三爹家。

四爹询问了我最近的学习情况，我如实回答。四爹还特别叮嘱我要吃得营养些，边说边硬塞给了我一百元钱。

3

下午时，在三爹家吃的是黄焖羊肉，解了解馋。不过，遗憾的是爸妈不在。

4

气温骤降，多亏妹妹买的坎肩，要不然从三爹家走到学校，很可能会感冒。

5

我又换了一个日记本，具体说是上一个又写完了。说实话我真的当时没打算也没想到会写这么多。

6

教室又有音乐了。我准备再看看书，然后早点回去睡觉。

7

再次祝天下所有劳动的人幸福，健康。

离高考还有 22 天

1

今天又考了剩下的数学和文综，不过，与以往不同的是今天晚自习不上。

老马刚过来通知我们补班也要参加明早的毕业典礼。另外，又要收信息费、试卷费，共计 15 元，他还顺便强调了最近休息、饮食等方面的问题。

不管怎么说，我们一年来付出了很多，区区 20 天，为什么不继续下去了？ 20 天就要有 20 天的收获，20 天也是时间。

2

答完文综试卷，我在卷头写了一句话："民勤一中，你的试我就考到这了！"

3

强哥躺在床上开玩笑说："活着可真没意思，不想活了。"

我也开玩笑："强哥，别这样，要幸福地活着，生命是宝贵的，生命是不易的，我们要珍惜生命，无论遭到什么打击，那只是暂时的，这美好的世界上还有许多美丽的东西等待我们。强哥，你可不要自尽呀！你死了我们哥几个怎么活呀……

强哥压力真的很大，头也照样痛，"**补脑液"喝了一盒又一盒，但不起作用。

我只能同情这个集体。

以上就是我的部分复读日记，不知道此时的你们看完之后有何感想。但是对我而言，那就是一场梦，一场有关青春的梦。

第二年高考结束，我觉得总体应该还是不错，估计考个二本应该不成问题。我和父亲沿着县城的小道，相互交谈着去了五爹家。五爹家里没有人，我们只好又去了三爹家。那天傍晚，在那个不见夕阳的傍晚，我把我所有的高中课本和复习资料都装进了一个大麻袋，使出所有的力气扛到隔壁的废物垃圾收购站，扔给了那个衣衫褴褛的老板，全卖了，换来了二十一块五毛钱。我对父亲说，不管今年考得咋样，我决定坚决不会再复读了，就算是当一辈子农民我也不会再踏进高中半步，高中的课一天都不会再上了。父亲说了句，你这娃子，唉。

这一声不经意的"唉"印证了父亲的担忧，经过漫长而短暂的几天的等待，高考成绩出来了，又跟去年一样，还是四爹帮忙查询的成绩，这次我的成绩是 499 分，本科录取线 508 分，我以 9 分之差而再次和梦中的本科大学失之交臂。

正在田地里浇水的父亲接完电话，就直接躺在了门前的一张床上，开始一根接一根地吸烟，不说一句话。而我就坐在离他不远的沙发上一动不动，暗自流泪。烟雾占据了屋子里的大部分空间，呛得我有点儿坐不下去，我借故去外面方便，在转过房子朝南的墙时，我看见了倚墙而泣的母亲，不难看出，母亲其实在墙后面已经悄悄哭泣了很长时间，巨大的负罪感一下子把我压得无法呼吸，眼泪再次夺眶而出，我"扑通"一下子跪在了母亲的面前，把头深深地埋在地上。

母亲哭着扶起我，用那温暖而又粗糙的手替我擦去脸上的眼泪，慈祥地对我说："我的娃别哭，一个大小伙子家应该学得坚强一些，怂汉子的眼泪多，妈妈希望你能够做一个顶天立地的男人，不管你上什么样子的大学。"

现在想起来，我这个当了大半辈子农民的母亲在当时的情境下对我说出那番话，是一个母亲寄予儿子的最高和最无奈的期望。

我哭着也替母亲擦去泪水，看着她那红肿的眼睛说："妈妈，我对不起你们。"

然后我们母子俩就抱头痛哭，哭了好长好长时间……后来，母亲去做饭，而我再次坐回了先前的位置，不知所措地看着还在那里纹丝不动的父亲，我那时多么希望他能够一下子扑到我的面前，像上次一样狠狠地扇我一顿耳光，或许那样我才会好受一点儿。可是，他没有，只是躺着吸烟，一根接着一根，一盒接着一盒，我不敢上前劝阻父亲吸烟，因为我知道他的脾气和性格，那时候的我无法阻止和决定父亲想干的任何事情。

中午时候，母亲小心翼翼地试探着问父亲："老雷，饭做好了，吃点？"

"不吃！"父亲冷冷地回应道。

"不管怎样，饭总得吃啊，老雷……"母亲又说。

"滚！"父亲咆哮着，同时又被烟雾呛得咳嗽了一声，母亲便不敢多言，看了看我，示意我去吃饭，我摇了摇头，表示也不吃，母亲便长叹了一口气，向厨房走去，边走边抹着眼泪。

直到夜幕降临，一整天没有吃饭没有喝水只吸烟的父亲突然冷冷地丢给我一句话："复读还是上专科？"

我思索了一下，平生第一次大胆地说出了自己的想法："爸，我不想再复读了。"

父亲便不再说话，大约又过了半个小时左右，又冷冷地丢过来一句："你真是太丢我的人了，让我失望透顶了。"说完便起身下床，拿起立在门前的铁锨，走向了田地里。

满地的烟头在后来很长一段时间内在我的脑海中挥之不去，一闭眼就是那个情景，后来我一直在想，父亲在床上到底想了什么，是什么让他最终做出了一个无比艰难的决定。

后来的几天，我还是不敢和父亲说话，更不敢和他待在一个房间。母亲不时地也鼓励我再去复读，说我来年肯定能考个理想的大学，其实我知道那是父亲让母亲来说服我的，我自始至终没有答应他们。因为我知道，我已经对高中学习生活产生了厌恶，让我再在那种天昏地暗的死水中度过一年，结果肯定是大失所望，适得其反。几次象征性的"对抗"之后，我取得了彻底的"胜利"，父亲在失望中允许我上专科，不过专业得由他来定，无论上哪个专科，专业必须是金融、会计、经济等和银行有关的专业，否则就继续复读。而我的初衷是想学汉语言文学，也就是中文，面对这样的条件，我最终选择了妥协，尊重父亲的意愿，我不想再让他伤心，在填报志愿时按照父亲和我的约定乖乖填写了兰州的一所专科院校，专业是金融与投资，结果被成功录取。

时隔好多年之后，在我和父亲的闲谈中说起这一段往事，我问父亲他当时到底在想什么，父亲告诉我说，他当时确实想了很多，首先想到的就是不服气，觉得凭我从小到大的聪明劲儿，也就是我们现在所说的智商，就算是考不上名牌重点大学，考个一般的本科院校还是可以的，他判断得到的答案是我在学习上下的功夫还不够，所以说他当时的决定就是，利用他一直以来对我的威慑力，强迫我再继续复读，他相信只要我再下点功夫，一定会考个比较满意的大学，一定会成功。他还说，他知道我是铁了心不想再复读，但是那样的话我将来的路应该怎样走？以后的日子要怎样过？我又问他，又是什么改变了他的初衷呢？父亲回答我说是现实，他那时候也观察了我好多天，觉得我的压力也应该不小，同时也有些担心，万一成了那种学生中的油头子、书呆子，平时学习考试成绩都不错，一上考场就胆小如鼠，迫于某种压力怯场就前功尽弃了。所以他当时就决定尊重我的决定，先上专科，再通过专升本考试取得本科文凭，条条大道通罗马，也不见得上个专科出来就一定会比本科出来混得差。好在我还算给他争了一口气，通过了专升本考试，最终拿到了本科文凭和学士学位，也算是了却了他和母亲的一个夙愿。

不得不说，我有一个伟大又无私的父亲，能有这样的父亲，让我在人生道路上少走了很多弯路，这也是我人生当中最宝贵的一大笔财富，是花多少钱都买不来的。

第二十五章

好了，不说了，我的大学故事开始了，这个故事跟您前面听过的不一样。喝一口酒，提提精神，待我娓娓道来。

有人说，大学是一个人梦想开始的地方；也有人说，大学是一个人梦想终结的地方；还有人说，上大学让我后悔了四年；更有人说，没有上大学让我后悔了一辈子。而我觉得，一个时代造就了这个时代的大学，或者说，很多大学都不可阻挡地顺应了这个时代。我想把故事讲得简单些，真实些，让人值得回忆些。

梦想很厚，现实很薄。从小到大，我们每个人都曾拥有无数个梦想，现实越来越薄，如历史般一旦翻篇就不会重来，梦想越积越厚，可是现实是有些梦想可以成真，更多的梦想却灰飞烟灭。但是我觉得贵在坚持，坚持就有实现梦想的希望。面对薄薄的现实，将厚厚的梦想，慢慢地一个一个变成现实。然后，每天每月每年都有新的梦想，因为那样你就会奋斗不止，每天都是新的起点，孕育新的希望。这就是我的生活观。

此时此刻，在西北某某政法大学体育馆内，一场"西北某某政法大学第九届散打比赛"正在如火如荼地进行着。观众台上座无虚席，人们在紧张和刺激的氛围中，目不转睛地盯着体育馆中间一个临时搭建的比武擂台，上面的两位选手正在进行激烈的搏击。现场观众的呐喊声、尖叫声连绵不断，可谓是热闹非凡。可是，在场的很多人都不知道，这场表面上看上去非常正常的校园活动，其背后却隐藏着不可告人的秘密。而这个秘密还得从半个月前的一天说起。

半个月前，一辆无牌照黑色越野车缓缓进入了西北某某政法大学的校园，沿着绿荫大道绕了两圈之后，缓缓转向，不紧不慢地驶向学校办公大楼，最后停在办公大楼门前。从车上下来了两个男人，一个较为年轻，戴着墨镜，西装革履，魁梧的身板儿挺得笔直，一看就知道是个练家子。从副驾驶上下来的男人较为年长，也戴着墨镜，穿着一套黑色休闲装，他身体看上去很硬朗，给人一种威严的感觉，气度不凡。两人环视了一周之后，径直快速走进了办公楼，直达校长办公室。

很显然，这是事先约好的。校长俞兆权早已亲自在办公室门口等待着迎接这二位贵客的到来，之所以没有去校门口或楼门口迎接，是因为怕引起别人的注意，在办公室门口等待，也是尊敬年长者的意思。

"老首长好，欢迎来我校视察指导工作。好久不见，身体可好？"俞校长老远就伸出双手，走上前去。

"兆权好啊，还是老样子，我们都没有怎么变化啊，工作还顺心吧？"年长者也伸出双手，赶上前紧握住俞校长。两人看上去很亲切，关系自然不是一般。

两人寒暄了几句，然后走进了校长办公室，年轻的墨镜男人并没有跟进去，而是关上了门，然后摘了墨镜，在校长办公室门口的走廊里来回慢慢踱着碎步，眼睛里冷冷的光芒直扫过周围的每一个角落。

"老首长，今天怎么有空来我这里消闲啊？莫非又有什么新游戏要开发？"俞校长是军人出身，其敏锐性不同常人，开门见山地问道。

"不愧是我带出来的兵。我这次是无事不登三宝殿，我是向你来借人的。"年长者摘下墨镜，在沙发上坐定，神情严峻地说道。

"请首长放心，我保证全力配合您的工作！有什么需要尽管提出来，我尽最大努力办到。"俞校长还是改不了在部队上的习惯，笔直地站在年长者前面。

其实，年长者是省公安厅的政委方尔民，和俞校长是生死之交的战友。当时在部队，他们都是特战大队的一分子，共同经历了无数次风雨战斗，两个人结下了深厚的感情。后来两个人转业到地方，方尔民分到了省公安厅，而俞兆权分到了政法大学。再后来，一个成了省公安厅的政委，一个成了政法大学的校长。

"兆权啊，我们是老战友了，我也就直截了当地说吧，这次来是给你下达一个特殊任务的。"方政委把手里的墨镜放在面前的茶几上，严肃地接着说道，"据可靠消息，最近要有一批毒品流入我市，数量巨大，涉及面广，性质极其恶劣，估计跟黑社会组织有关，但是目前我们掌握的情况还不是十分全面，而对方已经对我们公安机关内部也做了一些功课，可以说是了如指掌，所以经过省厅研究决定，从你们政法大学中挑选一名政治觉悟好，思想水平高，身体素质强，综合能力等各方面比较全面的学生来加入此次行动，帮助公安机关完成此次任务。虽然说这有一定的风险，但是这却不失为一种最有效的手段！因为学生身份特殊，不容易引起对方的怀疑。"

"您说让这个学生去卧底？"俞兆权听明白了。

"对，初步考虑就是这种办法。由这个人去接触黑社会，打入黑帮内部，抓住机会获取准确情报，然后由省厅统一部署，争取早日破获此案。"方政委看着俞校长说。

"可是，我担心学生的实战能力……"俞校长有点担忧。

"你放心，我们会尽全力保护这位同志的安全，再说，让这样的尖子早点接触这些，也未尝不是一件好事。就当是他的入职实习吧！"方政委话中有话。

"要真是能够成为一名警察，那确实是两全其美的大好事。我会尽快安排，我估计您已经有详细的实施方案了吧。"俞校长高兴地说。

"当然有，这是必需的。好，俞兆权同志，下面我代表省公安厅向你和你的学生正式发出邀请，欢迎加入'黑猫'行动！"方政委站起来，握住了俞校长的手。

"请首长放心，我们保证完成任务！"俞校长给方政委敬了一个军礼！

方政委走后，俞校长立即研究方案，制定出具体的可行性方案，周密部署此次散打比赛。同时亲自到比赛现场，对于参加此次比赛的每个报名的选手暗中进行观察，亲自参与卧底人选的选拔。

经过轮番较量，按照淘汰晋级的比赛规则，公安分院的我和另一名叫金浩的男生从几十名参赛者中脱颖而出，进入决赛，此时，二人在擂台上正在进行最后的较量。我们都使出看家本领，每一招看上去都扣人心弦，尤其是浩子，看上去好像没有了多大耐心，开始步步逼近，出招狠毒，想以最快的速度置对方于死地。而我却稳扎稳打，见招拆招，每次都有惊无险。这让现场的观众手心里都为我捏了一大把汗。俞兆权坐在主席台上，脸上闪过一丝常人不易觉察的微笑，通过综合对比，这个特殊身份的理想人选在他的心里已经确定了。他看得出，此时我表面上虽然略显弱势，但是那是一种格斗技巧，也是一种策略，我是在消耗对方的体力，等待最佳击倒对方的机会。

果然，两个回合之后，金浩一击勾拳砸向我的头部，我沉着冷静，轻轻一闪便躲了过去，然后一击反勾拳，重重打在金浩的头部，接着上前一脚，一招制敌，将原本占上风的金浩踹趴在地上。

金浩想挣扎着起来继续比赛，却觉得力不从心，心里还想：这教练也没有在课堂上教过这么厉害的一招啊，雷子这小子是从哪里学来？

"十、九、八……四、三、二、一，时间到！现在我宣布，根据比赛规则，蓝方雷星获得本次散打大赛的冠军！"裁判高高举起我的手，向全场示意。

观众席上，一个女生一下子高兴地跳了起来，朝我尖叫着跑来。跑到跟前，将手里的水递给我："来，我的大冠军，喝一口小女子专门为你准备的冠军之水吧，咯咯……"然后她又拿毛巾给我擦去身上和头部的汗水。不用说大家都应该猜得出，这是我的女朋友萧婷婷，是学信息技术的，我们在一起已经有两年多的时间了，感情稳定，每天都跟热恋似的。

提起女朋友，我不得不说我曾经深爱的女生范娇。复读结束后，范娇考到了兰州的某所师范类大学。刚开始我们还有联系，我常去她的学校看她，可是她却一直装傻，不肯答应做我的女朋友。后来，她最好的朋友告诉我，范娇现在压根儿就不喜欢我，而且已经有了男朋友，还在学校附近的农家里租了房子，过起了小日子。傻子一样的我终于被现实打击得无处可逃，我原本以为美好的爱情就这样被冷血无情的现实所终止。我只记得我在黄河边上一个人喝了好多酒，在冰冷的河滩上醉了整整一个晚上。那天早上被冷风吹醒，听着滔滔黄河水，看着还未远去的星星，祭奠过这已经离我远去的初恋。我决定振作，做一个真正的男人，拿得起，放得下，莫愁前路无红颜，天涯何处无芳草？再后来，我就遇见了萧婷婷。暂且不提。

金浩被两个男生扶着，从我身边走过，他冷冷地看了我一眼，然后说道："雷子，我不服你，总有一天我要打败你！"

"好，我等你！随时奉陪！"我不卑不亢地回敬道。

金浩又看了萧婷婷一眼，头也不回地走了。

比赛结束后，俞兆权校长及时地将散打比赛结果反馈给了"黑猫"计划行动小组，再经过缜密的综合分析研究决定，就由本次散打比赛的冠军我去执行这个卧底计划。而此时，马上步入大四生活的我并不知道，我的人生将因为这次貌似正常的散打比赛而发生翻天覆地的变化。

几天后，我被请到了校长室。俞校长在庄严的党旗面前，严肃郑重地邀请我加入"黑猫"计划。

对于我来说，这确实来得有点突然。以前在警匪片中看到的故事居然要发生在我身上，更离谱的是，我居然就是那个将要卧底的主角，怪不得人们常说人生就是一场戏。几乎没有任何的犹豫，我接下了这个充满危险的任务，这将是对我自己至今为止一个重大的挑战和考验，也是我人生漫长路途中一次重要的经历。在满口答应俞校长之后，刚刚有点儿欣喜若狂的我立马就开始愁眉苦脸。目前，最大的难题就是女朋友萧婷婷了，这该怎么办？因为俞校长告诉我，考虑到这次行动的特殊性，我的父母将被列入重点保护对象，计划开始实施后，就会有便衣警察时刻伴随在我的父母身边，保证做到万无一失。我提出萧婷婷也要被重点保护时，不但被组织上拒绝了，而且还被组织上要求要和萧婷婷暂时终止恋爱关系，直至任务完成。这可把我难住了，可是开弓没有回头箭，问题总是会出现，有问题就有解决的方法。

我觉得上大学更像是坐公交车，你在公交车站等啊等啊，自己等的那路车一直不肯来，终于等到了一辆乘客早已挤满的车，不上车吧不知道下一趟什么时候来，硬挤上去又有点不心甘，到最后还是无可奈何地上去了，车刚发动却又发现后面一下子来了好几辆，而且发现后面那几辆有很多你可以坐上的座位。于是后悔，为什么不再等等？可是，你有没有想过，前面这辆满载的车最终还是把你载到了终点，而你去看看后面空的那几辆却还停留在原地，你问为什么会这样？那么我来告诉你，理由很简单，车坏了。

这个故事很精彩，要知后事请继续看下文。

我的思绪不禁回到了三年前。

那是三年前大学新生开学的时候，在中国西北某某政法大学的校园内，人来人往，来自全国五湖四海的新生熙熙攘攘地穿梭在整个校园。

一个男生从专门接送新生报到的大巴上下来，看着眼前"某某政法大学"的金色大字，一种从未有过的敬畏和激动从心底里油然而生。因为从今天起，他将会正式踏入自己梦寐以求的大学，成为一名公安分院的学生。

这个男生正是我，是新一届公安分院侦查专业的学生。看着学长们都穿着笔挺武威的警服，我感觉自己也有些迫不及待了。想象着自己在不久的将来也可以变得那样魁梧潇洒时，我情不自禁地笑了：大学，我梦寐以求的象牙塔，你好，我终于来了。可是我万万没有想到，原本一个简简单单的大学，却上了个那般复杂。有些人自从生下来就注定了此生是做什么的，这就是人们常说的命运，我也如此。

外面渐渐黑了下来，一轮明月挂在夜空中，为一直在梦想的道路上奔波的人们照亮着前方的路。

男生公寓3号楼301宿舍内只有我一个人，刚洗完衣服的我收拾好书本，准备去上晚自习，这已经成了我的一个习惯。我也不知道其他三个舍友整天在干些什么，似乎都有自己的事情在忙，又好像都不是在忙什么正事儿。不过那三个对我倒是很客气，都叫我"雷子"，对于这样的称呼，我备感亲切，因为，我高中的同学和朋友们都这样叫我，不过也有一部分人叫我"星爷"。

自从上大学之后，我基本上每天都会按时去上晚自习的，因为我觉得只有这样，才可以算得上是在享受生活。我甚至一次也不愿回首高中的那段时光，在我看来，高中的所有老师有点儿欺骗我的感觉，把大学描绘得跟天堂一样，让我一直对大学充满了神圣感。可是真正到了大学里面，让我看到的却是无尽的荒凉和失望。要不是如今社会非要一纸文凭的话，我真愿意立刻回到我自己的家，去陪伴自己的爸爸妈妈，一辈子都愿意。

尽管我的家在农村，离省城兰州又远，尽管我的父母都是农民，没有一丁点儿的社会权利和社会关系，但是我依然喜欢农村，打心底里喜欢，骨子里喜欢。我喜欢那种不畏权势，不为金钱束缚的小日子，那种和睦和甜蜜是一般人不能感觉到的。我小时候特别听话，脑子出奇地好使，学习一直是班上的第一名，就连我的同学们都说假如雷子说要考第二，那么就没人敢说要考第一。加上父母朴实的教导，所以我人缘非常好，这也是老师们最欣赏我的地方。

考大学的时候，父母想让我报考外省的大学，可是我却只报考了省城的政法大学。我不想到外面去，因为我怕想家。在交志愿的时候偷偷把志愿改了过来。我认为自己已经成年了，应该可以有自己的想法和决定，未必清华和北大出来的人就一定有本事，而其他大学里面出来都是社会的残渣。我相信只要好好学，坚持自己的梦想，照样可以做好自己喜欢而且应该做的事，而且说不定还会做得更好，是金子到哪里也会发光！所以，我对于自己现在的处境很满意，因为这条路是我自己选择的，从一开始就没有后悔过。如今的我，除了正常的训练和上课，其他时间基本泡在图书馆中，钻在图书的海洋堆中如一只对知识饥渴的鱼儿一样自由自在地游来游去，我唯一的感觉就是，自己现在读的书太少了，趁着上大学这个机会，一定要好好地看一些书，尤其是我情有独钟的小说类书籍，好不快活。

我还是坐在老地方，靠墙的第三排第二座，拿出今天中午才借出来的一本《小说家的十三堂课》，然后津津有味地看了起来。我就是这样，看起书来什么也不再管，连头都不抬，那种境界打个比方的话，就可以说成是像爱睡觉的人在怀里面抱个炸弹照样可以打呼噜的那种。图书馆里面的老师基本都认识我，而且从图书证上还知道了我的名字。有个老师尤其对我注意和关爱，她姓贾，今年已经四十多岁了，她特别喜欢我，处处尽可能地给予我方便。贾老师之所以这样喜欢我，是因为有一个特殊的原因。她原来有个女儿，叫敏敏。可是在敏敏两岁那年下楼玩的时候却让人拐跑了。找了好多年了都没有任何音信，尽管当时报了警，还在多家电视上、报纸上刊登了大量的寻人启事，可是还是没有什么结果。再后来，就彻底没了消息。现在膝下没有子女的她已注意我好久了，每天打扫图书馆的卫生时，总要把我的"专用座位"给擦得干干净净。不仅如此，她还想把我认做干儿子，这么好的孩子，谁不喜欢啊？这几天她正在寻思着找个机会和我谈谈这事，可她的一个同事提醒她说等过段时间再说，因为他见过有很多孩子刚上大学的时候很听话，到后来慢慢就学坏了。贾老师相信自己的眼光，但是还是先把这事暂时给搁置了下来。至于原因，心照不宣了。

窗外渐渐地黑下来了，人们还在匆忙地来回走动着。一对一对的情人们开始手拉手向他们认为属于他们的地方走去，不知道此刻幸福的他们是否想过，明天毕业后他们是否还会依然相爱？依然可以在一起？大学中的很多恋人们都是处于好奇和刺激，为了各取所需才勉强走到一起，得到自己想要的东西，然后自以为是地享受着。他们这群人中间当然有真正的爱情存在，但是也有很多人也许从来就没考虑过他们从认识到同居只不过是短暂的那么一个月甚至是几天。这样会幸福吗？谁也不会知道，除了他们自己以外。本来生活就是这样，谁也无法预知自己的命运，那就让人们随着生活本身的节奏而有节奏地生活吧。

大学就是一个社会的缩影。社会上发生的事情在大学中都有找到复制品的可能，而大学中发生的事在社会上就未必能有相同或类似的了。所以大学它在让一群人接受高等教育的同时，也教育他们怎么样才可以走路。尽管每个人走起来会有些不同，但是现在的大学生走路时非常注重一个原则，那就是"我干这件事我能得到些什么"，说得更具体一些就是"干了这件事后我能不能得到某些实惠"。为此，有很多"60后""70后"在网络和报纸杂志上天天在喊："80后"的青年们，你们到底是些什么样的人？可以这么说，现在你只要打开电脑，一上网，各大论坛上的热帖肯定只有两种：一种是评论明星和名人的文章，什么某某明星的小道消息啊，什么某某名人要生孩子，住哪家医院，大概什么时候要生之类的垃圾；另外一种就是有关大学生的文章，而且题目大多数大同小异，都非要把"80后"这几个字用上，似乎只有这样才可以引起人们足够的关注和支持，我觉得他们那些人其实就是网络上的乞丐，在向广大有怜悯和同情的网民们乞讨，用一句网络语言来说吧，我们应该严重 bs 他们！（bs——鄙视！）"80 后"的人惹谁了，犯得着他们这些吃饱了没事干的人指手划脚地吗？有没有意思啊？我有时候就这样想。好在现在社会发展如此之快，人们已经逐步把视线转移到所谓的"90 后""00 后"身上去，因为从某种角度来说，"70 后"和"80 后"的那一代人已经慢慢成为这个社会的中流砥柱，正在不断地融入社会和改造社会。

10 点钟的时候，我开始收拾书本往回走。在经过还书区贾老师旁边时，还特意向贾老师打了招呼："贾老师，还不下班吗？"

"哦，再过会儿，怎么今天这么早就回去？"贾老师停下手中的活儿，微笑着看着心中未来的干儿子。

"书看完了。等明天重新借一本看。噢，贾老师，我想借一下《红楼梦》和《三国演义》，现在有书吗？"我问道。

"当然有啊，要不我现在给你找找？"说着贾老师就准备去取书。

"不了，谢谢贾老师，我现在还有点事要回去，先不麻烦您了，我明天来借吧！"我赶忙阻止道。

"那也行，我明天给你找好，你把借书证拿过来我帮你借上就可以了。"

"好的，谢谢老师！"

"不用谢，有事就赶快去吧！要是出去玩的话就小心点！"贾老师似乎早已经把我当成了自己的儿子，言语之间充满了关爱。

"知道了，谢谢贾老师关心，我会注意的，拜拜！"

"好，拜拜！"

望着我的背影，贾老师欣慰地点点头，直到另外一个学生过来还书时，她才从我的身上把目光拉回来。她也该下班了，丈夫老李还等着她回家呢。

从图书馆出来，我没直接回宿舍，而是拿着书去了学校大食堂。不知道怎么搞的，最近我老是感觉很饿，其实我一天吃的东西也不算少，每顿饭都是三块五一份的快餐或者炒面，当时吃完的确是饱了，可是过一会儿就感觉好像跟没吃似的。另外，我吃不惯省城这边的花椒和生姜。在我们家乡，花椒是粉状的，生姜是切碎的，而学校里面却把花椒整个儿放进菜和饭中，生姜也是块状的，我不小心吃着一个整花椒，胃口就没有了。这也是经常吃完饭还饿的原因之一。

大食堂中已经有很多人了，大都是一对儿一对儿的，他们在这里不完全是为了吃夜宵，而是想方设法可以多遇见几个认识他们的同学，炫耀一番自己的"本领"，真是傻得可笑。

我要了一个馒头和一份凉拌土豆丝，刷完饭卡，然后找了个人相对较少的位置坐了下来，仔细地嚼着。偶尔抬起头，看看那些把头扎进男生怀里的女生们，心里既羡慕又感到有些凄凉。为什么非要在大庭广众之下才可以接吻或者做一些和正常人不同的动作来引起别人的关注呢？我边吃边想，想不通。其实在很多时候我还是一个比较开朗和喜欢交际的男生，可是我在进入大学后因为对大学的失望而影响了我的另一面，和我要好的朋友自然是很多，可我总有种感觉，我和那些朋友之间是在相互应付，而不是交心。俗话说交朋友就是在交心！我觉得现在的学生太复杂了，心计太重。尤其是本来生活在稍微大一些城市的同学，老是用一种让人看上去很不舒服的眼神在看人，真不知道他们的教育接受到什么地方去了。

回到宿舍，屋里只有王兵一个人在看电视。电视画面不用看都知道是球赛，因为王兵是个电视迷加足球迷，个头 1.7 米，酷爱足球，而且球技精湛。他的床头上放着的都是有关足球方面的书籍和杂志，厚厚的一摞。也是个来自农村的小子，家庭条件一般，每个月的生活费有近四分之一都买了这些报纸和杂志，而且乐此不疲。

"还在看啊，今天是哪个队的比赛？"我问。

"皇马对战尤文图斯队，自习上完回来了？"王兵回头看看我，笑了笑又转过头去，继续看他的电视。

"嗯，那两个干什么去了？这么晚了怎么还不回来？"

"温州娃出去约会了，浩子可能是去网吧了吧！"王兵漫不经心地回答道。

"哦。"我吭了一声，走进了卫生间。

我和王兵说的"出去的两个人"是我们宿舍的舍友。金浩是兰州本地人。刚开始的时候给大家的印象不是太好，感觉他很狂傲，时不时地冒出两句地方方言，尽管说得很地道，可是大家都不太喜欢他。可是后来相互慢慢熟悉了以后发现这小子倒也不是很烂，在有些事情上还是不错的。据说，还有一个最重要的原因就是金浩是走后门进来的，学习成绩差得不是一般；剩下的一个是温州娃，名叫王小兵，五百年前和王兵可能是一个祖先。记得刚来的时候最大的特点就是不会说普通话，嘴里面叽里咕噜半天竟没人理会，等到他气得吹胡瞪眼的时候，众人才会要求他重新一字一句地说一遍，然后齐心协力耐心地"翻译"成普通话。不过这小子很有钱，也算得上是个富二代。

他老子在浙江和上海专门从事名牌服装批发，一年下来纯收入基本上也会有个六七百万。王小兵有一副好嗓子，嗓音酷似刘欢，根据他自己介绍，在高中的时候，同学们都叫他小刘欢。他唱歌时当然是用普通话唱了，还不算是太笨，普通话学得很快，没过多久，除了个别的音以外，正常交流是没什么问题了，这也要归功于我们几个舍友坚持不懈的辅导和纠正。

宿舍的电视基本上被"王氏兄弟"承包了，一个喜欢足球，凡是有足球节目的频道一个也不愿意放过；一个喜欢娱乐性节目，每天盯着什么什么大本营，这个型那个分类的节目。只要他们俩不为看电视打架，那就任他们东南西北中了，想干什么就干什么吧！因为我一般在图书馆里面待的时间比在宿舍的还要多，而浩子却是个正儿八经的网民，每天都会按部就班地去学校周围的网吧上网，要是想找他，网吧里一逮一个着。因为宿舍的网线还没弄好，所以他除了上课之前回宿舍取书以外，其余时间很少能在宿舍找到他，连晚上都一样，他一周七天至少要包夜通宵上网四天，吃喝都在网吧，想找他就只能是打他手机，或者直接去学校门前那个神速网吧，B区20号，保准是他。另外，浩子还是学生中的小混混，加上是本地人，认识的同学或朋友们相对要多一些。他常去外面的酒吧喝酒，醉醺醺地回来，倒床就睡。偶尔也带回几个黄头发、红头发人模狗样的活物来宿舍摆摆威风，给宿舍另外几个一个很明确的暗示："我浩子是本地人，你们外地的娃做事提防着些，我是混的！"而这种带有若干耻辱性的行为不但没有对我和王兵造成什么心理压力，反而使我们更加看不起浩子，不愿意和他多说话。也只有有些胆小的外地娃王小兵假装亲热地一口一个"浩哥"，经常低三下四地给浩子递支烟，带个早点什么的，让浩子的虚荣心得到了短暂的欣慰和满足。

宿舍的门开了，进来的人是王小兵，刚才他的确是出去约会了。这个戴着眼镜的小子的女朋友也是温州人，听说和他是高中同学。我们几个见过那个女孩，长相虽是一般，却也特别文静，文静中自然带着些别样的可爱。目前王小兵对她正处在追求巩固感情阶段，每天都要让宿舍里的几个人给他出主意，想着制造一些浪漫去哄那个女孩高兴。因为王小兵的性格本身有些内向，或者说是有点儿木讷，别人说什么他都会相信，做起事情来特别地叫真。比如有一次我开玩笑说，那个温州女孩正好也是我喜欢的类型，要不我和王小兵PK一下，来一场"公平竞争"。这可把王小兵给担心坏了，信以为真，好几天后终于想出一个办法，由王兵和浩子出面来劝说我放弃追求那个女生。他追了4年，好不容易才有点眉目，现在正处于"感情稳定"时期，不能有任何的外来因素打扰。为此，他还制造了我们宿舍的第一个经典：用比较伤感的话来形容他当时的内心感受，那就是一句——"我容易吗我？"

我们几个笑得连肚皮都疼了，这人怎么这么没脑子啊，一句玩笑竟然把他弄成这么个样子。王兵和浩子可不干了，非要我假戏真做，起码得让王小兵放点血才行。于是，由王小兵出面"请客"说事。等我们三个吃饱喝足，王小兵把账结完后，王兵才醉醺醺地对王小兵说："兄弟，不是哥们儿心狠，人家雷子根本就是在和你开玩笑，你别再难受了。至于你今天请客，那也是应该的嘛，因为你是我们宿舍第一个'嫁'出去的人啊……"

王小兵似懂非懂地点点头，然后半天才缓过神来，故意夸张地大叫道："你们这些家伙，狼狈为奸，我让你们坑苦喽！浩哥，你也不透露点什么给我，让我白花这冤枉钱！苍天啊，大地啊，我的人民币啊……"

众人才不管这些呢，尽随他去也。

第二十六章

　　刚吃完午饭，我就把从贾老师那儿借来的书翻了起来。关于曹雪芹的《红楼梦》我已经看过至少三遍了，可是感觉还是没什么印象，只有当别人谈论起来的时候我也才会跟着想起其中的一些情节和人物。在所有的人物中，我比较喜欢薛宝钗，我觉得故事中的所有人，唯宝钗沉着，做起事来认真周全，是我所喜欢的女子。另外，我对书里面的对联比较感兴趣，记得最清楚的就是太虚幻境那儿的"假做真时真亦假，无为有处有还无"，也比较喜欢这一句："满纸荒唐言，一把辛酸泪！都云作者痴，谁解其中味？"我看着看着就这么随便一念。

　　"读得好，好诗！"王兵正在洗衣服，听见我在读《金陵十二钗》，于是便赞美道。

　　"王兄何出此言？请道原委。"

　　"我也看了好几遍《红楼梦》，看来看去就记住了这首诗，看不懂，所以我认为这就是好诗，呵呵！"

　　"原来如此，我还以为你有什么红学研究呢，正想打起精神讨教讨教，唉——"

　　"你怎么就这么爱看书啊，这十几年还没有看够吗？我估计你头都看大了。"王兵拿了个衣架，把衬衣挂了上去。

　　"你还问我呢，我看书看的是小说和有关文学方面的，就跟你喜欢足球书籍是一个道理，算是一个爱好吧！"

　　"哦，我还是头一次听说把文学当成爱好，高，实在是高！"王兵似懂非懂。

　　"你小子是在夸我，还是在骂我啊？！"我抬起头，看了王兵一眼。

　　"当然是在夸你了，我想你的文章写得一定很不错吧？"王兵凑过来说。

　　"一般啦，偶尔发表那么几篇！"我谦虚道。

"是吗？我长这么大还没发表过文章呢，什么时候指导指导我，让我的名字也在报纸上露一次！"王兵羡慕地说着。

"没问题，你肯定行的！只不过谈不上什么指导，交流交流还是可以的。"我说着就上了床。

"好，就这么定了。你慢慢看，我要睡一会儿，下午还有两节课呢！"王兵说着把洗好的衣服晾在阳台上，准备睡觉。

"你先睡吧，我把这一回看完也睡会儿，最近老感觉吃不饱，睡不好。老是感觉饿，而且瞌睡得不行。"我说出了最近的困惑。

"这是身体发福的信号，不信你去称一下，肯定多了好几斤呢，不要紧的，男人嘛，富态一点才魁梧嘛。哦，你《红楼梦》看到哪一回了？"王兵问。

"刚到第六回，'贾宝玉初试云雨情，刘姥姥一进荣国府'"。

"你这小子，色鬼！"王兵以为我故意说的，笑骂道。

"什么啊，本来就是嘛！不信你看嘛，这小子，一天脑袋中想的都是些什么啊？"我表面看上去一本正经，其实似乎有点急了。

"好了，什么什么啊，什么'本来就是嘛'，不说了，睡觉啦！"王兵看着我的样子，顿时乐了。

"我看你小子思想有问题啊，赶紧睡觉，我越解释越让你给套在里面了，这是文学，懂吗？"我说完把书往旁边一放，也准备睡一会儿。

就在这时，浩子突然闯了进来："兄弟们，赶紧的，赶紧来阳台看风景，美女，绝对的美女啊！"

然后不由我们说话，就直接把我们一个个从床上拉起来，推到了阳台上。

"什么呀？我才刚躺下，看什么看，看了也跟我没有关系。"我抱怨着，揉着眼睛不情愿地来到了阳台上。

"兄弟，我是为了让你们俩饱饱眼福才叫你们起来的，别拿兄弟我好心当驴肝肺啊。看，'莎莎'，一个校花级的'莎莎'，刚才在校门上是从一辆'奔驰'上下来的，拽得很啊！"浩子就是喜欢这样，搞点八卦新闻来寻大家开心，"你们看，就是穿红裤子的那个女孩，'莎莎'。"

"莎，的确莎！"王兵首先赞美道。

"哎呀，我以为是什么'重大新闻'，不就是一个'莎莎'吗？我还是不看为妙，说不定看了一不小心爱上她，那我可就残喽！还奔驰，我可能这一辈子都没坐奔驰的命啊！算了，我看这觉估计也睡不成了，我还是拿几本书，好好上我的课去吧！"我感叹道，装作漠不关心的样子，说了几句不痛不痒的话。可是眼睛却还是仔细地看了看浩子指的那个女生。

此时，她正提着个小包朝宿舍公寓楼走来。穿着的确很时尚，但是属于那种比较质朴的时尚，而且身材也不错，那红裤子穿在她身上简直就是完美的一个结合，无可挑剔！我脑子中突然闪过一丝冲动的念头，几秒钟后就又消失了。

这个女生正是萧婷婷，祖籍浙江，跟随父亲来这座城市已经有十多年了，可以算得上是半个省城人了。她的父亲萧新寒是一家规模很大的房地产公司的董事长，人们都叫他"萧董"。省城这十几年了，他凭着自己的勤劳和超常的经商理念，很快在这里站稳了脚跟。而且把生意越做越大，个人资产现在少说也有几千万。但是他对女儿却十分严格，从来不给她创造什么人为的机会，很多事情都是需要女儿自己去解决。就连萧婷婷在本地上大学，基本上都是来回坐公交车，从来不接送。但今天送她的车却是公司里面的，因为今天是萧婷婷的生日，就破例让公司的专职司机老李来送她回学校。送到离学校还有一段距离的时候，萧婷婷下了老李的车。她不想让同学们看见这样疑似显摆的场景，知道的人说这美女家里是多么的显赫，不知道的还以为是老板送二奶回学校呢，所以不管从哪个方面说都不是很妥。

萧新寒就这么一个女儿，自然很是宠爱，可是萧婷婷的性格偏偏却跟男孩子似的，什么事都自己拿主意，而且说做就做，说到就要做到，想做的事不论怎么都要做到，不管花任何代价。她没有见过母亲，父亲告诉她说她母亲在她三岁的时候就得重病去世了。也许是老天对她特别眷顾，把她生得天生丽质，冰清玉洁，高高的额头，细细的眉毛，大大的眼睛，薄薄的嘴唇，白白的皮肤，面若桃花，走起路来纤腰一摆一摆，好不诱人。再加上本身家庭条件的优越，即使不怎么打扮，也当之无愧地成为美女中的美女，要是放到古代，那一定是沉鱼落雁闭月羞花倾国倾城国色天香级别的主儿。

可是很不凑巧地还是被刚从网吧上网回来的浩子给看见了，所以才发生刚才的那一幕。

萧婷婷住在学生公寓的4号楼，和我们的宿舍恰好相对着。在很多认识和不认识的回头率中，她快步走进了宿舍楼。她自己感觉穿得也很是一般，也从来不怎么爱打扮，尽管家庭条件不错，可她毕竟是个非常懂事的孩子，她不想因为自己家里有钱的问题而影响她在学校的生活，和同学们朋友产生距离感。就连刚才的"奔驰事件"，幸好没他们班的同学看见，要不然回去肯定又要埋怨她父亲了，说不让送，偏要送。

"浩子，你说像这样漂亮的女生有没有男朋友啊？我想肯定有！"王兵突然问。

"哟，这么快就喜欢上人家了？怎么可能没有，知道了还问！"浩子回答说。

"哎，你们说是谁有这样的福气啊？那个人活得肯定简直跟神仙一样。要是换成我，她让我干什么我都义不容辞！"王兵接着说，"不过，先得等我把该做的事都做了再说！"

"呵，我看你是癞蛤蟆想吃天鹅肉，做白日梦！我要是像王小兵这样的富二代，花多少钱我都要把刚才这个美女追到手。"浩子开玩笑说。

"二位，走吧，该上课了。有本事追去啊，等追上了说不定我也沾点光，怎么样？"我把最后一本书拿在了手上。

"雷子，假如我要是追上的话，我一定满足你的愿望！"王兵大方地说。

"那有什么，雷子，假如我追上的话，我就用一次，然后以后都归你了，哈哈……"浩子也说道。

"谢谢二位了，花落谁家还说不定，别自作多情了！"我闷头闷脑说了一句。

"听你的意思，好像你蛮有把握的嘛，不是我说，雷子，我敢说她肯定看不上你，起码你个子才一米六九啊，在我们省城，你就基本属于三等残废，肯定没戏！"浩子正在换一件新买的衣服，这小子一天就知道打扮，自己说自己早已经不是男生，是男人了。而且总说话没有遮拦，揭别人的短。我对此很反感，可又不想惹事，毕竟要在这间宿舍一起生活四年。忍了吧！

"我又没说要追刚才那个女生，我自己这半斤八两我自己清楚，没那个福分哦！还是你们这些大城市的人去追吧，我一个乡里的土包子哪里配得上。"我故意回敬道。

王兵看我和浩子越说越来劲，于是把俩人一拉："算了，算了，又掐上了。兄弟们，上课时间到了。走吧！"

"我不去了，小兵，你帮我点个名吧，我有事出去一下，有个兄弟被人打了，我过去看看。"浩子说着就又往外走，临出门的时候看了雷子一眼，心里想道，这小子，怎么好像老是跟自己过不去啊，等下次散打课上找个机会好好收拾一下。每次散打课，基本上都是我和浩子一组进行对练，两个人实力不相上下。

"好的，浩哥的事就是我的事，没有问题。不过，下不为例啊！现在我估计老师早把我当成你了，别将来考试的时候你过了，我没有过，呵呵。"王小兵还是老样子，一副傻嘴脸。

"没事儿，谢谢！"说完，已经出门的浩子从门缝中飘进来了几个字。

在去教室的路上，王兵和王小兵一直在开导我，他们说都知道我看不惯浩子的有些做法，可是毕竟在人家地盘上，强龙还不压地头蛇呢，整天在外面混着的小油街子，凑合着过吧，以后会好起来的。我只是笑了笑，说我知道，我不会主动惹他的。说着我们三人上了教学楼，找各自上课的教室去了。

其实我们几个并不知道，我们刚才注意的这个女生萧婷婷是我们公安分院里面的，学的是信息技术专业，只不过都是新生，彼此都还不太怎么认识。更让我没有想到的是，普普通通的我却阴阳差错地变成了萧婷婷未来的男朋友，这是后事，故先不表。

萧婷婷换了一件衣服，拿了个小笔记本和笔，打算找一间教室听课。其实她今天下午本身是没有课的，只是闲来没事待在宿舍里闷得慌，出去转悠也没多大意思，所以想去听别的老师们讲课，也算是免费讲座吧，一来可以打发时间，二来也算是让自己的大学生活尽量充实一些吧。可是有时候她又担心这样去上课会被同学们看见，风言风语地说她的闲话，后来仔细一想其实也没多大的事，别人怎么看就怎么看吧，人总不能老是为别人活着，那样活着岂不是太累了？她从小就特别喜欢文学，四大名著都不知道看了多少遍了，连外国文学都很喜欢，好多外国文学家的大作她都读过，比如像古希腊寓言作家伊索、悲剧作家埃斯库罗斯、英国的诗人戏剧家莎士比亚、浪漫主义诗人拜伦、作家狄更斯，法国的拉伯雷、莫里哀、大仲马、莫泊桑、歌德，俄国的诗人普希金、作家奥斯特洛夫斯基、高尔基，意大利的但丁，挪威戏剧家薄伽丘，丹麦童话作家安徒生，美国作家马克·吐温、海明威，印度诗人泰戈尔等等等等，她都知道，读过一些相关的作品。所以她现在是打算到文学院去听课。

当萧婷婷走到文学院的综合楼前马上就要进门时，她遇见了一个人，你们猜是谁？是我。生活就是这样，你说它好，它真的就立马垂青于你！

原本去上专业课的我上课还不到二十分钟，感觉老师讲的时事政治学真是无聊透顶了，顿时觉得没什么意思，于是偷偷溜了出来，跑到文学院来听讲座，碰巧遇到了前来听课的萧婷婷。

当然，我们现在还不认识，我也没有认出这个女生就是先前在阳台上看到的"莎莎"，只是心里暗暗地赞叹：这女生长得可真漂亮啊！这近距离看

"莎莎"的感觉的确不同凡响。男人啊男人，为什么到处都是有色的眼睛呢？而且，我在前些日子得知范娇和她男朋友同居的事情，心情不是很好，但是身体内的荷尔蒙却似乎比以前更加地旺盛。

正在我暗喜的时候，萧婷婷突然说话了："你好，同学，请问你是文学院的吗？"

"我？哦，不是，我是来听课的！"我受宠若惊，连忙摇摇头，还不好意思地用手摸了摸后脑勺。

"对不起，我以为你是这个院的，我是来旁听的，有点事来迟了，本来想问一下今天讲的是什么内容，原来你也不是，不好意思！"萧婷婷挺有礼貌地说。

"没事儿，不过我知道今天这堂课讲的是'文学的特征'，也就是'文学形象''文学典型'以及'文学语言艺术'等内容，我昨天就向我的一个朋友打听过了。"我自然不会放过在美女面前任何表现的机会，趁说话的空儿，赶紧卖弄了几句。

这果然使对文学同样情有独钟的萧婷婷在瞬间对眼前的这个小男生刮目相看，没想到知道的还不少。

"那看来我还是歪打正着，问对人了。我叫萧婷婷，你呢？"

"雷星，刚上大一，公安分院刑侦专业班，大家都叫我雷子。"我毕竟是从农村来的，面对萧婷婷倒是有一些害羞和不自在。

"雷星？呵呵，不会是话剧里那个吧？不过好巧啊，我也是公安分院的。信息技术专业，我也是新生。走，一起进去吧！"

"好！"

当我和萧婷婷一同走进那间教室，立刻有很多人注意到了我们俩，很多同学以为进来的这两个人是一对儿呢。我也感觉到有很多奇怪和羡慕的目光齐刷刷地射向我们，弄得我又有些不自在了，脸上开始发烧，好像和萧婷婷这样的美女在一起上课很大程度上伤害了萧婷婷的自尊似的。同时我心里明白了一个道理：怪不得很多人喜欢和漂亮的女孩子在一起，原来在一起的好处多多啊，仅仅今天这无意中的"艳福"就让我着实感受了一番！而萧婷婷却丝毫没有任何的不适，落落大方地和我坐在了靠后的两个空座位上。

"……下面我们来讲'文学典型'。文学典型是文学中对人物和事件的高度概括，它通过鲜明独特的个性充分地表现某类人物的共同特征……"一个带着厚厚眼镜的老教授在讲台上侃侃而谈。

"你说文学典型和社会科学等典型有什么不同？"萧婷婷突然向我问了这样一个问题。

"我认为优秀的文学作品不是停留在把实际生活本来的面貌具体生动地描绘出来，更重要的是必须通过形象揭示生活的本质所在。而社会科学只是给了人们关于一些客观存在的知识一个总结。"我很谨慎地说。

"那你说说《红楼梦》为什么受到人们的喜欢呢？"萧婷婷的问题提的很及时和尖锐。

"这个我不敢怎么评价，因为我对此了解得也不是很透彻，不像所谓的红学研究会之类的组织那么权威。但是有一点是肯定的，它之所以备受人们关注的一个重要原因，我想是因为它塑造了很多像贾宝玉、林黛玉、薛宝钗等鲜明突出的人物形象，并通过这些人之间的关系，深刻地反映了封建社会末期某些本质和必然没落的趋势。"我俨然一个红学研究者，津津有味地说着，其实我说的这些都是中午刚看的，没想到在这儿给用上了。

萧婷婷更加吃惊地看着我，真可谓人不可貌相，海水不可斗量。

"说得真好，不好意思，我把你的名字忘了，能不能再告诉我一次？"萧婷婷微笑着问。

我看着萧婷婷的笑容，一时竟忘了回答她的问题，傻傻地看着那笑容，真迷人啊！

"人家问你话呢？"萧婷婷也脸红了，声音稍微大了一些。

"噢，不，既然忘了，就别再记着了，一面之缘，后会无期。呵呵，拜拜！"我已经意识到自己的失态，赶紧打了幌子，没等萧婷婷说话就先独自走了出来，连讲座也不听了。

"这人，真怪！"萧婷婷并没有追出来，她继续听老教授的讲座。

周围的几个学生嘀嘀咕咕地说："刚才那小子真傻啊，对这么美的女生还不珍惜，真是的！"

"说不定他们不是一对呢，只是同学或者普通朋友什么的。"

"你这傻子，一般同学能一起来上课？"

"……"

萧婷婷也听见了，她假装记讲义，没有理会那几个男生的胡说八道。

第二十七章

　　浩子终于回来住宿舍了，不再像以前在外面通宵达旦地上网。因为宿舍里的网线拉上了，所以从此可以不必再去网吧，用自己的笔记本电脑直接就可以上网，前些日子也许是生活费有点紧张，要不然他直接就用无线网卡上网了。现在好了，有了固定的网线，一月才交20元钱，对于他来说简直比考上大学还要高兴几百倍。他是把钱基本上用在了玩网络游戏上面了，每有新游戏出现他都要玩，没钱了就千方百计地向家里要、骗，要是还不行就向别人借，在这个人面前借几十，过几天再把那个人的借上还给这个人，诸如此类。王小兵开玩笑说浩子才是个名副其实的"倒爷"。

　　这几天浩子还在做一件事，那就是他想追萧婷婷，托了好多人到处打听萧婷婷的消息，只要一看见萧婷婷出现在校园里面，就死皮赖脸地跑过去要请萧婷婷吃饭或者逛街。但是每次都被她婉言谢绝了，每被拒绝一次，他就买几瓶啤酒回来自个儿喝个半醉，嘴里念叨着萧婷婷的名字。我从来不管浩子的事，我也没把那天在文学院和萧婷婷一起上课的事告诉任何人，我怕传到浩子的耳朵中引起不必要的误会和麻烦，我倒不是个怕事的主儿，只不过我觉得和浩子那种人去争那些事情没有什么太大的意思。况且我总是感觉萧婷婷是那种很有主见的女孩子，和一般的女生不同。至于感情上，我想都没敢想，可是现实有些时候却很有戏剧性，你越不想的事情或许越会发生在你的身上，我就遇到了。

　　"雷子，你不是老写文章吗？我给你推荐个专门用来写文章的地方，不过是在网上，你看怎么样？"浩子一起床就打开了电脑，光着个膀子对我说。

　　我正在刷牙，含着一嘴的白沫答应："好，你说！"

　　"博客，近几年最火的网络新生品。"

　　"听说过，听说好多名人现在也做这个玩意儿，不过没见过！要是好了，我也来做着玩玩！"说话的是王兵，他还没有起床，趴在被窝中听浩子和我聊天，迷迷糊糊地插话道。

"当然可以，你做个足球博客，雷子做个文学博客，一文一武，有前途。"浩子表示支持。

"有没有现成的，让我看看。"我已经站在浩子的身后，这是我第一次跟浩子有这么近的距离。

"等一下，我给你找一个。徐静蕾的博客怎么样？或者余秋雨的？"浩子问我。

"余秋雨的吧，我对那些明星没感觉！"我很随便地说。

"好了，你看，这就是余大师的博客。"浩子起来把椅子让给了我。

我也不客气，拉过来就坐了下来。用鼠标在电脑上不停地点着，边点边赞赏道："浩子，真是谢谢你啊。我找这样的一个可以自由发表文章的地方已经很久了，你这么一说，我突然有种'众里寻它千百度，蓦然回首，原来它在博客处'的感觉。"

"不愧是才子啊，出口成章。"浩子今天不知道是不是吃错药了，对我怎么这么好，居然开始夸奖我了。

"你就别骂我了，我现在还是个无名小卒啊。浩子，我现在就注册一个博客怎么样？不打扰你吧？"我问。

"没事儿，等一下我把我的游戏挂上了，你再注册。"说着浩子过来在电脑上点了几下鼠标，接着说，"好了，你上吧！"

"谢谢！"

"别说这两个字，见外了啊！"

"呵呵，好，以后不说了。"

"对嘛，这才是好兄弟嘛！"王兵趁机说了一句话，他早就想帮助我和浩子和好，今天终于等到了这个机会。本来就应该这样，一个宿舍一共才四个人，也算是种缘分，何必要天天一个给一个吊着个脸，相互看脸色？有什么话说出来不就得了，早晚得解决嘛，早说了当然有早说的好处，毕竟现在到了大学，不像初中和高中做事那样鲁莽和冲动，都是大人了，很多事应该可以理性地去思考和站在一个比较高的角度上去分析。

才几分钟的时间，我已经在一家网站上注册了一个博客，我问宿舍几个："老大们，你们给我的博客起个名字吧！"

"你其实像个痞子，虽然你实际并不坏。就叫个'痞子雷子'的博客吧。"

浩子首先提议道。

"什么是'实际并不坏',像我这样的根本就是正儿八经的良民是也。别冤枉好人,不过用'痞子'这两个字感觉不错。"我说。

"就是,我认为你这种性格也适合用'痞子',但是我觉得把你名字挂在上面不是太好听。"王小兵也醒了,醒了就搭腔。

"干脆就叫'痞子幽之轩',你们看怎么样?"我想到了一个名字。

"不错,起得好!不仅有种高雅的味道,但是里面又带着些叛逆的感觉,就用这个!"王兵夸道。

"我赞成我们家兵兵的意见。"王小兵说。

"亲爱的同胞们,未来最红的网络作家从今天起就正式进军网络了,那些已经在网络上活跃了几十年的网络垃圾将在不远的未来彻底离开。同志们,为了庆祝我们雷子作家今天正式开博,我提议今天中午的饭由雷子一个人'报销',同意的请举手!"浩子站在椅子上,给王氏兄弟使劲地挤眼睛。

"我同意!"王兵说道,举起了手。

"我也不反对!"王小兵是同样的举动。

"我的妈呀,原来你们闹了半天是没钱吃饭了啊,我还以为今个儿太阳是从西边出来了呢!"我这才发现上当了,不过已经迟了。

"好了,算我倒霉,今天破例为大家放一次血!不过得等我把这第一篇博客写出来了再说!"

"没问题,今天一早上的电脑归你了,想干什么就干什么去吧!我得先出去问问我的同学帮我办的事怎么办下了。"浩子还不死心,又托人在帮忙追萧婷婷。

"浩子,你和萧婷婷有点眉目没?两周多了吧?"我边打字边问。

"连今天算上已经有16天了,再追几天,要是还不答应就算了,放弃!"浩子有点沮丧。

"浩子,没事儿,我们支持你!"王小兵说。

"就是,慢慢来,心急吃不了热豆腐啊!"我也说。

"不慢慢来我能把她怎么着,难道还上了她不成?"浩子一脸坏笑。

"我说浩子,这就是你的不对了。你追人家女生不能老想着追到手首先给'解决'了啊,那是感情的付出,不是玩笑啊!"我一听浩子说这种话,心里竟然感觉不舒服。

"呵呵,雷子,不是我说,现在大学里真正的爱情有多少,说白了还不都是为了性在一起的。男生女生都一个样。再说了，不管多漂亮的女生，你舍不得上自然到时候有人给上了，还不如你自己上了呢！"浩子的观念就是这样，怪不得追不上萧婷婷。

"好吧，仁者见仁，智者见智！我们俩没有争的必要，什么事情还得需要时间和事实来证明的。不过你可要注意了，说不定哪天我拉着萧婷婷走在校园里的时候，你可别吃我的醋啊！"我今天不想和浩子争，给了对方一个台阶下，我突然想起上次和萧婷婷在一起的事，顺便就开玩笑说。

"你放心，假如是我们宿舍的任何一个人有这本事，我浩子一个字都不会说，强扭的瓜不甜，多大个事，我认了。不过，问题的关键是你们谁有这本事啊？"浩子目中无人的那种性格又暴露出来了。

"没有什么不可能，浩子，我们雷子才貌双全，说不定人家萧婷婷来个佳人爱才子，到时候你真的就惨喽！"王兵也看不惯浩子的言行，给我帮腔。谁曾想到，王兵一句无心的话在后来的故事中竟然变成了现实。

"不和你们浪费时间了，等雷子追上了再说吧！我走了！先下手为强，给我们雷子留只破鞋穿。呵呵，走喽！"浩子笑着出去了。

"我估计他今天晚上回来的时候肯定又喝大了，或者买几瓶要我们陪他一起喝！"王兵说。

"管他呢，我们把我们的事干好就行了。"王小兵现在也越来越讨厌和浩子说话，忍不住埋怨。

且说这浩子跑去打听萧婷婷的态度，又遭拒绝，竟然一个人跑到外面的一家酒吧，大清早的独自喝闷酒，一直喝到下午五点多，才醉醺醺地叼着支烟回到宿舍。王兵出去踢球了，王小兵又陪女朋友买衣服去了，只剩下我一个在宿舍看书。浩子一把拉开衣服上的拉链，倒出几听罐装的啤酒，硬是要我陪他喝。我被缠得没办法，只好把书放好坐了过去，"砰"的一声拉开了一罐，和浩子干了一下，喝了几口。

浩子显然有些醉了，他靠在床沿上说："雷子，我这个人有什么说什么，嘴也没什么挡头，你爱听我得说，你不爱听我也得说。兄弟，别介意。啊！"

"你说吧，我听着呢。"我大概猜到了几分。

"我知道自从认识到现在，你对我始终有点意见，可是没办法，我高中三年根本就没有学习，跟着一群油街子混社会，我不混不行啊！我妈妈在我六岁的时候就去世了，我爸爸给我找了个后妈，虽然她有钱，对我也好，可是毕竟没我亲妈好啊！所以我没心思学习，打架、上网、喝酒等等，什么坏事我都干过。说实话，这大学不是我考上的，是我爸爸花钱买上的，不，是我后妈买上的……"浩子说着眼泪都下来了。

"浩子，你醉了，先休息，有什么话明天再说。啊。"我把快要跌过去的浩子扶了一把。

"不，雷子，你让我说，我没醉，这些话憋在心里我难受。你让我说，好吗？你让我说，好吗？"浩子大声哭开了。

这下可把我急坏了："好，好，你说，都说出来。那样心里会好受些。"

"你们知道吗？图书馆那个贾老师没儿没女，听人说是他们原来也有个女儿，可是后来却失踪了，大概是让人贩子拐走了。可是那样也比我好啊，我虽然有爸爸妈妈，可是我的妈妈却不是我的亲妈妈。为什么老天这么不公平？为什么……能认识你们几个我真的非常高兴，长这么大，我没有一个真正的朋友，你别看我一天天疯来疯去，每天都有人请我喝酒吃饭，可是那些人都是在利用我，希望我给他们帮点什么忙，他们没有一个是真心对我的，没有。你给他们把事做完了，下次见着了可能连认都不认识。就连我真心追了四年多的一个女生也看不起我。你说我他妈活得累不累啊？

"说句实在话，萧婷婷是个好女生，我知道我也追不上。从今天起，我不追了。不就是个女生吗？我不稀罕，我玩过的多了。可我就是不服！可是不服也没什么办法，我难道真能把她上了？不可能，那样我浩子跟畜生有什么区别？"说到这浩子又喝了一大口酒。

"来，雷子，干！"

"浩子，别再喝了！"我劝道。

"不，干，雷子，你不干就是看不起我，来，干！"浩子举起另一听啤酒递给了我。

别无他法，我只好干了。

"雷子，我想交你这个朋友，实心实意地交。你以后有什么事尽管说话，我保证帮你摆平！没问题！我们宿舍里其他两个也是一样，我浩子就是这样的人，要是认定谁，我就把谁当作兄弟一样对待，你们以后就是我的兄弟，你们的事也就是我自己的事。"

正在这时，王氏兄弟回来了。浩子给每人一听啤酒，然后把刚才的话差不多又重复了一遍，在这过程中又喝下了不少酒，已经彻底醉了，他哭着说想他的亲妈，一句又一句的"我的妈妈，我想你，我的妈妈，你在哪儿……"把我们几个都弄哭了，看着浩子难过的样子，我心里也十分难过。我长叹了一口气，我现在对浩子已经没有丝毫的偏见和看法了，反而还觉得浩子有些可怜，他的童年竟然是那样的不幸。

好大一会儿，浩子在我们几个的劝阻下，才哭着睡去，我打开电脑，在自己的博客上为浩子写了一首诗：

妈妈，您在哪儿

我爱您，妈妈
你在哪儿
我日夜思念您啊，妈妈
您在哪儿
还记得您教我叫您"妈妈"
还记得您带我第一次学走路
还记得您给我买来的新衣裳
还记得……
可是，妈妈，我亲爱的妈妈
您在哪儿
您是否听见儿子的呼唤
您是否看见儿子想您的那颗滴血的心
您是否可以感觉儿子没有母亲的痛楚
我爱您，妈妈
妈妈，您在哪儿

第二十八章

　　王小兵最近可是忙得热火朝天，因为有爱情的滋润，连宿舍都很少来了。每天一有空闲就陪女朋友去逛街买东西，据说进展十分顺利。但是凡事都要付出代价的，就拿王小兵来说，为了真正得到女朋友的"芳心"，隔那么几天就要出去唱一次 KTV，或者找个相对于学生来说比较高档点的地方来为爱情埋单。在这么短短几天的时间内变得债台高筑，欠了别人七八百元的债，他的打算是下学期不交学费来还债。可是热恋中的王小兵丝毫没有想过，自古以来，用金钱换来的爱情不是真正的爱情，那只是一些无知的人被另外一些无知的人利用，用来满足一时的虚荣心罢了。可是往往是当局者迷，等到事情真的发生了，后悔也就迟了。这就是如今年轻人被爱情冲昏了头脑的最佳症状。

　　王小兵还很要面子，明明经常是他自己掏腰包，却还在同学和朋友面前装出很男人的样子，撒谎说他们实行 AA 制，在金钱上从来都不会让对方吃亏。宿舍几个伙伴看在眼里，心里自然过意不去，本来打算劝劝小兵的，可是谁也不了解太多内情，只知道王小兵的爱情之花来得特别不容易，所以他才会如此呵护和珍惜。至于其他，王小兵从来就没说过。还常常带着女朋友，跟着浩子去外面玩。

　　我依然天天做博客，天天去图书馆上自习，按部就班地过着自己的生活。有空闲的时间就和王兵一起出去踢踢足球，出出臭汗。我和王兵很投缘，很谈得来，并不是我们俩故意搞什么宿舍内部的"阶级分离"，而是自然而然就走到一起了，一起吃饭，一起看球，一起踢球，一起上自习。

　　浩子最近却老往外面跑，由于经常在一家酒吧喝酒，一来二去认识了一个被叫作"桂哥"的酒吧老板，是附近这块地境出了名的痞子。浩子每天晚上都去那家酒吧，也不知道在干些什么事情。我知道此事后曾劝过浩子，可是浩子无奈地笑了笑，拍拍我的肩膀说："兄弟，人在江湖，身不由己啊！你不懂。"我只好作罢。

"同志们，现在发布一则'重要通知'：小兵同志打算今天晚上请我们哥几个喝酒，不准提前睡觉，他马上就到！"浩子接完一个电话后，从床上下来对其他人说。

王兵看了看我："这温州娃今天又抽什么疯啊，反正好几天没喝过酒了，那我们就喝几个！呵呵！"

"谁怕谁！今天好好问问小兵是怎么样追女生的。我也不睡了。"我也下了床。

正说着，就听见有人敲门。

王小兵笑眯眯地抱着一个大纸箱进来了，不用说，纸箱里面全都是酒，只有这样的包装才可以逃过楼管，顺利到达宿舍。

"小兵，今天是什么喜事啊？要你这样破费？"我问。

"哈哈，今天的喜事可大发了。这不叫破费，这叫庆祝！"王小兵的脸上洋溢着幸福的微笑。

"是吗？是不是和马子那样啦？"浩子接过纸箱，放在了电脑旁边的凳子上，从里面取出一瓶打开。

"兄弟不愧是兄弟，你还别说，真让你说中了，我今天和她接吻了。呵呵……"王小兵看上去很激动。

"是吗？你小子行啊，这才几天啊？照这样发展下去，等这学期一结束，你们应该可以在外面'过小日子'了。来，我先敬你一杯。"王兵说。

"谢谢，谢谢，也是大家这么支持我，才会有这样的进展。今天我们就好好喝，来，大家都自己人，别客气。干！"王小兵端着酒杯，高高举着。

酒，是个好东西。它可以让很多人在瞬间产生兴奋、刺激。它麻醉了一个正常人的神经，会把人从一个世界带到另外一个世界当中，却还让人毫无察觉；酒，也是个坏东西。醉酒的人，往往会有一些失态的表现，比如话说得会比平常多，该说的会说，不该说的也会多少说一些。会容易激动，以至于导致一些平时根本不可能发生的后果。而现在大学生之间的交往，无论是男生跟男生之间，还是男生跟女生之间似乎都离不开酒。所以酒又是一个中性的东西，它在人们的生活中起了一个调节交际的作用。

酒后吐真言。小伙子们毕竟年轻，几瓶下肚后就斜躺横卧在各自的床上，醉醺醺地相互调侃着。

"小兵，说说你今天接吻的感受！"王兵从上床上探出个头来说。

"对，说说，你这小子本事不小啊！佩服！"我也说。

"呵，平日里都装得一本正经，原来都是伪君子啊！哈哈，喝了酒就是好啊，能看清楚人的本性。"王小兵说。

"废话少说，说说嘛！你们是怎么样接的吻？"浩子说。

"我们俩本来在酒吧喝酒，喝着喝着旁边的一对情人开始接吻，那个男的手还在他女朋友的身上乱摸。我们当时很尴尬，虽然酒吧很吵，也很黑，但是我还是感觉她也不好意思，然后我就从对面坐到了她身边。我们相互看了半天，然后我就吻了她。才两三秒钟，她就把我推开了。就这样了，感觉嘛，说句实话，没什么感觉，就是感觉她的嘴唇好像很凉。"王小兵得意地说。

"哈哈哈哈……"

"哈哈……"

"哈哈……"

宿舍里的人都笑翻了，浩子还差点从床上滚下来。

"我还以为是怎么样的'热吻'呢，原来是这样，哈哈，笑死人了。"

大学生活总是充满戏剧性，很多事情往往在一夜之间瞬间转换，比如人们常说的爱情。

第二天晚上，王小兵回来了，满脸泪痕，满身酒气。一进宿舍门就把我抱住痛哭，弄得我莫名其妙。兄弟们问了半天后，王小兵才一把鼻涕一把泪地说："我失恋了，那骚货居然跟他们班上的一个富二代好上了，tmd，女人真是现实。"

"妈的，还有人抢我浩子兄弟的马子，老子我现在就去砍了他，什么富二代，在我的世界里什么都不行！"浩子说着便从床上跳下来，准备出去。

"别，浩子，你的好意我心领了，我不想多事，再说，这样对她也不好。"王小兵一把拉住浩子，不让去。

"妈的，你是不是个带把儿的？自己的女人跟别人跑了，还替别人着想，我真服了你，没有见过像你这样窝囊的男人！还是不是个爷们？"

"好了，浩子，不要再说了，或许小兵也有他的难处，感情的事情，还是让他自己处理去吧，你说呢？"我说道。

"好了，好了，不让我管就算了，不过我觉得女人如衣服，穿破了就扔掉重新买一件呗，旧的不去新的不来嘛。"浩子脱掉外套，准备重新上床睡觉。

"妈的，我们才好了17天，唉！"王小兵心里还是难受。

　　"好了，小兵，先睡觉，睡一觉醒来就好了。"我把王小兵扶到床前坐了下来，顺手拿起杯子给王小兵倒了一杯水递了过去。

　　"谢谢！"王小兵接过水，慢慢地喝了一口。

第二十九章

  我的博客访问量与日俱增，留言也有不少。在浩子的帮助和自己的努力下，博客做得非常漂亮，还在原来系统模板的基础上增加了自己的浮雕照片、音乐播放器、浮动对联、时钟以及自制的模板等好多新鲜的玩意儿，再加上我那优美中带着些忧郁的文字，一时间竟越做越上瘾。

  像往常一样，我打开自己的博客，认真回复了新的留言和评论，在留言板的第二页，有个自称是"冰玫瑰"的博友的留言引起了我的注意。冰玫瑰说："打小我就喜欢和文字打交道，对文字有特殊的感情，可偏偏文字要冷落于我。今日心情不好，上网乱看一气时无意之中点开了你的博客，深深地被你的文章和故事感动着，看见你每天生活在这个令人郁闷的世界上还如此地幸福，做着自己的博客，写着自己的故事，感觉真好！

  "关于博客，我早就有了，只是做了几天后就一直放着，不再坚持。是你的博客让我重新有了信心，我要重新从头再来。点开我的博客，你将会有惊喜……"

  于是我就在"冰玫瑰"三个字上轻轻一点，电脑系统就转到了冰玫瑰的博客上面。只见这个博客是个红色的疯丫头模板，模板的左面最上面是一朵含苞未放的水晶透明玫瑰，上面还有一行小字：

   待到情满无寄时，方知玫瑰原为冰。冰玫瑰自娱

  "看来这博客的主人是个女生，这玫瑰花真好看，像这样娇若玉兰，却胜牡丹，还色彩独特，让人一看就有种孤芳冷傲的意境的玫瑰花我还是第一次见到啊。冰玫瑰，这名字也好听，和我痞子幽之轩很有一比。"我在想。上面博客日志上显示的时间是昨天才重新开博的，在我仔细看的时候，我发

现在冰玫瑰博客上面居然有一个"痞子专栏"，一点，然后就看见了关于专栏的介绍：

> 一个忧郁的痞子，他用自己忧郁的文字诠释着自己的生活。满腹学问，给读者一种美的享受，那不是故弄玄虚和圆滑世故，而是感情的真实流露。喜欢这样的文字，故在自己的博客专开一栏，把那些经典的文字引用过来，补充我这支冰玫瑰原本空白的心灵空间。

接下来的文章全是我博客痞子幽之轩上面转过来的，甚至在每一篇文章后面都有一些简单的评论。我突然间有种作家的感觉，这是我第一次看到自己写的文字被别人这样的重视。我一时有些激动，又把冰玫瑰的留言逐字逐句看了一遍，然后回复道：

"冰玫瑰你好，我是痞子。首先谢谢你对我的支持和鼓励，我会把博客当作我生活中重要的一部分继续做下去，无论发生什么，我都不会放弃它，就凭你博客上的'痞子专栏'我也不会放弃。相信你自己，也请相信我！只要我们坚持，总有一天我们会一起站在胜利的彼岸大喊：我们成功啦！继续努力，坚持！"

当我把今天的博客写出来时，我看到冰玫瑰又有新的留言："真是碰巧啊，你还在网上吗？看到你的留言了，谢谢！我当然相信你会一直坚持不懈地做下去，用你的话来回复你吧，相信自己！"

我知道冰玫瑰可能还在网上，于是只打了几个字过去："我在，你在吗，冰玫瑰？"

过了一会儿，我把博客留言刷新了一次，冰玫瑰新的留言就又出现在了上面："为什么你的文字中老是充满忧郁呢？什么事情难道不可以与你的朋友们分享吗？何必一个人躲在未知的世界里独自寂寞，贪婪孤独？提个建议，我认为你可以考虑把'痞子幽之轩'改成'文痞幽轩'，这样既简单明了，而且还不改变你原来的意思和突出你文字的个性。可以的话就加我qq，号码是252839293！"

我很快把那个号码加在了好友里面，那个号码的网名就是"冰玫瑰"。

"冰玫瑰，你好！"我给对方发了一个信息。

"你好，痞子，很高兴认识你！"很快，对方就有了回复信息。

"我也一样。我们认识吗？"我的手飞快地在键盘上敲打着。

"原来不认识，现在不就认识了吗？"冰玫瑰的打字速度也很快，基本上和我同步。

"哦，原来如此，吓我一跳。"我给冰玫瑰发了个笑脸。

"为什么？"冰玫瑰问道

"在我的朋友们中间，是不会有人给自己起一个像'冰玫瑰'这样高雅而且又这么好听的名字的。"

"是吗？呵呵，你很幽默。"

"不，我说的是真的。你博客上的花很好看，那图片是从哪儿找来的？"

"自己拍的。"

"我还是第一次见到那么好看的花！那都是玫瑰花吗？"

"是啊，怎么了？"

"哦，没什么，我以前没见过，以为是图片处理的效果。什么时候带我去亲眼见一下那花，怎么样？"

"图片处理？你以为别人都会跟你一样，把照片弄得很特别，不过看得出，你还是个长相很不错的男生。还有，你这人真说不清楚，我们第一次聊天，你就要我带你去看花，你不怕我把你拐了，或者卖了吗？呵呵——"

"呵呵，没事儿，像我这样的人白给都没人家要，别说拐卖了，这你就错了。"

"是吗？那倒不见得，比如我就不喜欢腹中空空却成天油头粉面的男生。"

"哦，我不太赞同。有钱不是挺好的嘛？"

"这下该是你错了，钱嘛，身外之物，多了就多花点，少了就少花点，没有就别花，关键是人活着要充实，要开心，只要有本事，钱并不是问题，一切都会有的！"

"没想到你还蛮深沉的嘛！小妹妹，几岁了？"

"你是我小弟弟还差不多，我是85年的，你呢？"

"我说是小妹妹嘛，我是84年3月27的。来，叫一声'哥哥'！"

"好啊，我长这么大，还没个哥哥呢！不过，得等以后再叫。"

"为什么现在不行？"

"秘密！"

"哦，我知道了。你爸爸妈妈干什么工作？"

"农民，家庭条件一般。"

"我又没问你家庭条件怎么样，多此一举！"

"我还以为女生都喜欢关注这个问题，不好意思。你呢？"

"我爸爸是个干个体的，妈妈在家没工作。"萧婷婷说到这撒了个谎，她害怕说真话让我不好下台。

"干什么个体？"

"你是不是公安局的呀？查户口啊？"

"好了，对不起，随便问问。聊了半天，你叫什么名字啊？我叫雷子。"

"就叫我冰玫瑰吧，雷子，好，我记住了！"

"冰玫瑰，这似乎不太公平吧？"

"怎么不公平？我刚才又没问你，是你自己说的，呵呵！"

"好，好，好，不说算了。反正冰玫瑰这个名字我挺喜欢的，以后就叫你冰玫瑰了。"

"这就对了嘛，好了，我要休息了！下次再聊！拜拜！"

"晚安！"

萧婷婷并没有睡觉，她有种预感，觉得她可能跟我会发生一些很有趣的故事。其实她从"文瘁幽轩"的博客图片上就已经认出了这个网络空间的主人就是那天在文学院遇见的那位侃侃而谈的男生，只是那张图片是经过浮雕处理过，看上去不是那么清晰。直到方才我又告诉了她我的名字，这便说明她先前的猜测是正确的。真没想到，会通过这样的方式再次遇见我。而对方现在肯定还没有想到冰玫瑰会是她，是告诉呢，还是暂时先不说呢？假如告诉了我，她是一个富翁的千金的话，我还会不会和她交朋友？因为我在和她聊天的过程中主动说我家的家境一般，那说明我还是很在乎这个问题的，那如果不说的话，万一将来有一天我发现了又该怎么办？这都是后来她告诉我的。

在同一学院另外一端的男生宿舍中，我也没有睡。望着窗外皎洁的月亮，想着刚才冰玫瑰所说的每一句话，我清楚地意识到，爱情风暴要来了！对于爱情的渴望从来都没有这么的强烈过，冥冥之中似乎一切本身都已注定。我突然产生了想吸烟的欲望，可是本来我是不抽烟的。看着其他三个人熟睡的样子，我悄悄地摇醒了浩子："浩子，有烟没有，给一根！"

"你有病啊？半夜三更的找烟抽，在我口袋中，就是那个，自己取！"浩子睁开蒙眬的眼睛嘟囔了一句，指了指他的外套，然后就又睡了。

点上烟，猛吸了一口，轻轻地吐出来，看着烟雾在月光中渐渐散去，带着我的思绪飘向遥远的地方。我很少抽烟，当然也不会抽烟，我总把烟吸进嘴里，顶多和嗓子打个招呼，再从鼻孔中出来，不像浩子，抽起烟来让一丝烟雾都不出来，全部咽到肚子里面，好大半天才张开嘴，吐出一个套一个的烟圈来。此时的我万万没有想到，面对感情一向空白和怯弱的我竟然一下子要和一位千金生活在一起，四年，甚至是一辈子。

我做了个很奇怪梦：一群人在追着打我，我打了几下就被对方打倒在地，这时忽然来了一股旋风，把我卷到了半空中。于是我就坐在云上面飘啊飘啊，有一架飞机从我的旁边飞过，那飞机可真大，机身上还写着"文痞幽轩"几个字，我正想飞过去仔细看一看，突然间云就散了，我一下子从空中掉了下来，"啊——"我醒的时候，看看窗外，月光还是那么皎洁，真美。

第三十章

星期天，早晨刚起床，我就打开了电脑。

刚上线就看见冰玫瑰的头像在跳动，一打开，"雷子你好，我在，来了说话，好吗？"

"早上好，玫瑰妹妹，怎么这么早？我刚上来，你还在吗？"我回话。

"在，当然在，我是在等你啊！"冰玫瑰很快回复了信息。

"哦？有什么事吗？"我问道。

"也没多大的事，你看看我的博客。我写了一首小诗，指点一下呗。"

"谈不上指点，互相交流和学习吧，呵呵，好，我马上去看。"我的心情突然跟早晨的阳光一样，豁然开朗。

打开冰玫瑰的博客，看见了一首诗：

心路

总想让自己的心静下来

总想让迷茫远去

可是我做不到

仍然在悬崖的边缘上彷徨

我不再是一个小孩子

希望有属于自己的一片天空

那片天空上有白云有小鸟

这是心与心的连接

这是爱与爱的碰撞

火花的闪烁

把黑暗也照成了黎明
人为什么要等待呢
那是因为等待可以让心找到真正属于它的地方
我双手捧着自己跳动的心
小心谨慎地捧着
等待着
等待着……

我看完后立刻回了信息："大才女一个，佩服！"

"多谢，比起你来差远了。你才是真正的才子呢！"

"别损我了，我自己的半斤八两我自己清楚，不用这样说我的。"

"你这人真讨厌，何必要这样过分自谦呢！要知道，过分的谦虚实际上是骄傲的一半。"

"没有啊，我本来就是个很一般的男生啊！"

"好了，不跟你说这些了。以后不要这样看不起自己，你连自己都看不起，那还会有谁看得起呢？本来今天是想约你出来，现在看来没那个必要了。"

"别，生气干什么嘛。我也就是那么随便一说，我保证，以后肯定会'改正错误'，做一个'听话的孩子'。呵呵！"

"油腔滑调，讨厌！"

"好吧，既然你这么讨厌我，那我就下线了。免得让你心烦！"

"等一下，我说讨厌你的油腔滑调，又没说让你下线啊！雷子，聊点别的什么吧。"

"看在博客的面子上，我就不和你计较了。男人嘛，就应该对自己狠一点！"

"说你凶，你还没底了，德行！"

"我看你不是个大家闺秀，也起码是个小家碧玉，这脾气，动不动就发，小心把脸气歪了，尤其是现在的'非常时期'，脸歪了，男朋友也找不上！"我开玩笑说。

"是吗？我倒不觉得。"

"那是你已经有男朋友了，吃饱的人总是无法理解饥饿的人，根本无法想象我们穷人吃个窝窝头都心里乐开花地高兴着：终于有吃的了。"

"雷子，你说话总是给人一种很深沉的感觉。我首先要声明一下，别把我跟那些人联系在一起，我进大学门才几天，哪来的男朋友？"

"哦，我有点不信。"

"信不信由你！"

"就算是吧，但是你给我的感觉你好像很……反正说不清楚的那种感觉。哦，你上面说的'那些人'指的是哪些人？"

"就是你说的那些啊，你这人也真俗，整天念叨钱啊钱啊的，有什么意思？"

"我俗吗？我倒不觉得。"

"好，那我问问你，假如你现在突然间有三十万，你打算怎么花？"

"我的天啊，三十万，让我想想。首先嘛，我需要买一台可以用来上网的、质量好一些的笔记本电脑，因为我现在整天用的电脑是我们宿舍舍友的，每天都用，挺不好意思的，而外面网吧又没什么好的环境；然后给我父母买一辆小轿车。剩下的将来再说吧！"

"就这么简单？"

"就这么简单！"

"俗！！！"

"呵呵，这好像是你今天第二次骂我这个字了，随便！"

"你就没想过通过这些钱赚更多的钱吗？"

"我说你也够怪的，我记得昨天和你聊天时，你不是还说'钱嘛，身外之物，多了就多花点，少了就少花点，没有就别花'吗？今天怎么突然就变卦了呢？看来你还是个小女生，初步的人生观和世界观还没有完全形成，可以理解！"

"这完全是两码子事，不能相提并论的。"

"给我一个理由。"

"'给我一个理由'，你怎么盗用我的话？"

"是你发明的吗？申请专利了吗？"

"你吃火药长大的啊？我的意思是说我做事的原则老是喜欢让别人给我一个理由，你刚才这么一说，好像就是我在说一样。从来还没有人这样问过我，你是第一个。"

"别转移话题了，给我一个理由。"

"好，言归正传。人需要通过自己的奋斗才会有属于自己的一切。我不知道你看过一部名字叫《九九归一》的电视剧没，上面有一个叫把式的人说了这样一句话：'做人要凭实打实的本事，不能靠赏！'我很喜欢这句话，上次说的那个意思是人不可以把钱看得太重，知足常乐；现在说的意思是，天上是不会掉馅饼的，无论你有没有资本，都要努力地去奋斗，争取！"

"你也蛮深沉的嘛！"

"承蒙夸奖！"

"好了，俺要博客喽！下次再聊！"

"好吧，和你聊天其实是种享受！"

"是吗？和你聊天其实是种浪漫！"

"呵呵——"

"呵呵——"

"……"

"……"

"拜拜。"

"拜拜。"

"雷子，电话！"我还没来得及把电脑关掉，王兵就在喊。

"好，谢谢！"我快步走到电话前："喂，你好，我是雷子。"

"雷子，你好，我是贾老师，你现在有空吗？我想跟你商量件事。"

"现在吗？有啊，什么事，您说。"

"这电话里说不清楚，能见面再谈吗？"

"好，那您说个地方吧！"

"我正好下班，我在学校门前等你。怎么样？"

"好的，没问题，我马上到。"

"那待会儿见！"

"拜拜！"

我电话接完才感到有些奇怪，贾老师为什么会突然找我呢，到底是什么事？我们除了借书和还书的时候说过几句话之外，并不是很熟悉啊。不过我还是换了件衣服，很快出现在了约定的地方。贾老师早在那等着了。

"不好意思，让您久等了。"我走了上去。

"没事儿，我也刚到。"贾老师看着我，眼中充满了慈祥。

"您找我有什么事吗？"

"对，有事儿。不过，能不能找个地方，坐下来我们再聊。"

"好的！"我越发感到莫名其妙，今天的贾老师真有些奇怪。

我们走进了学校外面的一家咖啡店，这也是贾老师提议的，我只有听从的份。我从来没进来过这里，因为一般只有两种人常来这里，一种是那些家庭条件相对优越到这里来消费的学生或者老师，另外一种人就是那些有女朋友实际家里很穷却在这儿充大头的男生。而对于我来说，这两个条件没有一个是符合我的。其实这是个很不错的环境，里面装潢得很时尚，很漂亮。一个长发的男生在一个角落里，正弹奏着一首听上去非常清幽的曲子，看上去他很投入的样子。我不知道那长发弹的是什么曲子，只是我认为那长发弹钢琴的姿势不错，潇洒得很。

"雷子，我就开门见山地说吧，假如你不愿意，我也不勉强你。"贾老师说话之前好像下了很大的决心。

"贾老师，您今天有点奇怪，呵呵，有什么事您就直说，我能做到的我保证帮您的忙。"我一看贾老师的模样，乐了。

"雷子，你觉得我这个老师怎么样？"

"挺好啊，您对待每一位同学都很好，好多在您那儿借书的同学都对您的反映不错。"我恭敬地说道。

"那你觉得呢？"贾老师问道。

"当然也觉得您好啊，您怎么问起这个问题来了啊？"我越听越糊涂。

"那就好。是这样的，你可能也听同学们说起过，我和你李叔，也就是我的丈夫，我们想，我们想把你认作我们的干儿子。"贾老师终于憋足了气，把话说了出来。

"啊？贾老师，您没开玩笑吧？"原来浩子上次醉酒后提到的那事是真的，我当时以为浩子喝醉了胡说，贾老师亲口这么一说，我差点儿把咖啡倒出来。

"没有，我说的是真的。我注意你很久了，自从你每天按时来上自习时我就瞄准你了。现在的年轻人啊，懒得要命，只要是一考上大学就把书本扔得远远的。玩上四年，什么东西都没学就毕业了，像你这样爱学习的学生已经为数不多了。说实话，我很欣赏你，当然也很喜欢你，我是经过慎重考虑才做出这个决定的，你李叔也同意了。现在就看你有什么想法。"贾老师说得很真诚，眼睛直直地看着我。

"贾老师，这事我还得跟我爸爸妈妈商量一下。不过说实话，我也挺喜欢您的，您是个好老师。人生本来就有很多不公平的地方，很多事都是人自己无法左右的。它在这方面给予一个人少了，就会在另外的地方将少给予的弥补上。我还没有完全进入社会，也无法理解你们大人们的心思和世界，不过，我认为还是乐观些好。"我觉得这事还是得先问问父母，慎重点比较好。

"好孩子，你不必安慰我，我现在早已经想通了。你很懂事，即便你的父母不同意，我也希望你可以常来我这儿陪我聊聊天，说说话，那就足够了。"贾老师被我的几句话感动了，眼睛中含着泪。

"我爸爸妈妈也是通情达理的人，您放心，我一定说服他们。"我很自信地说。

"那就好，那就好！"贾老师竟然有点儿小激动。然后两个人在那里聊了一会儿。

从咖啡店里出来以后，我就给家里打了电话，父母一听说是那样一个情况，果然毫不犹豫地同意了。我立刻把这个好消息告诉给了贾老师，贾老师在电话中竟然哭了起来，我劝了好大一阵子才作罢。

我怎么也没想到，我居然在大学中认了一个干妈。下午去贾老师家里时，李叔跟我谈了好多话，李叔看上去还要老一些，两鬓已经可以看见若隐若现的白头发，他也很喜欢我，问长问短，就好像是自己的亲生儿子离家出走好多年突然回家一样，那种温馨和感动时时围绕在我的身旁。我也决定就像对待亲生父母一样，照顾好干爹干妈，让他们也感受一下有儿子的完整的家庭生活。

贾老师今天特地做了好多拿手的菜招待新认的干儿子。还破例地拿出酒，给干爹和我每人满满倒了一大杯，自己也倒了一点，眼睛中闪烁着激动和兴奋的泪花，一个劲地给我夹菜。没想到在四十几岁上还可以有这样的机会，自从女儿失踪后，她和丈夫一直以来就有块心病，现在有了我，在另外一种程度上也算是抚平了他们两口子长时间的创伤。人活一辈子确实不容易，没有子女的日子更不容易。多年来，他们无时无刻不盼望着有属于自己的孩子，尽管女儿到现在还没有任何消息，可是一个完整的家庭说什么也不能少了孩子。遇见我，看着这个年轻又刻苦的孩子，贾老师打心眼里喜欢我，决定了好长一段时间，最终还是认了我做干儿子。她相信她的眼光不会错，我肯定是个听话懂事的孩子，也一定可以给他们家带来像自己亲生子女一样的温暖和关怀。对于贾老师，对于我，都可以说是新的生活开始了。

其实贾老师现在并不知道，我不仅仅是她现在的干儿子，将来还会更亲，因为通过我还发生了一些事情。人生就是这样，往往在平常之中蕴涵着玄机，而这种玄机也往往给一个人，一个家庭，或者更多的人和几个家庭带来新的转机，痛苦？快乐？幸福？让我们拭目以待！

第三十一章

　　我这几天的课余时间几乎都在网上做博客，博客系统新增加了相册和背景音乐功能，我就把自己的一些照片传到了博客相册上。而且把博客名字改成了"文痞幽轩"。我把"文痞幽轩"做得很是花哨，看起来就像一个非常温馨的网上小家。巧的是，我博客上的背景音乐就是潘美辰演唱的那首《我想有个家》。而萧婷婷从博客相册上更加肯定那天在文学院遇见的那个男生就是文痞幽轩的主人我。她喜欢上了我的文字，每天必看。然后很认真地引用在自己的博客上，还通过QQ、论坛等介绍给更多的人来文痞幽轩做客，用网络博客的专业用语来说就是"有更多的草根们来博客上踩，踩完了留下脚印"，网络真是个很奇怪的东西，总是有很多新名词会制造出来。一般人还看不懂，有的听都没听说过。可是就是有很多人愿意充当它们的传播者，让它们在网络这片沃土上自由生长、开花、结果。同时网络也造就了很多的人才，无论在哪一方面。

　　可我还是不知道冰玫瑰其实就是萧婷婷，就是浩子天天追求的那个漂亮的女生。因为在冰玫瑰的相册中只有永远是那么好看的冰玫瑰花。我也像着了魔一般，每天看着冰玫瑰发呆，到底在想什么呢？除了我自己外，没有人能知道。

　　"雷子，电话。"又是王兵，他边给我话筒边开玩笑说，"这宿舍电话都快成你专线了。"

　　"少废话，拿来。"我接过话筒，"喂，哪位？"

　　"哇塞！架子不小啊，你是不是雷子？"一个女生的声音，很细腻。

　　"是啊，你是谁？"我觉得这声音似曾相识，却一时记不起来。

　　"呵呵，我是冰玫瑰。有没有空，上网聊聊？"对方问道。

　　"我的妈呀，不会吧？！我不信！"我有点儿吃惊，冰玫瑰怎么会知道我宿舍的电话。

"给我一个理由！"萧婷婷重复了一个她跟我聊天的专用术语。

"哈哈，相信了！你是怎么知道我的电话的？"我忍不住要解开这个谜。

"先不告诉你，可以上网吗？"萧婷婷问道。

"当然，你都在线，我哪有不上的道理？"我爽快地答应道。

"好，我等你，拜拜！"萧婷婷说完就挂了电话。

"Ok，拜拜！"我一脸兴奋，挂完电话，转身就对浩子说："浩子，我又得用一下你的电脑了，一个博友约我。"

"用去吧，反正闲着也是闲着。来，你上吧！"浩子起身，让出了座椅。

"好，谢谢了。真不好意思，老麻烦你，这月的网费算我一份。"我说道。

"你小子就别跟兄弟我客气了，这有什么啊！只要你把媳妇带回来请我们喝酒就行了，然后早点从我们宿舍嫁出去。"浩子开玩笑说。

"没问题，假如有朝一日我有了媳妇，我一定请哥几个好好喝一次。"

在说话的空当，我已经上了线。这时王小兵突然提议要一起帮我聊天，今天非要问问这冰玫瑰的真实姓名不可。我当时也没在意，聊天嘛，没事。而恰恰是因为我的这次大度，给我带来了一次皮肉之苦。

"我来了，冰玫瑰，在吗？"我发送了信息过去。

"等你半天了，你怎么才上线啊？不是说你们宿舍有电脑吗？"冰玫瑰在那面问。

而这面的几个小子一起在和冰玫瑰聊天，我们四个人围着一台电脑，浩子还笑着说："快，'等你半天了'，真肉麻啊！"几个人都笑了。

"有什么事吗？这么着急找我？"我继续聊天。

"没事不能找你吗？呵呵，想你了。"萧婷婷故意回复说。

"哇塞，看不出来啊，雷子，有你的！"浩子在旁边说。王兵和王小兵也都凑了过来。

"哈哈，天下哪有你这样的傻丫头，见都没有见过我就想我了，不会吧，这么直白，我好激动啊！"我敲打着键盘，心里一阵眩晕。

"我现在问你几个问题，你必须回答我。"冰玫瑰发来了这样一个信息。浩子一把推开我："雷子，这女生对你肯定有意思，让我帮你聊天，绕一下她。"

我也没说什么，就把座位让给了浩子，自己站在后面看着，嘱咐他："你别给我胡说啊！"

"放心，我保证把这个女生给你绕过来。"浩子说着在键盘上开始敲打，"那得看能不能回答啊？能回答的我一定回答。"

"你有没有女朋友？"

"呵呵，你怎么问起这个来了？有怎么样？没有又怎么样？"

"你有没有？"

"没有！"

"真的？"

"天地良心！"

"那你想不想找个女朋友？我给你介绍一个。"

"是吗？我看算了吧。"

"为什么？"

"我怕没那福气。"

"你这小子，人家可是真心喜欢你啊！"

"是吗？叫什么名字？说来听听。"

"我们能见个面吗？"

"什么时候？"

"就现在。"

"好，约个位置吧！"

"大才子啊，是不是你啊？什么叫'约个位置啊'，用词不当，就学校门口的那家咖啡店吧。"

"好，王分钟以后见，不见不散！"

"怎么才能认出你来？"

"你到了就知道了，我们见过！不见不散，拜拜！"

萧婷婷发完这条信息就下线了，她终于决定要让我知道冰玫瑰就是她，而她也对我的文字有了一种莫名的依恋，那种感觉时时让她失眠、心跳，第六感觉告诉她，她爱上我了。萧婷婷简单地收拾了一番，跟平常一样，只是化了淡妆，向咖啡店走去。

与此同时，我也感觉到了爱情的来临，整了整衣服，照了好几十秒钟的镜子，才心满意足地走出了宿舍门。浩子开玩笑说要给我当"保镖"，要不然被人家姑娘绑架走了怎么办？在王氏兄弟的"极力劝阻"下，才把浩子留在宿舍中。

就在我下楼的同时，王兵无意中发现对面女生公寓楼的萧婷婷也下了楼，他赶紧喊浩子："浩子，你快来看，萧婷婷！"

"在哪儿？"浩子跑到阳台上朝楼下一看，果然是萧婷婷，"唉，萧婷婷就萧婷婷吧，我可没那个福气喽！"

"我突然有个假设，大家说成立不成立？"王兵突然有点神秘地说。

"说说看。"浩子和王小兵同时说。

"你们说冰玫瑰会不会就是萧婷婷呢？"王兵说出了自己的猜测。

"不会吧？哪有那么巧的事，要是那样的话，还不把我打击死了。"浩子不相信，也不愿相信。

"浩哥，我看悬，说不定！"王小兵说。

"浩子，准备喝酒去吧！呵呵！"王兵诡笑道。

"浩哥，放心，我陪你！"王小兵总是浩子的跟屁虫。

"看来，我真得等着雷子回来问一下了。"浩子眼睛中开始恢复原来的眼神。王兵一看这个样子，假装收拾床走了过去，不再理会浩子和王小兵。他躺在床上心里默默地念叨着："雷子啊，你这臭小子怎么啦？事情怎么会发展到这个地步呢？雷子，祝你好运！"

我走进那家咖啡店的时候，里面只有很少的几个人，萧婷婷也还没到，我便在上次和我干妈来过的位置坐了下来。我在想，能来这家咖啡店对于我来说应该是件很幸运的事儿，上次来这认了贾老师做干妈，今天又是来和心仪已久的冰玫瑰见面。刚才上网时冰玫瑰说我们俩见过面，我怎么就想不起来，在哪儿见过？正想着，萧婷婷已经站在了我的面前。

"是你？"我一抬头就把自己吓了一跳。

"对，就是我，冰玫瑰！"萧婷婷很大方，"也不请我坐下来？"

"哦，请坐！"我感到太意外了，真的，做梦都没想过要和萧婷婷来这种地方。生活往往就是这样，你越想得到的东西，你就越得不到，而你没想过要得到的东西却悄然而止，来得毫无声息。

我们要了两杯黑咖啡，然后是沉默。

两个人坐在那里，只是默默地喝着自己的咖啡。但是我们并不感到这样的气氛是单调的，反而倒觉得这样才是我们俩之间特有的聊天方式。咖啡店里的钢琴师很有眼色，看见我和萧婷婷在那儿坐着，不失时机地弹起了一曲《水晶之恋》的插曲，钢琴声穿过在座的每个人的心扉。我们心照不宣地看着对方，享受着这美好浪漫的时刻。

好久好久，萧婷婷终于先开口了："感到很意外，是吧？"

"不是很意外，而是太意外啦！"我突然感觉自己整个人都被幸福笼罩着。

"呵呵，是吗？那我很幸运哦！"萧婷婷微笑着，她笑起来确实很迷人。

"应该说是我很幸运才对，我从来没想过和冰玫瑰面对面地坐在这样的环境中，而且她是校花，笑起来真好看。"我抬头看看眼前的女生，忍不住说道，好喜欢她微笑的样子。

"呵呵，是吗？你是不是对所有的女生都这样恭维的啊？什么校花不校花的，难道人的长相就那么重要吗？"萧婷婷又笑了，故意问道。

"不，这话是我第一次对女生说，而且说实话，长这么大，我也是第一次跟女生约会。"我有点儿窘，赶紧喝了一口咖啡，接着说道，"你错啦。爱美之心，人皆有之。一个人的长相不是我们本身可以决定的，所以我们没有必要在乎。有人说过这样几句话，'我长得很有创意，但是这并不是我的本意，只是上帝发了一点脾气。可是，假如没有我的存在，那么还会有谁来衬托你的美丽？'"

"我就喜欢你这样侃侃而谈的样子。"听了这番话，萧婷婷不禁说了这样一句话，话都说出来了，才感觉有些不对劲，脸都红了。

"假如可以的话，我可以经常说给你听。"我把机会把握得很好，因为机会往往只有一次，"机不可失，失不再来"讲的就是这个道理。

我在说这些话的同时，心里还在想另外一件事，那就是和萧婷婷在一起后，怎么来面对浩子？两个人的关系刚刚见好，可是遇上这种事情，谁也说不清楚。而男生对爱情这方面又尤其敏感。可是我当然也不想错过或者说不可以拒绝这样的机会，因为，我需要她，在网络上，我也爱上她了，如今回到现实，那就更没得说了。既然事情已经发生了，那就一切随缘吧！

爱，有时候就是一瞬间的事情，突然，悄声无息地就来了。

走出咖啡店回学校的路上，萧婷婷轻轻地挽住了我的胳膊，引来了很多人们羡慕的眼神。而我表面上装作一本正经的样子，其实心里早已经汹涌澎湃。我的爱情突然降临，来不及打声招呼就来了，我感觉自己就是在做梦，暂时还没有完全从梦中醒过来，而事实上就是这样。套用一句广告词："是的，当时就是这样，连老天都幸福地笑了。"

"婷婷。"我第一次这样叫萧婷婷，无比幸福的感觉，"你掐我一下。"

"为什么？"萧婷婷天真地问道。

"我看看我是不是在梦里。呵呵！"我笑着说道。

"噢，原来如此啊。好，我掐你，让你好好感觉一下！"说着萧婷婷真的使劲在我的胳膊上掐了一下。

"哎哟，疼，疼疼，哎哟……"我忍不住叫了起来。

"是在做梦吗？呵呵——"萧婷婷笑着问我，说着还把刚才掐的地方揉了揉。

"不是在做梦，是真实的！"我坚定地回答道。

就在我们俩嬉笑着经过学校邮局旁边的时候，我们遇见了两个人，浩子和王小兵，这两个正好要出去，所以碰了个正着，等我发现的时候，对方已经站到我们面前了。

看见眼前的此番景象，一阵醋意从浩子的心里油然而生，他的脸色难看到了极点，眼睛里放射出一种凶狠的光芒，走近我跟前狠狠地说了一句："小子，算你狠！"

萧婷婷想说什么，我给了她一个眼色。我觉得没必要解释什么，因为没有什么可以解释的，越解释越乱。

"我们走！"浩子恢复了往日那种高傲的姿态，领着王小兵扬长而去。

"没事吧？"萧婷婷关切地问。

"没事，我们走吧！"我主动拉起萧婷婷的手，朝宿舍公寓楼走去。我把萧婷婷送到了四号楼门口，才依依不舍地回到了自己的宿舍。刚进宿舍门，王兵就扑过来："恭喜，恭喜！你小子真是艳福不浅啊！"

"谢谢。"我的脸上还留着刚才幸福的痕迹，"不过，我刚碰见浩子了。"

"碰见就碰见了，这又不是你怎么啦，人家萧婷婷就喜欢你，不喜欢他，管得着嘛！"

"可是……"我还是觉得很为难。

"可是什么？别管他，有什么事情我帮你。哎，雷子，给我讲讲你是怎样追上萧婷婷的呗，赶明儿哥们我也追个校花级的女神。"王兵笑着，递给我一支烟。

"这个嘛，我觉得就是传说中的缘分，缘分来了，想挡都挡不住……"我给王兵说起怎样在文学院听课时见到萧婷婷，怎样在博客上交流等等。两人正热火朝天地聊着，突然听见有人在敲门。

王兵走把门打开一看，是经常和浩子一起来的几个长毛小子，我知道他们是来找事的，所以把门微微一关："对不起，浩子刚出去啦！"

"我们今天不是来找浩子的，雷子在吗？"说着，黄头发的杨桂就一脚把门踹开，他看见了我。

"认识我吗？"杨桂开口就问。他是这一带混得出了名堂的一个，我听浩子经常提起他，听说还和一个叫鹰帮黑社会有关系，附近的酒吧和小酒楼好像都是他罩着，浩子以前就是跟着他混的，总之不是一般的二流子。他刚才在酒吧喝酒时，听到王小兵添油加醋地说了我和萧婷婷的事，再一看还没有喝多少酒就已经醉得不成样子的小弟浩子，正好也憋着一肚子气没地方撒。所以叫了两个小弟跟着一起来找我。

"不认识。"我猜他是王小兵平日里说的"桂哥"，我故意装作不认识。

"听人说你小子挂马子挺有一手，而且还很会撬，不错，不错！"杨桂点了一支烟，"六子，亮子，交给你们了。"

站在杨桂后面的两个家伙一听老大的命令，冲上来就开始对手无寸铁的我拳打脚踢，王兵想给我帮忙，可是被我喝住了："没你的事，我自己的事我自己解决！"

"很好，这才像个男人嘛！给我打，狠狠地打！"杨桂朝王兵很不友好地吐了一个大大的烟圈。一把手都不还的我，没几下就被打翻在地上，脸上，嘴里都是血。王兵看着心疼得直想掉眼泪，可是对方人多势重，没办法啊！

毕竟我是个学生，这是在大学校园中，杨桂不想惹什么麻烦，只是来警告一下便罢了，他做了个手势让那两个人退开，然后蹲下身，用手在我的脸上拍了一把："小子，以后多注意点，要是学校为难了浩子，小子，我敢说你这学也上不安稳，我还会来找你的！啊！我们走！"说完，把烟头扔在地上。

那伙人刚出去，王兵就拿起电话准备通知学校保安人员。我摇摇头，说："王兵，不能那样做，如果报警我们还会倒霉的，算了吧。没事儿。"我用手按住肚子，把身子往床边上移了移，坐到了床上。

"那你就白挨打了？你怎么会这样呢？有什么可怕的？"王兵不服气，看着自己的好朋友被打成这个样子，他真恨不得找把刀子灭了刚才那个几个家伙，他更恨浩子，怎么可以对自己的同学舍友做出这样的事来呢？他正想着，电话响了，顺手一接："喂，找谁？"

"可能是萧婷婷的，接！"王兵把话筒递给了我。

"喂，是我，雷子。"我说话都有点费劲。

"一起去吃晚饭吧，我在你们楼下等你！"

"我，我现在，我现在有点，有点事，不能去。"我感觉头有些晕，像马上要昏倒一样，很费劲地跟萧婷婷说话。

"你怎么啦？是不是哪儿不舒服？"萧婷婷听出我声音的异常。

"没什么，我……"我刚要说话，话筒突然被王兵抢过去了："喂，你好，我是王兵，是雷子的朋友。他现在不能说话，刚才宿舍来了几个痞子把他打了，伤势很严重，我看得去医院。"

"王兵，别乱说！给我！"我不想让萧婷婷担心，把话筒重新要过来。

"萧婷婷，我没事！你先去上自习吧！"我不想多事，故意骗萧婷婷。这刚来的幸福不能被这暴打受到影响啊。

"不，你肯定有事。都是我不好，对不起！你等着，我马上过来到你们宿舍楼底下，你一定要下来，一定！"萧婷婷说完就挂了电话，穿上外套，拿起钱包直奔男生公寓楼下。

"别，唉，都是你惹的祸，给萧婷婷说什么呀说，真是！再说这事本来就怪我，没跟浩子解释清楚。"我埋怨王兵。

"我真不知道你是怎么想的，我就服了你了。别人都骑到你的脖子上撒尿了，你还为别人想。你以为你是谁啊？你以为这么做浩子就能感激你不成？简直可笑！"王兵把手搭在床头上，又取下来，来回在宿舍里走了几步。

"好，好，我错了，你教训得对！先把毛巾拿过来，我得擦一下脸，得去见萧婷婷，她在我们楼下！"我让王兵把毛巾拿过来，擦去脸上的血迹，换了一件干净的衣服，被王兵扶着下楼，萧婷婷早已经等在楼门口了。

萧婷婷见到鼻青脸肿的我，把嘴唇咬了咬，然后说什么也让我去医院。我本来是不想去，可是禁不住王兵的劝说，尤其看到萧婷婷眼中的泪花之后，便点了头。正好学生公寓底下来了一辆面的，三人一同钻了进去。

第三十二章

中国有句成语叫"塞翁失马，焉知祸福"，大概意思是说一件事情的发生在表面上和事情发展的未来状况是有一定区别的，往往表面上看起来不好的事情，而在实质上却给了受害人另一种补偿和机会，从而使原来的坏事发生了意外的改变而成了好事。话说我被杨桂等人拳打脚踢之后，在萧婷婷和王兵的劝说下去了医院，经过细致的检查也没什么大碍，这才让萧婷婷放下心来。萧婷婷本来就是千金小姐，虽然我那时还不知道。萧婷婷本来决定想给浩子等人点颜色看看，可是后来一想，毕竟我和那些人不一样，把事情闹大了对谁都不好，只好暂时先把这口气忍了下来将来另作打算。

在王兵的提议和帮助下，我搬出了公寓宿舍，在学校外面租了一间房子，一来养养身体，二来可以和萧婷婷有更多的时间在一起。情窦初开的萧婷婷认为我这次挨打完全是她的责任，终日陪着我打针吃药，不肯离开半步。经过这场小小的磨难，我和萧婷婷的心连得更紧了。而且我们之间还发生了另外的事情，待我慢慢道来。

那是个星期六的晚上，萧婷婷去外面给我提了一个盒饭。回到了二人小天地中，她把饭盒打开，递给我："雷子，趁热赶紧吃吧！"

"哦，谢谢。你吃了吗？"正在床上看书的我放下书，然后把身体靠在床头上，接过了饭盒。

"吃过了。你以后不要再对我说'谢谢'两个字，要不然我生气了啊。"萧婷婷看着我，微笑着说。

"遵命，夫人。"我眼睛直盯着萧婷婷。

"讨厌，谁是你夫人了？"萧婷婷的脸一下子红了。

"这里除了我们俩好像没别人吧？"我故意说。

"讨厌，不跟你说了。给，赶紧吃饭！"萧婷婷说着把一双筷子递给了我。

　　我的手没有接筷子，而是抓住了萧婷婷的手。萧婷婷害羞地挣了一下，但是却被我抓得更紧了。我轻轻一拉，萧婷婷就坐在了床沿上。

　　"要是这辈子都和你在一起，那该多好！"我深情地说。

　　"想得美，我才不呢！谁愿意和你一辈子在一起。"萧婷婷的脸更红了，像是刚喝了酒似的。

　　"我看你说的是真的还是假的。"我说着一把拉过萧婷婷，给她挠痒痒，边挠边接着问，"你说到底愿不愿意？你愿不愿意？"

　　"哈哈，哈哈，别挠了，我最害怕抓痒了。不愿意，就是不愿意！"萧婷婷故意说。

　　"好，我让你不愿意，叫你痒个够，我就不信！"我和萧婷婷两个人在床上闹着，我一个劲儿地给萧婷婷挠痒痒。

　　萧婷婷实在笑得受不了，开始告饶："雷子，我错了。我愿意还不行吗？你再别挠了，痒死了。"

　　我停下手，才突然发现自己已经压在了萧婷婷的身上。两个人一个看着一个，时间在那几秒钟瞬间停止。房子中安静得只有两个人彼此的呼吸和心跳的声音，原始的冲动开始在这个预定的空间弥漫开来，那是种精神和意志上的无尽享受，也是爱情天池的那朵将要盛开的鲜花。

　　当我的嘴唇轻轻地封在萧婷婷嘴唇的上面时，萧婷婷闭上了眼睛，沉浸在这令人眩晕的幸福之中。我搂着萧婷婷，开始移动嘴唇，轻轻地吻在萧婷婷的脸上、脖子上，手也不停地慢慢地在萧婷婷身上游走……

　　两颗年轻的心在瞬时融化在了一起，火热、纯挚、洒脱。一切就这样发生了，这是感情真实的触动，不是梦……时间开始重新运动，一秒一秒地走着。

　　只有桌子上那盒刚刚打开的盒饭，仍旧一动不动地放在那儿，一时没人去理睬。那热腾腾的气体朝一个方向上升而去，没有目的地，只是向上飘去。

　　"你后悔吗？"我问萧婷婷。

　　萧婷婷靠在我的胸膛上，把头贴得紧紧的，摇了摇头。

　　我抚摸着萧婷婷的头发，在萧婷婷的额头上又吻了一下，顺手把被子朝上拉了拉，给萧婷婷盖上，然后看着窗外，看着月亮，那月亮已经升起来了，月光把屋子里照得通亮，那月亮真圆……

　　我们再来说说浩子。那天，当浩子知道冰玫瑰就是他追了好长时间没追上的萧婷婷后，感觉人活得很是失败，心情郁闷的他和王小兵去杨桂的酒吧喝酒解愁，几杯酒下肚后不知不觉就醉了。哪知那马屁虫王小兵在浩子喝醉后，把事情的来龙去脉都告诉了杨桂，所以才有了后面的事情。等他酒醒以后听王小兵说我被打了，心里很不是滋味，从心底里他并没有收拾报复我的心思，可是现在事情既然已经发生了，无论怎么解释也不会有人相信他的无辜，只好背上这黑锅了。他把王小兵着实骂了一顿，另外还求杨桂不要再找我和萧婷婷的麻烦，他对萧婷婷已经没有任何兴趣了。杨桂虽然是个狡诈之人，表面上说还要修理我，而心里却想多一事不如少一事，既然连浩子都这么说了，他正好省省事。混的人也有道上的规矩，一般是不会接二连三地欺负一个人的。他们寻求的只是那种短暂的满足感、刺激感，没有谁天生就愿意得罪人或者去打人闹事，要是真有这样的人，那这人就不可理喻，大概差不多无药可救了，活在这个世界上没有任何生存的意义，要是可以的话，索性自己了结了，还可以减轻他父母和社会的负担，倒是更对得起他的父母和整个社会啦。

酒吧的灯光永远是那样的昏暗和让人有种丢失良知的感觉，几个学生在正中央的小舞台上自己点歌唱，不时地向下面的同伙招招手，算是打了招呼。而坐在底下喝酒的人明明知道舞台上的人唱的是噪音，却还奉承般地一个个叫好，让人好生厌恶。像这样的酒吧在我所在的大学附近至少有二三十家，连学校里面也有两三家。所有的酒吧都有他们自己找的人罩着，否则肯定经营不长久，肯定会被附近土生土长的那些社会的残渣们搅得一塌糊涂，只好每月每家出点钱，交点保护费以求太平。干这种生意，看准的是大学生口袋里的人民币，至于其他，能凑合就凑合着过吧！而事实上这些酒吧的老板很多本身就是附近大学里面大三大四的学生，来这混熟了，搞点活干，大学生当然最清楚他们本身的消费热点在哪儿，什么赚钱就做什么生意。

浩子和王小兵就坐在杨桂开的酒吧的一个角落里，自从萧婷婷和我在一起后，浩子很少去学校，也不去上课，整日待在酒吧喝酒，或者帮杨桂看看店什么的。而王小兵的任务就是每天去学校给他自己和浩子点名，往往也不在学校待，过来和浩子在一起。

"浩哥，我有件事想了好多天，最后决定还是给你说了吧！"王小兵看着对面的一个女生，转过头对浩子说。

"说吧，什么事？"浩子吸了一口烟。

"这些天你没回过宿舍，其实雷子那小子搬出去好多天了，肯定是在附近租了房子。妈的，你说这小子怎么这么命好呢？要不给桂哥说一声再收拾他一顿，这次我去！"王小兵端起一杯啤酒递给浩子。

只见浩子接过酒杯，然后用不快不慢的速度把酒泼在了王小兵身上："我警告你，你要是再在桂哥面前胡说八道，别怪我翻脸！"

"我，我……"王小兵这次把马屁拍在马尾巴了。

其实自从上次和我和好以后，浩子从我的身上学到了很多东西，比如对待朋友的真诚。这些天他也想开了，不是属于自己的人或者东西终究是不会拥有的，为什么就不能做朋友呢？而杨桂打我的事也让他心存内疚，他觉得我是个可以信任和交往的朋友，可偏偏发生了这些事，真的很是让他头疼。他好想找个机会和我好好聊聊，希望我可以看得起他浩子。

"这是怎么了？浩子，又怎么了？"杨桂走了过来，坐在了浩子的对面。

"哦，没什么，是我自己不小心弄的。"王小兵连忙说。

"浩子，不是我说你，不就一个女人吗？多的是，到哪儿都一抓一大把。至于让你这样吗？"杨桂给浩子和王小兵每人一支烟。

浩子接过烟，说："桂哥，我知道。谢谢！"

"就是嘛，想开一点就对了。我……等一下，我接个电话。"杨桂的手机响了，他取出来，接听，"喂，我是杨桂。哦，龙哥，有什么事吗？您怎么亲自打电话，有什么事让强子哥说一下不就行了，您吩咐！"

"好的，我马上就去办，马上！"

"什么？您放心，一定办稳当，不会有什么事的，放心好了。我办事，您放心！"

"那好，您好好玩，有空过来我这儿玩。好的，好的！拜拜！"

杨桂刚接完电话，就有一个小马仔从外面慌慌张张地跑进来对他说："桂哥，曼哈顿酒吧被人砸了场子，赶紧过去看看吧。"

杨桂将手中的半截香烟狠狠地扔在地上，凶神恶煞般地说道："妈的，是哪个小子又活得不耐烦了！浩子，前面的一家酒吧有人在闹事，我过去看看。你先坐着，我一会儿来了再陪你喝几个。"

"桂哥，我也去！"浩子站起来，把桌子上的一杯酒喝了。

"好吧，走！"杨桂迟疑了一下，还是答应了浩子。

出门时，杨桂悄悄给浩子手里塞了一把匕首，给了个眼色。浩子也没拒绝，顺手装在自己的裤兜里，跟着杨桂出了酒吧。

他们来到咖啡店对面的一家酒吧，走了进去。把浩子和王小兵算上，一共大概有二十几个人。

认识的人都在底下说："瞧，桂哥来了！"

"桂哥，你来得正好。他们这几个喝完酒不给钱，还用酒瓶砸了我的人！"酒吧的老板一见杨桂，赶紧迎了上来。这个月的保护费应该不会白掏了吧！他心想。这些人就是这样，掏钱的时候感觉心疼，背后骂这些混混，等真出了事就知道掏钱的好处了。

"兄弟，混哪儿的？"杨桂一副老大派头，他走近那几个人，站定，问。

"这你管不着，反正老子喝酒从来没掏过钱。我就不信你们能把我怎么样？你是谁？领这么几个小毛贼来吓唬我啊？"一个二十来岁的小伙子站了出来，看上去应该是个学生，可能刚出来混，不是太懂规矩。他还不认识杨桂，说话未免就有些张狂。

"桂哥，让我来给他说！"浩子突然站在了杨桂的身边，他见过这个耳朵上戴着耳坠的小子。

杨桂点了点头，站到了一侧。

"我这人从小就学习特别差，不是太会说话，哥们儿，贵姓？"浩子一只手掏在裤兜中，径直走到对方前面。

"姓什么你管得着吗？仗着人多欺负人是吧？"耳坠一副既害怕又装作满不在乎的样子。

"好，说得好！"浩子突然一把抓过对方的一只手猛地按在酒桌上，另一只手掏出匕首，狠狠地插在了桌子上的那只手上。血立马就溅了一桌，他把这些天压抑的那股气全部发泄在了匕首上。

"老子我问你他妈的叫什么！"浩子恶狠狠地又问，那眼神绝对可以杀人。

"哎哟……老大，我错了，哎哟，我叫张文。"耳坠跪在桌子旁边，嘴里"嗷嗷"地叫。

"啊——"前面座位上的一个女生吓得尖叫了起来。

"酒是手端起来送到嘴里的，不能怪嘴，得怪手！"浩子说着，看了一眼尖叫的女生，然后死死地看着对方的人，剩下的那些人早已经吓得魂飞胆破，汗流浃背。

"把酒钱放下，带着你的人滚！以后在这一块彻底消失！"浩子把匕首拔了，拿在手上。他心中突然有种说不出的满足感，他也是借着酒劲才这样做的。酒这东西，有时候是可以改变一个人，甚至一个人的一生。

杨桂看着眼前发生的一切，浩子做的让他很满意，而且在一定程度上超出了他的预想。

　　"桂哥，这位大哥是？"等那几个小子出去，酒吧老板半天才回过神，指着浩子问杨桂。

　　"浩子，以后叫'浩哥'，我的兄弟！"杨桂走过来，把手搭在浩子的肩膀上，"不错，是条汉子！"

　　"浩哥，我算是见识你了。"王小兵不失时机地拍着马屁。

　　"来，来，来，今天我请客，浩哥，给个面子，喝几个！"酒吧老板一声招呼，立刻就有几瓶酒摆在了桌子上面。

　　杨桂示意浩子坐下来一起喝，浩子也就没有拒绝，坐在了沙发上。

　　酒吧中又响起了先前的音乐，还是先前的气氛，似乎刚才什么事情都没有发生过。照样有人在大声地猜拳行令，照样有人在撕破喉咙地唱歌，而所有的这些都在向人们暗示着什么。浩子看着昏暗晃眼的灯光，昏暗的灯光遮住了这位年轻人一脸的迷茫，一脸的迷茫中夹杂着常人难以看出的忧伤，这就是这一代年轻人的青春遗留在他们不同群体上的痕迹，永远抹不去，永远留在他们青春的记忆中。

第三十三章

　　每个人都有一个适合于自己支撑的精神天平，只是支撑天平平衡的那个点不同而已。而这个支撑点除了包含有一般意义上的精神以外，还包括了人的理性、理智等多个方面。这个点的支撑动力就是人的意志，一旦意志改变了，那么这个点就有可能向一个端点倾斜，假如不及时挽救，那肯定就会越滑越远，没有回头之路。反之，假如有外力，或者自己本身意志坚定，目前的状况只是短暂的错觉的话，那么这个支撑的精神天平就会重新平衡。

　　浩子因为在酒吧里摆平了那次事件，一时小有名气，这一块的很多人都知道杨桂最近收了个小弟叫浩子，人挺能打，心狠。而浩子也干脆再也不去学校，每天领着几个小混混在酒吧替杨桂看场子。他开始放纵自己，每天在一些狐狗朋友的奉承中昏昏沉沉地过着纸醉酒迷的日子，在旁边没有人的时候，他总是独自一个人一支接一支地吸烟，燃烧着原本并不属于他的孤独。一个人在堕落中的生活是很可怕的，无论对于那个人，还是对于生活本身，它就是一个未知名的幽灵，看着堕落的人在窃喜，站在自由的一端，兴奋地呐喊，等待着又一个灵魂的骚动。

　　此时，我和萧婷婷俩正坐在咖啡店里聊天。我们已经有好多天没来这儿了，今天萧婷婷闹着说什么也要过来坐坐，重温第一次在咖啡店见面的感觉。我开始喜欢这个给我带来好运的地方，每次来这儿都会有不同的感想。听王兵说浩子正式加入黑帮，成天在外面跟一群乱七八糟的人混在一起喝酒打架，连学校都不来了。说曹操曹操就真到了。浩子和几个比他更小的马仔也进了咖啡店，环视了一周，让后面的那几个站着，然后独自朝我们坐的位置走了过来。

　　"雷子，能和你聊聊吗？"浩子看了萧婷婷一眼，然后直勾勾地盯着我。

　　"雷子，我们走！"萧婷婷发话了，她以为浩子又来找事儿，狠狠地瞪了浩子一眼，心里马上有了一个念头：要是今天浩子再敢动我一根指头，她绝对饶不了他。

"就十分钟！"浩子还是看着我，期待我的回答。

"你想怎么样？"我问。

"雷子，这事情中间有点误会，给我一个解释的机会，好不好？"浩子在乞求我。

"好，你说吧！"我作了一个让浩子坐下的手势。

咖啡店的老板显然也认识浩子，过来殷勤地问："浩哥，要点什么？"

"不要，忙你的去吧！"浩子面无表情地说，在我的对面坐了下来。

"对不起！"

"没有必要道歉，事情都已经过去了，还提它干什么？"

"那天我喝醉了，等酒醒的时候他们已经……不是我指使的，请你相信我！或许我现在说什么也等于闲话。我很后悔，真的！我不指望得到你们俩的原谅，可是这些天我真的好难受，好难受。"浩子开始掉眼泪，"雷子，无论你怎么想，我还是把你当作我的好朋友。除了在你面前，我没有在任何人面前哭过，失去你这样的朋友，使我感到很伤心，很孤独。我不打算继续念书了，我父亲也彻底不管我了。混着过吧，混一天是一天！你放心，不会有任何人再动你。我保证！祝你和萧婷婷幸福！"说完，浩子就离开了座位，站起来走了一步，又走回来，对我说："最近可能会很乱，你们没事最好别到外面玩，具体的事我也不能说，你们只管小心就是了！相信我，雷子，保重！"然后头也没回地走出了咖啡店。

望着浩子出门的背影，我心里竟然开始同情这个表面什么都无所谓，实际上却很孤独痛苦的朋友。朋友？什么是朋友？我对这个概念越发地含糊起来。尽管我与浩子之间有点矛盾，可是在我的心里早已经把浩子当作一个朋友来看待了。当我得知浩子整天打架喝酒不再上学的事，立刻就有一种想劝说浩子回头的冲动，可刚才浩子坐在我面前的时候，我却一时不知道应该怎么去劝说，从何说起。看着浩子流泪的样子，我觉得上天对有些人似乎太残忍，太不公平了，为什么要让他们去承受那些违背生活原则的东西？还是生活的原则本身就预定好了一些事情发展的方向？

心情不好的时候，晚上坐在公交车上看街头红红绿绿的世界是我一直以来的习惯，不同的是以前总是一个人，现在有萧婷婷陪着。

"小婷，我想出去走走！"我沉默了好久，突然说。

　　"我陪你！"萧婷婷知道我在为浩子刚才的话伤心，所以便拉上我，走出了咖啡店。

第三十四章

　　一路上，看着车窗外的大街，看着来来往往的车辆和行人，我还在想浩子刚才出门的背影和说的话，我的心情开始有点乱，理不出头绪来。我把靠在我身上的萧婷婷又朝自己的身上搂了搂，不知道自己在想什么。外面的灯光为什么在此时是那么的凄凉和令人忧伤？生活为什么往往会让人们去改变他们不愿改变的东西？"尊敬的乘客您好，西关什字到了，请您从后门下车，下车请走好！"售票员清脆的声音把我从思绪中带回到了现实。我拉起萧婷婷的手，在西关什字站下了车，然后手牵手默默地走着。我们紧紧拉着彼此的手，就像互相揪着彼此的心一样。自从和萧婷婷生活在一起，我体会到了生活真正的快乐和价值，有一个这样的女孩天天默默无闻地陪伴着自己，人生最大的幸福也莫过于此吧？我们每天都坚持做博客，把我们在一起的点点滴滴都记录在了上面，因为那是我们爱情的证明。但是，爱情是要经得起风浪的打击和生活的考验的，我们将要面对更多的人生抉择，为了我们自己，也为了那些爱我们的人们。

　　一段故事马上就又要开始了，本来不属于那个世界中的我也被卷入了一场让我终生难忘的经历。

　　在一个小巷的拐歪处，前面忽然嘈杂了起来，一个三十岁左右的男人朝着我们这边跑了过来。

　　他满脸鲜血，胳膊上还好像被砍了一刀，流着血。他气喘吁吁地跑到巷子口，四处张望，好像在寻找可以藏身的地方。看见我旁边的一个垃圾筒，他急速跑了过来，把垃圾筒上面的盖子揭开，一看里面是空的，便急忙钻了进去，还对看着发愣的我说："小兄弟，帮帮忙，有人要杀我，把这个盖子帮忙盖上。可以的话在这个垃圾筒前面挡一下，谢谢了！拜托！"那个男人长得倒是很清秀，我觉得他也不像是个坏人。于是随手就把那个垃圾筒的盖子盖好，和萧婷婷站在了垃圾筒的旁边，装作聊天的样子。

萧婷婷害怕得一个劲儿地发抖，我连忙把她的手抓在自己的手中。那男人在进垃圾筒的时候，地上留下了两滴血，我看见后便踩在了脚下。

果然，在大约几十秒之后，十几个手里拿着铁棒和砍刀，衣冠不整的社会青年就出现在了巷子口前。

他们在四处寻找，肯定是在找刚才藏在垃圾筒里的人。他们中间带头的那一个看上去大概也就三十来岁，一脸胡子，让人一看就知道不是个什么好东西。

一个长毛问："基哥，怎么办？"

"那小子受了伤，肯定跑不远的。"被叫作基哥的人说道，然后他看见了我们，向前走了几步问道，"喂，小子，看见一个胳膊有伤的男人从这跑过了吗？"

我能感觉萧婷婷的手又在发抖，我朝前面的方向指了一下："朝那边跑了！"

基哥立马吩咐道："兄弟们，你们几个去那边，你们几个跟我走！包抄，他妈的，给我追……"他的话还没说完，不远处就开始传来警车的警鸣声，只听他又说了句："他妈的，赶紧闪！"然后就都朝巷子里面跑了。

不一会儿，警车过来了，追着那些人直接开进巷子里面去了。

那个垃圾筒中的男人等警车走远后才对我说："小兄弟，再麻烦你把盖子揭一下，憋死我了。"

"你怎么了？他们为什么要杀你？"我打开垃圾筒盖，有些好奇地问。

"这个一时半会也说不清楚，以后有机会再说。我是王飞龙，谢谢你救了我，我以后会报答你的。小兄弟，你叫什么名字？如果你不介意，咱们交个朋友可以吗？"那个自称是王飞龙的男人并没有回答我的问题，而且向我伸出了手。

我象征性地握了握对方的手，说："当然可以，我叫雷子，在省政法大学上学。"

"好，我记住了，我得走了，谢谢你！我会感谢你的，雷子老弟。"王飞龙说完就跳进了一辆出租车，招招手，走了，那出租车开得飞快。

我这才长长地出了一口气，我寻思着：我刚才到底在干什么？我做了什么事情？还把自己的名字都告诉这个不知底细的男人了。想着，我竟然打了个冷战，想起刚才的一幕，我顿时感到有些后怕。萧婷婷也吓坏了，眼睛瞪得大大的，半天才缓过神来，望着我的样子，她突然笑了："雷子，你说这刚才就像在演电视一样。真刺激！"

"是吗？赶紧回家吧！"说着，看看手表，哦，十一点了，只好打的喽！

回到房子里，我和萧婷婷就先前的事聊了半夜，仔细分析了一个个画面，萧婷婷猜测那个被救的男人肯定是和那些追杀他的人一伙的，是由于内讧才被追杀的。而我坚持认为王飞龙是个好人，因为我发现王飞龙的眼睛中没有邪恶的东西，是无辜的。俩人各有各自的理由，一个不服气一个，于是争了起来。

"假如王飞龙不是好人的话，为什么他是一个人跑呢？照你说的那样的话，他应该也有几个小弟才对啊？"我边打字边说。

"你没有注意观察他的表情，难道你没感觉到他在进垃圾筒前和出了垃圾筒后的表情不一样吗？"萧婷婷把刷牙缸子放在了桌子上。

"有什么不一样？"我停下手中的活，问。

"他刚跑过来时，看上去他特别害怕，而出来后尤其是看着警车进了巷子口后，他的脸上有一种让人害怕的微笑，仿佛是除去了一块心病一样。"

"我没管那些，反正我跟他对视的时候，我感觉他是好人，甚至还可能是个警察。"

"你越说越玄乎了，还警察，是警察还被黑社会追杀？再说是警察的话，那真警察来的时候他就应该上警车，那样不是更加安全？。不，肯定不是！"

"说不定真是。"

"肯定不是，尽管我不像你，本身就是公安侦查专业。"

"那么我要是非说他是呢？"我坏笑着看着萧婷婷。

"我是不会轻易放弃自己的判断的，我敢肯定不是。"萧婷婷似乎知道我想干什么，可是嘴上还是不认输，她也笑着，可是却朝后退了一步。

"那，萧婷婷小姐，你说我是不是'好人'呢？"我一把抓住萧婷婷。

"你也不是'好人'，大坏蛋！"萧婷婷看上去很害羞，想要挣脱，可那是白费工夫。

"既然你坚持这么认为，我就是'坏人'喽，哈哈……"雷子说着就把萧婷婷抱起，准备放在床上。

"放开我，你这个大坏蛋。大姨妈来了。呵呵！"萧婷婷笑着说。

"哦，我的天！唉……"我假装无奈地松开萧婷婷，等她稍微放松了一下，又立马紧紧抱住，"那我就搂着你睡觉，哈哈。"

"呵呵，你这个小色狼！"

"我就是小色狼，你就是我的小绵羊。只是狼已经爱上羊了，注定要为此疯狂，那么现在我要吃了你！"

"哈哈，真贫！"

幸福顿时弥漫在整个小房子的所有空间，仿佛此时此刻，整个世界不只是星球在转动，一切都好像在转动……

第二天中午刚放学，我在房中正看书。

萧婷婷提着两份米饭，还拿着一份报纸进来了。她把米饭放在桌子上，然后把报纸递给我："你快看，说了你还不信，看看头版是什么？！"

我接过来一看，只见上面用大号黑体写着《黑帮内讧大火拼，老大贩毒或判死刑》，细读下去，原来我们昨天晚上遇到的事情就是报纸上说的黑帮大火拼，黑帮原老大因涉嫌杀人、贩卖毒品等罪名被公安局抓了，基本上可以肯定是死刑。报道中还说黑帮老大在昨晚交易时走漏了消息，被警方围捕。黑老大一气之下当场打死了两个认为是线人的小弟，打伤了四个。据说还有一个被逃脱，否则可能也会被杀死，逃脱的那个人名字叫——王飞龙，是被杀死的那几个小弟的"大哥"。

"王飞龙？他叫王飞龙。我的妈呀！怎么可能？"我着实出了一身冷汗，没想到昨天救的那个人真的是黑帮中的，而且还是个狠角色。

"怎么样？我没猜错吧？"萧婷婷得意地说。

"不行，以后最好别出门，小心些为好！你说我怎么就这么倒霉！唉！"

"没事儿，看把你吓的，是福不是祸，是祸躲不过。用省城话说那就是'多大的个事散！'"萧婷婷很开通，"来，吃饭了。"

顿时，热腾腾的饭菜端了上来，西红柿炒蛋，青椒土豆丝，还有我最爱吃的土豆烧牛肉。

"我怎么觉得我现在越来越幸福了呢？"我傻兮兮地望着萧婷婷。

"我的天啊，你这么聪明的人怎么现在才明白啊？呵呵！"萧婷婷把米饭盛好，递给了我。

"下午我们去外面转转吧，行吗？"我问萧婷婷。

"也行，反正我没有课，我愿意一辈子都跟你转。"

"哦，我的天啊，幸福的筹码为什么再次重压我啊，我这颗幼小的童心怎么受得了？！"我做了一个痛苦状，张开胳膊。

"好好好，我来关爱一下无助的儿童，放心，有姐姐在，就算是天塌下来也不要紧的！来，姐姐我抱抱，减轻一下小乖乖的生活巨大压力！"说着，萧婷婷便拥入我的怀抱，揽住我的腰。

"雷子，你说我们俩会一辈子在一起吗？"萧婷婷动情地问道。

"当然会，既然我们已经如此相爱，老天一定会眷顾我们两个的，不是有句话说，天下有情人终成眷属吗？你说呢？"我感慨地说道。

"嗯，我也相信我们会永远相爱，永远厮守在一起的！"

"雷子，你说你毕业之后打算干什么？"萧婷婷突然问道。

"呵呵，说出来不怕你笑话，我打算将来毕业之后给你开个花店，名字我都想好了，就叫'青春曼舞'，然后我们俩一起经营花店，把它做成省城乃至全国最有名的花店，在全国开连锁店，最好能上市，挣足了银子就雇人经营，然后和宝贝你一起周游全世界！怎样？够有理想的吧？"我一口气说道，眼中充满了期待，好像事业已经开始在眼前，花店就在眼前。

"有志气，坚决同意。老公，我也觉得幸福好像也在砸向我呢，一次比一次幸福！"萧婷婷越发抱紧我，把头埋在我的胸膛上。

"呵呵，可是我在想，启动资金肯定不是个小数目，到哪里去融资呢？唉！"我担忧道。

"你放心，老公，我相信，天无绝人之路，车到山前必有路，船到桥头自然直，面包会有的，牛奶也会有的！"萧婷婷说道，她的眼里闪烁着一种莫名的眼神，好像胸有成竹的样子。

"谢谢老婆，有你真好！"

"对，老公，有你真好！"

"好了，赶紧吃饭吧，要不然黄花菜都凉了。"

"讨厌，我还想抱你一会儿！"

"好好，坚决服从领导的安排！"我笑道。

"这还差不多。"

"老婆，要不，我们——呵呵！"我突然诡秘地笑道。

"嗯？什么？啊，不要，坏蛋，大坏蛋！"萧婷婷刚开始还没有明白我的意思，忽然一看我的眼睛，顿时什么都明白了，一下子想要挣脱我的怀抱。

可是，一切都迟了，她只好挣脱了几下，然后便重新拥入我的怀抱，然后，两个人紧紧相拥，享受着彼此的甜蜜，向床上倒了下去……

爱，其实很简单。

第三十五章

　　其实，这次并不是偶然事件，而是省厅有意安排的一次行动，行动代号"黑猫"，这也就是小说开头那位首长所说的"我们会安排的"行动。因为一直没有合适的机会，所以后来省厅也没有再次正面接触我，只是暗中观察，等待时机。我也是在后来才慢慢明白这一切原来都是专门设计好的。

　　几天之后。校门口。

　　我和萧婷婷两个人刚走出校门不远，一个戴墨镜的男人从后面跟上来，挡在了我前面："请问，您是叫雷子吗？"

　　我仔细看了眼前这个穿着黑西装的人，用疑惑的目光盯着对方："是啊？我，我好像不认识你吧？"

　　"哦，我叫王强。是这样的，我们老大有请。"

　　"你们老大？对不起，我不认识。我还有事，拜拜！小婷，我们走！"我虽然不知道这到底是怎么回事，但是看对方的架势肯定有什么事，总不至于杨桂那小子又要欺负我吧？我没理会王强，拉起萧婷婷就走。

　　"雷子，我们老大叫王飞龙！他想见你，请不要为难我好吗？"王强又挡在了我的前面。

　　我想起来了，王飞龙，就是那天晚上我和萧婷婷在西关救的黑帮老大，他怎么会找到这儿呢？怎么办？我用眼神在问萧婷婷。萧婷婷眨了一下眼睛表示同意。

　　"那好吧，他在哪儿？"我同意了。

　　"就在你们学校不远的那家酒楼上，请上车，我送你们过去。"王强手一挥，一辆小轿车就停在了我们身边，而且还为我们打开了车门。

　　我迟疑了一下，看对方也没有什么恶意，于是就上了车。王强等我和萧婷婷坐好后，才关了车门，坐到了前面的位置上。

在一家星级酒楼前面，停了好几辆高档小轿车。酒楼的里面站了很多穿着黑西装的人，他们都是王飞龙的保镖和打手。王飞龙此时正坐在上面等着王强把我拉过来。自从原来帮里的老大被判刑后，他就自然而然地坐上了一把手的椅子。附近的地盘都是他的，由他来管理。上次要不是被我无意中救了，他也不可能会有今天，说不定早被原来的老大剁成肉酱了。他好不容易才处理完帮里的一些遗留问题，然后就是派人四处打听我的下落，终于有消息说他要找的人可能找到了，所以今天他特意来这儿来感谢感谢我这个救命恩人。早些时候，他给负责这块的杨桂打了招呼，要他在今天定一桌好菜，他要过来，有点事。

杨桂自然以最快的速度为王飞龙准备好了一切，这家酒楼是这里最高档的了。为了避免闲杂人员的干扰，当然也是为讨好王飞龙，杨桂直接把酒楼包了，毕竟他于王飞龙来说只是个小弟而已，能混到今天不容易，要想以后还继续混，这最起码的规矩是应该懂的。

"呀，龙哥，今天是什么风把您吹到我这儿来了？"杨桂见王飞龙坐稳当，就开始奉承。

"过来办点儿私事，阿桂，最近生意怎么样？"王飞龙脱掉外套，杨桂赶紧过来把外套接过去，放了门前的一个衣架子上。

"托龙哥的洪福，生意不错。我最近还新收了个小弟，挺能干的，不过还是个大学生。今天出去有点事，要不然让您见一下。"杨桂说的是浩子。

"以后收新人要多考虑考虑，你怎么连大学生也收？要是连大学生都成了我们这个样子，这警察能管得了吗？"

"龙哥教训的是，我以后注意！"杨桂本来还想在王飞龙面前夸浩子几句，见老大不愿意听，便殷勤地问，"龙哥，可以上菜了吧？"

"先不急，今天的重要人物还没有到呢！再等等！"王飞龙摆摆手。

"哦，这不来了嘛！兄弟，你把我找得好苦啊！总算找见你了！"王飞龙突然从椅子上起来，朝门口迎了过去，并且和来人给了一个拥抱。

杨桂转头一看，顿时傻了，因为来的不是别人，而是他上次带人打了的我，还有萧婷婷。他一见王飞龙把我叫的是"兄弟"，还两个人像老朋友一样拥抱，心里一下子毛了，后心都开始发凉。这到底是怎么回事啊？今天算是栽在我手里了，只要我一开口，那他今后还怎么往下混？真是士别三日，当刮目相看啊！

我刚进门就看见杨桂了，看着杨桂吃惊的样子，我差点儿笑出声来，我心里想：杨桂这小子大概吓傻了吧，没想到我雷子也会有今天吧，真应了那句老话了，三十年河东，三十年河西。

"来，大家都坐。"王飞龙招呼着都坐下来，然后接着说道，"雷子，这是杨桂，以后有什么事尽管找他，在你们这一块上他说了算。"王飞龙给我介绍道。

"雷子，叫我雷子好了，桂哥，今后请多多关照！"我假装不认识，站起来跟杨桂握了一下手，我感觉杨桂的手在发抖！

"大家都是一家人，一家人不说两家话。雷子，不，雷哥，我敬你一杯！"杨桂端起来，没等我说话就喝下去了。

我笑了笑，没说什么，也喝了一杯啤酒。

"好，雷子，我得敬你三杯。不管怎么说，我这条命也可以说是你给的，不管你同意不同意，我今后就是你大哥，你就是我亲兄弟。来，干！"王飞龙端起酒杯，和我连碰了三杯。

一连喝了不少酒，我头有点晕，直犯迷糊。可是好面子的我在今天这样的场合说什么也不能丢脸，暂且不管王飞龙是不是黑帮老大，就凭我们之间发生的事情，也可以说是种缘分。再说了，杨桂也在场，不能让杨桂小看了我雷子。萧婷婷一看我的样子，知道我是在逞能，就劝我少喝一些。

我们都喝了酒，彼此的话也逐渐多了起来。

王飞龙打了个手势，王强从口袋里掏出一个崭新的手机递给我："雷哥，这是龙哥的一点心意，请你务必收下。"

"龙哥，我不能要，我有手机。其实您没有必要这样感谢我，我也只是碰巧而已嘛！"我没有接王强手中东西。

"这话你就见外了，兄弟，别说是手机，就算是再珍贵的东西，我也应该送给你。对你来说是个意外，而对我来说意义可就大了。必须收下，你要是不要就是看不起我这没读过几天书的大哥了，还是你看不起像我这样的人？"王飞龙把酒杯放下，硬要我收下他送的手机。

"龙哥，您误会了。我不是那个意思，我现在真的不需要这个东西。我知道您是对我好，要不这样，以后有什么事我找您就好了。"

"也好，既然你不要我也就不勉强你了。阿桂，雷子今后帮我多照顾着些，我亏待不了你的！要是他有什么三长两短，我别人谁都不找，就找你！"

"那是，龙哥，您放心！我会的。"杨桂不住地点头，还感激地看了我一眼。

我又笑了笑，没有说话。

晚些时候，杨桂才把王飞龙送走。他又把我和萧婷婷送到了学校门口，我下车时，杨桂突然叫住我："雷哥，够义气！上次多有得罪，请多多包涵！这是点儿小意思，您请收下。"说着递给我一个厚厚的信封。

"过去的就过去吧，不过以后叫我'雷子'就行了。哦，还有件事要麻烦你一下，不要把今天的事告诉浩子，另外，如果可以的话劝劝浩子，让他回来上学，好吗？这个东西我不能要，希望你不要为难我。"我拒绝了他的信封，我知道里面装的一定是钱。

"没问题，我尽力而为！好吧，我走了，有空到我那儿来喝几个，我请客！有用钱的地方尽管跟我说，包在我身上。"

"好，再见！"

和杨桂告别后，由于萧婷婷临时说有点事要回家，所以我只好一个人回到了房子中。我躺在床上，再一次长长地出了口气。现实中的很多事情总是发生在每个人的意料之外，一切都来得那么突然。可是，我依然要面对着这些来自各方面的无形的压力，未来的路该怎么走？这个问题一直困扰着我，自从我进入大学以来，发生了这么多的事，它们似乎打乱了我的正常生活，可是一切又似乎都在情理之中，好像老天早已经安排好，本来就应该发生在我的身上。我不知道对于我而言，这到底是一种考验，还是一种毁灭，还是意味着其他的什么？我点了一支烟，抽了一口。

我打开了电脑，登上了QQ。我发现浩子也在线，于是发了个信息："浩子，在吗？"

过了好一会儿，才有信息回过来："在，对不起！"

"浩子，过去的事情就让它过去吧，我也有不对的地方。可以聊聊吗？"

"雷子，我实在过意不去。请你相信我，上次的事真的不是我指使的。我再怎么，也不会那样做！"

"浩子，我说了别再提那些事情了，我真的没有怪你！真的，毕竟我们是好朋友，好兄弟！"

"你真的还拿我当朋友吗？"

"当然，为什么不？"

"可是我现在已经堕落成这个样子，连我唯一的亲人父亲都不认我了，还会有谁能真正相信我呢？"

"浩子，我信！相信我，也相信你自己！回学校吧！"

"不可能了，我现在是油街子、二流子，没有人看得起我，他们表面上在乎我，其实都看不起我！"

"浩子，你怎么能这么想呢？首先你连自己也看不起你自己，那别人又有什么办法？！回来吧，别再那样浪荡下去了，那种地方不是你该待的。"

"谢谢你，雷子。我没看错你，你够兄弟！"

"答应我，回来上课！我们四个还像以前那样好好地在一起玩，一起聊天，一起上课！"

"是啊，那段时光真的很美好，每天比着睡懒觉，猜拳下楼去提饭，还有集体逃课。我们四个中就你你睡得最迟，起床最早了。"

"就是嘛，真的挺好，可是现在大概只有王兵孤零零的一个人了吧？"

"不，我把王小兵也骂回去了。我自己混了没什么，不能把他也拉下水，我已经叫他不要再来找我，也不要跟别人混！好好上学！"

"你也回来吧。说实在的，我自始至终都相信你现在的生活绝对不是你想要的，对吗？回来吧。我们等你！"

"谢谢你，雷子，听了你这些话，我真的好感动！你现在在哪儿？房子里吗？我想见你，我好想在你面前好好地，痛痛快快地哭一场，和你聊聊天。我的生活太空虚了，空虚得我都想死。"

"我在房子上。傻小子，千万别那样想，生活中还有更多挫折和困难等着我们呢，你在哪儿？我过来找你！"

"就你常去的那家咖啡店吧，怎么样？"

"没问题，不见不散！"

"不见不散！"

很快我们俩就坐在咖啡店里面了，老位置。我见到浩子时，才发现浩子喝了酒，已经半醉了。我们头并头聊着，聊着。

浩子其实也已经厌倦了这种整天打架喝酒的生活，他自己也感觉到自己不能在这样的空间中度过他的一生，无论生活怎么对待他，话说回来，一切都还是他自己造成的，怨不着别人。他喜欢我广阔的胸襟和大度，他也认为只有这样的人才可以做自己真正的朋友。他想回到学校，可是又担心同学们会笑话他，看不起他！其实刚才杨桂也找过他，酒就是和杨桂一起喝的。杨桂也劝他回到学校中去，虽然他没有搞明白杨桂今天卖的是哪门子药，但是从表情上看得出来是真心实意地希望他好好读书。现在我又对他说了这么多的话，要是他浩子再不回学校，再不活出个人样来，他对得起谁啊？

当我和浩子同时走进宿舍里的时候，王兵和王小兵先是一愣，然后像明白了什么似的，四个人紧紧抱在了一起，我们的眼中都闪烁着发亮的晶体，但是谁也没有流下来，对于我们来说，这样一个拥抱就已经足够了，无论对于谁来说，足够了，真的。

最不好意思的是王小兵，他走过来，对我说："雷子，是我对不起你，你打我吧！"

"那当然得打，还用得着你说吗？"我笑着看着王小兵，接着说，"小兵，如果你愿意接受点其他变相的'惩罚'的话，我倒是可以考虑一下会不会'通融通融'。"

"什么惩罚？"

"现在下去提两扎子啤酒，我们今天来个一醉方休！"

"没问题，多大的事散！等着！马上就来。"这小子还说了句地道的省城话，然后提了个黑色的书包就跑了。

"小心点，别让楼管发现了。"

"没问题，你们尽管把花生准备好就行了。哈哈……"

"这小子，哈哈……"

青春时的挥霍，有些是有价值的，有些是无价的。大学时光是人生当中最美好的，那里有欢乐，有泪水，有彷徨，有迷茫，甚至伴有苦难。可是，无论怎样，每个人的青春就像是一位婀娜多姿的舞者，在人生的舞台上尽情地自由地舞蹈。每个人的命运都不一样，或卑微，或高贵，或贫穷，或富有，但是，每个人的信念是相同的，那就是为了生活和梦想。当我们站在别人的位置，换个角度去思考我们的生活，我们的社会，我想我们会惊奇地发现，原本我们认为的正义与邪恶、正确与否定、宽容与狭隘等等，都还是原来的样子，青春早已远逝，信念却永恒不变。只要我们努力，坚持不懈，总有一天我们会拥有话语权，会拥有给予别人梦想的资格。到那时，不妨我们也可以说一说：青春无悔！

第三十六章

话说我自从上大学后事情接二连三，先是认了干妈，有了萧婷婷，后又结交了王飞龙，原谅了浩子等等之后，日子就基本恢复了平静，开始继续我的大学生活。时间过得可真快，一转眼三年就过去了。我也进入大四，又要忙活喽！

足球场上，一群穿着中国队队服的男生们正在热情高涨地踢着球。比起刚进大学的那会儿，他们之间发生了很多的变化，无论是球技，还是人。

"王兵，快传！一个大脚！"是我在喊。

只见王兵把足球往前带了几步，一个优美的过人动作之后，他和足球就到了刚才冲上来的那名同学的后面，然后起脚一个长传，足球就飞到了离对方球门不远的我身边。我用胸膛接住球，在脚上停了一下，随即传给了对面的浩子。浩子很敏捷地把球踢起来，又回传给了快要冲到球门跟前的我，只见我一个凌空抽射，球就"嗖"地一下飞向球门。只听"砰"的一声，原来球打在了球门的横梁上，没进。幸好浩子及时从后面赶上来补了一脚，给对方守门员来了个措手不及，还没等他反应过来，球进了。

"耶！！"浩子用手朝队友们做了一个"V"状，冲站在球场旁边的女朋友王燕一笑，挤了挤眼睛，然后继续卖力地向前跑去。

王燕是我的老乡，比我低一个年级，今年大三。有一次，王燕来找我一块出去玩，我就顺便把宿舍另外几个也叫上了，那天我们玩得很开心。后来，等我再次见到王燕的时候，王燕已经开始挽着浩子的胳膊在校园里面溜达了。我们几个人已经成了很好的朋友，经常在一起玩。只是王燕压根儿不知道浩子以前追过萧婷婷那档子事儿，就算是知道了现在也没什么，因为她是爱浩子的，就像浩子爱她一样。王燕和萧婷婷也成了很要好的朋友，无话不谈，跟亲姐妹似的。

萧婷婷也站在一旁，看着这些人在球场上跑来跑去，她不太喜欢足球，但是她从来不在我踢球的时候提前离开，因为她喜欢看我在球场上来回跑动的矫健身影，三年中一直是这样。三年来，她已经把她的全部都交给了我，包括她的心。只是她至今还未把她的父亲是房地产商的真相告诉我，也从来没给她的父亲说过他的未来女婿是我。而我只知道萧婷婷家境一般。曾经也说过要去萧婷婷家玩，但每次都被她用种种理由推脱了。另外萧婷婷还撒谎说她的父亲不允许她在大学期间谈恋爱，不能让她的父亲知道我们俩的事，否则就完蛋了，后来我就不再关注那些事情了。

"小婷，麻烦你出去给我们买两瓶水，要冰镇的。钱在我的外套里面，自己拿上！"我满头是汗地跑过来说。

"好的，你们再坚持一会儿，我这就去！"萧婷婷每次都愿意为自己心爱的人做这些事情。

"婷姐，我和你一起去！"王燕也跟了过来。

姐妹俩说说笑笑地朝学校生活服务中心走去。到那儿一问，学校今天突然停电，冰镇水已经买完了。萧婷婷便拉着王燕到离学校不远的超市去了。

刚拐过超市的路口，从一辆黑色小轿车上下来了一个穿着黑西服的男人。他走到萧婷婷面前，低声而很有礼貌地说："萧婷婷小姐，你爸爸住院了，想见见你，让我来接你。"

"我爸他怎么了？在哪家医院？"萧婷婷着急地问。

"还是上车慢慢再说吧！车在那边，请！"那个男人的脸上闪过一丝笑容，但没有被萧婷婷看到。

萧婷婷一时也没多想，当即把水交给王燕："燕子，你先拿过去，我过会儿再来。还有，麻烦你给雷子说一下，让他过会儿自己去吃饭，我有事！我过会儿给他打电话。"萧婷婷说完就转身上了车。

"好的，你先忙去吧！"王燕看着那个男人给萧婷婷开了车门，然后轻轻地关上，看上去很恭敬的样子。王燕心里还在想：原来萧婷婷姐是个大小姐，家里很有钱啊，怎么从来没有听雷子说起过啊？先回去送水吧，浩子他们肯定等急了。

"咦？萧婷婷呢，她上哪儿去了？"我见王燕一个人回来，问。

"刚才来了个人，说她爸爸病了。她就走了。"王燕接着对浩子和王兵说道，"你们俩不知道吧？婷姐家里特别有钱，刚才那个小轿车至少也有几十万，那个男人对萧婷婷特别恭敬，就像是对待千金小姐一样。"

"没你说的那样玄乎吧？不可能！"我当然不相信。

"真的，我不骗你！不信你打电话问婷姐她现在在什么地方。"王燕很认真地说。

我将信将疑地拨出了萧婷婷的电话，还通着。

黑色小轿车开得很快，已经离学校有很远一段距离了。一听见萧婷婷的手机响，车上的人好像受了什么刺激一样，都坐端正了。

刚才接萧婷婷上车的那个男人突然问前面坐的人："老大，怎么办？"

那个被叫做老大的人，戴着个墨镜，他连头也没转："你接！笨蛋！"

"哎，知道了！"那个男人说着就去抢萧婷婷的手机。"凭什么接我电话？"萧婷婷不给，她突然感觉到不对劲儿。

"你给我拿来，妈的，小丫头片子！"手机还是被对方一把抢了过去，"喂，请问你是萧婷婷什么人？"

"你把手机还给我！"萧婷婷大声喊道，扑上去想把手机重新抢过来。

"不许动！再叫老子我做了你！"那个男人突然掏出一把枪，顶在了萧婷婷的脑袋上。

萧婷婷吓呆了，连眼泪都流不下来，直直地看着车上的人，从来没有过的恐惧瞬时笼罩在了她的周围。她很快意识到，她被绑架了。顿时她的脑袋中一下子闪出了好多电视上绑架故事的镜头，他们是谁？为什么要绑架她？一个接一个的问题开始涌现在脑海中，"怎么办？我该怎么办？一定要冷静，对，一定要冷静！冷静！"她想。

"你是谁？小婷呢？"我听着萧婷婷喊了一声，又没了声音，顿时头皮都紧了，直觉告诉我萧婷婷出事了。

"哟，'小婷'，叫得挺亲热嘛！你身边还有没有别人，有的话让他们离开，我有话对你说！快！"那个男人命令道。

"好了，说吧！萧婷婷呢？你是谁？"我从浩子他们身边走开了。

"太好了，你给我听好喽！萧婷婷现在在我们手上，马上让萧董准备好四十万，最多三个小时！否则……嘿嘿，别怪老子做事心狠！还有，假如报警的话，我们立即撕票。"

"好，我不报警！你们不要乱来！"我已经开始朝球场外面走了，此时我的心里只有萧婷婷，眼前也都是萧婷婷的影子。

"放心，只要萧董答应给四十万，其他的事好说，我们肯定会遵守诺言的！好了，想不想听听萧婷婷小姐的声音啊？"那个男人把电话放在萧婷婷的旁边。

"雷子，快救我！快救我！"萧婷婷一下子哭了，在电话里向我喊。

"小婷，你别害怕，我马上就想办法！"我在这头也着急得快要蹦起来了，萧婷婷在一帮歹徒手上又惊又怕，一个女孩子家，一定吓坏了。

"好了，我们就用萧婷婷小姐的电话随时联系。记住，不要报警，否则你会后悔的！拜拜！"

"喂，喂……"我一个劲儿地喊，可是电话被挂断了。

"雷子，怎么了？再踢一会儿嘛！"浩子和王兵他们追了过来。

"你们听着，我现在郑重地告诉大家：小婷被绑架了！"我很痛苦地说。

"什么？"王燕当即就晕过去了。

"小燕，小燕！"浩子马上把手中的水向王燕的头上倒了一些，王燕才睁开了眼睛，她眼睛中流着泪："都怪我不好！"

"别说了，要怪也怪我，现在关键是想办法救萧婷婷。"我说。

"对，雷子说得对！我们大家赶紧想办法救人要紧。"浩子也说道。

"雷子，找王飞龙！他可能会帮上些忙。"王兵突然想起我常说的黑帮老大。

"对，我怎么把他给忘了。我这就给他打电话！"我拿起电话就拨。

十五分钟之后，我和浩子就到了王飞龙的面前，我大概给王飞龙说了一下，王飞龙没有多说话，却带我来到了萧婷婷的父亲面前，萧董所在的新寒房产公司。萧董没等我说完，就急得像热锅上的蚂蚁，在办公室来来回回地走动。一面派人准备钱，一面请求歹徒不要伤害他的女儿。直到这时，我才知道，萧婷婷原来是鼎鼎大名的房地产商的女儿。

我坚持报警，让警察来解救人质。可是萧新寒却说什么也不同意，他害怕那样做歹徒会伤害萧婷婷，他可就这么一个女儿啊，女儿是他的全部！

我还要坚持，只见王飞龙暗中给了我一个眼色，提议说：先不要报警，由他、我和浩子去送钱，赎回萧婷婷。保持通话，实在不行就立马报警。

众人达成一致，开始分头行动。很快我们就和歹徒联系好了接头地点，一手交钱，一手交人。

就在我上厕所的空，我报了警。因为我相信警察！

公安局立即成立了专案小组，时刻监听着我和歹徒的电话通话内容，很快做出了周密部署。萧新寒知道我报了警，他没怪我。

歹徒们实在狡猾，他们更换了三次见面地点，直到自己确信没有警察跟踪后，才决定最终把接头地点定在了一家废旧的厂房中。而这一切早已经被警察监听得清清楚楚，一切都在掌握之中。

城外，一家废旧的造纸厂，厂内杂草丛生，外面堆放着破旧不堪的烂铜废铁，大一点的鸟儿都不曾在这里飞出去几只，最显眼的建筑就属那栋早已废弃的厂房，里面堆满了废纸和半成品的纸箱。几个歹徒就站在厂房中间的一辆小汽车旁边，等待着这次交易赶快完成。

几乎没有费多大工夫，我们就找到了这个厂房。然后将车直接开到了门口，我们几个下了车，提着钱箱子朝对面的小轿车走了过去。

哄萧婷婷上车的那个男人走过来，把我们三个人身上搜了一遍，没搜到什么，便放我们过去。

"我们先要见人！"我对戴墨镜的歹徒说道。

"小子，你放聪明点，现在不是你和我们讲条件，是所有的事情都得听我们的，明白吗？我们必须先检查完钱，然后才能放人！"那歹徒说着拍了两下巴掌，只见萧婷婷被两个男人从车里面拉了出来。

"小婷！"我一见被毛巾塞住嘴的萧婷婷，心里就好像有针在扎一样。

萧婷婷也流着眼泪，但是却无法说出任何的话语。

"放人！"歹徒在验完钱之后，让手下放了萧婷婷。

我赶紧跑过去，取掉萧婷婷口中的毛巾，解开她胳膊上的绳子。"对不起！对不起……"，我紧紧地抱住萧婷婷，嘴里不住地说着"对不起"，两个人的眼泪交织在了一起。

"不许动！"

"不许动！"

"不许动……"就在萧婷婷刚回到我的怀抱时，警察们突然从四周拥了出来，真枪实弹地对准了歹徒们。

歹徒们吓得纷纷逃窜，但是他们已经被警察重重包围。很快，警察就控制了局面，将所有的歹徒铐了起来。

厂房的外面，当萧新寒看见女儿被安全地解救出来了，激动得老泪纵横，他快步走上前去，把女儿抱住，很久不愿松开："都是爸爸不对，是爸爸害了你！他们没有把你怎么样吧？"

"爸，我没事！这不是好好的嘛！"萧婷婷把父亲脸上的眼泪擦掉了，经历了这场惊心动魄的绑架事件，萧婷婷才发现原来自己还是个孩子，需要很多爱的孩子。

在公安局做完笔录，王飞龙有事先走了，浩子也回学校了，而我却被萧新寒留住了，坐在后面的一辆车上。

"婷婷，你给爸爸说实话，那个叫'雷子'的小伙子和你是什么关系？"萧新寒微笑着看着女儿。

"好朋友啊！"萧婷婷一手挽着父亲的胳膊，脸一下子就红了，羞得没有抬头。

"嗯，我看这小伙子不错！可以做我未来的女婿！"萧新寒赞扬道。

"爸——"萧婷婷的脸更红了，把头埋得更低，轻轻地靠在了父亲的肩膀上。

萧新寒望着女儿，笑了。

萧婷婷也笑了，是洋溢着一种叫做幸福的微笑。

经过调查，绑架萧婷婷的那三个人均是受人指使，都来自外地。因为萧董在生意上得罪了一些人，所以才会导致这次绑架。而我因这次救了萧婷婷，我们俩的感情又上升了一个境界，只是我却好像从此有了什么心结，经常一个人莫名地发呆。

历经绑架事件之后，萧新寒和我进行了一次两个男人之间的对话。对于我的底细，萧新寒早已经打听得一清二楚。但是从我的言行举止中，萧新寒看到了他当年的影子，他觉得尽管我和黑帮有点关系，但是这个小伙子并非池中之物，要是能彻底走上正道，必定是一位可造之才。而且他感觉我是真心对女儿好，了解女儿甚至比他了解的都多。如今女儿大了，应该尊重她自己的选择。所以在原则上，萧新寒还是接受我这个准女婿的。

问及毕业之后的打算，我对未来充满了憧憬，我告诉萧新寒，小婷喜欢花，也曾说过将来毕业了一起开个花店，我们俩连店名都想好了，就叫"青春曼舞"。我相信通过我们两个人的努力，一定会很不错的，我们的目标是将花店开成全国连锁的大型花店。

萧新寒肯定地点点头，心里多了一丝肯定。

尽管得到了萧董的欣赏，可是我自己老有一种配不上萧婷婷的想法，现在的我自然知道我和萧婷婷之间家境的区别，这给还未走上社会的我无形中增加了一些压力。这是后话，暂且不提也罢。

第三十七章

日子像流水般转逝而过，萧婷婷在我的陪伴下也逐步走出了被绑架的阴影，慢慢地回复了阳光灿烂的笑靥。我们每天除了上课就是去黄河边上散步。

周末下午，当我们散步回来走到学校门口的时候，我们同时发现学校对面的一家精品店关门了，门上贴着"本店升级，重新装修中"的字样。

我看着那家店开玩笑说："这地儿其实不错，在大学城正中心，又是重要的公交车交通枢纽，要是我们的花店能开在这里将来生意指定火爆。"

萧婷婷说："你真的不想当一名警察吗？真想当花店老板？"

"为了你，为了我们坚贞不渝的爱情，除了不要放弃我的父母之外，我什么都愿意为你放弃，包括我的梦想！"我郑重地说道。

"雷子，你真好，有你陪伴我，就是我这一辈子最大的幸福！"萧婷婷也动情地说。

"幸福的路还很长，我们注定要一起走过，我们要做的，就是紧紧握住彼此的手，不离不弃，无怨无悔！"我说着拉起萧婷婷的手，紧紧地握在自己宽大的手中。

一阵暖流传遍了萧婷婷的全身。

这时，我的手机响了，是贾老师。贾老师让我在周末去他们家玩，李叔想我了。在征得萧婷婷同意之后，周末我们两人一起来到了我的干妈家中。

"喔，小婷今天也一起来了。来，快坐！老李，雷子和小婷来了，还不出来招呼！"贾老师一见干儿子，心里高兴得不得了，连忙喊里屋的丈夫。

"马上就来，雷子啊，你干妈一听说你要来，赶忙叫我做饭烧菜，又是收拾屋子，又是换新衣服！你好长时间没来我们这儿了，今天一定要在家吃顿火锅。最近忙什么呢？"干爹从里面端出一碟油炸花生米，看来今天他打算好好和干儿子喝几杯了。

"哦，是有点忙。这么长时间没来看望你们，真不好意思，最近在准备毕业论文呢，前天才做出来。"我接过花生米，放在桌子上。

"你忙就先忙吧，我们都很好，不用老跑来看我们。"贾老师说。

"看你这人说的，没来吧不知道一天要唠叨几十回，来了吧还说这话。"干爹老李在说贾老师，"雷子，你别听你干妈的，经常来啊，陪我喝几杯！"

"喝，喝，喝，你这老头子就知道喝！看你还能喝几天！"贾老师边说边把酒给老公和干儿子倒上了。

"好了，干妈，您别说干爹了。人老了都这样！"我说。

"还是雷子懂事，来，咱爷俩先喝上它一个！"干爹端起了酒杯。

"小婷，我看你有点热，不如把外套脱了吧，来！"贾老师见萧婷婷吃得直冒汗，过意不去。

"不要紧，还是别脱了吧！"萧婷婷不愿意把胳膊上的胎记露出来。

"没事儿，这都是自己人，小婷，把外衣脱了吧！"我知道萧婷婷不脱的原因，劝道。

萧婷婷把外套脱了，她的确热得很。

"就是，来，脱了吧，看把你热的，你——"贾老师在给萧婷婷接衣服的同时，突然不说话了。

萧婷婷发现贾老师的眼睛直直地盯着她胳膊上的那块胎记，突然一下子充满了泪水。她惊呆了，一时不明白是怎么回事。"贾老师，您——？"

"老李，你看，是敏敏，是敏敏！"贾老师激动地朝老伴儿招手喊道。

老李从座位上蹿起来，蹦到萧婷婷身边，看着萧婷婷胳膊上的胎记，猛地一把抓住，也开始流泪："老天爷有眼啊！谢谢老天爷啊，终于找到了！敏敏，你是我的敏敏！"

我睁大眼睛看着眼前的一切，在不到几秒的时间中，仿佛整个世界都变了，我甚至不敢相信这戏剧性的一幕，难道萧婷婷真的就是干爹说的他们失踪了近二十年的女儿敏敏？如果是真的，一切是多么不可思议。

"不，这不是真的！不是真的！"萧婷婷看到这个情形，顿时也明白了，她听我说起过敏敏的故事。可是此时，她却不愿相信这是真的。

"不，你肯定是我的敏敏，敏敏，妈找得你好苦啊！"贾老师开始抓住萧婷婷的手，眼泪不住地往下流。

"你们搞错了，不是真的，这绝对不是真的！我是外地长大的，不在这里。"萧婷婷挣脱贾老师的手，拿起衣服就跑了出去。

"敏敏，敏敏，我的女儿……"贾老师哭着喊道，傻傻地坐在了沙发上。

"干妈，干爹，你们可以肯定吗？"我走过去扶住贾老师，轻轻地问。

"我自己的女儿，我怎么会不认识呢？雷子，她真的是我的敏敏，真的是！二十多年了，我找得她好苦啊。"贾老师动情地说。

"你们别着急，事情会慢慢弄明白的，我先出去看看小婷。"我说完，追着婷婷就跑了出来。

萧婷婷从贾老师家里跑出来，一口气跑到了我们租的小房子中。

等我赶到房子里时，萧婷婷正把被子捂在头上一个劲儿地哭。我安慰了她一会儿，建议她给父亲打个电话，弄清楚事情的来龙去脉。

在家中，当着我的面，萧新寒说出了真相。十几年前，他深爱的妻子在结婚后不久便查出是癌症晚期，不久便去世了。而他妻子的腹中，还有一个已经六个月的孩子。他感到老天实在对他不公平，悲痛之余，他准备去自杀，陪妻子一起去。就在他在浙江火车站旁准备等着列车从他身上压过的时候，一个领着孩子的妇女突然走过来，说是要上个厕所，麻烦他照看一下孩子，他便答应了。可是后来那个妇女就再也没有回来。望着小女孩可爱的样子，萧新寒不忍心把她遗弃，他重新燃起了生活的欲望。因为他的妻子名字中有一个"婷"字，所以就给这个小女孩起了个名字叫"萧婷婷"。再后来，他有了点积蓄后就带着女儿来到了这里，以为离开那个曾经让他伤心的地方重新开始生活，会随着时间忘记一切。可没想到生活往往就是这么富有戏剧性，在这里竟然遇见了萧婷婷的亲生父母。这些年来，他没有再结婚，一是他仍然深爱着他的婷，在他看来一个人一生之中有一次真正的爱情就足够了；二来是因为萧婷婷。他一直把萧婷婷当作亲生女儿一样看待，把所有的希望都寄托在她身上。在萧婷婷很小的时候，他就常对女儿说那块胎记是上天赐给她的幸运记，会保佑她一生幸福。现在也就是因为它，真的给萧婷婷带来了幸运。

萧婷婷听完爸爸的话，只是默默地流着泪，一句话也不说。她不明白自己现在的心情到底是应该高兴还是悲伤，命运如此安排总叫人无奈，她不能没有现在的爸爸，但毕竟是贾老师和李叔让她来到了这个世界上，而且他们当初并不是不要她，只是一时疏忽而已，尽管这个"疏忽"有些大。可是话说回来，真正的罪魁祸首是生活，是生活跟他们开了一个这么大的玩笑。即使是这样，他们还是应该感谢生活，因为同样是生活给予了他们这么多。

接下来的几天中，我一直陪伴在萧婷婷的身边。这一天，在我的坚持下，我们一起来到了黄河边上，走了一小会儿，我们在一块空地边上紧挨着坐了下来。

看似波涛汹涌的黄河水此时正安静地向远方流去，那浑黄的水中夹杂着人世间的欢喜与忧愁，曾经让很多人有过梦的黄河，突然之间变得如此平凡，如此陌生。黄河两岸的灯光映射着奔流不息的黄河水，好像是要把人间的沉沦照尽。微风轻拂着杨柳，那在风中翩翩起舞的柳枝左右摇摆不定，可能在想着什么吧。

萧婷婷靠在我的肩膀上，任凭晚风吹乱她的头发，眼睛直勾勾地望着远方。我们俩在这里已经坐了有一阵子了，我搂着萧婷婷，也看着远方。我知道萧婷婷此时的心情并不是一般人可以理解的，一面是让她来到这个世界上，却不小心丢了她的亲生父母；一面是含辛茹苦养育她成人的养父。

"小婷，其实，其实我认为你把这件事情想得太复杂了。你已经长大了，完全可以自己做主选择属于你自己的生活。我想说的是，既然命运这样安排，我们所能做的就是跟命运讨个说法。我也知道，萧叔这些年又当爹又当妈，把你带这么大不容易。他甚至把他的希望都寄托在了你的身上，想把你失去的和他失去的都换种方式弥补回来。这一切的一切从上次他在旧厂子里抱住你的时候就完全可以体现出来。"我搂住萧婷婷，慢慢地开导她，"我知道，他很疼爱你，他是一个好父亲。但是现在我们假如从干妈的角度来看，她和李叔这些年来无刻不在牵挂着你，李叔不止一次地给我说起过，干妈常常一个人看着你小时候的照片流泪，她永远也无法原谅自己当年的疏忽。这两年你也看见了，干妈自从见到你以后，每次看见我们出现在她家时，那种兴奋都溢于言表，尽管她那时候还不知道你是她的女儿，可是她非常喜欢你，这也是事实。这也许对你父亲很不公平，可是我相信我们还是可以处理好这件事情的。小婷，坚强一些，相信你自己，也相信我！"我把心中的想法完全告诉了我的爱人，我不想看到心爱的人伤心难过的样子。

"我是在想为什么上天要如此折磨我，为什么事情都要发生在我的身上？真不知道我前世做错了什么？雷子，你说我到底该怎么办？我现在脑子中很乱，简直……"萧婷婷无奈地说。

"别再胡思乱想了，要是换作是我，我可能也不知道该怎么办。我们现在要做的就是面对，勇敢地面对这一切。我会和你一起分担所有。"

"谢谢你，雷子。"萧婷婷把头往紧里靠了靠。

"这是什么话，还把我当外人啊？小心我罚你啊！小婷，我有个想法不知道能说不能说，说出来你可别生气啊！"

"好的，你说吧！"

"为什么不能给干妈一次机会呢？她已经这么长时间没见过你了，你想想，作为一个母亲，这些年的日子是怎么过来的？看着和自己女儿一样大小的孩子陪他们的爸爸妈妈散步玩耍，你知道她心里有多么难受吗？我相信你爸爸肯定也不会反对的，他是个通情达理的人，只要你幸福，他什么都愿意。而且你这只是找到了自己的亲生父母，对你爸爸，你还是可以像以前那样。或许大人们的心思跟我们的不一样，他们肯定会想的更多。"

"雷子，你真好。我刚才也是这么想的，我爸爸永远都是我的好爸爸，我会照顾他一辈子，为他养老送终。而干妈和干爹，他们已经在这二十年中没有女儿，我不能让他们在以后的日子中也没有女儿。他们并没有错！"

就在这时，我的手机收到了一个信息，我一看竟然是她爸爸的，说是让我们速度赶往他们家中，今天是萧婷婷的生日。

萧婷婷要看我的手机，我没有答应。

"小婷，你能这样想我就放心了。走，跟我去个地方！"我拉起萧婷婷，手一招就有一辆出租车停在了身边。

"去哪儿啊？我想去见见我爸爸！"

"先不用了，到了你就知道了！上车！"我把萧婷婷推进车里。

大约十几分钟，那辆出租车停在了萧婷婷的家门前。

"你在搞什么啊？"萧婷婷不解地问。

"你不是要见你爸爸吗？进去吧，他们都在等你了。"我神秘地说。

"他们？谁是他们？"

"你进去就知道了。来，进去吧。"我拉着萧婷婷朝楼上走去。

萧婷婷进入电梯门后，猛然发现里面竟然贴满了她的照片。她站在里面，傻傻地看着她小时候和现在的照片，有好多她都没见过，原来小时候的她长得挺可爱的嘛。一种感动涌上心头，萧婷婷流泪了。电梯门打开了，楼道中已经被装饰得很是美丽，挂满了各式各样的气球和彩带，墙上还有"女儿，我们爱你！""萧婷婷，我们爱你！"的字样。萧婷婷已经感动得说不出话来，把我的手拉得更紧了。

我松开萧婷婷的手，让她一个人朝里走进去。

萧婷婷把门打开，只见里面黑黑的一片。她还以为爸爸不在家，就在她准备开灯的时候，灯突然亮了，把萧婷婷吓了一跳。

"哇——"萧婷婷情不自禁地叫了出来。

原来家中有很多人,除了她爸爸萧新寒外,还有浩子、王燕、王兵、王小兵以及她宿舍里的同学们,满满的一屋子人。

"一、二,预备起!"王兵喊道。

"祝——你生——日——快乐,祝你——生——日——快乐,祝你——生日——快——乐,祝——你——生——日——快——乐!喔……"所有的人一起在唱,在大家唱的时候,一辆点着蜡烛的生日蛋糕车从隔壁推了出来,推车的人不是别人,正是萧婷婷的亲生父母——贾老师和李叔,他们眼中都含着泪花,一步一步地走向自己日夜思念的女儿。

"婷婷,生日快乐!"贾老师哽咽着说。

萧婷婷看了一下父亲萧新寒,只见萧新寒轻轻地点了一下头,微笑着看着女儿。"妈妈!妈妈!"她一下子扑到了贾老师的怀里。

"啊!婷婷!我的好女儿。"贾老师一下子紧紧地抱住女儿,她做梦都没想到会有这样一天的来临。二十年,整整二十年啊,为了寻找女儿,哪怕有一点儿的消息她都不曾放弃过,造化弄人,而命运却总是那么公平和赐予人们幸福,多少个不眠之夜,多少次牵肠挂肚,这一天终于等到了,她和老李做梦都没有想到过这辈子还可以再见到自己的女儿!

在场的所有人都被这一幕感动得哭了。

萧新寒走过来,拉着萧婷婷说:"小婷,别哭了,这是一件大喜事啊,我们大家应该高兴才对。来,一起切蛋糕吧!"

"爸爸!"萧婷婷又扑到了萧新寒的怀里,抱着就哭。

"好了别哭了,这么大的姑娘,你看,同学们都笑话你呢。来,听话,不哭,我们切蛋糕!"萧新寒嘴上虽然那样说,眼睛却早已湿润了。

萧婷婷一口气把二十二支蜡烛都吹灭了,然后小心翼翼地切开了弥漫着幸福的蛋糕,随着那一丝丝烛光的熄灭,所有人都开始鼓掌,哗啦啦的掌声顿时充满了整个空间,庆祝着这一时刻的到来,新的生活已经开始了。

萧新寒在掌声中走到最前面,打了一个手势,掌声骤停。他看着女儿和我说:"今天是个好日子,谢谢大家对我们家小婷的关爱和帮助。小婷的亲生父母老李他们在命运之神的指引下找到了失散多年的女儿,这是生活对我们大家共同的恩赐,我们要感谢命运,感谢生活!"大家又开始鼓掌,萧新寒停了停接着说,"我今天还有一个特别的生日礼物要送给我永远的漂亮的女儿婷婷,那就是我为女儿开了一家花店,就在你们学校对面,名字就叫'青春曼舞'，希望她在未来的生活中，踏着青春的步伐，在人生的道路上自由曼舞，舞出人生，舞出精彩，舞出未来！"说完，萧新寒把一把崭新的钥匙交到了女儿的手中。

"爸爸，谢谢您！"萧婷婷再次抱住父亲，紧紧地抱着。

青春或已远逝，信念却永恒存在。我们每个人生来就是一个舞者，只是各自所站立的舞台不同而已。努力奋斗，是青春的义务；坚持梦想，是青春的责任。在青春的指尖上曼舞，这就是我们这一代人的生活。

太阳已经升起，我们站在楼顶，迎着阳光望向远方，我们坚信，新的生活已经开始了。

第三十八章

又到了毕业的时节。整个校园沉浸在毕业的气氛中，图书馆门前，食堂门前，教学楼门前，还有宿舍门前到处都是摆地摊的毕业生，地摊上的东西种类繁多，不知道的人还以为这里是旧货市场。有卖书的，包括大学四年里的课本、讲义，还有小说，有卖玩具的，各种小熊、小猫、小狗，这大多数是大学恋爱经验丰富的男女摊主，这些东西带回家是个不小的麻烦，扔掉却又觉得可惜，只好变现几个将来四处流浪的车费，还有卖旧电脑的，音响的，CD 音乐光盘等等等等。很多美好的记忆都摆在那里出售，面无表情的脸上更加衬托出了此时凄凉的校园。其中一些胆子比较大或是死皮赖脸的学长们甚至一看见漂亮的学妹们就打口哨，老远喊着不堪入耳的玩笑，羞得她们快步跑开，惹得大家哈哈大笑。

我有时候在想，大学到底教会了我们什么？大学到底有没有继续存在下去的必要性？大学到底应不应该放宽招生条件？大学到底在培养学生的什么？大学对于一个人有多么重要？

第一教学楼前面的草坪上坐满了即将要分手的情侣们，他们原本就来自五湖四海，基本上是打哪儿来就回哪儿去。相互依偎着，从白天到黑夜，又从黑夜到白天，人生中最美好的爱情就此画上了或完美或不完美的句号。曾经的山盟海誓，曾经的卿卿我我，曾经的浪漫甜蜜，曾经的曾经都在此刻灰飞烟灭，化为乌有。随着青春远逝的脚步渐行渐远，毫无痕迹，毫无保留。若干年后，等到他们各自找到新欢或另一半时，这些只能带着美好和遗憾终生封存在各自的记忆中，永远都不会再打开，仿佛根本就没有触及和发生过一样。

大家穿着学士服，照了一整天的相，照遍了学校的各个角落，校门口、教学楼、图书馆、大学生活动中心、男生公寓楼、女生公寓楼，甚至包括校园里的公共厕所。风景最好的自然是男生和女生的公寓楼，个性鲜明的群体把他们的床单像取胜的旗帜一样耀眼地挂在阳台上，上面用各种颜料写着他们的誓言和青春，也有一些非主流的另类在床单上写着："漂亮的学妹，不要悲伤，哥走了，你们保重！""学妹，哥走了！放心，后面还有好多小弟弟！"

明天就要离开这个令雷子无数次感慨的校园了，雷子和宿舍里几个死党每人拿着一瓶啤酒，坐在阳台上安静地喝着，喝着喝着，浩子便开始流泪，流着流着，他们都开始流泪。可以看得见，在学生公寓的楼上，有着很多跟他们一样的人。

这时，楼下音乐系的一个哥们突然站在阳台上对着夜空大声唱起了汪峰的《存在》：

> 多少人走着却困在原地
> 多少人活着却如同死去
> 多少人爱着却好似分离
> 多少人笑着却满含泪滴
> 谁知道我们该去向何处
> 谁明白生命已变为何物
> 是否找个借口继续苟活
> 或是展翅高飞保持愤怒
> 我该如何存在

听到这首歌，要是换作是以前，我必定会大骂他神经病，说不定还要下楼去和他干上一架，而今天，在这将要离别的夜晚，在这预示着青春将变成回忆的夜晚，我居然也有了跟他一起唱歌的冲动，我看看浩子他们，然后彼此心有灵犀，接着那位哥们的唱腔，接续唱到：

> 多少次荣耀却感觉屈辱
> 多少次狂喜却倍受痛楚
> 多少次幸福却心如刀绞
> 多少次灿烂却失魂落魄
> 谁知道我们该梦归何处

> 谁明白尊严已沦为何物
> 是否找个理由随波逐流
> 或是勇敢前行挣脱牢笼
> 我该如何存在

　　越来越多的人加入到了唱歌的行列，甚至对面女生公寓楼的女生们都裹着床单，流着眼泪跟着我们一起大声嘶喊。看得出，唱歌队伍中大多数都是毕业生，也有一些整天满怀伤感的小学弟学妹，他们尽管没有毕业，但是绝大部分对未来也只是一个不确定，我们的未来都是梦。而这首歌，恰好诠释了所有人此时的心情。这里就如同汪峰的一个演唱会一样，而这里缺少的只是一个真正的汪峰大哥，可是雷子觉得此时的他们都是汪峰。

　　我突然在想，要是汪峰大哥知道他的歌曲还非常适合大学毕业这种环境的话，不知道他是觉得欣慰还是悲伤？我甚至在想，要是将来写一本有关青春的小说，一定想方设法找到汪峰大哥，请他为那本书写几句话，或者请他参加我的新书首发式，书名就叫《存在的青春》。

　　人们集体流着眼泪，歇斯底里地继续唱着：

> 谁知道我们该去向何处
> 谁明白生命已变为何物
> 是否找个借口继续苟活
> 或是展翅高飞保持愤怒
> 谁知道我们该梦归何处
> 谁明白尊严已沦为何物
> 是否找个理由随波逐流
> 或是勇敢前行挣脱牢笼
> 我该如何存在

　　在唱完最后一句时，一个男生有意无意地将手中喝空的酒瓶从三楼宿舍阳台上扔到了楼前的院子里，谁也没有想到这一微小的举动竟然成为这疯狂之夜的导火索。

　　伴随着那个瓶子在地上发出一声响亮的"嘭"之后，浩子和其他人的瓶子也接二连三地狠狠摔向楼下，紧接着，楼上开始有人尖叫，尖叫中夹着口哨，很快，又有人把自己的暖瓶砸到了地上，尖叫声开始逐渐变大，往地上砸东西的学生们越来越多，"砰砰"的声音越来越多，越来越大，以至于公寓楼门口停驻了很多刚上完自习或者约会完毕的学弟学妹们，他们都不敢向前多走一步，而楼管们都傻傻地站在那里，看着眼前的学生们肆意发狂，仿佛对这种祭奠青春逝去的方式已经司空见惯，见怪不怪。

我知道，之所以大家这么疯狂，是因为砸到楼下的不仅仅是破碎的啤酒瓶和暖壶，还有我们共同破碎的心。我觉得我从来没有像今天这样轻松，整个身体都得到了释放，就像一朵花儿般完美绽放。岁月是一把杀人的刀，无声地雕刻着我这四年的青春。它把青春变得千疮百孔，每一处创伤中都篆刻着不同的记忆，有爱，有恨，有伤，有痛，有酸，有甜，有苦，有辣，有迷茫，有梦想，有彷徨，有未来……

再见，我的大学，再见，我的青春，我在心里一遍又一遍地默念着。

半年之后，我圆满地完成了黑猫任务。之所以没有对任务过程进行细致的描写，是因为涉及很多国家机密，我选择省略。

省公安厅，黑猫行动圆满完成的庆功会如期举行，已经被破格录用的我看着身上的警服，手摸着警服上面的警号，思绪万千。这两年多来的经历就如同在梦里一样，为了完成黑猫行动任务，为了让更多的百姓过上幸福美满的生活，我选择了一条不同寻常的道路，为此我舍弃了很多，承受着别人不能承受的压力，而最让我触心和苦楚的还是和萧婷婷之间的爱情。在我看来，这是为此次黑猫行动做出的最大的牺牲。

当我穿着崭新的警服出现在人们的视野中时，热烈的掌声雷动着整个省厅活动中心。

方政委代表省公安厅宣读了省公安厅对于在此次黑猫行动中表现突出的警察的奖励决定："……经过省公安厅党委研究决定，破格录用某某政法大学应届毕业生雷星同志为省公安厅侦察大队成员，授予雷星同志二级警司称号，奖励人民币 10 万元，授予王飞龙同志一级警司称号，奖励……"

"王飞龙？龙哥……"我再一次听到了这个熟悉的名字，"难道龙哥也是警察卧底？"

"雷星同志，很高兴我们又见面了。"身穿警服的王飞龙突然出现在了我后面，他从后面轻轻地拍了一下我的肩膀。

"真的是你，龙哥。"我转过头，一下子抱住王飞龙，兴奋地说道，"不，应该是王警官，是王大哥。"

　　"还希望你不要怨恨我啊，是我把你'拉上'这条路的。"王飞龙有点歉意地说道。

　　"呵呵，怎么会，我应该感谢你才对，是你给了我这次机会，让我成为了一名我梦寐以求的人民警察！"我真诚地说道。

　　就在我和王飞龙寒暄的时候，一位漂亮的警花手捧一束鲜花，径直走到我面前："谢谢你，雷子警官，你是人民的大英雄，你受苦了！"

　　"谢谢，这是我应该做的……"我在接过鲜花的那一刻，突然停止了说话，脸上的表情从惊讶瞬间变成了惊喜，"婷婷？怎么会是你？"

　　"怎么就不能是我？雷子警官，就只允许你做警察，别人不能做吗？呵呵，要知道，我现在也是省公安厅信息技术科的警员哦！"萧婷婷调皮地说道。给我鲜花的警花正是我夜以继日思念的心上人萧婷婷，她通过考试也成为了我的同事。

　　我激动地抛起鲜花，流着泪，紧紧地拥抱了萧婷婷："我们这次永远都不会分开了，永远都不要！"

　　"嗯，我们要永远在一起！"萧婷婷也热泪盈眶，同样紧紧地抱住我，似乎永远都不想松开。

　　在场的人们都被融化在这洋溢着爱情的空间里，到处充满着幸福的气息……

　　其实，我们每个人都跟小说中的雷子一样，在人生的旅程中总会遇到坎坷荆棘，但是，我们要相信命运，相信生活。只要我们有梦想，我们就要朝着这个目标坚持不懈地去努力，即使赴汤蹈火我们也愿意，回报总是会有的。更多时候，上帝在为我们关上一扇门的时候，为我们打开的不仅仅是一扇窗，可能还会为我们打开一条充满机遇和挑战的阳光之门，生命之门。

　　末了，我想说，大学不是人生的终点，而恰恰只是开始而已；青春也不是我们人生的终点，而恰恰是路过而已。

　　过年了，烟花四起。我双手合一，虔诚地行走在光明之上……

第三十九章

其实，这本小说中我写的大学生活部分只是一个影子而已，我只是把自己放在了一个陌生的环境中来观察和思考我的大学生活，对我而言是假的，可是对有些人来说却是真的。小说中我没有写专升本的那段经历，因为我想在记忆中有个完整的大学。

完成那次行动之后，父母担心我做警察这个职业太危险，坚决不让我再从事这个职业。加上中间又有一些新的事情发生，我不得不离开了那个神圣的职业，回到了老家。偶然的机会，我有幸参加了农村信用社的考试，再次被老天恩赐，顺利录取。我再一次考取了我所报考的专业中的第一名，后来我才知道，妈妈和爸爸因为我考了第一名而高兴得连觉都睡不着。后来妹妹告诉我，妈妈在那几天总是说，老天爷是公平的，我在高中时候下了很多的功夫而没有考上好大学，现在是开始回报我了。

在我回来面试的时候，我特意回了趟家。

我终于看到了父母第一次真正的笑容，笑得那么知足和开心。妈妈那几天总是做好多我喜欢吃的东西，妈妈还说，自从知道我考了第一名后，她那条疼了好几年的腿都好像没有那么疼了。我记住了妈妈的话，我说妈妈，等我挣了工资，我就治好你的腿！

我并没有忘记我对妈妈的承诺，我用我一个月的工资给妈妈买了一个小录音机和专门从北京带过来的一个用来治疗腿疼的仪器。我要让我的妈妈重新快乐起来，始终沉浸在幸福之中。

又是一个母亲节，又是一个一定要感谢自己母亲的日子。妈妈，母亲节快乐！相信您的儿子，你是这个世界上最伟大的母亲，你有一个天下最孝顺的儿子。

刚刚在单位吃过晚饭，我给母亲打了电话，聊了好久。

　　我的母亲是位再普通不过的中国传统式的农家妇女，跟大多数的妈妈一样，承受着来自生活的各种压力。我始终认为母亲在一个家庭中，应该是受苦最多的那个人。

　　长这么大，母亲为我费的心最多，也最疼我，尽管也很疼爱妹妹。还记得我第一年参加高考的时候，当时考了415分，离本科线相差甚远。沮丧的我不想再上学了，想留在家里劳动。当母亲得知这个消息的时候，并没有太多的责怪我，并且还安慰我说："娃儿，听妈妈的话，补习一年吧。好好学，我相信你一定可以给妈妈考个好大学的，对吧？"我还记得妈妈当时那个眼神，期望中竟带着一丝哀求。我流着泪向我的妈妈保证："妈，你放心。请你再相信一次你的儿子。"

　　背起那些沉重的复习资料，我踏进了复读的大门。

　　在那个时候，我一度努力地挽回自己在高中三年失去的时光。疯狂地学习，尽管在中间也出现过小小的错失，但是从整个一年来看，我还是十分努力的。人们常说，付出就一定有回报。其实不然，第二年高考后，我自我感觉还不错，觉得最起码也应该可以考个本科。结果，成绩出来后，较之去年相比是有很大的进步，可是还是没有上本科线，我顿时懵了，从得知消息的那一刻起，我就立在沙发旁边。而妈妈这一次又看看我，然后一句话也没有说，走了出去。我后来才知道妈妈是去外面为我伤心地哭了，她怕当着我的面哭我也会哭的，其实我当时连哭的眼泪都很难流下来。

　　记得那天晚上，我们一家人整天都没有吃饭。高考，是我一生中最耻辱的记忆！也是我对父母最大的罪过！如果真有再来一次的机会，我会选择不去上学。因为，我宁愿做个傻子，让父母为我少费点心，我宁愿陪伴在他们的身边，再苦再累我也不会后悔。

　　我最终还是上了一所专科学校。

　　我在离家那个早晨，妈妈一直把我送到了离家不远的路口。她强笑着对我说："我的娃，这次去了一定要好好学习，一定要把本科考上！我不要紧的，关键是你的爸爸。你知道他本来就是个很要面子的人，你这没有考上个好大学，简直就是对他的一种侮辱！妈妈始终相信你也努力了，只是运气不好。好好念书，记着妈妈的话！"

　　我没有说任何话，只是流着泪，默默地点着头。

　　妈妈替我擦掉眼泪说："都这么大的人了，以后别动不动就哭！男人家眼泪多了不好！"

当汽车朝前开动的时候，我从车窗探出去向妈妈告别。老远了，还听见妈妈在朝我大声地喊："好好念书！好好念书……"

我趴在窗户上，眼泪像断了线一样往下流。那一刻，我真的觉得自己是这个世界的罪人。那一次，我一直从家哭到了兰州。而母亲的那句"好好念书"则深深地印在了我的脑海中。

时光转眼即逝，两年的大专生活很快就过去了。说实话，我当时并没有什么把握考上本科继续上学。我只是在专升本的那段日子中，像上高中时那样学习，就连过年的时候我都还在啃着书本。我在家的时候，妈妈又对我说："娃儿，看着你这样学习，我跟你爸爸说了，就算你考不上本科，我们都不怨你。放轻松，好好去考。说不定你这次能行！"

很幸运，我不但考上了本科，而且是我们整个系的第一名。当我打电话告诉妈妈的时候，妈妈听完的第一句话就是："娃儿，我担心死你了！这一次你给我们争了口气！等你回来，你想吃啥妈就给你做啥！"

我在电话那头哭，不过这一次，流下来的是幸福的眼泪。

转眼之间，七年竟然悄然而过，七年，不长不短的时间，我这七年在做什么呢？现在我这样问我自己。

面对悄然而去的时光，我突然想哭。其实，想的时候眼泪就已经滑过了脸颊。很不争气的眼泪，从来都是。都身为人父好多年了，还是会在一个人的时候黯然落泪，因为自己，因为生活。

我不想在这里盘点些什么，更何况也没什么可以盘点的。我只是想从现在开始，做一个有用而勤快的人，一个可以忍辱负重稍微坚强的人，一个可以走出去堂堂正正，潇潇洒洒的人。

如同父亲所言，我是个没有出息的人，现在是，可能将来也是。我从来就没有自信自己可以成功地做成一件什么事情，只是一味地去碰运气，只有在运气好的时候我才可以。但是，可以肯定的是，我一直在努力，从这方面来讲，我是个生活的懦夫和开拓者。

我善于交际，但是又怯于脾气太直，对自己看不惯的事情不能忍气吞声，因此，我常常会因为别人的事情而得罪另外一些人。随遇则安，我忍了，认了。

还有很多事情要我去做，还有很长的路，要我去走。

中国有句俗语叫"饮水思源"。说实话，我喜欢农村信用社这个职业，它不仅仅是一份养家糊口的工作，而且是一个展示自我，实现梦想的平台。可以说，我现在所拥有的一切幸福和成就都是因为它而实现的，我谢谢老天给我这个机会和恩赐。

我喜欢和农民打交道，尽管有人开玩笑说我们银行是干着当代黄世仁的营生。其实不然，那是因为你们没有真正接触到这个行业。尤其是我们农村信用社，成天跟农民们打成一片，我们给予他们经济上的支持，他们教给你的不只是纯朴勤劳，还教会你怎样做人，怎样生存在这个繁杂的世界当中。毫不夸张地说，农民的内心是强大的，因为他们可以承受生活中的所有不幸；他们在生活中遇到挫折和困难的时候，会选择正面面对，而不是逃避，这与生活在城市中的那些所谓高素质的人是有区别的。

过去的七年，我只想简单地概括，只为留存我早已远逝的青春。

2007年10月31日，我去大滩信用社正式报道，成为一名甘肃省农村信用社的职工。

2008年12月26日，我结婚了，娶到了一位贤惠漂亮的妻子。

2009年11月11日，我的女儿雁舒来到了这个世界上，她是个非常可爱和聪明的宝贝。

2010年12月24日，我拥有了我自己的小轿车，档次不高，但是知足。

2011年11月，我完成了第一本长篇小说《伤花烂漫》的初稿。

2012年5月10日，我的处女作《伤花烂漫》在兰州举行了首发式，受到了高平主席、马自祥主席、杨光祖教授、尔雅教授、马青山主编、作家候川等专家学者的一致好评，省内外新闻媒体均有报道。同年12月，我加入甘肃省作家协会和甘肃省民间文艺家协会。

2013年3月10日，我被县联社提拔为收成乡信用社副主任，同年8月20日，上挂张掖稽核审计中心学习一年。2015年1月17日，我被县联社提拔为东湖信用社主任。

感谢县联社领导们对我的赏识和信任，我也一定会不负众望，兢兢业业，全力以赴地干好工作来报答组织上对我的栽培之恩。

2014年9月，我当选为民勤县作家协会理事，秘书长，10月，我完成了第二本长篇小说的初稿，第三本小说也开始创作。

几年中，我写了很多文字，大多数都没有发表，比如200多首诗和一些生活中的随感点滴，当然有一些发表在了一些省内外的报纸杂志上了，比如《中国绿色时报》《西北军事文学》《西凉文学》《西凉文艺》《甘肃信合》《远方》《胡杨》《时代文学》等等。有过挫折有过痛，有过欢笑有过喜，有过孤独有过泪，有过无知有过爱，这就是我这几年的生活。

　　如果在名利和父母之间做出选择，我一定会毫不犹豫地选择后者，因为我所做的一切只是想让我的父母安享晚年。他们养活了我30年，30年中，我从来没有为吃饭、穿衣、看病、花钱等事情而发过愁，健健康康、无忧无虑地过了30年，所以就算是交换这份情债，我也应该养活他们30年，让他们同样不为吃饭、穿衣、看病、花钱等琐碎事情而担忧，健健康康、幸福快乐地过上至少30年，仅此而已。我总担心我不能偿还完他们的这份恩情，因为30年后，父母都已过耄耋之年，我也60岁了，我怕我不能伺候和照顾够他们30年，无论是因为他们还是因为自己。我只有虔诚地祈祷佛祖，希望可以给我一个知恩图报的机会，让我把这份世间最大的债务清偿完，那我也就知足了。

　　我还有一个愿望，就是在我们当地打造一个作家拓展休闲中心，而地址就选在父亲苦苦经营了十几年的农场，因为那里地处几个已经成型的小沙漠之间，有一望无际的戈壁碱滩，有茂盛繁密的红柳梭梭等沙生植物。到时候，我会修建一些农家小院客房，便于客人有一个舒适的居住环境；在农家院的最中间，配备一个游泳池，以消除我们当地的炎暑；修建一个自由垂钓的池塘，学习太公精神，驱赶文人的孤寂；再种植一些无公害瓜果蔬菜，任凭前来采风或休闲的人们就地采摘，放心食用；还要养殖一些鸡鸭羊牛，让客人们大饱口福。到那时，就不再是天下有漠洲，漠洲没天下了，而是天下人尽知漠洲，漠洲人行遍天下了。可是现实告诉我，这需要有数量不小的人民币来做支撑，而人民币的来源我希望不光是我的工资积累和版税积累，更希望得到社会各界有相同愿望的人们和我共同来打造这个精神乐园。

第四十章

2014年农历3月27日，是我30岁的生日。

那天，母亲亲手为我煮了长寿面。

我一边大口大口地吃面一边问母亲："妈，你对我出生时候的情景都记得吗？"

母亲深情地看着我回答道："当然记得啊。怎么了？"

看着母亲的眼神，吃着碗里的面，一种从未有过的幸福感从我的心底油然而生，我笑着又问道："那您还记不记得，生我那天天上就没有点什么异常的现象吗？比如电闪雷鸣，一道金光射向我们家屋顶，然后我就出生了，或者其他什么征兆？"

"有！"母亲也笑了，肯定地回答我说。

"哦，还真有？！是什么现象？快给我说说呗。"我一脸惊喜，停下手中的筷子，很认真地看着母亲。

母亲再一次深情地看着我，很认真地继续说："你出生的时候，天上一片漆黑，四周特别安静，整个村子的人都能听见你的哭声……"

"哦，怪不得雷子现在说话的声音老是这么大，原来出生的时候就是个大嗓门！"妻子端起餐桌上的空碟子，走进了厨房。

"我觉得像我这样优秀的人一定属于那种灵童转世，或者神仙下凡来体验人间疾苦的那种，出生时一定有和其他凡人不一样的预兆，呵呵，果然如此。老婆，你这辈子能嫁给我估计都是你前世修了几辈子的福了。"我一脸得意，不失时机地跟妻子开玩笑说。

"你这个瓜娃子，还在这里吹牛皮说大话，一点儿羞耻感都没有。你妈说的啥意思你没有听明白吗？我估计你的丫头都知道这是什么意思。"父亲接过话茬，在一旁笑着说道，"雁舒，客厅茶几上有爷爷的烟盒拿过来。"

　　"好的，爷爷的烟盒来喽！"正在客厅写字的女儿雁舒听到爷爷使唤，蹦跳着把烟盒递给了我的父亲。

　　我一头雾水，傻笑着等待下文。

　　父亲从雁舒手里接过烟盒，然后慈祥地问道："雁舒，你几岁了？"

　　"4岁啊，你连这个都不知道吗？"女儿淘气地回答说，一脸的天真无邪。

　　"那爷爷问你，你说为什么天上一片漆黑，什么都看不见？"父亲继续问道。

　　"因为是半夜呗！"女儿不假思索地回答道。

　　然后，全家人都笑了……